www.b-books.co.kr

폭발적인 사랑

폭발적인 사랑

초판 1쇄 찍음 2019년 9월 24일
초판 1쇄 펴냄 2019년 10월 1일

지은이 | 애 홍
펴낸이 | 정 필
펴낸곳 | **(주)뿔미디어**

기획 · 편집 | 심은지, 권지영, 이영은
표지 디자인 | 우 물

출판등록 | 2002년 9월 11일 (제1081-1-132호)
주소 | 경기도 부천시 소향로 17, 303(두성프라자)
전화 | 032)651-6513 / 팩스 | 032)651-6094
E-mail | dahyangs@naver.com
블로그 | http://blog.naver.com/dahyangs
비북스 | http://b-books.co.kr

값 10,000원

ISBN 979-11-315-9841-2 04810
ISBN 979-11-315-9839-9 04810 (세트)

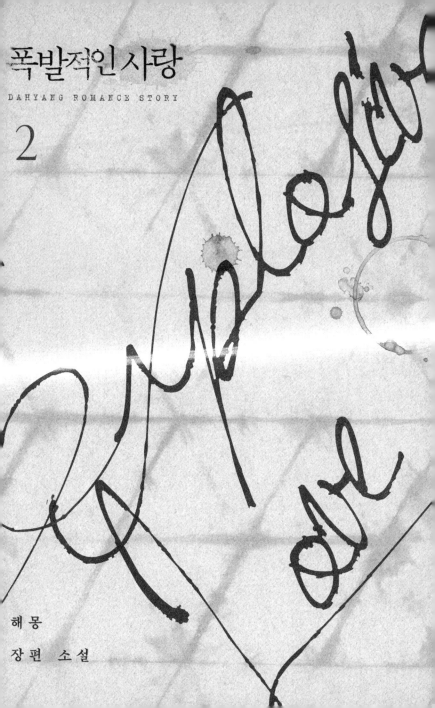

폭발적인 사랑

DAHYANG ROMANCE STORY

2

해몽

장편 소설

contents

15. 007

16. 041

17. 095

18. 157

19. 189

20. 231

21. 281

22. 329

23. 367

24. 421

25. 471

26. 491

에필로그   505

15

뜻밖의 인물의 등장에 제스는 눈을 가늘게 뜨며 전방을 주시했다. 헬기에서 내리는 블랙 중령의 모습은 예상치 못한 일이었다. 막 테러범들과의 교전을 대비한 전투 훈련이 끝난 참이었고, 기지로 돌아갈 헬기를 기다리고 있던 차였다. 블랙 중령이 G-스탄까지 직접 왔다는 건 뭔가 급한 일이 생겼다는 걸 의미했다. 거기까지 생각이 미치자 그는 긴장했다.

설마 G-스탄을 떠나야 하는 다른 임무가 주어진 건가?

이렇게 빨리, 그리고 하필이면 지혁이 와 있는 상황에서 진을 홀로 남겨 두고 다른 곳으로 떠나야 할지도 모른다는 생각에 마음이 무거워졌다. 그는 아직 G-스탄을 떠나고 싶지 않았다. 하지만 빌어먹게도 자신은 명령이 내려지면 그 명령에 즉각 따라야하는 군인이었다. 원하든 원하지 않든 간에 말이다.

「어이.」

블랙 중령은 헬기에서 내리자마자 반가운 표정으로 먼저 인사를 해 왔다. 팀원들은 즉시 거수 자세를 취했다. 블랙 중령이 손짓하자 다들 편한 자세로 대기했다.

「이곳까진 무슨 일이십니까?」

불안한 마음을 숨기고 단도직입적으로 물었다.

「안부도 안 묻는군.」

블랙 중령이 한쪽 눈을 찡끗해 보이며 툴툴거리는 음성을 내뱉었다.

「여기까지 직접 오셨다는 건 뭔가 좋지 않은 일이 발생했다는거 아닙니까?」

「눈치하고는.」

그의 말에 블랙 중령의 까무잡잡한 얼굴에 희미한 미소 같은게 어렸다. 하지만 정말로 웃고 있는 건 아니었다.

「좋은 소식과 나쁜 소식이 있네.」

블랙 중령의 말에 제스는 더 긴장했다.

「뭡니까?」

「일단 좋은 소식은 그동안 질질 끌었던 자네와 자네 팀원들에게 임시로 내려진 처벌이 결국 철회됐다는 걸세. 자네 직급은 다시 오를 거야. 본국으로 돌아가면 자네가 처리해야 할 서류가 산

더미처럼 쌓여 있겠지만 그거야 간단한 문제니까. 대신 6개월 감봉 조치는 내려졌네. 어쨌든 명령을 어겼던 부분도 있으니 말이야. 그래도 6개월 감봉으로 최종 결론 난 게 다행인 거지. 축하하네.」

「축하해요. 다시 캡틴으로 복귀군요.」

「축하드립니다. 중위…… 아, 이제 다시 대위님이시죠.」

뒤에서 대기 중이던 마이크와 존이 대화에 끼어들었다. 그리고 다른 팀원들도 축하의 말들을 한마디씩 던졌지만 제스는 귀에 들어오지 않았다. 다시 진급했다는 기쁨보단 블랙 중령이 아직 전하지 않고 있는 나쁜 소식에 더 마음이 쓰였다. 그의 말처럼 질질 끌어오던 처벌 문제에 대한 결론이 확실하게 맺어졌다면, 울프 팀이 이곳에 억류되어 있던 상황도 다르게 변했을 게 분명했다.

「나쁜 소식은 뭡니까?」

제스는 다음 말을 기다리지 못하고 다시 성마르게 중령에게 되물었다.

「이거 참, 조금이라도 기뻐하는 기색을 보일 순 없나? 강등이 철회된 건 아주 드문 일이야. 자네가 아무리 진급에 목매지 않는다고 해도 조금이라도 기뻐해 보라고. 열심히 편들어 준 보람이 없잖아.」

평소 때라면 과장된 한숨을 푹 내쉬며 풀 죽은 듯한 모습을 보이는 블랙 중령의 행동에 적절한 농담을 섞어 가며 장난을 받아 줬겠지만 지금은 그럴 심적 여유가 없었다. 블랙 중령의 얼굴을 들여다보며 조금이라도 정보를 탐색해 내려 애썼다. 그러나 중령은 만만찮은 상대였다. 스톤 페이스라는 별칭이 따라붙는 군 최고 심문관이다. 그를 상대로 표정을 읽어 내 정보를 알아낸다는 건 불가능한 일이었다.

「중령님…….」

「중령님, 캡틴은 진급 회복에 대한 기쁨보단 이곳에서의 억류가 풀어질 게 더 걱정될 겁니다. 아직 G−스탄을 떠나고 싶어 하지 않을 거거든요.」

그가 말을 하기도 전에 마이크가 짓궂은 음성으로 선수를 쳤다. 그러자 중령이 매우 궁금해하는 표정으로 다시 그를 봤다.

「정말인가? 왜지?」

「왜냐하면, 이곳에서 그의 깊은 저음의 목소리를 아주 섹시하다고 생각해 주는 아리따운 여신을 만났거든요. 그녀와 달콤한 사랑을 나누고픈 욕망에…….」

「이봐, 그만 닥치라고.」

장난스러운 표정을 지으며 마구잡이로 떠벌리는 마이크를 제스는 무서운 눈초리로 노려보며 거칠게 말을 끊어 냈다. 하지만 이미 붉어진 얼굴을 블랙 중령에게 들킨 후였다.

「이거 참 놀랍군. 벌세워 놓은 줄 알았는데 이제 보니 휴가를 보내 준 거였군. 이 사실을 소장이 알면 더 속 쓰려 하겠는데. 자네에게 내려질 처벌이 6개월 감봉으로 최종 결론 난 것만으로도 그 양반 뒷목 잡고 쓰러질 지경이었거든.」

「이런, 좋은 구경 놓쳤네요.」

마이크와 울프 팀 대원들 모두 박장대소를 하며 아쉬워했다.

「그렇다면 나머지 나쁜 소식은 자네에겐 그다지 나쁜 소식이 아닐 수도 있겠어. 새로운 임무가 주어졌네. G-스탄 내에 새로 결성된 과격 단체가 갈취해 간 폭탄을 찾아내야 해. 고로 울프 팀은 G-스탄에 더 머물러야 한다는 말이지. 현재 인원이 부족한 건 알지만 어쩔 수 없네.」

블랙 중령의 말에 그는 비로소 안도했다. 다른 곳으로 떠나지 않아도 된다. 아직은 진이 있는 G-스탄에 머무를 수 있었다. 제스는 그제야 딱딱하게 굳어 있던 얼굴 근육을 풀었다.

「너무 기뻐만은 말라고. 신생 과격 단체가 훔쳐 간 폭탄에 대해 들으면 좋은 소식만은 아닐 테니까.」

「심각한 겁니까?」

중령의 근심 어린 말투에 그는 다시 정신 차렸다. 진과 헤어지지 않게 된 건 다행스러웠지만 과격한 폭력주의자들이 폭탄을 갈취해 간 건 심각한 사태였다.

「심각하지. 그게 터지면 작은 도시 하나쯤은 통째로 사라질 수도 있으니까. 완전 가루로 변하는 거야.」

「무슨 폭탄입니까?」

「이번에 새로 개발된 신형 폭탄이야. 화력에 비해 크기는 작은 배낭에 들어갈 만큼 작고 탐지기에도 잡히지 않아서 비밀리에 옮기기에 용이하지. 원격으로 조종할 수도 있는데 상당히 먼 거리에서도 가능해. 더 최악인 건 핵폭탄처럼 엄청난 양의 방사능이 방출된다는 점이네.」

「그런데 탐지기에도 잡히지 않는다고요? 대체 어디서 그런 괴물 같은 놈을 만들어 낸 겁니까?」

「G-스탄 정부와 미군의 주도하에 비밀스럽게 개발한 폭탄이야. 며칠 전 그 연구소가 습격당했네. 내부에 조력자가 있었던 것으로 밝혀졌는데 그자는 습격 당시 사망했어. 정보 누설을 막으려고 그들이 죽인 걸로 보여.」

「폭탄을 훔쳐 간 놈들은 누구인 겁니까?」

「G-스탄 내에 새로 결성된 과격 단체야. 반정부주의자들이지. 2년 전 와해된 테러 조직에서 파생된 신조직으로 파악되고 있는데 중요 인물들에 대해선 아직 정보가 부족해. 가장 꼭대기에 있는 우두머리가 누구인지도 아직 밝혀내지 못하고 있네.」

「폭탄의 행방은 파악됐습니까?」

「아니, 불행히도 그것도 아직 오리무중이야. 그리고 더 안 좋은 건 그 폭탄이 조만간 테러에 이용될 거라는 정보야. 정부에선 본토가 또다시 공격받게 될까 봐 신경을 곤두세우고 있어. 그게 미국 내에서 터지면 또다시 9.11 테러의 악몽이 재현되는 거네. 그때처럼 심각해지는 거지.」

「벌써 미국으로 넘어간 겁니까?」

하지만 그는 묻자마자 머릿속에서 가능성을 지웠다. 만약 그랬다면 울프 팀이 이곳에 남아 있을 필요가 없다. 당장 폭탄이 이동

된 경로를 따라 추적해 나갔을 테니까.

「아직. 그 점이 이상한 게, 폭탄은 아직 G-스탄 내에 있는 걸로 파악되고 있어. 이건 확실한 정보야. 그래서 내가 직접 이곳에 온 거지. 다른 데로 빼돌려지기 전에 반드시 그 폭탄을 찾아 회수해야 해.」

「그들이 미사일을 쏠 계획은요? 아니면 드론을 이용하거나. 그래서 아직 옮기지 않고 있는 건 아닙니까?」

「아니. 그 폭탄은 아직 미사일로 쏠 수 있는 단계는 아니야. 그나마 불행 중 다행인 거지. 드론도 마찬가지고. 하지만 만약 드론으로 공격할 계획이라면 차라리 일이 더 쉬워질지도. 하늘에서 바로 격추해 버리면 간단하니까. 하지만 그들도 바보는 아니야.」

블랙 중령의 말이 옳았다. 적들도 바보는 아니다. 그들은 더 확실한 방법으로 폭탄을 옮긴 뒤 사용할 것이다. G-스탄을 떠나지 않게 된 건 좋았지만 새로 결성된 과격 단체의 폭탄 테러 가능성은 달갑지 않았다.

「더 확실한 정보는 언제 알 수 있는 겁니까?」

「지금 FBI와 DHS, CIA에서 여러 경로로 정보를 추적 중이네. 그들이 작은 정보라도 알아낼 때까지 울프 팀은 전원 이곳에서 대기야. 나도 마찬가지고.」

「젠장, 지루하고 피 말리는 싸움이 되겠군요.」

「맞아. 정신 바짝 차리고 있어야 하지.」

지지직.

대화의 긴장을 깨고 무전기가 울렸다. 존이 얼른 무전을 받았다.

— 부대 복귀 중이던 육군 정찰조가 피습당했다. 울프 팀 전원 기지로 복귀 명령을 내린다. 다시 한번 반복한다…….

피습?

무전기를 타고 흐르는 정보에 블랙 중령이 눈살을 찌푸렸다.

「이런, G-스탄에 도착하자마자 사건의 연속이군. 빠르게 복귀해야겠어.」

「들었지? 전원 헬기 탑승해!」

제스는 울프 팀에게 빠르게 명령을 내리고 헬기에 올랐다. 기지까지의 거리는 멀지 않았다.

모두가 탑승을 완료하자 헬기는 빠르게 하늘을 날았다.

아무래도 진과의 저녁 식사는 취소될 것 같았다. 그는 부디 기지로 돌아간 뒤 그녀에게 말을 전할 시간적 여유는 생기게 되길 속으로 빌었다. 하지만 가능성은 희박했다. 정찰조가 피습당했다면 전투 중일 가능성을 배제할 순 없다. 교전 중이라면 빠르게 그곳으로 이동해야 했다.

● ○ ●

온몸이 뻐근했다. 손가락 하나 까닥할 수 없을 만큼 그녀의 몸은 사고의 충격으로 나무토막보다 더 뻣뻣해져 있었다. 하지만 계속 트럭 뒷좌석에 비스듬히 기울어져 있는 상태로 허공에 매달려 있을 수는 없었다.

운전병은 아무리 불러도 정신을 차리지 못하고 있었다. 진은 몇 초 더 숨을 고르다가 천천히 손을 움직였다.

"으……."

안전벨트를 매고 있던 게 천만다행이었다. 덕분에 군 트럭이 옆으로 쓰러질 때 따라서 같이 땅으로 처박히지 않을 수 있었다. 만약 벨트를 하지 않고 있었다면 그녀의 몸은 트럭이 넘어질 때 같이 아래로 처박히며 종잇조각처럼 구겨졌을 것이다.

우선 트럭 옆문을 밀어 보았다. 사고의 여파로 손에 힘이 들어가지 않는 탓인지, 아니면 사고로 트럭 문이 고장이 난 건지 어쨌든 문은 꿈쩍도 하지 않았다. 다시 한번 더 세게 힘을 주며 문을 밀쳤다. 그러자 이번엔 미세하게 틈이 생겼다. 하지만 그뿐이었다. 더 강한 힘으로 세게 밀쳐도 그 이상은 꿈쩍하지 않았다.

다시 차 안을 살폈다. 트럭의 우측은 땅에 심하게 처박혀 있는 상태라 문이 찌그러져 있었다. 그쪽으로는 나갈 수가 없었다. 시선을 돌려 정면을 살폈다. 심하게 깨져 금이 쩍 가 있는 전면 유리창은 잘하면 밀치고 나갈 수 있을 거 같았다.

마음을 정한 그녀는 한 손은 앞쪽 운전석 등받이를 단단히 잡고 다른 손으로는 몸에 고정된 안전벨트를 풀었다. 벨트가 풀린 순간 아래로 미끄러지지 않기 위해 그녀는 벨트를 푼 나머지 한쪽 손도 재빠르게 앞좌석 등받이를 잡았다. 벨트가 풀려 몸이 자유롭게 되자 그녀는 앞좌석으로 기어갔다.

아…….

먼저 운전병을 살폈지만 이미 죽어 있었다. 사고의 충격으로 죽은 게 아니라 머리에 총상이 나 있었다. 그제야 그녀는 운전병이 왜 그리 급하게 핸들을 꺾었는지 알 수 있었다. 자의로 그런 게 아니었다. 총격을 당해 옆으로 쓰러지면서 핸들도 같이 돌아간 것이다. 진은 떨리는 손을 맞잡으며 운전병을 살피던 손길을 거두었다.

눈물이 흘렀다. 죽은 운전병과는 오늘 처음 만난 사이였지만 그건 중요치 않았다. 그도 누군가의 가족일 것이다. 그러나 그는 이제 영원히 가족의 품으로 돌아갈 수 없게 되었다. 그의 삶은 채 피지도 않았는데 저 버렸다. 그 사실에 마음이 아팠다.

하지만 진은 눈물을 훔쳐 내고 다시 앞으로 나아갔다. 시간이 없었다. 죽은 운전병을 밀치고 운전석 문으로 나갈 엄두가 나지 않아 대신 거미줄처럼 줄이 가 있는 전면 유리창을 손으로 밀었다. 하지만 미세하게 움직이기만 할 뿐 와르르 부서지거나 하진 않았다.

"앗."

더 세게 밀쳐 내 보다가 깨진 유리에 손바닥이 베이자 놀라 손을 떼었다. 깊게 베이진 않았지만 피가 흘렀다. 조수석 문을 살폈다. 조수석 문은 땅에 처박힌 상태라 활짝 열 순 없었지만, 차체가 뒤로 더 기울어져 있는 상태라서 창문이 바닥에서 떠 있었다. 진은 서둘러 조수석 창문을 발로 찼다. 그리고 그 창문으로 기어 나가기 시작했다. 힘들었지만 빠져나갈 순 있었다.

바깥으로 나온 뒤 그녀는 트럭을 돌아봤다. 바깥에서 바라본 트럭은 내부 상황보단 덜 심각해 보였다. 돌 더미를 들이받아 범퍼가 찌그러져 있었고, 바닥에 처박힌 트럭의 옆면도 마찬가지로 부서져 있었지만 나머지 외관은 멀쩡했다.

한데 세워진 위치가 아주 절묘했다. 트럭은 땅에 단단히 박혀 있는 바위에 부딪혀 더 아래로 구르지 않은 거였다. 만약 장애물에 부딪히지 않고 아래로 더 미끄러져 내려갔다면 트럭은 완전 박살이 났을 테고, 그 안에 갇혀 있던 자신은 죽었을 것이다. 멀리 내려다보이는 아랫길은 거친 바위들이 울퉁불퉁 빽빽하게 솟아 있었고 더 아래로는 절벽이었다. 그녀는 트럭이 적절한 지점에서 멈추어진 것에 감사했다.

그녀는 트럭에서 눈을 돌려 자신의 몸을 내려다봤다. 다친 곳이 있는지 상태를 꼼꼼하게 살폈다. 머리가 둘로 쪼개질 듯한 두통에 귀도 먹먹하고 이명이 들려오고 있었다. 풀어 헤쳐져 있는 머리카락 속으로 손을 넣어 확인했지만, 상처는 없었고, 크게 혹이 나 있었다. 두통은 그 혹 때문에 더 심한 것 같았다. 다만, 구역질이 나거나 눈앞이 흐릿하지는 않은 것으로 보아 당장 처치해야 할 부상은 아니었다.

양팔과 손가락은 멀쩡했다. 부러지지 않았고 긁힌 상처는 있었

19

지만 관통상은 없었다. 하지만 왼쪽 가슴 부근은 몹시 아팠다. 움직일 때마다 무리한 운동으로 엄청난 근육통이 왔을 때의 느낌처럼 얼얼하고 묵직한 아픔이 느껴지고 있었다. 더 자세히 살피자 방탄조끼에 작은 구멍이 나 있는 걸 발견할 수 있었다. 딱딱한 무언가가 콕 박혀 있는 게 손으로 만져졌다. 총알이었다.

맙소사…….

정신이 아찔했다. 방탄조끼를 입고 있지 않았다면 그녀도 죽은 운전병처럼 트럭이 절벽으로 떨어지기도 전에 총상으로 죽었을 것이다.

"하느님 감사합니다."

온몸으로 퍼지는 안도감에 그녀는 무의식적으로 감사 기도를 중얼거리고는 더 아래로 시선을 내렸다. 다리를 살피던 그녀의 입에서 짧은 신음이 흘러나왔다. 다리는 운이 없었다. 무릎 바로 위로 베인 상처가 조금 길게 나 있었다. 얕게 베인 상처에서 피가 흐르고 있었다. 아픔은 느껴지지 않았다. 아마 아직 사고의 충격에서 완전히 벗어나지 않은 상태라 베인 상처의 고통을 느끼지 못하고 있는 듯했다. 하지만 시간이 흘러 사고의 충격으로 현재 몸속에서 활발하게 분비되고 있는 아드레날린이 사라지게 되면 곧 고통이 느껴질 것이다.

그녀는 군복 주머니를 뒤졌다. 지혈하려면 붕대 비슷한 걸 찾아야 했다. 그러나 주머니엔 붕대를 대신할 만한 건 들어 있지 않았다.

'아참, 의료 가방.'

트럭 안에 있을 의료 가방에 생각이 미쳤다. 가방을 꺼내려면 다시 트럭 안으로 기어 들어가야 했다. 그녀는 아까보다 더 세심한 눈길로 트럭을 살폈다. 혹시나 트럭이 폭발할 가능성이 있지 않을까 염려되어서 아래쪽을 살폈지만 기름이나 여타 불이 붙을 만한 액체는 흐르고 있지 않았다. 그녀는 다시 자세를 낮춰 조수석 창문으로 다가갔다.

파삭.

그러나 다시 트럭 안으로 기어 들어가기 바로 직전 희미하게 들려오는 어떤 소리에 움직임을 멈췄다. 발자국과 대화 소리였다. 조금 멀리서 들려오고 있어 무슨 말인지 정확히 알 수 없었지만 분명 사람의 인기척이었다. 그녀는 빠르게 머릿속으로 다가오는 인기척의 정체에 대해서 생각했다.

조금 전 총격에 휘말렸던 미군들일까?

위에서 벌어진 전투 상황을 해결하고 부상자를 찾으러 내려온 걸까?

가능성은 있었다. 그들도 트럭이 아래로 미끄러지는 걸 봤을 것이다. 하지만 동시에 그녀는 다가오고 있는 인기척이 미군들이 아닐 수도 있다는 또 다른 가능성에 대해서도 생각해야 했다. 기습 공격을 퍼부었던 정체 모를 무장 세력들도 군 트럭이 비탈길 아래로 미끄러지는 걸 똑똑히 봤을 테니까. 지금의 인기척은 그들이 내려오고 있는 소리일 수도 있었다. 게다가 아까의 전투에서 유리한 상황에 있던 건 무장 세력이었다.

일단 몸을 숨겨야 했다. 본능이 당장 숨으라 외치고 있었다. 만약 숨어서 지켜보다가 인기척의 정체가 반군들이 아닌 미군들이라면 그때 모습을 드러내도 늦지 않을 것이다. 그녀는 다친 다리를 절룩거리며 서둘러 흙먼지가 날리는 비탈길 아래로 내려갔다.

"아악."

급한 마음에 서둘러 발을 재촉하다가 마른 나뭇가지를 밟은 건지 버석거리는 소리와 함께 균형을 잃고 넘어지면서 비탈길을 굴렀다. 군데군데 삐죽 솟은 거친 잡초와 날카로운 잔가지들이 몸을 할퀴자 둔탁한 통증에 얼굴이 일그러졌다. 그러나 그녀는 한 손으로 입을 눌러 막아 비명이 새어 나가는 걸 필사적으로 막았다. 다른 한 손으로는 미끄러운 흙바닥을 휘저었다.

마침내 손에 단단한 부언가가 잡히자 그길 꽉 움켜잡았다. 손톱이 빠지는 듯한 통증이 손 전체로 타고 흘렀지만 적어도 비탈길 아래로 더 구르지 않고 멈출 순 있었다. 온몸이 욱신거렸다. 하지만 그녀는 서둘러 몸을 일으켜 커다란 바위 뒤로 몸을 숨겼다. 크고 작은 흙 바위들이 높게 솟아 있었다. 흙 바위틈에 자란 잡초들과 그 앞으로 나 있는 메마른 작은 나무들이 부실하게나마 어느 정도 가림막 역할을 해 주었다.

그녀는 거친 숨을 몰아쉬며 몸을 낮게 웅크렸다. 그녀가 몸을 숨김과 동시에 인기척의 정체가 드러났다. 고개를 최대한 바위 밑으로 숙이고 약간만 시선을 들어 위를 쳐다봤다. 조금 먼 거리에 있어 정확하게 보이진 않았지만 부서진 트럭 가까이 모여들고 있는 자들이 미군이나 몬스터사의 용병들이 아님은 대번에 알아차릴 수 있었다.

'반군들이야…….'

그들은 제복이나 군복을 입고 있지 않았다. G-스탄 현지인들이 입는 옷을 걸치고 있었으나 절대 선량한 주민들은 아니었다. 그들은 모두 척 보기에도 무시무시한 무기들을 손에 든 채 트럭을 살피고 있었다. 그녀는 울음이 나오려는 걸 가까스로 참아 냈다. 저들에게 발각되는 순간 죽은 목숨이었다. 쥐 죽은 듯이 숨어 있어야 했다.

탕. 탕. 탕.

고요한 정적을 깨트리고 울리는 총소리에 그녀는 소스라치게 놀랐다. 무장 세력들이 트럭을 향해 총을 쏘아 대고 있었다. 그러면서 무어라 소리쳤는데, 총알의 거친 파열음이 뒤섞여 분명치 않았지만 어떤 명령을 내리고 있는 것 같았다. 하지만 무슨 말인지 알아듣기가 힘들었다.

현지 언어를 조금 알고 있었지만 알아듣기가 어려웠다. 아마도 거친 억양 때문인 듯했다. 어떤 말들은 전혀 알아들을 수 없을 만큼 억양이 거칠고 강했다. 모르는 단어들도 많았다. 그래도 최대한 귀를 열고 집중해서 듣자 무장 세력들의 대화 속에서 마침내 몇 단어 정도는 알아들을 수 있었다.

계획…… 시간…… 이동…….

무슨 말인지 이해할 수가 없었다. 하지만 다시 귀로 익숙하게 들려오는 두 단어에 그녀는 긴장했다.

주변, 그리고 찾아라.

그 말이 뜻하는 말의 의미는 단번에 알아차릴 수 있었다. 혹시나 있을지 모를 트럭에 타고 있었을 생존자를 찾아보라는 말뜻이었다. 리더로 짐작되는 인물이 생존자 수색을 명령하자 위에서 아래로 내려오는 요란한 발소리가 들렸다.

진은 황급히 몸을 더 낮췄다.

'도망쳐야 해.'

미적거릴 여유 따위는 없다. 적에게 발각되지 않게 납작 엎드린 상태로 그녀는 아랫길을 향해 내려가기 시작했다. 거의 기다시피 하는 오리걸음 보폭으로 움직여야 했기에 속도가 나지 않았다. 그래도 최대한 서둘러 움직였다. 자신이 내는 게 분명한 바스락거리는 발소리가 주변을 시끄럽게 울렸지만, 어차피 총소리에 묻혀 적들에게까진 들리지 않을 것 같았다. 어딘가에서 멈추지 않고 계속해서 들려오는 커다란 총소리에 용기를 얻은 그녀는 발소리엔 아예 신경 쓰지 않고 더 빠르게 아랫길로 내려갔다.

더 앞쪽으로는 깎아지른 절벽이었기에 직진하던 그녀는 할 수 없이 옆으로 방향을 틀었다.

쉬이이익.

콰앙. 쾅. 쾅.

퍼엉.

요란한 소음들이 귓속으로 파고들었다. 달리는 발밑으로 미세한 진동마저도 전해지고 있었다. 그러나 무슨 폭발음인지 확인할 겨를이 없었다. 차마 뒤를 확인하는 게 두려워 그녀는 정신없이 앞만 보고 내달렸다. 귀가 먹먹해질 정도로 커다란 폭발음에 그제야 오리걸음을 멈추고 몸을 일으켜 전속력으로 뛰었다. 돌부리에 걸려 비틀거리기도 하고 정신없이 달려가다 갑자기 나타나는 잔가지들이 삐죽삐죽 뻗어 있는 마른 나무들에 얼굴을 얻어맞기도 했지만, 절대 발을 멈추진 않았다. 반군들이 쫓아오고 있을까 봐 뒤를 돌아볼 엄두가 나지 않았다. 그저 미친 사람처럼 전속력으로 앞으로만 내달렸다.

얼마나 달렸을까⋯⋯.

새로 내리막길이 나오더니 약간의 평지 길이 이어진 후 다시 오르막길이 나왔다. 정신없이 달리다 보니 어느 시점부터는 자신이 내려가고 있는 건지 올라가고 있는 것인지도 확신할 수 없게 되었다. 방향 감각을 완전히 상실했다는 것을 알아차렸지만 오지 적들에게 잡히지 않아야 한다는 일념에 계속해서 앞만 보고 내달렸다.

● ○ ●

트럭은 처참하게 옆으로 뒤집힌 채 찌그러진 형태였다. 창문으로 안을 살폈다. 운전병은 죽어 있었다.

탕. 탕. 탕.

확인 사살로 운전병의 머리에 총을 겨누고 방아쇠를 당겼다. 총알의 반동으로 운전병의 몸이 뒤흔들렸다. 확실하게 죽은 걸 확인한 후 주변을 살폈다. 인기척은 느껴지지 않았지만 경계를 늦추지 않았다. 단 한 명도 살려 둬서는 안 된다. 조그만 실수 하나로 전체가 망가질 수 있었다. 계획은 예정대로 한 치의 빈틈도 없이 진행되어야 한다.

〈주변을 샅샅이 뒤져.〉

그가 명령을 내리자 형제들이 빠르게 주변으로 흩어졌다. 그도 걸음을 옮겨 가며 혹시나 있을지 모를 쥐새끼를 찾았다. 그러나 형제들의 발소리 외에 주변은 조용했다.

〈여기 흔적이 있다.〉

형제 중 한 명의 다급한 외침에 빠르게 그곳으로 달려갔다. 그의 말대로 돌무더기 주변으로 핏자국이 있었다.

〈당장 찾아내.〉

분노가 일었다. 결국, 살아남은 쥐새끼가 있었다. 등줄기를 타고 내리는 식은땀이 묘하게 거슬렸다. 형제들은 핏자국이 나 있는 주변을 살폈다. 그도 아랫길로 더 내려갔다.

〈잠깐.〉

쉬이이이이익.

하늘을 울리는 희미한 소음에 발을 멈추고 동향을 살폈다.

전투기였다.

〈당장 철수한다.〉

시간이 없었다. 당장 이곳을 떠야 했다. 못 잡은 쥐새끼가 있다는 사실이 찜찜하긴 했지만, 겨우 쥐새끼 한 마리일 뿐이다. 살아서 자신의 쥐구멍으로 돌아간다고 하더라도 그들에게 큰 타격을 주진 못할 것이다.

습격의 목적은 달성했다. 서둘러 물건을 챙기고 흔적을 지우는 게 급선무였다. 그는 빠르게 비탈길을 올라가 교전이 일어났던 좁은 도로로 달려갔다. 형제들도 그 뒤를 따랐다.

〈동굴로 간다.〉

교전이 있던 곳에서 시체들을 확인하고 있던 다른 형제들도 그의 명령에 따라 모두 떠날 준비를 했다. 챙겨야 할 것들은 모두 다 챙겼다. 흔적도 지웠으니 바로 떠나기만 하면 된다.

그들은 모두 트럭에 올랐다.

카아앙.

쾅. 쾅.

퍼엉.

떠나는 뒤로 적군의 미사일이 떨어져 내렸다.

● ○ ●

울프 팀을 태운 헬기는 빠른 속도로 기지 안 착륙장에 내려섰다. 경보가 울리고 있었다. 비상을 알리는 적색경보였다. 생각보다 상황이 더 좋지 않은 모양이었다. 비행장엔 한국군도 대기 중이었는데 그 안엔 지혁도 끼어 있었다. 그리고 UDTSEAL로 보이는 다른 군인 몇 명도 출동 준비를 하고 있었다.

「피습당한 정찰조에 한국군도 끼어 있었나 보죠?」

마이크가 한국군을 쳐다보며 지나가는 어조로 질문을 던졌다. 아마도 그런 듯했다. 그들이 헬기에서 내리자 다가오는 미국 책임자 곁에 한국군 고위 장교로 보이는 중년의 군인도 함께 따라왔다.

「한국군 한미연합사령부 부총사령관이시다.」

미군 책임자의 말에 그의 눈매가 가늘게 변했다. 한미연합사령부 부총사령관에 대해서는 이미 들은 적이 있었다. 그래서 바로 알아차릴 수 있었다. 눈앞의 중년 남자는 진의 양아버지였다.

첫사랑 오빠에 이어 양아버지의 등장이라니, 문제 뒤의 또 다른 문제군.

「그리고 한국의 UDTSEAL 대원들이다. 같이 출동해 수색 작업을 벌인다.」

수색 작업? 전투 지원이 아니라?

이해가 가지 않았다. 무슨 일이 벌어지고 있는지 알아야 했다.

「무슨 일입니까? 기지로 복귀 중이던 미 육군 정찰조가 피습을 당했다고만 들었습니다. 세부 사항을 알려 주십시오.」

「일단 피습당한 미군들은 모두 사망한 것으로 추정된다. 공습을 요청하는 무전을 마지막으로 연락이 되지 않고 있다. 우리는 시체를 수습하고, 실종된 것으로 보이는 한국 군의관 진 킴 대위를 찾아야 한다. 그녀도 한국 대사관에서 출발한 육군 정찰조와 함께였던 것으로 확인되었다.」

뭐?

심장이 덜컥 떨어져 내렸다. 동시에 세차게 머리를 한 대 얻어맞은 것처럼 눈앞이 새하얗게 변했다. 미군 책임자의 말에 뒤에서 있던 울프 팀 대원들도 모두 놀라 숨을 들이켰다.

그는 충격으로 아무 말도 할 수가 없었다. 아무런 반응을 보일 수 없었다. 온몸이 마비된 듯 딱딱하게 경직되었다.

「그녀도 사망한 겁니까?」

존이 빠르게 상세 정보를 물었다.

「그 부분은 아직 파악되지 않고 있는 부분이네.」

존의 질문에 한미연합사령부의 부총사령관인 진의 양아버지가 끼어들어 짤막하게 답했다. 그의 얼굴도 납덩이처럼 굳어 있었다.

「저희 팀은 준비 완료입니다. 1분 내로 탑승하지 않으면 먼저 출발하겠습니다.」

지혁이 굳은 음성으로 대화에 합류했다. 한국군은 모두 헬기에 탑승 완료한 상태였다.

「바로 떠나죠.」

굳어 있는 제스 대신 존이 대답했다. 울프 팀은 서둘러 다시 헬기에 올랐다. 훈련에서 막 돌아온 상태라 따로 장비를 챙길 필요가 없었다.

「출발하지.」

제스는 겨우 한마디 할 수 있었다. 그의 지시에 헬기는 곧장 이륙 준비를 했다. 그는 목이 졸리는 느낌에 숨조차 제대로 내쉴 수가 없었다.

……습격이라니.

진이 습격당한 정찰조와 함께 있었고, 그곳에 있던 미군들은 모두 사망했다고?

믿을 수 없었다.

맙소사…… 정말로 진이 죽었다면 어떻게 해야 하지?

머릿속으로 떠도는 단 하나의 생각에 정신이 아찔해졌다. 생각만으로도 고통스러웠다.

● ○ ●

진은 살아 있을지도 모른다. 산 아랫길에 처박혀 까맣게 불타 있는 트럭에서 한 구의 유해가 발견되자 제스는 희망에 타올랐다. 그 한 구의 유해는 운전병의 것이었다. 그리고 뒷좌석에 뒹구는 의료 가방이 그녀가 이 트럭에 타고 있었다는 걸 입증해 주고 있었다. 하지만 시체는 한 구뿐이다. 위쪽 비탈 도로에 있는 다른 수송 트럭 근처에서도 여성의 시체는 발견되지 않았다. 그렇다면 그녀는 아직 살아 있는 게 분명했다. 테러를 감행한 적들에게 잡혀간 게 아니라면.

제스는 그 가능성도 염두에 두었지만 제발 아니길 바라고 또 바랐다. 만약 적들에게 잡혔다면 아군이 찾아내기 전까지 그녀는 차라리 죽는 게 낫다고 생각될 만큼 끔찍한 짓을 당할지도 모른다. 그는 진이 살아 있길 간절히 바랐지만, 적들에게 잡혀간 것도 아니길 기도했다.

'하느님 제발.'

헬기를 타고 오는 내내 신에게 기도를 올렸다. 다른 아무것도 필요치 않았다. 그녀만 무사하다면 그는 평생 신에게 다른 어떤 소원도 빌지 못해도 상관없었다. 제스는 최악의 상황을 상상하지 않으려 애쓰며 트럭 주변의 흙먼지가 굴러다니는 땅바닥을 면밀히 살폈다. 이곳으로도 적들이 내려온 건 분명해 보였다. 위에서부터 내려오면서 찍혀 있는 발자국이 그 사실을 알려 주고 있었다. 그들은 확인 사살을 위해 내려왔을 것이다.

개자식들.

그는 분노를 느끼며 적들에게 욕설을 퍼부었다. 아마 이 정도의 욕은 신도 이해해 주리라. 계속 땅바닥을 살피던 그는 무언가 흔적을 발견하곤 가까이 다가갔다. 핏자국이었다. 가늘게 땅바닥으로 흩뿌려 있는 핏자국을 찾아내자 그 주변을 더 자세히 살폈다. 비탈길 아래로 여러 개의 발자국이 나 있었다.

그리고 이어서 그 여러 개의 뒤엉켜 있는 발자국 중에서 크기가 작은 발자국을 발견해 내자 그는 기쁨에 차올랐다. 그러나 아직 속단하기는 일렀다. 발자국을 따라 더 아래로 내려갔다. 아래로 내려갈수록 드문드문 찍혀 있는 발자국은 하나뿐이었다. 적들이 더 아래까지는 내려가지 않은 것이다. 점점 희망이 생겨나고 있었다.

「발자국입니다. 진인 게 분명해요.」

지혁도 흔적을 발견했는지 어느새 다가와 작게 속삭이고 있었다.

「맞아요. 진의 발자국입니다.」

제스는 계속해서 핏자국과 발자국을 쫓았다. 하지만 절벽 가까이 내려가 옆으로 방향을 튼 후 조금 더 걸어가자 거기서부터 흔적이 끊겨 있었다. 길은 여러 갈래로 나뉘어 있었다. 그러니 절벽 아래만 빼고 그녀가 어느 방향으로 갔을지 확실하지 않았다.

그는 빠르게 무전으로 팀원을 불렀다. 또 다른 헬기로 날아온 육군 부대는 습격으로 사방에 비군들의 시체를 수습하며 혹시 있을지도 모를 기습에 대비해 주변을 경계하고 있었다. 올프 팀과 한국의 UDTSEAL 팀원들이 수색에 나섰다. 여러 방향으로 각자 수색해야 할 위치를 나눈 뒤 본격적인 수색을 시작했다.

이곳 산악 지대의 지형은 험하진 않았지만 쉽게 오르내릴 수 있는 동네 뒷동산 수준도 아니었다. 가시덩굴 같은 잡초들과 마른 잔가지가 길게 뻗어 있는 작은 나무들이 덤불처럼 한데 뒤엉켜 있었다. 척박한 땅은 흙 바위들도 무더기로 솟아나 있었고 늦은 밤에는 야생 들개가 나타날 수도 있었다.

그리고 산악 지대라 기온도 지금보다 더 현저히 떨어질 것이다. G-스탄은 낮과 밤의 기온 차가 심했고 산악 지대는 그보다 더 심한 편이었다. 게다가 가늘게 흩뿌려져 있던 핏자국으로 보아 그녀는 분명 부상 상태였다. 그녀는 군인이자 의사였지만 또 여성이었다. 홀로 장시간 버티는 데는 분명 한계가 있었다. 손목시계를 확인하니 벌써 18시가 넘어가고 있었다. 산악 지대에선 해가 더 빨리 저물었다. 곧 있으면 날이 완전하게 저물 터였다. 주변이 짙은 어둠으로 물들기 전에 서둘러 진을 찾아야 했다.

그는 마음이 급해졌다. 그녀가 남긴 흔적이 다시 나오길 바라며 주변을 샅샅이 살피며 조금씩 앞으로 나아갔다.

툭. 툭. 툭.

이런 망할!

본격적인 우기 기간도 아닌데 비가 내리려 했다. 고산 지대 특성이었다. 하늘에서 얇은 빗방울이 점점이 흩뿌려지자 그는 또다시 거친 욕설을 내뱉었다. 아직 방울방울 작게 그리고 드문드문 안개처럼 내리고 있었지만, 하늘을 보니 검은 먹구름이 잔뜩 끼어 있었다. 공기도 축축하니 물기를 가득 머금고 있어 무거웠다. 비가 쏟아지면 끝장이었다. 어딘가에 혹시 남아 있을지 모를 진의 흔적이 빗물에 모두 씻겨 나갈 것이다. 그는 미친 듯이 고개를 이리저리 돌려 가며 조그만 흔적이라도 찾아내려 노력했다.

제발…… 제발…….

그런 자신의 노력이 가상했는지 신은 다시 내리막길이 나오는 길목에서 마침내 작은 흔적 하나를 발견하게 해 주었다. 핏자국이었다. 그녀가 이곳을 지나간 것이다. 그는 더 많은 비가 쏟아지기 전에 서둘러 그 핏자국을 따라 신속히 움직였다.

● ○ ●

비가 올 거 같았다. 진은 흙무더기에 등을 기댄 채 먼지와 자갈투성이인 땅바닥에 털썩 주저앉았다. 왼쪽 다리가 점점 더 욱신거리고 있었다. 임시로 묶어 놓은 끈을 다시 풀어냈다. 베인 상처에서 다시 피가 흐르고 있었다. 상처는 깊진 않았지만 계속 달리고 걷다 보니 더 벌어져 있었다.

찌익.

아까처럼 상의 군복 아래 입고 있는 티셔츠의 아랫부분을 잡고 길게 찢어 냈다. 티셔츠는 이제 배 위까지 찢겨 맨살이 드러났지만 다른 방법이 없었다. 어차피 티셔츠 위로 상의 군복을 입고 있으니 상관없었다. 찢어 낸 티셔츠 자락으로 상처 난 부위를 덮고 여러 번 돌려 맨 다음 다리 근육이 꽉 조여 아플 만큼 질끈 동여맸다. 통증보단 지혈이 급선무였다.

그나마 다행스럽게도 베인 상처를 제외하고 다른 큰 부상은 없었다. 총상을 당했지만 방탄조끼 덕에 목숨은 구했다. 엄청난 통증만 생겼을 뿐 심각하진 않았다. 아마 멍은 들었을 것이다.

그래도 이 정도면 총알 세례를 당하고 비탈길 아래로 미끄러져 내린 트럭 안에 있었던 사람치곤 아주 가벼운 부상이었다. 커다란 혹이 난 머리는 아직도 두통이 일고 있었지만, 뇌진탕 증세는 아직 나타나지 않고 있었다.

천만다행이었지만, 그렇다고 아주 낙관적인 상황이라고 안심하긴 일렀다. 만약 이대로 이곳에서 구조되지 못한다면 앞으로 또 위험해질 상황은 얼마든지 벌어질 수 있었다. 그녀는 군인이었지만 전투병이 아닌 군의관이었다. 혼자 산악 지대에서 살아남는 방법을 많이 알지 못했다.

게다가 이곳은 가볍게 트레킹을 즐기는 거라고 생각될 만큼 잘 닦여진 길도 아니었다. 바닥은 흙먼지투성이에 크고 작은 돌들이 박혀 있어 울퉁불퉁했고, 거친 풀이 자라 있는 곳은 잘못 디디면 미끄러웠다. 길도 미로처럼 구불거렸고 모퉁이를 돌면 막다른 곳이 나오거나 두 개의 절벽이 가깝게 맞닿아 있어 지나기도 힘든 좁은 길이 나타나곤 했다.

가파른 길이 나오면 거의 기다시피 해야 해서 손바닥에는 날카로운 돌에 베이거나 찔린 상처들이 생겨났다. 엉망이 된 손바닥뿐만 아니라 몸 여기저기도 헤매면서 긁힌 상처들이 쓰라린 통증을 유발하고 있었다.

휴…….

한숨이 나왔다. 반군들에게 잡히지 않은 건 운이 좋았지만, 정신없이 도망치다 보니 방향 감각도 상실해 트럭이 있던 방향이 어느 쪽인지 가늠할 수가 없었다. 물론 알아낸다고 하더라도 다시 돌아갈 수는 없다. 아직 반군들이 있을지도 모르니까.

트럭에서 빠져나올 때 미리 무전기를 챙길걸, 하는 아쉬움이 들었지만 예고 없는 습격을 당한 상황에서 무전기를 챙길 만큼 여유가 많지 않았다. 아찔했던 순간이 기억나자 그녀는 공연히 뒤늦은 후회나 하고 앉아 있지 않기로 했다. 잠깐 휴식을 취했으니 다시 부지런하게 움직여야 했다. 날이 저물어 가고 있었다. 더 어두워지기 전에 밤을 보낼 안전한 장소를 찾아야 했다.

하지만 지금껏 쉬지 않고 부지런히 움직였음에도 척박한 땅은 끝도 없는 흙무더기 길만 펼쳐지고 있었다. 날이 완전하게 어두워지기 전에 산악 지대 어딘가 있을지도 모를 마을까지 찾아가는 건 애초에 무리라는 걸 알고는 있었지만 막상 홀로 고립된 현실을 맞닥뜨리고 보니 두려움이 밀려왔다. 진은 이를 악물고 눈물을 참아 냈다. 자신은 아직 살아 있다. 그걸로 충분히 감사해야 한다. 이 급박한 상황에 징징 짜고만 있는 건 아무 도움이 되지 않는다.

그녀는 제발 마음 편하게 몸을 누일 공간이 있는 바위틈이나, 아니면 안전한 공터를 찾을 때까지 주변이 암흑의 어둠으로 물들지 않기만을 바랐다. 그리고 비도 내리지 않기를 바랐고, 또 굶주린 야생 동물과의 만남도 피해 가길 기도했다.

무거운 몸을 일으켜 한 걸음 앞으로 내디뎠다. 통증이 느껴졌지만 살아 있기에 느낄 수 있는 아픔이라고 애써 위안 삼았다. 방향을 정하고 걸음을 옮겼다. 지금 걸어가는 방향이 더 위로 올라가는 방향이 아니길 빌며 한 걸음 한 걸음 힘을 내서 걸었다.

파삭.

걸음을 걷다가 희미하게 들리는 소리에 우뚝 멈췄다.

바람 소리인가?

하지만 바람은 불고 있지 않았다. 조용히 숨을 죽이고 귀를 기울였지만 소리는 다시 들려오지 않았다. 그녀는 불안한 마음을 애써 진정시키려 노력하며 슬며시 주변을 돌아봤다. 인기척은 없었다. 아직 완벽하게 혼자인 상태로 보였다. 하지만 그럼에도 팔에 오소소 소름이 돋아나며 경계심이 발동했다.

그녀는 무작정 앞을 보며 뛰기 시작했다. 도망쳐야 했다. 숨이 턱까지 차오르며 호흡이 가빠 왔지만 그녀는 더 빠르게 달렸다. 최대한 이곳에서 멀리 벗어나야 했다. 작은 나무의 바싹 마른 긴 가시들이 볼과 얼굴을 때렸지만 아픔을 느낄 새도 없이 그것들을 헤치며 더 빠른 속도로 뛰었다.

툭. 툭. 툭.

후드득.

점점이 수증기 같았던 빗방울이 점점 굵어지고 커지더니 순식간에 강한 빗줄기로 바뀌고 있었다. 얼굴을 아프게 때리는 굵은 빗방울에 몸이 떨렸다. 계속 달리며 몸을 움직이고 있었지만 급격하게 내려간 기온으로 추위를 느꼈다. 그래도 발을 멈출 순 없었다. 자꾸만 등줄기가 오싹거리며 솜털이 쭈뼛 서는 느낌이 들었다.

마음이 불안했다. 꼭 등 뒤에 누군가 있는 거 같았다. 돌아보기

무서웠지만, 등줄기로 계속 달라붙는 질척거리는 공포감에 그녀
는 결국 달리는 두 다리는 멈추지 않은 채 고개만 조금 돌려 뒤를
확인하려 했다.

"아악!"

하지만 고개를 돌리려고 생각한 그 찰나의 순간 뒤에서 뻗어
나온 억센 손길이 그녀의 허리를 붙잡았다. 강하게 뒤로 끌어당겨
지는 힘에 본능적으로 위협을 느끼며 그녀는 세찬 비명을 내질렀
다. 두 발이 허공으로 떠오르자 거세게 발길질을 하며 허리를 붙
잡은 강한 손을 떼어 내려 몸부림을 쳤다. 그래도 떨어지지 않자
짧은 손톱으로라도 허리를 붙들고 있는 정체불명의 억센 손을 할
퀴려 할 때 귀에 익은 음성이 뒤에서 흘러나왔다.

「진, 진정해요! 납니다.」

「……。」

제스의 목소리였다. 고개를 뒤로 돌렸다. 그러자 놀랍게도 그
녀 등 뒤에는 예고 없던 습격을 감행한 적군이 아닌 제스가 서 있
었다. 그는 쏟아지고 있는 빗줄기에 푹 젖은 채로 그녀의 허리를
끌어당기고 있었다. 차오르는 안도감에 그녀는 왈칵 눈물이 쏟아
지려 했다. 그가 이번에도 구하러 와 준 것이다. 홀로 고립되어
있던 그녀를 찾아내 주었다.

「제스……。」

자신도 모르게 뒤돌아서자마자 그의 목을 꽉 끌어안았다. 그도
강한 손길로 그녀의 허리를 꽉 껴안아 높게 들어 올리며 안아 주

었다. 그의 단단한 가슴에 얼굴을 묻자 진은 그제야 안심이 되었다. 제스와 함께라면 안전했다. 그가 위험한 적군이 숨어 있을지 모를 이 거칠고 척박한 산악 지대에서 그녀를 데리고 나가 줄 것이다.

「날 찾아내 줬군요…… . 고마워요. 정말 고마워요. 나, 나는…… .」

너무 두려웠어요. 와들와들 떨리는 몸의 진동에 그녀는 하려던 말을 끝까지 잇지 못했다. 대신 그의 단단한 가슴에 얼굴을 깊게 파묻으며 고맙다는 말만 반복해서 속삭였다. 익숙한 그의 체취를 흠뻑 들이켜며 이 순간이 간절한 마음이 만들어 낸 허상이 아님을 확인하려 했다.

「진…… 다행이에요. 젠장…… 당신이 피습당했다는 소식을 들었을 때 심장이 멈추는 줄 알았어요. 진…… 당신이 죽었다면…… 세상에…… . 무사해서 다행입니다.」

그가 그녀의 머리카락 사이로 얼굴을 묻으며 빠르게 속삭였다. 그의 음성은 거칠고, 격하게 흔들리고 있었다. 그도 두려워하고 있었다. 산악 지대에 홀로 남아 두려움에 떨고 있었던 자신만큼이나 제스도 그녀의 생사 여부를 걱정하며 공포에 떨고 있었음을, 그의 거세게 흔들리고 있는 목소리로 알아차릴 수 있었다.

그녀는 힘주어 껴안고 있는 그의 단단한 등을 더욱 꽉 끌어안았다. 그가 느끼고 있는 두려움을 조금이라도 진정시켜 주고 싶었다. 그러자 그가 그녀의 얼굴을 감싸 쥐더니 예고 없이 입술을 겹쳐 왔다. 거칠고 강하게 파고드는 제스의 입술에 그녀는 놀라 숨을 쉬려고 입을 벌렸다.

그 순간을 놓치지 않고 뜨거운 혀가 입 속으로 밀려들어 왔다. 거칠게 힘으로 밀어붙이는 원초적인 키스에 놀랐지만 이내 놀란 마음이 사그라들며 그녀는 그에게 깊이 몸을 기대고 단단한 입술을 받아들였다. 그의 뜨거운 열기에 잠시나마 지친 몸을 기댔다.

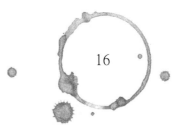

16

연기가 감도는 입술 감촉을 느끼고서야 그는 안심했다. 조금만 늦었어도 제때에 그녀를 찾아내지 못할 뻔했다. 빗줄기는 이제 더욱 굵어져 온몸을 흠뻑 적시고 있었다. 쏟아지는 빗줄기에 흔적이 모조리 사라지기 전에 그녀를 찾아낸 건 정말이지 기적이었다.

저만치 앞서 달려가는 진의 모습을 발견하자마자 그는 총알처럼 튀어 나갔다. 제법 거리가 있었기에 그녀를 놓치지 않기 위해서 정면으로만 시선을 고정한 채 빠르게 쫓았다.

얼마 안 가 손에 그녀의 가느다란 허리가 닿자 그는 그대로 힘껏 끌어당겨 안았다. 앞만 보고 달려 나가던 그녀가 놀란 비명을 내지르며 거세게 발버둥을 치자 그는 그제야 진이 두려움에 떨고 있단 사실을 깨달았다.

그녀는 적군이 나타난 줄 알고 도망치려고 했던 것이다. 그걸 깨닫자마자 그는 강하게 반항하는 거친 발길질에 얻어맞지 않기 위해 그녀의 허리를 더 강하게 끌어안으며 귀에 대고 속삭였다.

「진. 진정해요! 납니다.」

그러자 돌아선 그녀가 놀란 눈을 더욱 크게 뜨더니 그대로 그의 목을 꽉 끌어안았다. 얼굴을 스치는 부드러운 머리카락의 감촉에 그도 진의 목덜미에 얼굴을 깊게 파묻으며 그녀가 내뿜고 있는 생명의 향기를 들이마셨다.

그리고 충동적으로 그녀에게 키스했다. 자신에게로 몸을 기대 오는 그녀의 여린 몸을 느낀 순간 솟구치는 열정을 참을 수 없었다.

그녀를 찾아내기까지 그는 죽을 맛이었다. 피가 마르는 느낌이 어떤 건지 확실하게 깨닫을 수 있는 시간이었다. 누군가가 숨통을 꽉 틀어쥐고 있는 것처럼 목덜미가 답답했으며 무너진 돌더미 밑에 깔린 사람처럼 묵직한 통증이 심장을 압박했었다. 죽을 것 같던 고통은 마침내 진을 발견해 내고 그녀의 몸을 끌어안고 키스하자 끝이 났다. 그녀가 살아 있음을 자각한 순간 그도 다시 살아날 수 있었다.

그는 거칠게 진의 입술을 탐하며 자신이 지금 붙잡고 있는 게 상상이나 환상이 아닌, 사막의 악취미가 만들어 낸 신기루 현상을 겪고 있는 게 아님을 몸으로 직접 그녀의 뜨거운 숨결을 확인했다.

그리고 신께 감사 기도를 올렸다. 수백 번, 수만 번 읊조려도 부족하다고 느낄 만큼 그는 진을 찾을 수 있게 도운 신에게 감사했다.

「진, 정말로 무사해서 다행입니다.」

「하아…….」

그가 마침내 입술을 떼어 내자 그녀는 거친 숨을 몰아쉬었다. 그 흐트러진 무방비 상태의 모습에 다시 그녀의 입술을 훔치고픈 충동이 일었지만 그는 신중하게 욕망을 자제했다. 비가 퍼붓고 있었고, 날이 더 어두워지고 있었다.

「우선 이동해야 합니다. 안전한 장소로 가야 해요.」

진을 바라보며 속삭였다.

「네.」

그의 말에 그녀는 빠르게 고개를 끄덕였다.

「다쳤습니까?」

핏자국을 기억해 내고 거칠게 물었다. 탐색하는 시선으로 그녀의 전신을 훑어내렸다. 그녀의 얼굴은 생채기로 가득했다. 그는 손가락을 대 피가 얇게 스며져 나오는 볼을 쓰다듬었다.

「트럭이 넘어지며 비탈길을 굴렀어요. 깨진 유리 파편에 다리를 조금 다쳤는데 심각한 건 아니에요. 아까 지혈도 단단히 해서 지금은 출혈도 멈췄어요. 어서 이동해요. 난 괜찮아요.」

「이만하길 천만다행입니다. 힘들면 말해요. 업고 갈 테니.」

진이 상처 입고 피를 흘리는 바람에 그나마 수월하게 찾아낼 수 있었지만 그녀의 부상은 전혀 달갑지 않았다. 다친 채로 몇 시간을 홀로 산악 지대를 헤매고 있었던 걸 떠올리니 또다시 숨통이 막혔다.

「아뇨! 걸을 수 있어요. 끄떡없어요. 업어 주지 않아도 괜찮아요. 그리고…… 난 꽤 무거운 편이라고요.」

제스의 제안에 진은 황급히 고개를 가로저었다. 키와 비례해서는 비교적 마른 편이긴 했지만 그래도 깃털이나 종잇장처럼 가볍진 않았기에 그의 친절한 제안을 강하게 거부했다.

「진, 당신은 부상자예요. 그런데 지금 몸무게 걱정을 하는 겁니까? 그리고 전에도 말했지만 당신 무게는 내게 전혀 타격을 주지 못합니다. 내 몸무게는 아마 당신보다 두 배 이상 더 나갈 겁니다. 그만큼 당신보다 체격도 더 크고요. 당신 정도는 거뜬하게 업고 이동할 수 있어요. 그러니 걱정하지 말고 업혀요.」

강한 부정의 대답을 들은 그가 눈을 굴리며 황당하지만 재미있다는 시선으로 그녀를 바라봤다.

「알아요. 당신의 체격이 킹콩과 맞먹는다는 거. 그만큼 힘도 세겠지만 그래도 내 발로 걸을래요. 정말 가벼운 상처예요. 부상 축에도 못 들어요. 그리고 나를 업고 이곳을 헤쳐 나가는 건 너무 무모할 거 같아요. 여긴…… 마치 미로 같아요. 척박한 정글 같기도 하고요. 흙과 나무와 돌무더기로 가득한 엄청 추운 정글이요. 난 G-스탄 어딜 가도 모두 먼지만 쌓인 사막화 된 땅만 있는 줄 알았어요. 물론 이곳도 먼지 쌓인 흙더미에 바위투성이인 건 비슷하지만요.」

진은 주변을 둘러보며 말했다. 그동안 방문했던 마을들 모두
모래만 가득하거나 흙먼지만 풀풀 날리는 메마른 땅이었다. 그리
고 한국 대사관이 있던 곳은 도시라 서울처럼 도로가 잘 정비되
어 있었다.

「이곳은 정글 축에도 못 낍니다. 하지만 지형이 얌전한 곳도
아니긴 하죠.」

진의 과장된 비유에 그는 씩 웃었다. 잠깐 야릇한 상상이 스쳐
지나갔지만 현명하게 그 생각들을 밀쳐 두었다. 지금은 적절한 때
와 장소가 아니었다. 그들은 여전히 위험한 곳에 있었다. 한가하
게 야한 상상이나 하면서 낭비할 시간이 없었다. 그는 느슨해진
긴장을 바짝 조였다.

은신할 만한 곳을 찾아야 했다. 갑자기 내리는 비로 기온이 현
저하게 떨어지고 있었다. 추위에 덜덜 떨고 있는 진을 보며 그는
머릿속으로 생각을 정리했다. 출발지로 가기에는 어차피 너무 늦
었다. 진은 생각보다 멀리 이동해 있었다. 그녀가 흘린 흔적을 발
견하지 못했다면 그는 아마 한참 밑에서 수색하고 있었을 것이다.
게다가 그녀는 이미 체력 소모가 심한 상태였다. 다친 다리로 이
렇게 멀리까지 이동해 왔으니 지치고도 남았다.

아직 수색을 진행하고 있을 울프 팀과 한국의 UDTSEAL에게
진을 찾아낸 사실을 알린 다음 그들도 서둘러 안전한 곳으로 이
동해야 했다. 날은 곧 지금보다 더 어두워질 테고, 비까지 쏟아지

는 산악 지대를 무방비 상태로 헤매는 건 현명하지 못한 행동이었다. 무장한 과격파들과 다시 맞닥뜨리게 될 수도 있었다.

그는 서둘러 수색을 중단해도 좋다는 무전을 쳤다. 그리고 진을 데리고 안전 장소로 대피한다는 전언도 전했다.

지지직.

하지만 비의 영향인지, 아니면 고산 지대라서 전파가 잘 잡히지 않는 탓인지 무전기는 심하게 지지직거렸다. 그래도 그는 여러 번 정보를 전달하며 철수를 명령했다.

「일단 갑시다. 힘들면 언제든 말해요.」

「네.」

그녀의 허리를 휘감아 자신의 옆구리에 딱 붙게 한 채로 그는 걸음을 옮겼다. 기억이 틀리지 않는다면 북쪽 방향으로 한참 더 올라가면 오래전에 울프 팀이 훈련을 목적으로 사용했던 낡은 창고 비슷한 폐가가 있을 거였다. 출발지로 되돌아가기엔 너무 늦었으니 거리가 더 가까운 창고로 가는 게 더 현명했다.

그곳으로 가기 위해선 길도 잘 나 있지 않은 좁고 가파른 길을 헤치고 거의 정상에 가까운 중턱까지 높게 올라야 했지만, 길이 험한 만큼 거의 인적이 없다고 해도 무방했다. 지금으로선 그나마 안전하게 편히 쉴 수 있는 장소였다. 현재 진의 체력이 많이 떨어진 점이 걱정되었으나 비가 퍼붓는 산악 지대에서 장비도 없이 야영하는 걸 피하려면 위로 올라가야 했다. 정 안 되면 업고 가면 될 테니 큰 문제는 아니었다.

빗줄기는 점점 더 굵어지고 있었다. 예상컨대 계속된 빗방울의 굵기와 검은 구름이 잔뜩 덮여 있는 하늘로 보아 아마도 이 밤 내내 쏟아질 수도 있었다. 어쩌면 강한 돌풍을 동반하는 천둥 번개까지 휘몰아칠지도 몰랐다. 그런 상황이 닥쳐오기 전에 진을 찾아낼 수 있었던 걸 그는 다행으로 여겼다. 그는 그 어느 때보다도 더 경건한 마음으로 다시 한번 더 신에게 감사 기도를 올렸다.

● ○ ●

약했던 빗방울들은 시간이 갈수록 더 거세지고 있었다. 지혁은 한국의 UDT/SEAL 대원들과 미군의 울프 팀을 태운 헬기가 쏟아지는 빗방울을 헤치며 산악 지대를 벗어나 기지에 무사히 도착하려 함에도 밝은 표정을 지을 수가 없었다. 그의 얼굴은 공사판의 시멘트보다 더 딱딱하게 굳어 있었다.

"그래도 다행입니다. 김 대위님이 무사하셔서."

곁에 앉아 있던 유성이 머뭇머뭇 입을 열었다. 헬기 안에 감도는 긴장감을 느끼고 분위기 전환차 말을 걸고 있었다. 유성은 가장 오랜 기간을 알고 지낸 사이였기에 그가 진을 어떻게 생각하고 있는지 아주 약간은 알고 있었다.

"……."

평소 때 같았으면 유성의 말에 그도 겉으로나마 웃음을 보였겠지만 지금은 그럴 정신적 여유가 남아 있지 않았다. 그는 누군가와 대화를 나눌 기분이 아니었다. 그래서 유성을 향해 작게 고개만 끄덕이고는 다시 시선을 돌려 바닥을 내려다봤다.

진은 지금 그 사내와 같이 있다.

미 해병대특수부대 장교 제스 히버트.

그 사내를 처음 소개받던 날 그는 막연한 불안함을 느꼈었다. 사실 진이 있는 G-스탄 내의 미군 기지 안으로 처음 발을 내디딘 그 순간부터 원인을 알 수 없는 찜찜한 기운이 그의 전신을 휘감았다. 진을 만나기 위해 갖은 노력을 기울이고 그렇게 고대했음에도 막상 그 상황에 놓이게 되니 두려움이 엄습했다고나 할까? 스스로 생각하기에도 웃기는 심리 상태였지만 그는 그 기분을 떨쳐 낼 수 없었다.

그리고 그 불안함은 술집에서 진과 함께인 낯선 사내를 마주한 순간 더욱 크게 증폭되었다. 그 해병대 장교를 처음 봤을 때부터 예감이 좋지 않았다. 본능적 거부감이 머릿속 생각을 지배했다. 그의 원초적 신경 세포는 낯선 사내의 등장을 위협으로 받아들이고 현란한 경고를 보내고 있었다.

진이 낯선 사내를 향해 환하게 웃고 있는 걸 봤을 때 그는 누군가 자신의 머리를 둔탁한 물체로 쾅 하고 내리친 것처럼 강한 충격을 받았다. 아찔한 현기증이 뒤따랐고 충격은 곧 두려움으로 변했다. 진의 환한 웃음이 서려 있던 생기 가득했던 얼굴이 그가 무대 앞으로 걸어 나간 순간 시멘트를 바른 얼굴처럼 딱딱하게 변해 가는 걸 목격했을때 지혁은 막연한 두려움의 정체가 무엇인지 어렴풋이 알 것 같았다.

진을 뒤쫓아 G-스탄까지 오기 전 혼자 한국에 남아 있었을 때 느꼈던 불안함과 두려움과는 성질이 달랐다. 그때는 진의 마음을 의심한 적이 없었다. 곁에서 잠시 떨어졌을 뿐 그녀의 마음은 여전히 자신에게 향해 있을 거라는 오만한 생각을 하고 있었다. 그런 마음이 깔려 있었으니 지극히 당연하게도 그녀를 뒤쫓아 G-스탄까지 온 그의 행보에 진이 화를 낼 거라고는 조금도 생각하지 않았다. 기쁘게 반겨 주리라고 자만했었다.

그런데 막상 수천 킬로를 날아와 대면한 진은 한국을 떠나던 때와는 많이 달라져 있었다. 그녀의 환하게 빛나는 미소는 그가 아닌 다른 낯선 남자를 향해 있었다. 언제나 자신만을 향해 있을 거라고 자만했던 그녀의 마음은 어느새 새로운 방향으로 틀어져 있었다. 그녀의 티 없이 맑고 고운 아름다운 미소는 더는 그만의 전유물이 아니었다.

대체 어디서부터 잘못된 거지?

아무리 생각해 봐도 머릿속은 뒤죽박죽이었다. 정답을 도출해 낼 수 없었다. 진을 뒤쫓아 이곳에 온 후에도 제대로 잠을 자지 못했다. 진과 대화를 나눈 후로는 더욱더 뜬눈으로 밤을 지새워야 했다. 그로 인해 그의 육체는 물에 젖은 솜처럼 무거웠고 격한 피로감을 호소하고 있었다. 하지만 그럼에도 불구하고 정신만은 아주 또렷했다. 진과의 대화는 아직도 그의 귓가에서 생생하게 울리고 있었다.

'난 이곳에 와서 남녀 간의 진정한 키스가 어떤 건지 알게
되었어. 나에게 그 차이를 가르쳐 준 사람이 있거든. 난…… 지
금 오빠와 있는 이 순간에도 그 남자가 생각나…….'

솔직한 감정을 드러내 보이던 진의 얼굴은 행복해 보였다. 두
뺨은 적당히 발그레해져 있어 사랑스러워 보였고, 두 눈은 그 어
떤 값비싼 보석들보다 더 반짝거렸으며, 곡선을 그리고 있는 입가
엔 수줍은 미소가 어려 있었다. 사랑에 빠진 여자의 전형적인 모
습이었다. 그는 그 고통스러운 진실을 외면하고 싶었지만, 이제는
어쩔 수 없이 그 진실과 마주해야 했다. 진실을 인정할 수밖에 없
었다.

'오빠를 사랑해. 하지만…… 가족으로서야.'

가족…….
그 빌어먹을 가족이란 단어가 무척이나 싫었다. 그녀와 자신의
사이를 방해하고 있는 사회적 제약이 지긋지긋했다. 깨부수고 싶
었다.
하지만…….
깨지 못했다. 아니, 깨지 않은 것이다. 진이 처음으로 용기를

내어 그에게 사랑을 고백했던 14년 전 그때에도 비겁하게 가족이란 관계 뒤로 숨어 버린 건 자신이었다. 두려웠다. 자신의 확신할 수 없는 모호한 감정이, 그리고 사회의 편견이, 또는 가족들의 반대가…….

그래서 그는 진을 향하고 있는 자신의 사랑을 단순한 가족애라고 결론지어 버렸다. 스스로에게도 끊임없이 되뇌며 머릿속으로 강한 최면을 걸었다. 자신에게 있어 진은 여동생이자 가족일 뿐이라고.

익숙함이 만들어 낸 착각일 거라고 넘겨짚어 생각했다. 너무 어려 미숙한 탓에 감정을 착각하고 있는 거라고 치부해 버렸다. 그에게 향해 있는 그녀의 마음을 단순히 우상을 경배하는 풋사랑이라고 단정 지었다. 그녀보다 조금 더 어른인 그가 제대로 중심을 잡아야 한다는 얼빠진 생각에 빠져 있었다. 가슴속 깊숙이 숨겨 놓았던 욕망을 타일렀다. 절대 선을 넘어선 안 되는 거라고.

그건 다 개소리였다. 자신은 그저 겁쟁이였다. 그는 용기 없었던 지난날의 자신에게 증오 섞인 비난을 퍼부었다.

자신을 향해 있던 그녀의 마음을 왜곡하지 말았어야 했다.

아니, 차라리 진실을 깨달을 수 없도록 계속 착각이라도 하고 있게 했어야지. 정말로 나를 사랑하고 있는 거라고…… 떠날 수 없게…….

졸렬한 생각이었고 이기적인 마음이었다. 그는 정말 최악의 인간이었고, 진은 다행스럽게도 그런 자신의 곁을 떠났다. 알을 깨부수고 진짜 세상으로 나갔다. 그가 쳐 놓은 울타리를 부수고 홀로서기를 시도했다. 착각의 세상에서 빠져나간 것이다.

빌어먹을.

진을 되찾고 싶었다. 그는 제스 히버트란 이름의 미 해병대특수부대 장교에게 강렬한 질투를 느꼈다. 그 남자는 강인해 보였다. 진을 원하는 감정을 솔직하게 드러내고 있었다. 첫 만남과 진료실에서의 두 번째 만남으로 그는 그 남자가 진에게 푹 빠져 있음을 확실하게 인지할 수 있었다. 그 남자는 여러모로 그와 달랐다. 가장 극명하게 다른 한 가지는, 진을 지켜 냈다는 것이다. 지수의 폭력으로부터, 그리고 그도 차마 깨부수지 못했던 진의 숨통을 답답하게 그러쥔 어린 시절의 상처로부터.

지수의 손찌검에 그 남자는 거친 분노를 발산했다. 아마 지수가 여자가 아니었다면 그 남자의 분노를 잠재우지 못했을지도 모른다. 그 남자는 오랜 습관이 되어 버린 진의 방어 기제인, 상처 입으면 무조건 도망치려고만 하는 행동도 가만히 보아 넘기지 않았다. 그가 주저하며 망설이고 있는 사이 그 남자는 아무런 망설임도 없이 진의 뒤를 쫓았다. 모든 이들이 지켜보고 있는 자리에서 진을 향한 강렬한 소유욕을 노골적으로 드러내며 스스로의 감정 발산에 충실했다.

가족이란 테두리로 묶여 있지 않았다면 자신도 그 남자처럼 감정에 솔직할 수 있었을까?

모든 사람이 알아차릴 수 있도록 진을 향한 무한한 독점욕을 드러내며 마음껏 사랑할 수 있었을까?

질문에 대한 정답을 아직 찾지 못했다. 그의 어리석음은 너무나 깊었고 지혜가 부족했다. 현명하지 못했으며, 나약했다. 되레 진이 훨씬 더 강인했다. 그녀보다 더 강한 척해 왔을 뿐 실상은 자신이 그 작은 어깨에 기대고 있었다.

"어떻게…… 됐어?"

혼자만의 상념에 빠져 있던 사이 헬기는 어느새 미군 기지에 도착해 있었다. 미군 기지가 있는 지역의 하늘은 조용했다. 헬기에서 내리니 지수가 기다리고 있었다. 그리고 그 옆으로 아버지인 류 대장과 진과 같이 일하는 태영이 서 있었다.

"……"

그는 G-스탄에 갑자기 나타난 아버지의 등장에 놀랐다. 아버지가 G-스탄에 나타날 무렵 그는 청와대 인사들의 회의에 가 있었다. 끝나자마자 대사관으로 다시 돌아가려 준비하고 있던 참에 지수의 연락으로 한국 대사관에 아버지가 왔음을 알았다.

급하게 연락을 해 온 지수에게서 아버지가 G-스탄에 왔다는 소식을 전해 들었을 때 처음에는 아버지가 자신을 감시하고 진과의 사이를 다시 방해하려고 온 걸로 생각해 화가 치밀었다. 하지만 뒤이어진 지수의 다급한 말에 그는 곧바로 무너졌다.

'기지로 향하던 미 육군 정찰조가 괴한들에게 습격당했어. 그

런데…… 거, 거기에 진이도 가, 같이 있었다고…….'

지수는 아버지가 G-스탄에 나타난 걸 알리기 위해서 급하게 연락을 취해 온 게 아니었다. 진의 피습 소식이 연락의 진짜 목적이었다. 지수의 말에 의하면 진은 미 육군 정찰조와 함께 미군 기지로 떠났다고 했다. 그런데 진이 탑승한 차량이 괴한들로부터 피습을 당했고 아직까지도 생존 소식이 없다며 잔뜩 겁에 질려 있었다.

'주, 죽었으면…… 어떡하지…… 그, 그 애가…… 정말로…….'

무슨 정신으로 대사관까지 달려간 건지 기억나지 않았다. 그저 한국 대사관 옥상에 도착한 헬기에서 내리자마자 지수와 아버지를 향해 고함치며 물었다. 대체 무슨 일이 벌어진 건지. 정말로 진이 피습당한 게 맞는지. 이미 지수에게서 들었음에도 믿고 싶지 않아 되물었다.

아버지는 이미 지수에게 들은 내용 그대로 반복해 설명해 주었다. 흔들림 없는 또박또박한 음성으로 진이 피습당한 미군 차량에 탑승해 있었다고 확인 사살을 해 주었다. 발밑이 무너지는 순간이었다. 충격을 수습할 겨를도 없이 모두와 함께 미군 기지로 날아갔다.

소식을 전해 온 한국군 책임자에게 실시간으로 파악되고 있는 상황을 다시 확인했다. 그들이 헬기로 미군 기지까지 날아오는 시간 동안 이미 피습 지역 근처에 주둔해 있던 육군 부대가 정보를 전해 듣고 병력을 파견했는데, 정찰조 부대원 전원의 사망 소식을 알려 왔다고 했다. 아무도 살아남은 사람이 없다고 했다. 도무지 믿기지 않는 소식에 눈앞이 암담해졌다.

하지만 곧바로 들려온 다른 소식에 한 줄기 희망을 품게 되었다. 현재까지 확인된 시체 중 여군은 없다는 소식이었다. 의료 가방은 호송 트럭에서 발견되었지만 시체는 없다고 알려 왔다. 그 소식을 듣자마자 그는 빠르게 UDTSEAL 대원들과 함께 출동 준비를 했다.

미군에서도 특수부대를 호출했다. 그 남자가 속해 있는 울프 팀이었다. 그 남자도 그와 마찬가지로 진의 피습 소식을 듣자마자 충격에 휩싸였다. 세상이 무너졌다는 표정이었다. 남자의 얼굴에 드러난 표정을 보고 그는 확실하게 알아차릴 수 있었다. 남자가 진에게 가지고 있는 감정의 깊이를. 그건⋯⋯.

두 개 조의 특수부대 팀이 피습을 당한 지역으로 날아갔다. 먼저 와 있던 육군 정찰 부대의 설명을 듣고 진이 탑승했던 차량이 있는 비탈길 아래로 내려갔다. 그곳은 좁고 구불거리는 산악 지대 도로에서 얼마 떨어져 있지 않았다. 불에 탄 트럭이 있는 지점을 확인하자마자 그는 트럭이 더 아래로 미끄러지지 않았음에 감사했다. 튀어나와 있는 돌무더기가 아니었다면 트럭은 절벽으로 추락했을 것이다.

진의 흔적을 찾아서 서둘러 근방을 수색해 나갔다. 찍힌 발자
국은 여러 개였다. 미군을 습격한 무장 세력들이 이곳까지 내려
온 게 분명해 보였다. 그건 다시 말해 진이 포로로 잡혀갔을 가
능성이 있다는 걸 의미하고 있기도 했다. 그 최악의 가능성에 그
는 눈앞이 아득해졌다. 하지만 억지로 정신을 차리고 수색에 집
중했다.

울프 팀의 그 남자는 더 아래쪽에 있었다. 남자가 있는 지점에
서 반대쪽으로 방향을 돌리려다가 지혁은 희미한 핏자국을 발견
했다. 그리고 진의 것으로 보이는 작은 발자국도. 희미했지만 분
명 작은 발자국은 여자의 것으로 보였다. 그는 그 미세한 흔적을
따라갔다. 그 남자도 발자국 흔적을 보고 절벽 가까이 내려간 거
로 보였다.

하지만 행운은 거기까지였다. 절벽 부근에서 방향을 틀어 더
멀리 수색해 나갔는데 흔적이 끊겨 있었다. 흔적이 끊긴 지점에서
나아갈 수 있는 방향은 여러 곳이었다. 그 말인즉슨 모든 방향으
로 흩어져 수색해야 하는 상황이었다.

남자와 함께 수색할 방향을 정하고 대원들을 각자 방향으로 흩
어지게 했다. 진을 발견한 즉시 무전을 치고 출발지로 돌아오기로
정해 두었다.

그는 자신이 맡은 방향으로 나아갔다. 그러나 계속해서 앞으로
나아가도 진의 흔적을 찾을 수가 없었다. 날은 점점 더 어두워지

고 있었고 시간이 좀 더 흐르자 약하게 빗줄기가 내리기 시작했다.

그 순간 그는 참지 못하고 욕설을 내뱉었다. 마음은 더욱 다급해졌다. 빗줄기가 거세지기 전에 진을 찾아야 했다. 산악 지대에서는 날이 저무는 것도 빌어먹게 안 좋은 상황인데 비까지 가세하면 위험은 배가되었다. 하지만 하늘을 올려다보니 잠깐 스치는 비가 아닐 듯했다. 먹구름을 잔뜩 머금은 하늘은 탁하고 흐렸다. 눈물이 흘렀다. 모든 게 진을 G-스탄으로 내몬 자신의 잘못이었다.

그날 밤 서툰 고백과 충동적인 키스만 아니었다면 진이 한국을 떠나 테러가 빈번하게 발생하는 이곳으로 파병 따위 오지 않았을 것이다. 만에 하나라도 진이 잘못되면 그는 평생 자신을 용서치 않으리라 생각했다. 절대로.

아무 소득도 없는 무의미한 수색에 마음이 만신창이가 되어 갈 때쯤 예상했던 대로 가는 빗줄기는 점차 굵어져 갔다. 그리고 그 순간 무전이 울렸다.

— 진을 찾았……다. 큰 부상…… 없…… 무사……하다. 수색……을 중단하도…… 철수를…… 명…….

그 남자의 음성이었다. 전파가 잘 잡히지 않아 중간중간 말이 끊겼지만 분명 진을 찾아냈다는 무전이었다. 기쁜 마음에 서둘러 무전을 했지만 지지직거릴 뿐 답신은 돌아오지 않았다. 할 수 없이 그는 빠르게 출발지로 되돌아갔다. 진을 찾아내면 출발지로 돌아오기로 되어 있었으니까.

꽤 멀리까지 수색을 해 나간 터라 출발지로 되돌아가는 데만도 많은 시간이 걸렸다. 그러나 이젠 흔적을 살피며 수색해 나아가지 않아도 되었기에 빠른 속도를 낼 수 있었다. 그래도 출발지에 도착하자 날은 제법 어두워져 있었다. 한국의 UDTSEAL 대원들과 미군 특수부대 대원들도 모두 돌아와 있었다.

하지만 진과 그 남자의 모습은 보이지 않았다. 무전을 쳤지만 답신이 없었다. 두 사람이 나타날 때까지 그곳에서 붙박이로 남아 기다리고 싶었지만 그는 혼자가 아니었다. 미 육군 부대는 시체를 모두 수습하고 벌써 기지로 복귀 중이었다. 빗줄기가 더 거세지기 전에 그들도 헬기에 올라야 했다.

그는 군인이다. 진의 안전을 걱정하는 것과 마찬가지로 다른 대원들의 안전도 생각하며 책임져야 했다. 선택의 여지는 없었다. 어쩔 수 없이 헬기를 타고 기지로 복귀했다.

그 남자의 품에 진을 남겨 두고 돌아가는 그의 마음은 참담했다. 이번에도 자신은 진에게 아무런 도움이 되지 못했다. 철저하게 무능한 존재가 되었다. 진을 위험에서 구해 낸 건 그 남자였다. 진을 사랑하고 있을지도 모를……. 아니, 분명 사랑하고 있을 그 남자였다.

"어떻게 됐냐니까?"

지수의 신경질적인 목소리가 그를 다시 현실로 돌아오게끔 도왔다.

"진은?"

아버지도 짤막하게 물었다.

지수가 대답을 채근하는 동안 빤히 바라보며 침묵을 지키더니 못내 궁금했던 모양이었다.

"무사해요. 미군 장교가 찾아냈습니다."

"그런데 왜 안 보여?"

지수는 헬기에서 내리는 사람들을 모두 확인하더니 진이 없자 성마르게 되물었다.

"……."

「마이크, 대위님은요?」

태영이 더는 기다리지 못하고 헬기에서 내리고 있는 울프 팀에게로 뛰어가며 다급하게 소리쳤다.

「무사해. 걱정할 거 없어.」

울프 팀의 또 다른 장교가 태영에게 설명해 주었다.

「어디 있는 건데요? 왜 같이 안 온 건데요? 다음 헬기로 오는 건가요?」

「아뇨. 갑자기 비가 쏟아지는 바람에 먼저 철수한 겁니다. 강한 돌풍이라도 불면 헬기가 못 뜨니까요. 적군들에게 습격당할 수 있기 때문에 어두워진 산악 지대에 계속 있는 건 위험합니다. 철수하라는 무전을 듣고 먼저 철수해 온 겁니다. 아마 모이기로 한 장소에서 멀리 떨어진 지점에서 킴 대위님을 찾아낸 모양이에요. 그래서 제때에 접선지로 돌아오지 못한 거 같습니다.」

계속 이어지는 태영의 질문에 아까와 다른 대원이 차분하게 설명하고 있었다.

「그럼 아직 피습당했던 산악 지대에 있다는 거잖아요. 위험한 거 아니에요?!」

설명을 듣던 태영이 기겁을 하며 소리쳤다. 그 소리에 지수와 아버지도 시선을 돌려 그들을 쳐다봤다.

「태영, 아무 걱정 하지 마. 진은 안전해. 안전한 곳으로 벌써 이동했어. 비가 그치고 날이 밝으면 다시 데리러 가면 돼. 그사이 무전이 올 테니까 그때 위치를 확인할 수 있을 거야.」

"그만 쉬겠습니다."

그는 더는 그들의 말을 듣고 있을 수가 없었다. 진이 자신이 아닌 다른 남자와 함께 있다는 사실을 받아들이는 건 쉽지 않았다. 날이 밝아 올 때까지 진은 그 남자와 같이 있어야 했다. 그녀를 사랑하고 있는 게 분명한 남자와. 그리고 어쩌면 진도……. 아니, 이미 진의 마음도 그 남자를 향하고 있었다.

지혁은 비행장을 나왔다. 혼자 있고 싶었다. 진이 습격당했다는 소식을 들은 지 반나절이 채 지나지 않았는데 아주 오랜 시간이 지난 것 같았다. 엄청난 피로감이 몰려들고 있었다. 마치 출구 없는 세상에 갇힌 것처럼 끝이 없는 방황으로 길을 잃은 기분이었고 그로 인해 정신과 육체 모두 완전하게 지쳐 있었다.

하지만 오늘 밤에도 역시 쉬이 잠들 수 있을 것 같진 않았다. 그 남자와 함께 있으면서 밝은 표정을 짓는 진의 모습을 눈앞에

서 지워 버리려 세차게 고개를 뒤흔들었지만 부질없는 저항이었
다. 점점 흐릿해지는 시야로 환하게 웃고 있는 진의 모습이 아른
거렸다. 그가 아닌 그 남자를 향해 환하게 웃고 있는 그녀의 모습
은 여전히 아름다웠다.

제길…… 바보 같은 놈.

눈가가 아릿하니 얼얼해지고 있었다.

● ○ ●

진은 걸음을 더 빨리 떼려 했지만 몇 시간을 방탄조끼까지 껴
입고 뛰어다닌 탓에 체력이 거의 남아 있지 않았다. 게다가 지혈
한 다리에선 또다시 피가 조금씩 흐르고 있었다. 한 걸음 내디딜
때마다 통증이 따라왔다. 아직 걷지 못할 정도까진 아니었지만 계
속 쉼 없이 걷게 되면 곧 그렇게 될지도 몰랐다.

하아.

고된 숨소리가 거칠게 목구멍과 코로 쏟아지고 있었다. 오늘
걷고 뛴 거리와 강도를 계산해 보면 한국에 있을 때 받았던 훈련
보다 훨씬 더 고되고 많을지도 몰랐다. 아니, 훈련 강도와 비할
바 없이 너무 고되었다. 마치 죽음의 문턱을 밟고 나온 듯한 하루
였다. 무장 세력의 습격에 트럭이 전복되는 사고를 겪었고 다친
다리로 목숨을 위협하는 적들에게서 도망치기 위해서는 쉬지 않
고 달려야 했다. 물론 결과적으로 보면 적들에게 발견되지 않았

고, 적들이 그녀의 뒤를 쫓아오지도 않았지만, 아까까진 그 사실을 몰랐었으니 안전을 확신할 수 없는 상황이었다. 덕분에 팽팽한 긴장감에 스트레스가 켜켜이 쌓인 육체는 쓰나미처럼 몰려드는 피로감에 금방이라도 쓰러질 듯 위태로워졌다.

그래도 다행인 건 이젠 혼자가 아니라는 거였다. 그녀는 지금 제스와 함께였다. 그가 자신을 위험이 도사리고 있는 이곳에서 데리고 나갈 줄 것이다. 그와 합류한 후 그녀는 죽음에 대한 공포가 사라졌다. 낯선 곳에 있는 게 더 이상 두렵지 않았다.

그러니까 참아. 참아야 해.

두려움이 사라진 건 좋았지만 칼날 같던 긴장감이 풀려 버린 탓에 과하게 분출되던 아드레날린의 효과가 사라지면서 서서히 고통을 느끼고 있었다. 움직일 때마다 쿡쿡 찌르는 통증에 얼굴을 찡그리지 않기 위해 신은 악착같이 이를 악물며 신었다. 제스의 발목을 잡긴 싫었다. 이곳은 맨몸으로 걸어도 체력 소모가 큰 거친 지형의 지대였다. 이런 험준한 곳을 자신을 업은 상태로 헤쳐 나가게 할 수는 없다. 그는 그녀가 조금이라도 힘들어하는 기색을 보이면 정말로 업고 갈 기세였다. 앞장서 가면서도 틈틈이 돌아보며 그녀의 상태를 확인하고 있었다.

그래서 이를 악물고 통증을 참아 가며 그의 걸음에 맞추어 크게 발을 내디뎠다. 그는 이미 충분히 그녀를 배려해 작은 보폭으로 길을 헤쳐 나가고 있었다. 그녀만 아니면 그는 더 빨리 움직일 수 있었을 것이다. 하긴, 애초에 그녀만 아니었다면 제스는 미로처럼 생겨 먹은 이 추운 흙 바위투성이인 산악 지대를 힘들게 헤매고 다니지 않아도 되었다.

그러니 짐이 돼선 안 돼.

그건 끔찍했다. 진은 흐트러지려는 집중력을 꽉 붙잡고 통증을 잊으려 했다. 그를 위해서라도 목적지에 도착할 때까지는 힘을 내야 했다. 지친 마음을 다잡으려 플라시보 효과를 위해 곁눈질로 그를 올려다봤다. 자신의 어깨를 단단히 감싸 쥐고 앞으로 나아가는 그의 흔들림 없는 움직임을 보자 힘이 생겼다.

그는 이 미로 같은 곳에서 정확히 어디로 가야 할지 알고 있는 확신에 찬 얼굴이었다. 당당한 걸음은 조금의 주저함도 흔들림도 없었다. 그는 완전한 전사였다. 위장 크림이 번진 얼굴은 더 강렬하고 터프해 보였다. 가까이 밀착된 상태로 걸어가다 보니 그가 움직일 때마다 단단한 근육의 움직임이 몸으로 전해졌다. 그녀의 어깨를 감싸고 있는 그의 팔은 강철보다 더 견고한 묵직함을 가지고 있었다.

「힘듭니까? 이제 거의 다 왔어요. 쉬어 가자고 하고 싶지만 지금 쉬면 다시 걸어야 할 때 지금보다 더 힘이 들 겁니다.」

그녀를 내려다보며 미안해하는 제스의 눈빛에 진은 고개를 흔들었다.

「난 괜찮아요.」

「조금만 더 힘을 내요.」

그녀의 대답에 그는 고개를 끄덕이며 환한 웃음을 보였다. 힘을 내라는 격려 차원의 미소 같았다. 가슴이 두근거렸다. 그가 웃을 때 생기는 눈주름은 그의 얼굴을 한층 더 부드럽고 핸섬하게 보이게 했다. 그의 웃음을 동력 삼아 그녀는 정신을 가다듬으며 한 발 한 발 조심히 앞으로 내디뎠다.

그렇게 얼마나 더 걸었을까? 가도 가도 나타나는 오르막길에 이제는 쓰러질 지경이 되었다. 조금만 더 가면 된다는 그의 말에 마음을 다잡으며 힘겹게 걸었지만 시간이 흐를수록 고갈되는 체력에 더 버틸 정신력도 남아 있지 않는 상태로 접어들고 있었다. 이미 충분히 오랜 시간 걸었음에도 그는 끊임없이 전진했다. 대체 언제까지 걸어야 하는지 알 수 없는 막연함에 그녀는 더욱 지치는 기분이었다. 게다가 쏟아지는 빗줄기에 몸이 흠뻑 젖은 상태라 너무 추웠다.

지금이 몇 시지?

손목으로 흘긋 시선을 주었지만, 사고로 망가졌는지 시계는 멈춰 있었다.

「저기…….」

너무 춥고 다친 다리가 계속 욱신거려 오자 결국 참지 못하고 그녀는 조금만 쉬어 가자는 말을 하려고 조심스레 입을 열었다.

「다 왔어요. 저기 나무판자 보입니까?」

하지만 말을 꺼내기도 전에 그가 먼저 손짓했다. 미끄러운 풀이 듬성듬성 나 있는 비탈길을 올라 그가 가리키고 있는 손끝 방향을 따라 시선을 돌리니 놀랍게도 멀지 않은 곳에 공터가 나왔다. 아주 좁고 가늘게 트인 고랑 같은 게 있었고 그 너머로 작은 나무판자로 얼기설기 만들어진 낡은 집이 비스듬하게 우뚝 솟아 있었다. 빨리 저곳으로 들어가고 싶었다. 다급한 마음에 성급하게 앞으로 걸음을 내딛다가 상처가 욱신거리며 아파 오자 잠시 비틀거렸다.

「이런, 다리가 엉망이군요.」

그가 단번에 위태로운 상태를 눈치챘다. 말릴 겨를도 없이 다가와 그녀를 번쩍 들어 올렸다. 순식간에 그의 강철 같은 팔에 안기게 되자 그녀는 놀란 숨을 들이켜며 작게 저항했다.

「가만히 있어요. 어차피 저 흙탕물을 건너야 하니까. 좁은 폭이지만 비 때문에 물이 붙어나 있어 자칫 미끄러질 수 있어요.」

그의 단호한 말에 결국 그녀는 저항을 멈추고 가만히 있었다. 그의 말이 맞았다. 좁은 고랑은 돌들이 많이 널려 있었고 빗물이 섞인 물은 허벅지까지 차올라 있었다. 후들거리는 다리 힘으로 건너가다가는 사고가 날 수 있었다.

「이제 내려 줘요. 혼자 걸어갈게요.」

고랑을 건넜음에도 땅에 내려놓지 않고 넓은 공터를 빠른 걸음으로 뛰듯이 걸어가는 그의 배려에 그녀는 놀라 작게 소리쳤다.

「이왕 안긴 거 그냥 이대로 가요. 당신은 지금 많이 지친 상탭니다.」

그는 판잣집 안으로 들어가서야 그녀를 조심스레 바닥에 내려놓았다. 드디어 차가운 얼음과도 같이 느껴지는 굵은 빗줄기를 피할 수 있음에 그녀는 안도했다. 판잣집 내부도 춥기는 마찬가지였지만 적어도 몸을 아프게 때리며 내리는 비를 더는 맞지 않을 수 있었다.

멀리서 봤을 때는 이곳이 집이라고 생각했는데 막상 안으로 들어와 보니 집으로 보이진 않았다. 절반은 벗겨져 나간 지붕은 그녀가 앉아 있는 곳만 제대로 덮여 있었다. 지붕이 없는 건너편은 훤히 뚫려 까만 하늘이 드러나 있었고 빗물도 세차게 들이치고 있었다. 바닥도 뜯겨 있어 흙바닥이 그대로 보이는 부분이 더 많았다.

그나마 다행스러운 건 지붕 없는 건너편 지형이 더 아래로 비스듬하게 기울어져 있어 들이닥치는 빗물이 바닥에 고이고 있진 않았다. 빗물은 그녀가 앉아 있는 곳 반대편 아래로 흐르고 있었다.

「……추워요.」

정말 추웠다. 젖은 옷이 몸에 착 달라붙어 있어 한기가 느껴졌다. 그에게 불평 같은 말들을 하지 않으려 했지만, 너무 춥게 느껴져 자동 반사적으로 그런 말이 나왔다.

「미안해요. 불평하려던 게 아니었는데…….」

「괜찮아요. 힘든 일을 겪었잖습니까. 이 정도는 투정도 아니니 걱정하지 말아요. 지금 당신은 잘 견디고 있어요. 조금만 기다려요. 금방 불을 지필 겁니다.」

그녀의 말에 그는 어깨를 두드려 주고 일어나 주변을 돌아다녔다. 그를 도와주고 싶었지만, 너무 추워 몸을 움직일 수가 없었다. 그녀는 그냥 무릎에 얼굴을 묻고 고개를 숙인 채 있었다. 순식간에 피로감이 몰려와 손가락 하나 들 힘조차 남아 있지 않았다. 춥고 배가 고팠다. 무엇보다 눈꺼풀이 아플 정도로 너무 무거웠다. 그녀는 피로를 이기지 못하고 눈을 감았다.

「진, 진…… 그만 일어나요.」

그의 부름에 번쩍 눈을 떴다. 고개를 들어 보니 놀랍게도 어두웠던 내부가 조금 밝아져 있었다. 그녀가 앉아 있는 곳에서 멀지 않은 발치에서 모닥불이 타오르고 있었다. 벽난로 같진 않았지만 어쨌든 불을 땔 수 있는 작은 공간이 구석을 차지하고 있었다. 모닥불로 빛이 생기자 판잣집의 내부가 더 잘 보였다. 판잣집은 정말 말이 집이지 아까 어둠 속에서 잠깐 느꼈던 것처럼 전혀 집 같지 않았다. 그냥 낡은 창고 같았다. 아님 헛간이거나. 그녀는 살을 에는 추위에 따뜻함을 갈구하며 불 가까이 바짝 다가갔다.

「다리 좀 봅시다.」

그의 말에 그제야 다리 부상이 생각났다. 그녀는 졸린 눈을 비비며 치료를 하기 위해 조심스럽게 동여맨 끈을 풀었다. 그래도 티셔츠 자락으로 있는 힘껏 질끈 매 두었더니 베인 상처가 아주 많이 벌어져 있지는 않았다. 다행이었다. 피도 아주 간간이 배어 나올 뿐 심하게 흐르고 있진 않았다.

그가 구급함의 뚜껑을 열었다. 그는 방탄복 외에 작은 군장도 지고 있었다. 그런데도 다친 자신을 부축하고 먼 길을 걸어왔다니 놀라운 체력이었다. 그녀는 방탄복의 무게만으로도 한껏 지쳐 있었다. 구급함의 내용물을 확인해 보니 다행스럽게도 상처를 봉합하는 데 필요한 것들이 들어 있었다.

「직접 할 겁니까?」

「내가 의사잖아요.」

그의 물음에 진은 작게 웃으며 구급상자를 받았다. 일단 소독약으로 상처 부위를 깨끗하게 씻어 냈다. 따가운 쓰라림에 이마를 찡그렸지만 입술을 깨물어 참았다. 니들 홀더를 집어 들고 심호흡을 한 번 내쉬었다. 진통제나 마취제가 있으면 좋았겠지만 구급상자엔 항생제만 있었다. 기껏해야 고작 몇 바늘이다.

별거 아니야.

마음을 다잡고 소독을 한 후 항생제를 놓은 다음. 니들 홀더로 바늘을 잡아 피부를 꿰었다. 상상을 초월하는 고통이었지만 이를 악물고 참아 내며 묵묵히 상처를 봉합했다. 마침내 봉합이 끝나자 비를 맞아 추웠음에도 불구하고 땀을 흠뻑 흘리고 있었다. 그녀가 기진맥진한 채로 붕대를 감기 위해 손을 뻗는데 그가 더 빨랐다. 붕대를 집어 들고 직접 둘러 주었다. 상처를 봉합할 때에도 그는 고통을 덜어 주고 싶은 듯 곁에서 그녀의 다리를 꽉 붙잡아 주고 있었다.

「잘하네요.」

그를 향해 작게 웃음 지으며 칭찬하는 말을 건넸다.

「내가 특수부대 대원인 걸 잊은 겁니까?」

진의 칭찬에 그는 씩 웃으며 답했다. 일반 군인들도 간단한 응급 처치를 배우지만 특수부대원들은 그것보다 더 깊게 의료 처치를 배웠다. 그러니 그도 간단한 상처 봉합은 할 수 있었다. 물론 흉터가 남지 않게 예쁜 모양으로는 봉합하지 못하지만, 어쨌든 주먹구구식 정도로는 가능했다.

「그러게요. 자꾸 잊어버려요.」

거친 특수부대원이라기엔 그는 너무 부드러웠고 또 친절하고 자상했다.

「젖은 옷은 벗어야 할 것 같군요. 담요가 있으니 그걸 두르면 될 겁니다.」

그가 작게 돌돌 말린 담요를 꺼내 그녀에게 내밀었다.

「걱정하지 말아요. 뒤돌아 있을 거고 훔쳐보지 않을 겁니다.」

그녀가 머뭇거리자 제스가 농담조로 쾌활하게 덧붙였다.

「무, 물론 걱정하지 않아요.」

하지만 대답과는 다르게 목소리엔 동요가 일고 있었다. 그가 등을 돌리자 그녀는 머뭇거리다가 천천히 옷을 벗었다. 젖은 옷을 그대로 입고 있기엔 너무 추웠다. 활활 타오르는 불 앞에 가까이 앉아 있었음에도 젖은 옷을 입고 있자니 추위가 느껴졌다. 질척거려 불편하기도 했다. 비에 젖어 살에 착 달라붙어 있는 옷을 빠르게 벗어 내기가 쉽지 않았다. 추위로 곱은 손가락을 억지로 펴 먼저 방탄복을 벗었다. 그리고 상의 군복과 그 안의 군 티셔츠를 벗었다.

'윽.'

총알은 역시나 호화찬란한 멍을 선물해 준 상태였다. 선명한 보랏빛을 자랑하며 젖가슴 바로 윗부분으로 그녀의 주먹보다 더 크게 멍이 들어 있었다. 이 멍 때문에 엄청난 근육통 비슷한 통증이 일고 있었다. 그 통증에 나머지 젖은 군복을 벗어 내기가 더 어려웠다. 통증을 인식하자 더 많은 아픔이 몰려들기 시작했다. 한참을 끙끙대다가 겨우 나머지 옷들도 벗었다. 속옷까지 다 벗어 내고 담요를 두르자 오히려 더 따뜻하게 느껴졌다. 역시 비에 젖은 옷을 입고 있어서 더 추웠던 모양이다.

「다 했어요.」

벗은 옷은 잘 마를 수 있도록 불 가까이 펼쳐 놓았다. 속옷은 그의 눈에 띄지 않게 찢어진 티셔츠로 살포시 덮었다.

「당신은요?」

그의 젖은 옷을 바라보며 물었다. 비를 맞아 그도 흠뻑 젖은 상태였다.

「난 괜찮아요.」

제스는 작게 웃으며 말했다. 하지만 약간 긴장이 어려 있는 듯한 표정은 난처한 기색을 내포하고 있었다.

「왜요? 젖은 옷을 벗으니 오히려 더 따뜻한걸요. 당신도 벗어요. 뒤돌아 있을게요. 훔쳐보지 않아요.」

그가 했던 말을 똑같이 말하며 그녀는 미소 지었다. 그러나 그의 표정은 아까 전과 다르게 장난스러운 기색이 사라진 상태였다.

「담요가 하나뿐입니다. 당신에게 줬으니 내가 옷을 벗으면 두를 게 없어요. 뭐…… 당신이 벌거벗고 돌아다니는 나를 밤새도록 훔쳐보지 않겠다고 맹세한다면 안심하고 벗고 있겠지만 말이죠.」

마지막 말은 농담조였지만 이번엔 그녀가 웃을 수 없었다. 머릿속으로 그의 알몸의 모습이 잠깐 상상되며 스쳐 지나갔다. 얼굴에 열이 올랐다. 그녀는 타오르는 모닥불 쪽으로 얼굴 방향을 돌려 붉어진 안색을 숨겼다.

모른 척 그냥 잠자코 입을 다물고 있을까 했지만 양심이 허락지 않았다. 그도 지금 몹시 추울 게 분명했다. 뚫린 지붕 사이로 계속 비가 쏟아지고 있어 써늘한 기운을 느끼게 했다. 게다가 먼저 옷을 벗고 담요를 두른 채로 불 앞 가까이에 있어 보니 젖은 옷을 입고 있던 아까 전과는 비교할 수도 없이 따뜻했다.

「음…… 그, 그냥 벗어요. 그러니까…… 담요를 같이 두르면 되잖아요. 옷은 불 가까이 놔두면 금방 마를 거예요. 그러면 그때 다시 입으면 되니까.」

몇십 초쯤 망설이다가 그녀는 눈을 질끈 감고 말을 뱉어 냈다. 밤새도록 젖은 옷을 입게 한 채로 내버려 둘 수는 없었다. 그가 아무리 거칠고 용감무쌍한 해병대의 특수부대원이라 할지라도 추위를 느끼는 건 보통 사람들과 똑같을 테니까. 그리고 그녀는 기억하고 있었다. 그는 추위보다 오히려 더위가 더 좋다고 말한 적이 있었다. 그건 아마도 추위를 더 많이 타기 때문일 거라고 그녀는 짐작했다.

「……..」

제스는 말이 없었다. 대신 그녀를 빤히 바라보더니 이내 젖은 군복을 벗기 시작했다. 옷을 벗는 그의 모습에 당황하지 않으려 애쓰며 그녀는 슬쩍 고개를 숙였다. 모닥불로 시선을 고정한 채 한 꺼풀 두 꺼풀 차례로 군복을 벗고 있는 그를 훔쳐보지 않으려 했다.

1~2분 정도가 지났을까?

제스가 곁으로 다가오는 게 느껴졌다. 숨 막히는 긴장감에 그녀는 옆을 돌아보지 않은 채 허리를 꼿꼿하게 세우고 바른 자세로 앉아 있었다. 그가 미끄러지듯 담요 안으로 들어왔다. 단단한 근육으로 뒤덮인 그의 몸에 닿지 않으려 조심했지만 좁은 담요 안에서 서로가 부딪히지 않기란 매우 어려웠다. 그녀는 담요 끝자락이 바닥으로 흘러내리지 않도록 잘 고정하며 무릎을 세워 가슴 쪽으로 끌어당겨 깍지를 꼈다.

「자요.」

그가 불쑥 그녀의 눈앞으로 무언가를 들이밀었다. 생수병과 시리얼바였다. 신기하게도 먹을 걸 보자 급격하게 허기가 졌다. 그가 내미는 시리얼바를 조심스럽게 받아 들고 포장을 뜯어 한입 크게 베어 물었다. 평소 때 먹던 것과 다를 바 없는 건데도 배가 고파서인지 더 맛있게 느껴졌다.

「당신도 먹어요.」

시리얼바를 한입 더 베어 물려다가 아차 싶어 입을 대지 않은 반대쪽을 부러뜨려 그에게 건네주었다.

「난 괜찮아요. 배고플 테니 그냥 다 먹도록 해요.」

「싫어요. 같이 먹어요. 당신 음식이잖아요.」

그녀의 강한 고집에 결국 제스가 얌전히 시리얼바를 받아 들고 먹었다. 그가 먹는 걸 지켜보다가 그녀는 남은 시리얼바를 허겁지겁 먹어 치우고 물을 들이켰다. 배 속에 음식과 물이 들어가자 어느 정도 기운이 조금 생겨났다. 몸도 더 따뜻해지고 있었다. 하지만 몸이 따뜻해지고 있는 건 비단 음식을 먹었기 때문만은 아니었다. 그의 몸에서 뿜어져 나오는 열기에 그녀는 더 많은 온기를 느낄 수 있었다.

「날 어떻게 찾은 거예요?」

시리얼바를 다 먹은 후 어색하게 흐르는 침묵이 불편해 그녀는 대화를 시도했다.

「발자국과 핏자국으로요. 부분적으로 희미하게 찍혀 있었지만 운이 좋았습니다. 흔적들이 빗물에 씻겨 나가기 전에 당신을 찾아낼 수 있었으니까.」

「다시 한번 고마워요. 날 찾아내 줘서. 나, 난 조금 무서웠거든요. 무전기도 없이 산악 지대에 홀로 남겨진 데다 반군들이 쫓아올까 봐 겁이 났어요. 아참, 다른…… 미군들은……?」

「모두 사망했습니다.」

「세상에, 그들은…… 나만…… 혼자 살아남은 거라니……. 왜 갑자기 전투가 벌어졌는지 모르겠어요. 알아차렸을 때는 이미 늦은 상황이었어요.」

예상했었지만 혼자 살아남았다는 소식에 그녀는 마음이 편치 않았다. 충격으로 눈물이 고이려 했다. 운전병이 죽어 있던 걸 발견했을 때처럼 마음이 아팠다. 이곳이 격전지라는 게 새삼 실감 났다.

「난…… 당신이 무사해서 다행입니다. 피습당한 차량에 당신도 같이 타 있었단 말을 들었을 때…… 난 심장이 멈추는 줄 알았습니다. 이렇게 살아 있어 줘서…… 고마워요.」

그녀의 심장이 '쿵' 하고 바닥으로 추락했다. 그의 낮은 음성이 귓가에 가깝게 들리자 슬픔은 사라지고 긴장이 찾아들었다. 잠시 잊고 있었던 현재 상황이 다시금 떠올랐다. 어쩔 수 없는 상황이지만 어쨌든 지금 그들은 옷을 벗고 있는 상태였고 한 담요를 덮고 있어 서로에게 밀접하게 맞닿아 있었다.

그녀는 처음으로 G-스탄으로 오기 전 머리카락을 짧게 잘라 버린 걸 후회했다. 자르지 않았다면 지금보단 벗은 상체를 조금이나마 더 많이 가릴 수 있었을 테니 덜 민망하지 않았을까 하는 생각이 들었다. 하지만 떠나올 당시에는 류민영에게 머리채를 잡혔던 충격과 수치심이 생각 외로 컸고, 약간의 반항심이 더해져 지혁을 향한 복잡한 심경을 정리하는 마음으로 머리카락을 짧게 잘라 버렸었다.

지금 그녀의 머리카락은 쇄골 윗부분에서 찰랑거리고 있었다.

벗은 몸을 전혀 가려 주지 못하는 짧은 길이였다. 그녀는 가슴 쪽으로 무릎을 더 가까이 끌어당겨 깍지 낀 두 손에 더욱 힘을 주며 몸을 최대한 웅크렸다. 그러자 한결 마음이 진정되었다.

「그리고 당신 양아버지를 만났습니다. 한미연합사령부 부총사령관 맞죠?」

「네? 아저씨가요?」

그의 말에 그녀는 깜짝 놀라 앵무새처럼 되물었다.

「비행장에서 마주쳤습니다. 그도 피습 소식을 듣고 무척 놀란 상태더군요.」

「아…… 하필 안 좋을 때 오셨네요.」

류 대장이 왔다는 말에 진은 깜짝 놀라며 곧 걱정스러운 표정을 지었다.

갑자기 왜 오신 거지?

피습 소식을 들었을 테니 아마도 무척 걱정하고 있을 게 분명했다. 미군 기지로 무사히 돌아가게 되더라도 이번 일이 조용히 넘어가지 않을 것이란 불길한 예감이 들었다.

「그리고 지혁…… 그도 수색 팀이었어요. 한국의 UDTSEAL 대원들과 울프 팀이 함께 수색에 참여했습니다.」

그는 잠시 머뭇거리는 듯싶더니 이내 속사포처럼 빠른 속도로 말을 하며 정보를 알려 주었다.

「아…… 엄청 걱정하고 있겠네요. 오빠 정말 지나칠 정도로 걱정이 많은 사람이거든요. 세상의 모든 걱정과 근심을 혼자 짊어지고 살아가고 있죠. 섬세한 성격이라서 그런가 봐요. 그래서 예전에 내가 지나친 안전 불안 염려증이라고 놀렸었는데…… 어, 아직 고치지 못했죠.」

진은 혀를 깨물며 서둘러 말을 끝맺었다. 류 대장이 온 것에 대한 걱정을 잊으려 일부러 더 쾌활하게 웃으며 말을 한 건데 지혁에 대한 이야기가 나오자 그의 표정이 미묘하게 변하는 걸 눈치채고 아차 싶었다. 그의 앞에서 지혁과의 지난 추억에 대해 미주알고주알 이야기를 풀어놓는 건 눈치가 맹한 편에 속하는 그녀도 피해야 하는 화제라는 걸 뒤늦게 인지한 것이다.

「어, 음…… 그러고 보니 다른 대원들은요? 모두 이곳으로 오는 건가요?」

화제를 전환하기 위해 더듬거리며 질문을 던졌다. 질문을 던지고 보니 그들이 이곳으로 도착하기 전에 다시 옷을 입어야 한다는 생각이 뒤이어 떠올랐다. 추위에 젖은 옷을 벗을 때는 다른 사람들의 존재에 대해서는 까맣게 잊고 있었다.

「다시 옷을 입어야겠어요.」

황급히 바닥에 펼쳐 둔 젖은 옷으로 손을 뻗으려는 그녀를 제스가 제지했다.

「진정해요. 그들은 먼저 철수했어요. 아까 무전을 듣지 못한 겁니까? 당신을 찾아낸 후 바로 철수 명령을 내렸어요. 서로 통신이 원활하지 않았지만, 기지로 복귀한다는 마지막 무전은 들었습니다. 폭우 속에서 산악 지대에 있는 건 위험합니다. 무장한 적들에게 표적이 되기 십상이죠. 게다가 당신은 꽤 멀리까지 이동해 있었어요. 출발지로 되돌아갈 시간이 충분치 않아 이곳으로 온 겁니다.」

그의 차분한 설명에 그제야 그녀는 놀란 마음을 진정시켰다.

「아, 적들에게 붙잡히지 않으려고 쉬지 않고 계속 뛰었거든요. 뛰다가 너무 힘들 땐 빠른 걸음으로 걷다가 다시 또 뛰고…… 마을을 찾으려 산악 지대 아래로 내려가려고 했는데 말했듯이 미로 속에 갇혀 있는 거 같았어요. 같은 자리만 뱅뱅 돌고 있는 건 아닌가 했었는데 멀리까지 이동해 있었다니 놀랍네요.」

「당신은 같은 자리만 맴돌지도 않았고, 내려간 게 아니라 계속 올라가고 있었어요. 당신이 남긴 흔적을 찾지 못했다면 나도 수색 반경을 넓힐 생각을 못 했을 겁니다.」

제스가 웃는 얼굴로 말했다.

「휴우…… 군에서 제대해도 난 등산가는 못 되겠네요. 방향 감각이 제로예요. 정말 군인이라고 말하기도 창피하네요.」

진은 멋쩍은 웃음을 지었다.

「당신은 군의관입니다. 군인 신분이지만 의사인 거죠. 낯선 산악 지대에서 방향을 찾는 데는 미숙하지만, 치료엔 능숙하잖아요. 피습을 당해 힘든 상황이었는데도 아까 상처를 척척 봉합하는 걸 보고 역시 의사구나 했습니다. 당신은 멋져요. 아주 터프하기도 합니다. 총격을 받고 트럭이 전복된 사고를 당했음에도 당황하지 않고 적들에게서 몸을 피했어요. 잘 훈련받은 전투 군인에게도 그건 쉽지 않은 일입니다. 당신은 대단해요.」

「음…… 또 칭찬의 시간인가요? 이제 당신의 과한 칭찬에도 조금씩 면역이 되어 가는 거 같아요. 처음보다 덜 어색하고 덜 쑥스러운 거 보면요.」

사실 듣기 좋았다. 자신을 향한 그의 칭찬을 듣고 있으면 기분이 좋았다. 자칫 조심하지 않으면 그의 말만 믿고 자신감이 넘치는 여자를 넘어서 완전 콧대 높은 오만한 여자가 될지도 모를 정도로 그녀는 어느새 그의 칭찬을 자연스럽게 받아들이고 있었다.

혼자만의 생각에 그녀는 작게 킥킥 웃었다.

「그리고 터프한 건 당신이에요. 처음엔 날 붙잡은 사람이 당신인 줄 몰랐어요. 위장 크림 때문에 무시무시해 보였거든요.」

위장 크림은 아직 그의 얼굴에 얼룩덜룩 남아 있어 그를 한층 더 위험스러운 전사로 보이게 했다.

「당신의 피습 소식을 듣기 전까지 전투 훈련 중이었습니다. 소식을 듣자마자 다시 이동해 온 거라 씻을 시간이 없었어요. 많이 지저분합니까?」

그가 자신의 얼굴을 손바닥으로 쓸어내리며 물었다. 그 작은 행동까지도 그녀에게는 멋지게만 보였다.

「아뇨. 전혀요. 멋있어요. 더 완벽한 군인으로 보여요.」

그녀의 말에 제스는 쑥스러운지 멋쩍은 웃음을 보이며 슬며시 고개를 숙였다.

「당신은 왜 군인이 됐어요?」

문득 궁금해졌다.

「군인이 되는 게 원래 꿈이었나요?」

「뭐죠? 이번엔 내가 심문받는 차례입니까?」

「그동안에는 내 얘길 많이 했잖아요. 나도 당신에 대해 더 알고 싶어요. 그리고…… 날이 밝을 때까지 별다르게 할 일도 없으니까.」

아까까지만 해도 그녀는 엄청 피곤한 상태였지만 지금은 전혀 졸리지 않고 지친 느낌도 덜했다.

「처음부터 군인이 되는 게 목표는 아니었습니다. 사실 이제 와서 밝히긴 쑥스럽고 조심스럽지만, 나도 한때는 아버지처럼 목사가 되는 게 꿈이었어요. 어릴 때부터 기독교 학교를 다녔어요.」

「와, 그건 정말 예상 못 한 전갠데요. 목사가 꿈이었다니…… 그런데 왜 군인이 된 거예요? 엄청난 차이잖아요.」

제스의 말에 그녀는 정말로 깜짝 놀랐다.

「내 어린 시절 사진을 봤잖습니까? 어릴 땐 외모와 꽤 어울리는 꿈이었어요. 사춘기 시절을 겪으면서 난 지금처럼 엄청 성장한 겁니다. 목사에서 군인으로 꿈이 전향된 건 설명하자면 꽤 길어요.」

「그래도 듣고 싶은데요?」

그녀는 그가 자주 하던 말과 말투를 그대로 따라 했다. 그러자 제스가 또 웃었다.

「대학을 졸업하고 신학대학원을 가기 전 아버지와 함께 봉사 활동을 갔었습니다. 내전을 겪고 있는 나라였죠. 그곳도 G-스탄 만큼 아주 위험한 곳이었어요. 도움의 손길이 필요한 사람들이 많이 있었죠. 아버지와 난 그곳에서 전쟁으로 끼니를 해결하는 것마저 어려울만큼 가난해진 사람들을 도우며 하나님의 말씀을 전파했어요. 아버지는 고통받는 어린양들을 하나님의 품으로 돌려보내려 무척 애를 썼습니다. 아버지의 사명감이었죠.」

천천히 이야기를 시작하는 그의 음성은 차분했다.

「그러다 아버지와 시장엘 간 날이었어요. 갑자기 무장 세력들이 나타났죠. 평화로웠던 시장은 금세 아수라장으로 변했습니다. 사람들은 다치거나 총에 맞아 죽기도 했죠. 끔찍했습니다. 아버진 다친 사람들을 도우려 애쓰며 무장 세력들에게 대항했어요. 당연히 기도와 말씀으로요. 그들은 그런 아버지를 비웃으며 무자비하게 구타하고 마지막에는 죽이려 했어요.」

「……」

잠시 그의 말이 중단되었다. 진은 재촉하지 않고 그가 다시 입을 열 때까지 조용히 기다렸다.

「세상에, 그 순간 난 죽도록 겁이 났고 두려웠습니다. 아버지를 잃을까 봐 두려웠고, 무장 세력들의 총 앞으로 나가는 게 겁이 났죠. 그 당시의 난 덩치는 컸지만, 전혀 위협적이지 않았어요. 그때는 덩치만 큰 약골이었죠. 결국 무장한 미군들이 나타나 아버지를 구해 줬습니다. 총으로 무장 세력들을 제압했죠. 그때 불현듯 깨달았어요.」

「무엇을요?」

「기도와 말씀만으론 당장 눈앞의 폭력과 살인에서 사람을 구해 낼 수 없다는 사실을요. 엄청 충격적인 깨달음이었습니다. 그동안 내가 굳건하게 믿고 있던 게 와르르 흔들린 순간이었으니까. 그땐 나도 아버지처럼 비폭력주의자였어요. 완전한 평화주의만을 고집하던 시절이었습니다. 하지만 그 사건으로 난 폭력주의자로 돌아섰죠. 아, 오해는 말아요. 좋은 의미의 폭력 말입니다. 폭력을 행사하는 나쁜 놈들에게는 그들을 제압할 수 있는 더 강력한 폭력이 필요하다는 걸 깨달은 겁니다. 그래서 난 목사가 되는 꿈을 내려놓고 입대 신청을 냈습니다. 그렇게 군인이 된 겁니다.」

「처음부터 장교가 아니었나요?」

「그래요.」

「놀랍네요. 당신에게 군인이 아닌 다른 꿈이 있었다는 게 놀라워요. 난 당신이 당연히 사관 학교를 졸업해 장교부터 시작했을 줄 알았어요.」

「나라와 국민을 지키는 데 지위는 별로 상관없다고 생각했습니다.」

「그런데 왜 다시 장교 코스를 밟은 건데요?」

그제야 왜 그가 나이에 비해 직급이 중위인 것인지 조금 이해가 갔다. 물론 대위로 진급했다가 다시 중위로 강등된 거였지만, 어쨌든 한국에선 그 정도 나이대면 중위나 대위보다 더 높은 계급장도 달고 있었다.

「무능한 지휘관을 만나면 그 아래 병사들이 얼마나 개죽음을 당하는지 알게 되었기 때문입니다. 그걸 바로잡고 싶었어요. 그래서 장교가 되기로 다시 결심했죠. 그리고 내가 바로 그 무능한 지휘관이 되지 않으려 늘 애는 쓰고 있습니다. 정말 무능하지 않은 건진 잘 모르겠지만.」

제스는 어깨를 으쓱거리며 말을 끝맺었다. 그는 잔잔한 웃음을 머금은 얼굴로 그녀를 바라보고 있었다.

「어쨌든 이야기는 이걸로 끝이에요. 호기심은 해결되었습니까?」

「조금은요. 그리고 당신은 매우 훌륭하고 유능한 지휘관이에요. 다른 대원을 살리려 상급자의 명령에도 불복종했잖아요. 쉽지 않은 결정이었을 텐데요.」

그의 얼굴을 웃는 얼굴로 마주 보며 그녀는 부드럽게 지적했다. 그는 정말 보기 드물게 외면과 내면 모두 강한 사람이었다.

「세상에 사람 목숨보다 더 중요한 건 없으니까요. 현실에 부딪혀 적절하게 타협할 때도 있지만 그 한 가지는 잊지 않으려 늘 노력하고 있습니다.」

「계속 그 신념을 유지하려면 더 열심히 노력해 더 높은 자리로 올라가야겠어요. 그래야 더 많은 군인을 더 안전하게 지킬 수 있을 테니까요. 아마 당신이라면 충분히 별을 달 수 있을 거예요. 하나도 아니고 네 개도 거뜬하게요.」

그의 눈앞으로 손가락을 네 개 펴 보이며 자신 있게 소리쳤다.

「이런…… 날 너무 과대평가하고 있군요. 갑자기 어깨가 너무 무거워지고 있습니다. 이제 겨우 대위인데 언제 대장까지 오르죠? 아, 다시 계급이 오를 겁니다. 계급 강등 대신 6개월 감봉을 받는 걸로 최종 결론이 났어요. 처벌이 완화되었죠. 덕분에 처리해야 할 서류가 산더미처럼 쌓여 있을 겁니다.」

「정말요? ……다행이에요. 정말로…….」

그에게 내려진 계급 강등의 처벌이 다시 조정되었다는 말에 그
녀는 놀라워하며 축하 인사를 건넸다. 그러나 바로 뒤따르는 한
가지 생각에 기쁜 마음과 동시에 아쉬움도 들었다. 명령 불복종에
대한 최종 처벌이 결론지어졌다면 본국으로 돌아갈 수도 있었다.
물론 그렇게 된다면 그에게는 더 좋은 일일 것이다. 계급도 회복
되고 위험한 곳에서도 떠날 수 있게 된 거니까.

아, 그건 아닌가?

어쩌면 그는 G-스탄보다 더 위험한 곳으로 떠날 수도 있다.
비록 자신에겐 피습 사건 이후 이곳 G-스탄이 세상 그 어디보다
도 가장 위험한 곳으로 느껴지고 있었지만.

「축하해요. 그러면, 다른 곳으로 가는 건가요?」

이별의 아쉬움은 숨긴 채 넌지시 물었다.

「…….」

그러자 그가 빤히 바라봤다. 괜스레 마음이 뜨끔해져 그의 시
선을 피했다. 모든 걸 꿰뚫을 것 같은 눈빛에 숨기고 싶은 속마음
이 낱낱이 드러나게 될 것만 같았다.

「내가 G-스탄을 떠날 수도 있단 사실이 조금이라도 당신 마음
에 쓰이는 겁니까?」

「…….」

제스가 작게 물어 왔다. 바로 귓가에 대고 속삭이고 있는 것처

럼 그의 목소리는 아주 가깝게 들렸다. 그녀는 타오르는 모닥불에 시선을 고정하며 긴장감으로 마른 숨을 삼켰다.

한국대사관에서 미군 기지로 돌아가고 있을 때만 해도 제스와의 대화를 고대하고 있었다. 그에게 느끼고 있는 현재의 감정을 솔직하게 털어놓을 생각이었다. 하지만 그건 그의 명령 불복종에 대한 처벌이 최종 결론 맺어진 걸 몰랐을 때의 마음 상태였다.

이제 상황은 변했다. 그에게 내려졌던 임시 처벌은 거두어졌다. 그는 다시 진급될 거고 G-스탄을 떠날 수 있었다. 부담을 주고 싶지 않았다. 누군가의 발목을 붙잡는 짐이 되고 싶진 않았다. 절대, 그 누구에게도.

「진…….」

그가 다시 나직한 음성으로 그녀의 이름을 불렀다. 그의 달콤한 목소리에 하마터면 속마음을 털어놓을 뻔했다. 가까스로 입 밖으로 빠져나가려는 진심을 붙잡았다.

「그게, 우린 친구잖아요…… 신경 쓰지 말아요. 축하한다는 말은 진심이에요. 다시 대위가 된 걸 축하…….」

담담하게 인사를 건네고 싶었는데 혀가 굳어 버린 듯 제대로 발음이 되지 않아 더듬더듬 말을 이어 나갔다. 하지만 그녀의 말은 그의 돌발적인 행동으로 끝맺어지지 못했다. 단단한 입술이 그녀의 입을 막았다. 거칠고 성급하게 입술을 부딪쳐 오는 그의 갑작스러운 행동에 심장이 제멋대로 날뛰기 시작했다. 위험할 정도로 밀착된 맨살의 감촉에 당황했지만, 그를 피하지 않았다. 옷을 벗고 있음에도 따뜻한 온기를 느낄 수 있었던 게 당연했다. 제스의 몸은 마치 불이 붙은 난로처럼 아주 뜨거웠다.

「제길, 당신의 입에서 나오는 그 친구라는 소리가 이젠 지긋지긋합니다. 내 인내심은 바닥이에요. 난 지금 자제력을 잃기 바로 직전입니다. 사실대로 털어놓자면 당신이 내 등 뒤에서 옷을 벗을 때부터 내 이성은 반쯤 날아간 상태였습니다. 그리고 당신이 순진하게도 비에 젖은 내 상태를 걱정하며 젖은 옷을 벗고 같이 담요를 덮고 있자고 제안했을 땐 그 남아 있는 절반의 이성마저도 흔적도 없이 사라졌고요.」

그의 목소리는 탁하게 흐려져 있었고 사포가 긁힐 때 나는 소리처럼 거칠거칠했다.

「당신이 벌거벗고 있는 담요 안으로 기어들어 갈 때 난 당신을 그대로 바닥으로 쓰러트려 덮치지 않기 위해 엄청난 노력을 해야 했습니다. 당신과 대화를 나누는 동안에도 마찬가지였죠. 내 머릿속에 어떤 수많은 생각이 스쳐 지나갔는지는 오직 하나님만이 아실 겁니다. 제길, 그분도 알아서는 안 되는 생각들이었죠. 당장 내게 번개를 내리꽂지 않은 것만도 다행입니다.」

「……」

너무나 솔직한 그의 말들을 듣고 있노라니 그녀의 몸은 점점 떨리고 있었다. 추워서는 아니었다. 그가 내뿜는 열기로 담요 안은 충분할 정도로 따뜻했고, 그로 인해 그와 마찬가지로 그녀의 몸도 뜨거워져 있었다. 그녀의 몸이 떨리는 건 그가 발산하는 열정 때문이었다. 욕망을 숨기지 않는 그의 솔직함에 그녀의 몸은 반응하고 있었다.

심장이 미친 듯이 쿵쾅거렸다. 군악대의 역동적인 합주보다 더 크고 요란하게 울리고 있었다. 빠르게 뛰고 있는 자신의 심장 소리가 그의 귀에도 들릴까 봐 그녀는 손으로 지그시 가슴 부근을 눌러 잡았다. 그 미세하고 작은 움직임 한 번에 어깨에 둘러 있던 담요가 슬며시 뒤로 흘러내렸다. 그러자 그의 거친 고함이 뒤따랐다.

「이런, 젠장! 당신 총에 맞았었군요.」

그녀는 서둘러 흘러내린 담요 한쪽을 다시 잡아 들고 드러난 몸을 가리려 했다. 하지만 그가 더 빨랐다. 손목을 붙잡았다.

「미치겠군요. 대체 왜 말을 안 한 겁니까?」

「그게…… 심각한 게 아니니까요. 다행스럽게도 방탄복을 입고 있어서 총에 직접적으로 맞진 않았어요. 그러니까 진짜 중상은 아닌 거죠. 그냥 멍만 든 거예요. 사실 총에 맞은 줄도 몰랐어요. 뒤집힌 트럭에서 나와 부상 정도를 확인할 때서야 알았어요.」

진은 최대한 덤덤하게 상황을 설명하려 애썼다. 그의 걱정으로 비롯된 흥분을 가라앉히려 노력했다.

「빌어먹을…… 방탄복을 입고 있었으니 다행이었지, 아니었으면…….」

제스는 말을 흐렸지만, 그녀도 뒤에 무슨 말이 왔을지 짐작되었다. 그녀는 죽을 수도 있었다. 총에 맞은 줄도 몰랐으니 만약 방탄복을 입고 있지 않았다면 자신의 죽음을 느끼지도 못했으리

라. 그 생각만으로도 그녀는 정신이 아찔했다.

죽었는지도 모르게 죽고 싶진 않았다. 아무 준비도 없이, 자각 못 한 상태에서 갑작스럽게 맞는 죽음이야말로 당사자에게 가장 큰 고통이라고 생각했다. 물론 살아서 느낄 감정은 아니겠지만, 그녀는 그런 허무한 죽음은 맞이하고 싶지 않았다.

진은 경악한 표정을 짓고 있는 제스의 얼굴을 바라보며 오늘 그런 고통을 겪지 않은 것에 다시 한번 감사했다.

「보는 것과 달리 그리 아프지 않아요. 멍 때문에 심각해 보이는 거죠. 난 의외로 멍이 잘 드는 피부라서…….」

심각해진 분위기에 당황해 그녀는 일부러 더 아무렇지 않다는 듯 어깨를 으쓱해 보였다. 그리고 정말 그가 말하기 전까진 다른 곳에 정신이 팔려 있었던 탓에 아픔을 못 느끼고 있었다. 알몸인 상태로 그와 같은 담요 속에서 서로의 몸이 밀착된 상황에 온통 신경이 집중되어서 통증을 느낄 겨를이 없었다.

그런데 이제는 한술 더 떠서 몸을 가리고 있던 담요는 절반가량 흘러 내려간 채 그의 앞에 벌거벗은 상체를 드러내고 있었다. 노출된 부위에 닿는 그의 시선을 신경 쓰느라, 부상의 아픔은 전혀 중요하게 여겨지지도 않았다.

「어…… 저기, 그만…….」

놔주겠어요? 말을 해야 했지만, 목이 잠겨 있어 소리가 말끔하게 나오지 않았다. 그래서 그만 놔 달라는 신호로 그에게 잡힌 손목을 비틀며 약하게 힘을 주었다. 하지만 그는 잡은 손목에 힘을 풀지 않은 채 더 강하게 그녀를 끌어당겼다. 잡아끄는 중력의 힘에 이끌려 그녀는 그의 단단한 가슴에 머리가 부딪쳤다.

헉.

그가 멍이 들어 있는 가슴 부근을 손가락으로 부드럽게 쓸었다. 그의 손이 젖가슴 부근으로 스치자 그녀는 놀란 숨을 불규칙적으로 들이켰다. 그의 손가락이 스치고 간 자리가 뜨겁게 느껴졌다. 마치 불에 덴 것 같은 강렬한 뜨거움이었다.

「제스······.」

그의 고개가 천천히 움직이더니 다음 순간 빠르게 가슴 부근으로 내려왔다. 멍든 부위에 그의 뜨거운 입술이 와 닿자 그녀는 반사적으로 그의 단단한 팔을 움켜잡았다. 이상한 느낌이었다. 소스라치게 놀랐지만, 입술에서 전해지는 기묘한 느낌에 그를 밀쳐 내지 못했다. 이제 그녀의 심장은 완벽하게 군악대의 느낌으로 안에 있었다. 쾅쾅 울려 대고 있는 시끄러운 소리를 그에게 들키지 않을 방도는 없었다.

그도 더는 그녀의 손목을 잡고 있지 않았다. 그러나 그녀는 손이 자유로워졌음에도 그를 밀쳐 낼 생각은 하지 못하고 가만히 있었다. 그녀의 몸은 제어 안 될 정도로 심하게 떨리고 있었다. 바닥에 엉덩이를 대고 앉아 있었으니 망정이지 만약 서 있었다면 풀린 다리 힘에 털썩 주저앉았을지도 몰랐다.

「하아······.」

아무것도 하지 않고 있는데도 숨이 차올랐다. 호흡이 가빠지며 신음 같은 소리가 입술을 타고 미세하게 흘러나오고 있었다. 그의 몸을 가리고 있던 담요도 어느샌가 바닥으로 떨어져, 타오르는 장작불의 약한 불빛 속에 적나라하게 드러나 있었다. 그의 벗은 몸을 바라봤다.

그의 몸은 감촉으로 느껴지고 있는 것만큼 눈으로 보기에도 바위처럼 단단해 보였다. 필요 없는 군살이라곤 전혀 없는 온통 근육질의 몸이었다. 그녀가 양팔로 안아도 전부 감싸 안지 못할 만큼 넓은 어깨와 등은 타오르는 노란 불빛 속에서 더 건장해 보였으며 현란하게 빛이 나고 있었다. 탄탄한 엉덩이는 조각가의 예술 작품처럼 무척이나 관능적으로 느껴졌고, 그녀의 다리에 맞닿아 있는 그의 허벅지는 한눈에 둘레를 가늠할 수 없을 정도로 굵었다. 게다가 그 굵은 허벅지 사이에는…….

맙소사…….

그녀는 자신의 배를 찔러 오는 어떤 낯선 느낌에 정신이 아찔해졌다. 연애에 관해선 완전 초짜인 데다 연인들끼리 나누는 성적인 교류에도 무식한 수준이었지만, 그 낯선 느낌의 정체가 무엇인지는 알고 있었다. 풍부한 의학적 지식으로 알 수 있었다. 그는 부풀어 올라 있었다. 그것이, 거대하게. 하지만 머릿속 지식으로 아는 것과 직접 몸으로 느끼는 건 천지 차이였다. 낯설고도 이질적인 느낌에 눈을 질끈 감았다.

「진…… 난 지금 폭발하기 직전입니다. 더는 참기가 힘들어요. 그러니…… 원치 않으면 지금 말해요. 내 자제력은 이미 바닥이라 몇 초 뒤면 완전하게 이성을 잃을 겁니다. 난 당신을 원합니다. 당신과 하나가 되고 싶어요. 완전한 결합을 원합니다.」

그녀의 귓가에 그가 입술을 대고 거칠게 속삭였다. 그의 뜨거운 숨결이 귓속을 파고들자 그녀의 몸이 반사적으로 움찔했다. 두려웠다. 하지만 그의 존재가 두려운 건 아니었다. 다만 그가 원하고 있다는 그 행위가 두려웠다. 완전한 결합을 원한다는 게 무슨 뜻인지는 그녀도 알았다. 그는 그녀와의 관계를 원하고 있었다. 그러니까 섹스 말이다.

「…….」

하지만 과연 할 수 있을까?

지금 느끼고 있는 기분을 표현하자면 썩 괜찮은 편이었다. 불쾌감은 없었다. 토할 거처럼 속이 울렁이고 있지도 않았다. 얼굴과 멍이 든 가슴 부근을 쓰다듬는 제스의 손길이 혐오스럽지도 않았다. 오히려 궁금한 마음이 지배적이었다. 그의 단단한 손과 부드러운 입술이 자신의 다른 신체 부위에 닿게 되면 어떤 기분이 들지, 어떤 마음이 될지 궁금해졌다. 지금처럼 여전히 설레는 기분일까?

「진…….」

그의 고요한 음성에 마음속 갈등이 스르르 사라졌다.

그냥 마음이 시키는 대로 하는 거야.

「미안합니다. 당신에게 이러는 건…… 절대로 강요하려던 건 아닙니다. 난 그저…… 이런, 난 그만 담요에서 나가는 게 좋을 거 같군요.」

그는 말을 더듬고 있었다. 언제나 당당하게 자기 생각을, 또 감
정을 솔직하게 표현하던 그가 불안정한 모습을 보였다.

「난⋯⋯.」

얼굴을 쓰다듬던 그의 손이 멀어지려 하자 그녀는 본능적으로
그를 붙잡았다. 그의 단단한 손을 꽉 붙잡았다. 그리고 그만이 들
을 수 있게 작게 속삭였다.

「당신이 말한 몇 초는 이미 지난 거 같은데요.」

고개를 들고 긴장으로 잔뜩 굳어 있는 그를 올려다봤다. 작은
우주를 품은 그의 진한 갈색 눈을 마주했다. 그의 빛나는 두 눈을
지그시 바라보며 살포시 웃었다.

괜찮아.

제스를 믿었다. 그를 신뢰했다. 결코, 자신을 다치게 하지도 또
아프게 하지도 않을 거라고 확신했다. 그가 말하는 그 완전한 결
합이라는 행위를 그녀도 원하고 있었다. 그에게 자신을 완전히 내
주고 싶었다. 그리고 그녀 또한 그의 몸을 완전히 가지고 싶었다.
그녀의 몸은 이미 활활 타오르고 있는 모닥불보다 더 강한 열기
에 휩싸여 있었다.

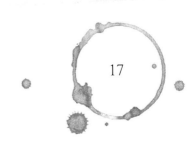

17

그는 아슬아슬하게 붙잡고 있던 이성의 끝자락을 결국 놓아 버렸다. 진이 자신을 올려다보면서 수줍게 미소 지은 순간 그는 더욱 갈망하게 되었다. 그녀를 가져야 했다. 너무나 오랫동안 원해 왔던 일이다. 그녀에게 사랑을 느낀 그날부터 꿈꿔 왔다. 그의 육신은 그녀가 벌거벗고 있는 담요 안으로 기어 들어갈 때 이미 잔뜩 흥분해 있었다. 그녀를 당장 바닥에 쓰러뜨려 덮치지 않기 위해 마음속으로 얼마나 많은 기도를 읊조리고 찬송가를 부르고 있었는지 모른다.

그녀의 몸에서 총에 맞은 흔적을 발견했을 때는 심장이 멈출 만큼 소스라치게 놀랐다. 하마터면 그녀를 영원히 잃을 뻔했다는 생각에 그는 더 참을 수 없었다. 솔직하게 그녀를 원하고 있노라고 자신의 욕망을 털어놓았다. 지금 그의 몸과 마음은 아플 정도로 진을 원하고 있었다. 그녀의 모든 것을.

하지만 그녀의 침묵과 머뭇거림을 발견했을 때 그는 멈추려 했다. 죽도록 힘들었지만, 자신의 원초적인 동물적 욕구를 참아 내려 했다. 그녀가 원치 않는 행동은 할 수 없었다. 상처 주고 싶지 않았다. 자신을 믿고 있는 그녀의 믿음을 배반하고 싶지도 않았다. 그래서 더 늦기 전에, 그가 나쁜 짓을 저지르기 전에 그녀에게서 멀리 떨어지려 했다. 그 순간 놀랍게도 그녀가 그의 손을 붙잡았다.

그녀는 그가 그동안 수없이 꿈꿔 왔던 환상 속의 그녀처럼 발그레한 얼굴로 올려다보며 환하게 웃고 있었다. 그의 욕망을 두려워하면서도 그녀는 그를 받아들이려 하고 있었다. 오로지 그를 위해 손을 내미는 그 모습이 견딜 수 없을 만큼 사랑스러웠다.

더 참지 못하고 그는 그녀를 자신의 품에 가두듯 끌어안았다. 성급하게 달려들어 달콤한 키스를 퍼부었다. 그녀의 입술에, 목덜미에, 쇄골 뼈 아래 멍든 가슴 부근에도, 그리고 부드러운 곡선을 이루고 있는 젖가슴에 키스했다.

그녀의 가슴은 부드러웠고 향기로웠다. 그는 손안에 가득 차게 들어오는 젖가슴을 감싸 쥐고 솟아오른 몽우리를 입술로 빨아들였다.

「아…….」

진의 입술에서 새어 나오는 나직한 신음이 그의 머리맡에서 울려 퍼지자 그는 더욱 흥분했다. 이미 팽창할 대로 팽창한 중심부가 더욱 크게 부풀어 올랐다. 위협을 느낀 야생 동물이 적을 향해 제 몸집을 크게 부풀리는 것처럼, 그의 육체도 원초적인 열망의 위협에 반응하며 성을 내고 있었다. 그는 떨리는 손길로 바닥에 떨어져 있는 담요를 반듯하게 펼치고는 그 위로 그녀를 조심스레 눕혔다.

맞은편 머리 위 뚫린 지붕에서 차가운 비가 계속 쏟아지고 있었지만 타오르는 장작불과 사랑의 열기로 추위를 느낄 새는 없다. 그는 수줍어하며 벗은 몸을 가리려 애쓰는 그녀에게로 가까이 다가갔다.

「진……. 오랫동안 꿈꿔 왔습니다. 당신을 너무나 원해요. 이제 멈출 수 없어요.」

「멈추고 싶지 않아요. 나도 당신을 원해요.」

꿈결 같은 말이었다. 정말로 자신이 꿈꾸는 환상 속이 아닐까 더럭 겁이 날 정도였다. 환상이라면 영원히 깨고 싶지 않았다.

그녀의 발에 입을 맞추었다. 그의 입술이 살결에 닿을 때마다 그녀는 생경한 느낌에 움찔거리며 몸을 뒤틀었다. 그는 자신의 입술에서 도망치려는 그녀의 다리를 붙잡아 입술로 쓸었다. 그녀의 다리는 가늘고 길었다. 발목은 그의 손에 한 줌도 되지 않을 만큼 얇았다.

그는 서서히 위로 키스해 올라갔다. 허벅지를 지나 날씬한 배를 입술로 빨아들였다. 그러자 그녀가 바르르 떨며 안겨 들었다.

그의 몸 아래 그녀의 몸이 부드럽게 밀착되며 얽혀 들었다.

「하…….」

저절로 탄성이 내질러졌다. 그녀의 부드러운 젖가슴을 다시 강하게 움켜쥐고, 벌어지는 그녀의 입술에 키스했다. 그녀와의 키스는 아무리 많이 해도 전혀 지겹지가 않았다. 오히려 매번 새로웠고 미지의 장소를 탐험하는 기분마저 들었다. 도저히 헤어 나올 수가 없었다. 그는 흥분으로 다소 거칠게 아랫입술을 깨물고 핥으며 그녀가 내뱉는 뜨거운 숨결까지 빨아들였다.

손안에 들어와 있는 그녀의 부드러운 젖가슴을 쓰다듬었다. 솟아오른 몽우리를 잡아당기며 손바닥으로 비볐다. 그 짧은 마찰이 주는 여운은 대단했다. 말랑거리지만 동시에 탄탄한 느낌을 주는 젖가슴의 감촉에 그의 몸으로 전율이 흘렀다. 그녀도 같은 걸 느끼고 있는지 얕게 신음을 뱉어 대고 있었다.

「진.」

한참 동안 젖가슴에 머물러 있던 그의 손이 다른 곳을 향해 나아갔다. 온몸을 구석구석 어루만지며 그 어떤 실크보다 더 매끄러운 살결의 감촉을 여유롭게 즐겼다. 봉긋하게 솟아 있는 엉덩이를 어루만지며 그녀의 몸을 자신에게로 더 가까이 밀착시켰다. 그의 중심부가 그녀의 부드러운 살결에 닿자 강하게 박동하며 아프게 조여들었다. 그 아찔한 고통에 그는 거친 숨을 몰아쉬었다.

「하아…….」

그녀의 숨결도 조금씩 거칠어져 가고 있었다. 열이 오르는지 양 볼이 잘 익은 사과처럼 발그레했다. 그는 붉게 달아오른 볼에 입을 맞추고는 떨리고 있는 그녀의 까만 눈동자를 마주 보며 가는 허벅지를 쓰다듬던 손을 움직여 더 안쪽으로 파고들었다. 매끄러운 살결을 헤치고 숨겨져 있는 그녀를 만졌다.

「자, 잠깐…….」

그의 은밀한 손길에 그녀의 눈이 놀라움으로 동그랗게 커졌다. 그녀는 순식간에 더욱 얼굴을 붉혔다. 가느다란 목덜미에 이어 깊게 팬 쇄골까지 완연한 붉은빛으로 물들어 가자 그는 황홀한 눈길로 그 신비로운 광경을 바라봤다. 그러다 참을 수 없는 충동으로 입술을 가져다 대 깊게 빨아들이며 낙인을 찍었다. 또 다른 붉은빛이 방울방울 생겨났다. 그는 그 붉은 멍을 다시 혀로 핥았다.

「미칠 거 같아요. 당신의…… 향기와 살결에…… 감촉이…….」

두서없는 말들을 마구잡이로 쏟아 내며 그는 입술을 더 아래로 내려 눈앞의 탐스러운 젖가슴을 한입 가득 삼켰다. 그녀의 몸이 팽창하며 안겨 들었다. 그의 머리카락 사이로 스며드는 그녀의 길고 가는 손가락의 감촉이 전해졌다. 그가 그녀의 젖가슴을 물고, 빨고, 입술로 쭉 잡아당기며 핥을 때마다 그 가는 손가락에 힘이 들어가며 머리카락을 옥죄었다.

「진…… 더는 참을 수 없어요.」

「나…… 난, 괜찮아요.」

그는 이미 오래전부터 준비 완료인 상태였다. 그리고 그녀도 서서히 젖어 들고 있었다. 그의 손길에 수줍어하면서도 솔직한 반응을 보이며 은밀하게 숨기고 있던 비밀스러운 내부를 열어 주고 있었다. 그걸 알아차리자 더는 견딜 수 없었다. 그녀를 위해 부드러운 전희가 더 필요하단 걸 마음으론 생각하고 있었지만, 이미 오래전부터 머릿속 이성은 완전히 무너져 내렸다. 욕구를 전혀 제어하지 못하고 있었다. 그의 또 다른 분신은 깊게 파고들 무언가를 찾아 헤매며 강렬하게 요구하고 있었다.

그는 그녀의 날씬한 다리 사이로 무릎을 세우고 들어가 허벅지를 열었다. 그다음 거대하게 팽창된 그의 욕망의 증거를 투명한 이슬을 머금고 있는 그녀의 매끄러운 중심부로 밀착시켰다. 그녀의 허벅지가 그의 허벅지를, 엉덩이 부근을 뭉근히 조여 왔다. 그 작은 움직임만으로도 그는 흥분했다. 마치 빨간 깃발을 보고 거칠게 달려드는 황소처럼 그도 뜨거운 콧김을 내뿜으며 그녀의 안으로 단박에 밀고 들어갔다.

맙소사…….

그녀의 안은 황홀했다. 그의 남성이 아주 살짝 들어갔을 뿐인데도 촉촉한 물기를 머금은 좁은 내부는 그의 분신에 바짝 밀착하여 조여 오고 있었다. 약에 취한 것처럼 정신이 몽롱해지며 눈앞이 아득해졌다. 그는 원초적 본능을 이기지 못하고 더 크게 허리를 움직였다.

「앗…… 제스…….」

성급하고 거친 침입에 진이 숨을 헐떡이며 두 손으로 그의 등을 꽉 끌어안았다. 작은 힘이 들어간 그 손길에 그는 더욱 흥분했다. 흥분 위로 또 다른 흥분이 탑처럼 쌓여 갔다. 거대한 성을 이루고 있는 흥분에 온전한 정신을 유지하고 있을 수가 없었다. 그의 욕망은 오로지 그녀의 좁디좁은 비밀스러운 공간으로 더 깊이 들어가야 한다고 성마르게 외치고 있었다.

그는 그 욕망의 명령을 충실하게 이행하려 계속해서 몸을 부풀리는 남성을 더 완전하게 세워 그녀의 안으로 밀어 넣었다. 안으로 더 깊고 깊게 파묻고 싶었다. 하지만 한 번 더 강한 힘을 가하며 그녀의 안으로 부푼 남성을 밀고 들어간 순간, 그는 깨달았다. 송골송골 맺힌 그녀의 얼굴엔 딱딱한 긴장이 서려 있었다.

세상에⋯⋯.

진은 처음이었다. 그녀는 그 누구에게도 몸을 열어 준 적이 없는 상태였다. 완벽하게 순결했다. 그는 당황했다. 자신에게는 이런 경험이 없었다. 미지의 낯선 경험에 그는 두려워졌다. 겁을 먹었다. 그녀를 다치게 하고 싶지 않았다.

「진⋯⋯ 당신은, 난⋯⋯.」

그녀는 너무 비좁았다. 비밀스러운 공간은 그의 침입을 반기지 않는 듯 좁게 수축했다. 그리고 그는 너무 커져 있었다. 그녀를 상처 내고 아프게 할 게 분명했다. 충족되고 있지 않은 욕망으로 그의 남성은 열망의 통증을 느끼며 아픔을 호소하고 있었지만 그래도 멈춰야 했다. 그는 힘겹지만, 천천히 그녀의 안에서 나오려 했다.

「싫어요⋯⋯ 제발⋯⋯ 계속해요. 당신을 원해요. 그리고 지금 당신이 내게 하려던 걸, 끝까지 원해요. 그러니까…… 멈추지 말아요. 제발…….」

그의 머뭇거림을 알아차린 그녀가 등을 껴안고 있는 손에 힘을 주었다. 그리고 귀에 대고 그를 원하고 있다고 끊임없이 속삭이고 있었다. 열기에 들뜬 너무나 유혹적인 그녀의 거친 음성에 그는 정신이 아득해졌다. 방금 마주한 미지의 신비스러운 충격으로 잠시 제자리로 돌아오려던 그의 이성은 유혹이 담긴 애원에 다시금 먼지처럼 흩어져 버렸다.

진은 계속되길 원하고 있었고 그 역시 솔직하자면 이대로 끝내길 원치 않았다. 계속되길 간절히 바라고 있었다. 끝까지 가고 싶었다. 그녀를 향한 욕망으로 부푼 남성은 안으로 더 깊숙하게 파고들길 원하고 있었다. 그녀 안에서 자유롭게 움직이고 싶었다. 그녀의 모든 것을 소유하고 싶었다.

그는 더는 참지 못하고 다급하게 허리를 움직였다. 다시금 그녀에게로 돌진했다. 강한 움직임 한 번으로 그녀의 순결한 장벽을 허물어 내고, 마침내 그 비밀스러운 공간으로 완전하게 들어갔다. 한 치의 여유 공간도 전혀 남아 있지 않은 완전한 삽입. 그 완전한 삽입이 주는 강렬한 느낌에 그는 거칠게 숨을 헉헉 몰아쉬었다. 심장이, 온몸의 신경 세포가 비정상적일 정도로 활발한 움직임을 보이며 그의 피를 들끓게 했다.

「아앗…….」

「진…… 아…… 세상에…….」

그는 진의 가느다란 목덜미에 흥분한 얼굴을 파묻고 그녀의 향기를 맡으며 더 힘차게 허리를 움직였다. 그의 허리가 강한 움직임으로 튕기듯 위로 올라가자 그녀의 입에서도 신음이 뒤따라 흘러나왔다. 그녀가 아파하며 내지르는 신음이 아닌지 상태를 살펴야 했지만 땀에 젖은 그녀의 살결이 풍기고 있는 향기가 그를 더욱 자극하고 있었다. 너무나 아찔하게 그 어떤 최음제보다 더 강력한 힘으로 그를 살아나게 했다.

그는 더 미루지 않고 그녀의 작은 엉덩이를 두 손으로 단단히 감싸 쥐고 자신의 허벅지 사이로 더 밀착시켰다. 그리고 힘찬 움직임으로 단단하고 거대하게 부풀어 오른 그의 뿌리를 그녀 안에 깊게 박아 넣었다. 그녀의 매끄러운 살결이 안에서 움직일수록 강한 흥분과 쾌감이 그의 전신을 지배했다. 꽉 움켜쥐고 수축하고 있는 공간에 그의 남성은 더 흥분하고 있었다. 성질을 내며 안에서 잔뜩 몸을 세우고 있었다.

그녀를 배려해 천천히 움직여야 한다는 건 알고 있었지만 그의 육체는 이미 정신의 지배를 거부하고 있었다. 느리게도 부드럽게도 할 수 없었다. 그의 움직임은 점점 더 빨라지고 거칠어져만 갔다. 처음 성을 경험하는 미숙한 풋내기 청년 시절로 돌아간 듯했다. 사막에 혼자 떨어져 타오르는 갈증에 허겁지겁 물을 갈구하는 정신 나간 사람처럼 그는 타오르는 욕망에 허겁지겁 그녀를 탐하고 있었다.

「미안해요. 진…… 부드럽게 해야 한다는 걸 알지만…… 맘소사…… 나도 날 제어할 수가 없습니다. 참을 수도, 멈출 수도 없어요.」

그는 강하게 위아래로 허리를 튕겨 냈다. 그가 움직일 때마다 그녀의 몸도 따라 들썩거렸다. 그는 그녀의 허벅지를 세워 자신의 허리에 감게 한 뒤 더 깊이 파고들었다. 그녀의 두 다리가 그의 허리를 옥죄었다. 그의 움직임에 그녀의 두 다리도 같이 움직여졌다.

그는 찰랑거리는 그녀의 검은 머리카락 사이로, 그리고 세찬 박동이 느껴지고 있는 그녀의 목덜미 사이로 땀에 젖은 얼굴을 파묻으며 거센 질주로 헐떡이는 신음을 내뱉었다. 헉헉거리는 숨소리가 어느새 쏟아지는 빗소리보다 더 크고 야릇하게 낡은 판자 창고 내부를 가득 채우고 있었다.

「괜찮아요. 참지…… 않아도…….」

거칠게 몰아쉬는 숨결 사이로 섞여 드는 그녀의 은밀한 허락의 말에 그는 자신을 더욱 몰아붙였다. 그녀의 안으로 더 깊게 들어갈수록 새로운 미지의 길이 열리며 그를 환영해 주고 있었다. 그는 어느새 탐험가가 되어 더 깊은 곳을 향한 비밀스러운 탐험을 시작했고 보상으로는 온몸을 뒤흔드는 쾌감을 얻었다.

「하아…….」

허리가 들썩일 때마다 두 개의 신음이 오묘하게 뒤섞이며 색스런 흥분을 부추겼다. 그는 자신의 들썩거리는 움직임에 따라 유혹적인 자태를 뽐내며 같이 위아래로 흔들리고 있는 그녀의 젖가슴을 두 손으로 움켜잡고 입 안으로 빨아들였다. 그의 입술에, 끈적끈적한 점액을 품은 혀에 몽우리의 봉긋한 감촉이 감겨들 때마다 허리 짓은 더 빨라졌다.

배고픔에 엄마 젖을 찾는 아기처럼 그는 그녀에 대한 허기를 채우려 말랑말랑한 젖가슴에 얼굴을 푹 파묻었다. 그는 더 많은 걸 원했다. 그의 입술이 그녀의 가슴을 빨고, 물고, 쓸어내리는 동안에도 그의 허리는 고지를 향해 강하게 움직이며 그녀의 부드러운 배에 밀착되어 있었지만 그의 욕망은 아직도 부족하다고 외치고 있었다.

거친 숨소리를 내뿜으며 허리를 세운 그는 그녀의 허벅지를 더 넓게 벌리며 남성을 메다꽂았다. 그러자 그녀가 몸을 비틀며 그의 허리에 손톱을 박아 넣었다. 하지만 그는 곤두선 손톱이 박혀 들며 발생하는 그 날카로운 통증마저도 기분 좋게 느껴졌다. 허리를 옥죄는 손길을 즐기며 그는 그녀의 허벅지 사이에서 오르락내리락하는 움직임을 멈추지 않았다. 그녀 안에 깊숙하게 들어갔다 다시 나오기를 반복하며 더 강한 움직임으로 더 깊은 곳을 향해 파고들었다. 어느덧 그의 단단한 뿌리 끝으로 좁은 공간의 끝이 느껴졌다.

「아…….」

「으읏…… 진.」

그녀의 입술 사이로 흘러나오는 거칠고 잔뜩 흥분감이 묻어나는 신음을 들었다고 생각한 순간, 그도 절정에 도달했다. 강렬한 쾌감이 그의 전신을 강타하며 짜릿한 전기를 선사해 주었다. 눈앞이 일순간 아득해지며 블랙홀에 빨려 들어가는 우주 공간처럼 모든 게 어두워졌다. 그리고 다시 새하얗게 변했다.

그는 폭발하기 직전, 고개를 들어 신음이 마구 흘러나오는 그녀의 붉은 입술을 뚫어지게 바라보았다. 그 황홀할 만큼 뇌쇄적인 모습에 그의 남성이 불끈거렸다. 더 참지 못하고 거친 신음을 내지르며 그녀의 안에 모든 걸 왈칵 쏟아 냈다.

뜨뜻한 물기가 한 치의 빈틈도 없이 완전하게 결합하여 있는 남성과 여성 사이로 흘러내렸다. 그는 다시 한번 더 마지막으로 허리를 튕기며 뜨거운 액체로 뒤범벅이 된 그녀의 내부로 파고들었다. 그리고 그녀의 뽀얗고 부드러운 젖가슴 사이로 쓰러지듯 무너져 내렸다.

쿵. 쿵. 쿵.

그녀의 거칠게 울리는 심장 박동 소리가 그의 귓가에 기분 좋게 울리고 있었다. 엄청난 경험이었다. 그는 한 번도 이런 경험을 해 본 적이 없었다. 진과의 섹스는…… 아니, 그녀와의 사랑 나눔은 그의 자제력을 통째로 날려 버렸다. 그의 이성을 완전히 마비시켰고, 그가 오직 단 한 가지 본능을 따라가게 만들었다. 그녀 안에서 거세게 움직일수록 눈먼 욕망은 더욱 불타올랐다.

그리고 마지막 순간 전신을 휘감아 온 강렬한 쾌감은 그가 이제껏 느껴 보지 못한 최고의 자극이었다. 그녀는 정말이지 굉장했다. 아직 그녀 안에 머물러 있는 그의 분신이 아까의 자극을 잊지 못하고 또다시 불타오를 정도였다. 자신을 둘러싼 그녀의 좁은 공간을 다시 한번 한 치의 빈틈도 없이 꽉꽉 메우려 자유롭게 활개를 치는…….

아, 이런…….

한 가지 생각이 머리를 스쳤다. 그는 콘돔도 사용하지 않고 그녀와 사랑을 나눴다. 그는 단 한 번도 피임 안 한 섹스는 한 적이 없었다. 하지만 아까 전 그는 콘돔이나 피임의 필요성을 완전히 망각하고 있었다. 까맣게 잊어버리고는 완전한 자유 속에서 그녀의 살결을 느꼈다. 그리고 또다시 그런 노골적인 자유 속에서의 사랑을 원하고 있었다.

그러나 아직은 일렀다. 그녀는 조금 전 그의 거친 행위를 받아주느라 지쳐 있는 상태일 게 분명했다. 그는 스스로 생각하기에도 아까 전 넘치는 힘과 욕망을 주체하지 못했다. 이성이 아닌 원초적인 본능으로만 생각하고 행동했었다.

「진…….」

그는 조심스럽게 거친 심장 박동이 서서히 잦아드는 가슴골 사이에서 얼굴을 들어 올리며 그녀를 내려다봤다.

망할…… 이 바보 같은 놈.

그녀가 울고 있었다. 그가 상처를 입힌 것이다. 당연했다. 그렇게 무식하고 야만스럽게 행동했으니 그녀가 겁에 질리고도 남았을 것이다.

「이런, 젠장…… 진…… 미안합니다. 내가 너무 거칠게 굴었어요.」

그녀의 눈물에 그는 당혹스러움을 넘은 경악한 표정으로 서둘러 그녀의 몸 위에서 내려오려 했다.

「아니요, 잠시만요. 잠시만…… 이대로 더 안아 줄래요? 당신을 계속 느끼고 싶어요.」

몸을 일으키려는 그의 행동을 제지하며 진이 작게 속삭였다. 그녀가 애원 섞인 부탁의 말을 수줍게 건네면서 휘감은 손으로 등을 지그시 눌러 오자 그는 그녀의 몸에서 내려오는 대신 방향을 바꿔 그녀를 그의 몸 위에 올려놓았다.

「무거울 거예요…….」

그녀가 그의 몸에서 내려오려 약하게 버둥거렸다. 팔을 짚고 몸을 일으키려 하는 진의 저항을 가볍게 제압하며 그는 그녀의 부드러운 등을 감싸 안았다. 자신에게 편안하게 기대게 했다.

「하나도 무겁지 않습니다. 그러니 걱정하지 말고 기대 있어요. 그리고…… 미안합니다. 내가 너무 원시인처럼 굴었어요. 자제력을 잃어선 안 되었는데…… 그러고 말았어요. 당신은 처음이었는데 말이죠. 맙소사, 미리 이야길 했다면…….」

아니, 그녀가 미리 이야기했더라도 결과는 마찬가지였으리라. 그는 너무 오랫동안 그녀를 원하고 있었기에 멈추지 못했을 게 확실했다. 그래도 아까처럼 자신의 욕구만 채우려 급급하며 짐승처럼 달려들지 않았을 수도 있었다. 조금은 자제라는 걸 해 보려는 생각을 하지 않았을까?

「제발 울지 말아요. 내가…….」

「아뇨. 미안해요. 당신 때문에 운 게 아니에요. 음…… 그러니까 당신이 날 아프게 해서 운 게 아니에요. 난 괜찮았는걸요. 사실, 좋았어요. 난 남자와 이런 친밀한 행위를 나눌 수 있을 거라 전혀 생각하지 못했었어요. 그런데 당신과 나눴던…… 음…… 당신과 이런 친밀한 성적인 관계를 맺었다는 게 조금 신기했어요. 그러니까…… 안도감과 행복함에 흘린 눈물인 거죠.」

진은 머뭇거리다가 그냥 있는 사실대로 아까의 행위로 느꼈던 감정에 대해서 털어놓았다. 그녀의 정신은 아직도 제스와 나누었던 경험에 놀라워하고 있는 상태였다. 그와의 섹스는 무섭지도 않았고 혐오감도 들지 않았다. 구역질도 없었다.

그저 행복한 기분이었다. 무언가 충만하게 채워진 느낌을 받았다. 그의 품 안에 갇혀서 그가 움직이는 대로 움직여지고 있었음에도 그녀는 자유로웠다. 자신을 속박하고 있던 무언가가 툭 하고 끊어진 느낌을 받았다.

그녀는 그의 단단한 가슴에 얼굴을 대고 그의 심장 소리를 들었다. 아까처럼 격하게 뛰지 않고 규칙적으로 천천히 울리고 있었다.

「왜 남자와 성적인 관계를 맺지 못할 것으로 생각한 겁니까?」

제스는 어렴풋하게 그 이유가 짐작이 갔지만, 진에게서 직접 듣고 싶었다. 그녀가 가지고 있는 상처는 그의 생각보다 더 깊고 더 클 수도 있었으니까.

「난 어렸을 때부터 사람들과의…… 신체 접촉을 좋아하지 않앉어요. 어려움을 느꼈죠. 성별을 불문하고요. 부담스러웠고, 어떨 땐 두렵기까지 했어요. 어렸을 땐 누가 내 몸에 손을 대려 하면 공황 발작이 오는 것처럼 약한 발작을 일으킨 적도 종종 있었어요. 아마 아버지 때문일 거라고 짐작했어요.」

「그가…… 당신 아버지가 설마…… 당신을 건드린 겁니까?」

차마 확인하기 두려웠지만 그래도 알아야 했다. 그는 쓰레기 같은 인간들이 어린 여자애에게 얼마나 잔인해질 수 있는지 알았다. 한번 양심이 사라진 이들은 회복하기 어려웠고 어둠에서 빠져나오려 하지도 않았다. 그저 끝없이 스스로와 타인을 불행하게 만들 뿐이다. 그는 상상만으로도 목이 졸리는 기분이었다. 숨이 턱하고 막혀 왔다.

만약 그녀가 그런 끔찍한 경험까지 겪었다면 그는 기필코 그녀의 친부를 찾아내 죽을 정도로 패 주고 싶었다. 이런 그녀가 느꼈을 두려움과 고통만큼…… 아니, 그 이상으로 고통스럽게 만들어 주고 싶었다.

「아, 아뇨…… 당신이 생각하는 그런 건 없었어요. 아버진 날 때리긴 했지만 단 한 번도 성적으로 폭력을 휘두르진 않았어요. 그게, 나에겐…… 아니었어요.」

그의 거친 말에 그녀는 깜짝 놀라 상체를 살짝 일으키며 고개를 저었다. 친부는 인간성이 결여된 악마 그 자체의 잔인한 악인이었지만 자기 자식을 범하진 않았다. 자식을 향한 사랑이나 도덕적인 지각이 남아 있어서기보단 광기 어린 집착의 대상이었던 어머니가 떠나자 그는 도박과 약물에 더 심취해 있었다. 만약 어머니가 수시로 당하던 그런 일까지 겪었다면 어쩌면 그녀는 빛으로 나아가는 삶의 새로운 지표가 되어 준 지혁을 만났더라도 지금처럼 온전한 정신으로 살아가지 못했으리라.

「그러면…….」

「사실 아주 또렷하게 기억나는 건 아니에요. 어렴풋한 기억이죠. 어떨 땐 그 일이 정말 현실에서 일어난 게 아닌 끔찍한 악몽이 아니었을까 생각될 정도로 희미한 기억이에요. 어릴 땐 두려움이 만들어 낸 환상일지도 모른다고 생각했던 적도 있어요. 나중엔 환상이 아닌 실제 기억이라고 깨닫게 됐지만요.」

그녀의 음성은 무척이나 떨리고 있었다.

「무슨 일이었던 겁니까?」

「어머니와 관련된…… 일이었어요. 아버진 여느 날과 똑같이 어머니를 때렸어요. 잔뜩 술에 취해 집으로 돌아와서는 마구잡이로 주먹을 휘둘렀어요. 어렸던 난…… 너무 무서워 장롱 속에 몸을 웅크리고 숨어 있었죠. 어머닌 아버지가 폭력을 쓸 때면 어린 날 장롱 속에 숨어 있게 했어요. 폭력적인 장면을 보지 못하게 하려고……. 하지만 장롱은 문이 한 짝 없었기 때문에 난 방 안을 훤히 내다볼 수 있었어요. 아버진 술을 마시며 계속해서 어머닐 때렸고…… 참다못한 어머니가 이혼해 달라고 소리쳤던 거 같아요.」

「…….」

그는 조용히 침묵을 지키며 그녀의 이야기를 경청했다.

「처음으로 아버지에게 맞선 거예요. 당연히 아버진 더욱 난폭해졌어요. 말 그대로 눈이 뒤집혀 미친 듯이 어머닐 때렸어요. 얼마나 오랫동안 때렸는지도 모를 만큼…… 아주 긴 시간 동안 주먹을 휘둘렀죠. 어머니의 울음 섞인 비명이 지쳐서 사라질 때쯤…… 아버지가…….」

그녀는 잠시 숨을 고르는 듯싶더니 눈물을 글썽였다. 제스는 손을 들어 천천히 그녀의 등을 쓸어내렸다.

「어머니 위에 올라타더니…… 짓누르기 시작했어요. 어머닌 다시 비명을 지르셨어요. 난 그때 너무 어려서 아버지가 뭘 하는 건지도 몰랐어요. 그냥…… 어머닐 죽이는 게 아닌가 두렵기만 했어요. 시간이 흘러 나이가 더 들고…… 한밤중에 그때 장면이 나오는 악몽을 꾸다가 깨는 일이 많아질수록, 난 비로소 그날 아버지가 어머니에게 무슨 짓을 했던 건지 어렴풋하게나마 짐작할 수 있었어요. 아버진…… 어머니를…….」

진은 차마 마지막 단어를 내뱉지 못했다. 그날 일에 대해 떠올릴 때마다 그녀는 온몸에 식은땀이 흐르며 역한 구역질이 올라왔다.

「……강간한 거군요.」

제스는 그녀가 차마 잇지 못하는 이야기의 결론 부분을 대신해서 끝맺어 주었다. 그리고 동시에 절망했다. 그런 끔찍한 장면을 목격한다는 건 어린 소녀에게는 감당키 어려운 엄청나게 충격적인 일이다. 결혼한 부부 사이라고 해서 강간이 성립되지 않는 건 아니다. 폭력으로 맺어진 관계는 폭력일 뿐이다.

「맞아요. 아버진, 어머닐…… 강간했어요. 아마 그때가 처음은 아닐 거예요. 기억에는 없지만…… 매를 맞는 횟수만큼 그런 일도 빈번하게 견뎌야 했겠죠. 그렇게 참고 또 참다가…… 결국 어머닌 떠났어요.」

제기랄…….

그는 절망했다. 그 끔찍한 일을 목격했던 때 나이가 겨우 예닐곱 살이었단 소리다. 아직 어린 아기나 마찬가지였을 때 그런 끔찍한 장면을 목격했다는 사실에 그의 정신은 암담해졌다. 어릴 적 형성된 기억은 평생을 좌지우지할 만큼 지대한 영향을 끼칠 수 있다. 나쁜 기억으로 쌓인 트라우마는 삶을 피폐하게 만들 수밖에 없다. 평생 안고 가야 할 고통으로 남을 수 있었다. 그런 처참한 기억을 가지고 살아온, 그리고 앞으로도 그 기억과 함께 살아가야 할 그녀의 인생이 안쓰러웠다. 그리고 강렬한 분노의 감정이 그 뒤를 따랐다. 쓰레기 같은 그녀의 친부에게 살의를 느꼈다. 그리고 아까 전 이성을 잃고 스스로의 욕구를 채우기에 급급했던 자신에게도 분노했다.

「진…… 미안합니다. 난 정말 원시인…… 아니, 원숭이보다 더 못한 인간입니다. 당신에게…….」

그는 사과하려 황급히 입을 열었다.

「아뇨. 난 괜찮았어요. 아까도 얘기했잖아요. 당신과 나눴던 건 굉장한 경험이었어요.」

그러나 그녀가 말을 가로막으며 작게 속삭였다. 그녀는 다시 그의 가슴에 얼굴을 대고 누웠다. 부드럽고 탄력적인 그녀의 젖가슴이 그 단단한 가슴을 눌러 왔다.

「당신을 아프게 했어요.」

「음, 조금 그러긴 했지만 참을 만했어요. 더 무서운 일일 거라 생각했거든요. 그래서 난 평생 남자와 그런 친밀한 행위는 불가능하지 않을까 생각하고 살아왔어요. 어머니와의 가벼운 스킨십도 어려웠는데 남자와…… 성관계를 맺는다는 건 정말 상상조차 할 수 없었어요. 가끔 영화에서 그런 장면이 나오면 난 그걸 볼 수조차 없었거든요. 하지만 당신과는…… 할 수 있었어요. 그리고 생각했던 만큼 끔찍하지도 않았고요. 사실 신기한 경험이었어요. 당신의 다른 면도 볼 수 있었고요.」

「이런, 참으로 남자의 기를 살려 주는 말들이군요. 참을 만하고 덜 끔찍했다니……. 내 다른 면은 뭡니까? 원시인이 되었던 모습을 말하는 겁니까?」

그는 멋쩍은 웃음을 지으며 손바닥으로 빨개진 얼굴을 문질렀다. 부끄럽고 민망했다.

「당신은 평소에 굉장히 예의 바르고 또 부드럽게 행동하잖아요. 그런데 아깐, 음…… 뭐랄까, 야성적이었어요.」

「젠장, 이성을 잃고 거칠게 굴었죠. 그런 식으로 자제력을 잃어 본 건 처음입니다.」

처음 성을 경험했을 때에도 행위에 미숙하긴 했어도 방금 그녀와의 관계에서처럼 완전하게 이성을 잃진 않았었다. 그래, 다만 너무 빨리 끝나 버렸지.

아까는 다행스럽게도 그런 일은 피할 수 있었다. 만약 그렇지 않았다면 그는 더 당혹스러웠을 것이다. 그리고 진의 처음을 제대로 엉망으로 망쳐 놓았을 테니까. 생각할수록 한숨만 나왔다.

「그리고 굉장히 본능적으로 솔직한 모습이었어요. 그래서 난…… 좋았는걸요.」

진은 수줍게 웃으며 말했다. 지금 한 말들은 모두 진심이었다. 사실 그와의 관계 맺음에서 아픔을 느끼긴 했지만 동시에 설레기도 했다. 신기한 통증이었다. 그건 폭력적인 무터를 당힌 때의 아픔이 아니었다. 무언가 비밀스럽고 은밀한, 말로 표현할 수 없는 묘한 기분을 불러일으키는 난생처음 느껴 보는 통증이었다. 그리고 그 아픔 뒤에 따라오는 또 다른, 역시 말로는 정확하게 표현이 안 되는 미지의 느낌이 있었다.

그녀가 평소 인지하지 못하고 있던 비밀스러운 공간 속으로 꽉 들어찬 그의 일부는 몹시 뜨거웠었다. 뜨거운 불길을 품은 그것은 몽둥이를 만질 때의 감촉처럼 매우 딱딱했지만, 동시에 부드러운 탄성도 내포하고 있었다. 묵직한 여운을 남기는 기묘한 느낌에 그녀는 그 단단한 살덩이를 더욱 꽉 끌어안고 싶은 마음뿐이었다. 게다가 안으로 파고들 때마다 거칠게 몰아쉬는 그의 거친 숨소리도 듣기 좋았다. 그의 입술에서 끊임없이 흘러나오는 자신의 이름이 귓가에 낮게 울려 퍼질 때마다 가슴이 설레면서 흥분이 끓어넘쳤다. 아까의 그 장면을 떠올리자 그녀는 다시 배 속이 꿈틀거리며 요동쳤다. 발끝이 간질간질한 느낌에 저절로 곱아지고 있었다.

「이런…… 내가 또다시 원시인이 되길 바라는 게 아니라면 그런 유혹적인 말은 그만두도록 해요. 거듭 말하지만 난 당신 앞에만 있으면 자제력을 잃어버립니다. 또다시 당신 안으로 들어가길 바라며 커진다고요.」

제길…….

그는 이미 꿈틀거리며 살아나고 있었다. 가슴을 뭉근하게 짓누르고 있는 그녀의 부드러운 젖가슴에, 서로 맞닿아 있는 그녀의 날씬한 배로부터 전해지는 매끄러운 살결의 감촉과, 그의 허벅지와 뒤엉켜 얽혀 있는 그녀의 가느다란 허벅지가 조여 오는 기분 좋은 압박에 그의 욕망은 자극받고 있었다.

그녀를 자신의 몸 위로 올려놓은 건 좋지 못한 생각이었다. 하지만 얇은 담요 한 장만이 깔린 나무 바닥은 차갑고 딱딱했다. 그는 문득 그녀와 낡아 빠진 창고와 다를 바 없는 판자 더미 아래에서 관계를 맺었다는 것에 미안한 마음이 들었다. 최고급 호텔의 호화로운 스위트룸은 아니더라도 적어도 처음은 푹신한 침대가 있는 장소여야만 했다. 썩은 나무 바닥이 아니라.

「진, 미안합니다.」

그는 그녀의 찰랑거리는 머리카락을 쓰다듬으며 말했다.

「또 뭐가요?」

「당신과 이런 곳에서 사랑을 나눈 거에 대해서. 당신은 첫 경험이었고…… 여자는 처음을 경험할 때 이런 장소보다 더 로맨틱한 장소를 꿈꾸는 법이니까요.」

「세상에, 당신 바보예요?」

그녀가 다시 고개를 들며 강하게 소리쳤다. 그러고는 그의 빛나는 눈을 바라보며 웃음 섞인 말을 꺼내 놓았다.

「이곳보다 더 로맨틱한 장소가 또 있을까요? 이곳은 너무 낭만적인걸요. 따뜻한 온기를 느낄 수 있는 장작불이 발밑에서 타오르며 우리가 누운 이 공간만 은은하게 비추고 있는 데다, 고개를 옆으로 돌려 위를 바라보면 까만 하늘이 바로 올려다보이잖아요. 조금 아쉬운 건 하늘에 반짝이는 별이 보이지 않는다는 거지만, 대신 우아한 분위기를 연출해 주는 비가 쏟아지고 있어요. 마치 우리가 있는 곳만 제외하고 사방에서 비가 내리고 있는 거 같지 않아요? 그래서 마치 신비한 동화 나라에 와 있는 기분이에요. 그리고 이 주변엔 아무도 없어요. 오직 당신과 나 둘뿐이에요. 세상에 우리 둘만 남은 기분이에요. 그러니 이곳보다 더 낭만적인 장소는 절대 없어요.」

그녀는 정말로 동화 속으로 들어온 기분이었다. 영원히 행복했습니다, 로 끝나는 절대적 행복만이 존재하는 곳. 그녀는 동화 같은 이 순간이 영원히 끝나지 않길 바라고 있었다.

「당신은 정말 특별한 여자입니다.」

그는 그녀를 마주 보며 웃었다. 세상에서 가장 특별한 곳에 와 있다고 말해 주는 그녀의 순수한 따뜻함에 절로 미소가 지어졌다. 아름다웠다. 특히 지금처럼 사랑스러운 눈빛으로 그의 눈을 바라볼 때면 더더욱 꿈결처럼 아름다웠다. 세상의 그 어떤 것보다 더 달콤하게 그의 눈으로 녹아내렸다.

「음…… 내 말이 또 유혹적으로 들렸나요?」

그녀가 수줍은 눈길로 잠시 그의 몸 아래에 시선을 주었다. 맞았다. 그녀는 너무 유혹적이었고, 그는 다시 살아날 수밖에 없었다. 거대하게 솟아올라 있는 뻔뻔스러운 욕망의 증거가 그녀의 날씬한 배에 맞닿아 아우성치고 있었다. 또다시 쾌락과 열락의 공간으로 들어가게 해 달라고 요구하고 있었다.

「다시 자체가 내겐 유혹입니다. 야만스러운 원시인이 되어 또다시 거칠게 덮치기 전에 그만 당신을 내려놓아야 할 거 같군요.」

「하지만, 음…… 난 괜찮을 거 같아요. 당신이 또다시 원시인으로 변한다고 해도.」

아…… 젠장.

그녀의 수줍지만 대담한 초대에 그는 다시 활활 불타올랐다. 그리고 지극히 자연스럽게 실낱같던 자제력을 잃어버릴 수밖에 없었다. 그는 뻣뻣하게 욕구를 세우고 있는 자신의 벌거벗은 몸 위에서 진을 안전하게 바닥으로 내려놓으려던 손길의 방향을 바꾸어 성급하게 그녀의 허리를 붙잡아 상체를 일으켜 세웠다. 그리고 그녀의 은밀한 부분을 그의 허벅지 사이로 이끌었다. 단 한 번의 움직임으로 그는 다시 그녀의 안으로 깊이 파고들었다. 좁고 뜨겁게 젖어 있는 비밀스러운 공간은 그의 침입을 열렬히 환영해 주며 꽉 조여들었다. 그 아찔한 느낌에 그는 헉 하고 길게 신음을 내뱉었다.

「아…….」

그녀의 입에서도 짧은 비명과도 같은 놀란 탄성이 섞여 든 신음이 터져 나오고 있었다. 두 다리를 넓게 벌린 채 그의 허벅지를 타고 걸터앉아 있는 그녀의 모습은 끝내주게 뇌쇄적이었다. 아까와는 다른 체위에 놀란 듯 그녀는 약간 당황한 눈빛으로 바라보고 있었지만, 그가 다시 허리를 움직이자 가르릉거리는 신음을 얕게 흘리면서 몸을 밀착해 왔다.

「당신은 아름답고 강한 여성입니다.」

당신을 지킬 겁니다. 당신의 상처로부터.

그는 속으로 수없이 중얼거렸다. 스스로에게 하는 선서와도 같았다.

「당신도 멋진 남자예요.」

진이 그의 귓가에 대고 속삭였다. 그 나직한 울림은 잔잔하게 떨리고 있었다. 그녀의 더운 숨결이 가까이 와 닿자 그는 정신이 아득해졌다. 허벅지를 조여 오는 그녀의 늘씬한 다리의 감촉에 그는 다시금 열락 속으로 빠져들었다. 몸을 일으켜 그녀의 등을 꽉 껴안으며 촉촉한 땀방울이 맺혀 있는 가슴골 사이를 핥았다. 짭짤한 열정의 향기와 맛이 느껴지자 힘이 솟구쳤다. 그의 남성이 불끈거리며 몸집을 불렸다.

그는 마주 앉은 자세로 리듬을 탔다. 천천히 리드미컬하게 움직이던 허릿심은 그녀가 수줍어하면서도 서툴게나마 그의 움직임에 동조해 오자 점차 빨라지고 격해졌다. 가는 허리와 탄탄한 엉덩이를 두 손으로 붙잡고 움직임에 박차를 가했다. 그의 손이 이끄는 대로 그녀의 몸이 위아래로 들썩거릴 때마다 열기는 더욱 고조되어 갔다.

새하얀 젖가슴이 유혹적으로 눈앞에서 흔들리자 그는 참지 못하고 그 탐스러운 열매를 입 안에 머금었다. 혀를 세우고 이로 잘근잘근 깨물며 빨아들이자 그녀가 그의 목에 팔을 휘감아 오며 꽉 끌어안았다. 얼굴에 와 닿는 그녀의 부드러운 젖가슴의 감촉이 좋았다. 땀에 젖어 미끈거리는 살결의 감촉도, 향기도 좋았다. 결합하여진 두 개의 비밀스러운 부위처럼 그의 체취가 그녀에게로 배어 들고 있는 게 마음에 들었다. 마치 수컷이 냄새로 자신의 영역 표시를 하는 것처럼 그도 그녀의 몸에 자신의 체취를 가득 묻혀 소유권을 주장하고 싶었다. 다른 수컷은 절대 접근조차 할 수 없도록.

「제스…….」

그가 밑에서 강하게 치고 올라갈 때마다 그녀의 조그만 입에서 열기에 들뜬 신음과 함께 그의 이름이 울려 나오고 있었다. 진한 열망을 품고 있는 부드러운 목소리였다. 그는 새하얀 젖가슴에 파묻고 있던 고개를 들어 그녀의 입술에 키스를 퍼부었다. 그리고 동시에 더 깊이 그녀의 안으로 파고들었다. 그가 매끄럽게 젖어 있는 살결을 치고 더 안쪽으로 들어갈수록 그녀도 그 움직임에 맞추어 품고 있는 그의 살덩이를 강하게 빨아들였다.

「진…… 허억…….」

「아아…….」

결합하여진 공간이 빨아들이고 수축하는 움직임에 그는 결국 참지 못하고 허리 짓의 강도를 끌어 올렸다. 너무 조급하고 격해지지 않도록 자제해야 했지만 그는 또다시 이성을 잃고 그녀가 원했듯이 아까 전 야성미 넘치는 원초적인 원시인으로 변해 갔다. 태초의 본능에 따라 허리를 치받았다. 들썩거리는 움직임이 더 빨라질 수도 없을 때쯤 그는 짧은 신음을 내지르며 모든 욕망의 결정체를 그녀 안에 풀어놓았다. 그녀의 젖은 등을 꽉 끌어안고 그는 마지막 쾌락 속으로 빠져들어 갔다. 그가 느끼고 있는 것처럼 그녀 또한 절정을 만끽하고 있는지 살펴야 했지만 진한 수컷의 향기가 잔뜩 배어 기분 좋은 습기로 가득 차 있는 그녀의 안이 너무 좁고 뜨거워 그럴 여유가 생기지 않았다. 그는 이성적인 자제력 따윈 던져 버리고 그녀의 품으로 녹아들었다.

● ○ ●

눈이 부셨다. 진은 반사적으로 손바닥을 펼쳐 눈부신 햇살에 얼굴을 가리며 천천히 눈을 떴다. 그러자 제스의 까만 눈과 마주쳤다. 그는 옆으로 팔을 베고 누운 채 바라보고 있었다. 그의 다른 한 손은 그녀의 머리를 감싸 안아 받쳐 주고 있었다. 그는 아직 알몸이었다. 그리고 그녀 또한 실오라기 하나 걸치지 않은 알몸이었다. 물론 담요는 덮고 있었지만, 담요 속으로 가깝게 맞닿아 있는 맨살의 감촉으로 서로가 아직 발가벗고 있음을 알 수 있었다. 잠결의 멍한 기운이 사라지자 그녀는 선명하게 어젯밤 일어났던 일들이 모두 기억났다. 그와 마침내 연인들이 나누는 깊은 관계를 맺었다. 그것도 두 번이나.

처음은 난생처음 겪는 낯선 느낌과 생소한 통증으로 정신이 없었다. 그저 자신의 몸에 깊이 빠져들어 열중하는 그의 또 다른 면이 신기하기만 했다. 평소의 거친 특수부대원 같지 않던 신사적인 모습은 온데간데없이 사라지더니 길들여지지 않은 야생의 맹수처럼 거침이 없었다. 이성이 날아가 흐트러진 그의 얼굴은 묘하게 마음을 더 설레게 했다. 그 기분 좋은 설렘 때문에 그녀는 통증이 고통스럽지 않았다. 오히려 그와 연결되어 있다는 걸 계속해서 알려 주는 것 같아서 아픔마저도 좋았다.

하지만 두 번째는 조금 달랐다. 다시 떠올리기에도 낯부끄럽고 민망한 자세의 행위는 똑같이 낯설고 이질적이었지만 고통은 없었다. 아픔 대신 다른 무언가가 있었다. 딱 꼬집어 표현하기 어려운, 간질간질하기도 하고 찌릿찌릿하기도 하며, 온몸이 나른해지는 이상하고도 묘한 느낌이었다. 그의 일부가 꽉 들어찼을 때 그녀의 비밀스러운 공간은 그가 움직일 때마다 그 어떤 것을 더 요구하고 있었다. 그게 무엇인지는 알 수 없었지만, 더 많은 걸 원하고 있었다.

그녀는 본능적으로 제스의 움직임에 이끌렸다. 그의 열정에 같이 불타올랐다. 그리고 전율을 느꼈다. 처음 경험하는 그 아찔한 느낌은 그녀의 정신을 아득하게 만들었다. 마치 꿈을 꾸고 있는 것처럼. 그러나 그들이 어제 나누었던 모든 일은 꿈이나 환상이 아니었다. 그는 여전히 어젯밤처럼 웃고 있었다. 여자의 마음을 설레게 하는 사랑이 가득 담겨 있는 표정으로 그녀를 바라보고 있었다.

「이제 일어나야 해요. 곧 헬기가 도착할 겁니다.」

그의 말에 그녀는 현실로 돌아왔다. 아쉬워지만 이제 그만 날 겁했던 꿈에서 깨야 할 때였다.

미군 기지로 돌아가면 현실적인 일을 해야 했다. 지혁과 마무리 짓지 못하고 남겨 둔 대화를 마저 매듭지어야 했고, G-스탄으로 날아온 류 대장과도 대면해야 했다. 그도 아무 이유 없이 G-스탄에 온 게 아닐 테니까. 게다가 하필이면 운 나쁘게도 피습 사건이 발생한 좋지 않은 타이밍에 도착했다. 그녀는 혹시나 우려하는 상황이 일어날까 걱정되었다.

「어…… 옷을 입어야겠어요. 저기…… 눈을 감거나 고개를 돌려 주겠어요?」

이미 그에게 알몸을 다 보여 줬지만 그건 어젯밤 일이었다. 지금처럼 날이 밝아 주변이 환해진 상태에서 벗은 채로 담요에서 나가기가 쑥스러웠다.

「난 당신의 몸 구석구석을 다 기억하고 있어요. 눈을 감아도 뜬 거처럼 아주 생생하게 당신의 알몸을 그려 볼 수 있습니다.」

그녀의 요구에 그가 장난스러운 표정을 짓더니 옆으로 누워 있던 자세를 바꿨다. 순식간에 그녀의 몸 위로 올라와서는 팔꿈치로 몸무게를 지탱한 채 아래를 내려다보았다. 그의 몸 아래 갇히게 된 그녀는 얼굴을 붉히지 않으려 노력하며 아래로 밀려 내려간 담요를 다시 위로 끌어 올려 알몸이 드러나지 않게 조심했다.

「비켜 줘요. 일어나야 한다고 말했던 건 당신이에요.」

손으로 딱딱한 근육이 잡힌 맨가슴을 살짝 밀어냈지만, 그는 꿈쩍도 하지 않았다. 오히려 자세를 낮추며 더욱 가깝게 몸을 밀착시키고 있었다.

「맞아요. 일어나야 하지만 일어나기는 싫군요. 가능하다면 더 오랫동안 당신과 이렇게 벌거벗고 노닥거리고 싶습니다. 어젯밤처럼 다시 사랑을 나누며…….」

「안 돼요.」

그가 유혹적으로 낮게 속삭이며 키스해 오려 하자 그녀는 다급하게 한 손으로 입술을 막으며 작게 소리쳤다.

「왜입니까?」

그는 자신의 입술을 막는 진의 손을 잡아떼어 내며 의문스러운 시선을 보냈다.

처음 키스했던 그때처럼 날이 밝자 다시 방어막을 치는 건가?

126

어젯밤 일이 없던 것처럼?

만약 그렇다면 절대로 가만있지만은 않을 심산이었다. 그때처럼 무한정 기다려 주는 일 또한 없을 것이다. 그들은 이미 사랑을 나누었다. 선을 넘었다. 그녀는 이미 그의 여자였다. 어젯밤 그녀는 수줍어하긴 했지만, 기꺼이 몸을 열어 주었다. 그리고 사랑스럽게 안겼다. 그 환상적인 기억을 없던 일로 칠 순 없었다.

「난…… 양치를 안 한 상태라고요. 그러니까 키스하면 안 돼요.」

진은 제스에게 잡히지 않은 다른 한 손으로 자신의 입을 다시 가리며 작게 속삭였다. 당장 샤워가 간절히 필요한 상태였다. 지금 그녀에겐 향긋하지 못한 냄새가 날 게 분명했다. 사실 잠에서 깨고 어느 정도 정신이 맑아지자 정말로 자신의 몸에서 나쁜 냄새가 나는 것만 같았다. 비에 쫄딱 젖은 강아지에게서나 맡을 수 있는 그런 구수한 냄새가. 아니면 생쥐거나.

어제 그녀는 산악 지대를 헤매고 다니느라 땀을 많이 흘렸고 비까지 맞았었다. 물론 차가운 빗물에 미로 같던 산악 지대를 헤매면서 흘렸던 땀은 깨끗하게 씻겨져 나갔지만, 그 후 제스와 나누었던 행위로 다시 땀을 흘린 상태였다.

「하하. 진, 당신 냄새는 훌륭해요. 내 코엔 아주 향긋한 향기만 맡아질 뿐입니다.」

그는 생각과 다른 그녀의 말에 긴장으로 굳어 있던 표정을 풀었다. 사소한 부분에 신경 쓰는 그녀의 행동이 귀엽게 느껴져 웃

127

음이 나왔다. 그는 다시 키스하려 고개를 숙였다. 철통같은 방어막으로 입을 가리고 있는 그녀의 한 손을 마저 잡아 떼어 내려 했다.

「그래도 안 돼요. 나는 신경이 쓰인다고요.」

하지만 그녀는 의외로 강한 힘으로 버티며 입을 가리고 있는 손을 치우려 하지 않았다. 고개까지 흔들며 그를 밀어내고 있었다.

「흐음…….」

귀여운 반항에 그는 작게 한숨을 내쉬었다. 그녀는 확실히 그를 애태우는 방법을 아주 잘 알고 있었다. 비록 그녀 스스로는 자각하지 못하고 있는 것 같았지만.

「좋아요. 당신이 이겼어요.」

그는 그녀의 입술 대신 이마에 쪽 소리가 날 정도로 세게 뽀뽀를 한 뒤 몸을 일으켰다. 그의 허벅지 사이에 달린 또 다른 자아는 쌓인 욕구를 풀어 내길 무척이나 갈망하고 있었으나 그녀는 양치하지 않았다며 단호한 태도로 키스를 거절했다. 그러니 분명 다른 것도 결코, 하게 놔두지 않을 게 분명했다. 그는 매우 아쉬웠지만, 하반신의 열기를 다스리며 그녀에게서 얌전히 떨어져 나왔다.

그녀의 군복을 가져다주고 그도 벗어 놓은 군복을 집어 들었다. 어젯밤 내내 불 앞에 펼쳐 둔 군복은 많이 마른 상태였다. 아직 축축하긴 했지만 적어도 물기로 질척거리진 않았다. 빠른 속도

로 옷을 입고 슬쩍 뒤를 돌아봤다. 아직 벌거벗고 있을 거라는 그
의 예상을 깨고 놀랍게도 그녀는 옷을 다 입은 상태였다. 아마도
옷을 가져다주자마자 급하게 입은 듯했다.

「와, 지금 입은 속도처럼 다음에 내 앞에서 옷을 벗을 때도 그
렇게 재빨랐으면 합니다.」

그녀를 지그시 바라보며 그는 농담 섞인 속마음을 소리쳤다.
그러자 그녀가 얼굴을 붉히는 게 보였다.

「어…… 다음이요? 음, 저기, 다음이 또 있나요?」

머뭇거리는 그녀의 경직된 태도에 그는 다시 불안해졌다. 새삼
어젯밤 일이 떠올랐다. 그는 너무 성급하게 그녀를 몰아붙였다.
두 번의 행위 모두 배려가 부족했으며 거칠었었다.

아니, 난폭했었나?

그는 걱정이 되었다. 잠시 유쾌했던 기분도 사라지고 있었다.
뻣뻣한 긴장과 불안감이 그 자리를 채웠다.

어젯밤 그녀도 그와의 관계에서 즐거움을 느꼈던 것 같았는데,
그건 혼자만의 착각이었나?

처음은 아니었다해도 두 번째에선…….

자신감이 급격하게 줄어들었다. 그녀와의 관계에서 황홀한 만
족스러움을 느꼈던 자신과 달리 그녀에겐 어젯밤의 관계가 만족
스럽지 않았을 수도 있었다. 그는 미안하기도 하고 부끄럽기도 한
마음에 조심스레 그녀의 눈치를 살폈다.

「그래요. 난 다음을 또 원합니다. 당신은 아닌 겁니까? 저

기…… 그러니까 어젠 내가 너무 성급하게…… 그래도, 다음번엔 아마 그러지 않을…… 서두르지 않을…….」

「음…… 하지만 당신은 떠나야 하지 않나요? 그러니까…… 처벌이 거두어졌다고 어제 말했잖아요.」

어젯밤 자신의 거친 행동에 대해 더듬거리는 음성으로 변명을 섞어 가며 말을 해 나가던 그는 그녀의 질문에 하던 말을 멈췄다.

「아뇨. 난 G-스탄을 떠나지 않아요. 계급 강등은 거두어졌지만, G-스탄에서의 새로운 임무를 받았어요. 계속 이곳에 주둔해 있을 겁니다.」

「음, 그거 다행이네요.」

그의 말에 진은 불안이 가시며 안심이 되었다. 아직 그와 헤어지지 않아도 된다. 그 사실에 그녀는 몹시 기뻤지만, 환희에 찬 마음을 노골적으로 드러내진 않았다.

「아…… 당신에겐 다행스러운 일이 아닐 수도 있겠네요. 여긴 위험한 곳이니까.」

어쨌든 G-스탄은 위험한 곳이다. 어쩌면 그는 테러가 빈번하게 일어나는 이곳을 벗어나길 원할지도 모른다.

「나도 G-스탄을 떠나지 않게 돼서 무척 다행이라고 생각합니다. 만약 G-스탄을 바로 떠나야 했다면 어젯밤 당신을 안지 않았을 겁니다. 아무리 간절하게 원하고 있었던 일이었다 해도.」

그는 무책임한 남자가 아니다. 하룻밤 즐겨 볼 요량으로 그녀를 안은 게 아니었다. 물론 어젯밤 경솔한 행동도 하긴 했었다. 콘돔 없이 그녀와 사랑을 나누었으니까. 그것도 한 번도 아닌 두 번이나. 그것에 대해서도 대화를 해야 했지만, 지금 그의 마음은 불안으로 가득 차 다른 걸 생각할 여유가 없었다. 그녀가 어젯밤 을 어떻게 생각하고 있는지가 더 중요했다.

「당신과의 관계를 가볍게 생각하고 있지 않습니다.」

제스의 말에 그녀는 안심했다. 그도 아직은 헤어짐을 원하고 있지 않다는 점에 불안한 마음이 조금 사라졌다. 연애 경험이 전 무한 탓에 연애 지식도 무식한 수준이었지만 황홀한 섹스와 사랑 은 별개일 수도 있다는 건 어렴풋이 알고 있었다. 그에게 부담을 지우고 싶지는 않았다.

「알아요. 날 가볍게 생각하지 않는다는 거.」

그녀의 마음도 나날이 무게를 더해 가고 있었다. 그를 향한 마 음이 커질수록 이별의 슬픔도 커지고 있었다. 우울한 마음을 숨기 려 굳은 표정을 풀고 얼굴에 웃음을 드리웠다.

「그러면…… 이제, 다음이 있는 겁니까?」

진은 다시 웃고 있었다. 그녀의 환한 미소에 그는 용기를 얻었 다.

「그러니까, 당신이 망설였던 건 순전히 내가 G-스탄을 떠날 것으로 생각해서였던 게 맞습니까? 혹시 어젯밤이 당신 마음에 들지 않았다면…….」

제발 부탁인데 만회할 수 있게 다시 한번만 더 기회를 줘요, 라고 소리치며 무릎이라도 꿇고 애원을 할 참이었지만 불쑥 튀어나온 그녀의 말에 다시 가로막혀졌다.

「아뇨, 좋았어요!」

그녀는 눈을 동그랗게 치켜뜨며 크게 소리치더니 이내 자신의 행동에 깜짝 놀란 듯 손으로 입을 막았다. 점점 붉어지는 그녀의 얼굴을 바라보는 그의 마음은 날아갈 것처럼 한없이 기쁘고 행복했다.

「정말입니까? 날 배려해서 하는 말이 아니라? 당신이 솔직하게 말한다고 해도 상처받지 않을 겁니다.」

가슴을 답답하게 하던 불안이 해소되자 쑥스러워하는 그녀의 반응에 슬그머니 장난기가 발동했다.

「아뇨, 어, 그러니까…… 거짓말이 아니에요. 절대로요! 정말 좋았는걸요.」

그녀는 부끄러워하면서도 할 말은 하고 있었다. 그 안절부절못하는 모습이 꽉 끌어 안고 싶을만큼 귀여웠다.

「흠. 얼마나 말입니까? 1부터 10까지 치자면? 다음번엔 당신이 만족할 수 있도록 더 노력하고 싶거든요. 참고용으로 삼게 제발 알려 주겠어요?」

「음, 하지만, 더 노력하지…… 않아도 충분히, 그게 10…… 잠깐만요, 지금 날 놀리고 있군요?」

그의 질문에 진지하게 답하던 그녀가 돌연 이마를 찡그리더니 매섭게 인상을 찌푸렸다. 하지만 그의 눈에는 그 분개한 모습마저 사랑스럽게만 보일 뿐이었다.

「절대로요. 당신을 만족하게 해 주고 싶다는 내 마음은 진심입니다. 어젯밤 내가 느꼈던 황홀한 기분을 당신도 느꼈으면 하거든요. 그리고 가능하다면 당신의 오르가즘을 아주 오랫동안 지속시켜 주고 싶어요.」

「맙소사, 이쯤에서 이 대화는 그만 끝내기로 하죠.」

지나칠 정도로 솔직하고도 노골적인 그의 적나라한 표현에 그녀는 열이 오른 양 볼을 손바닥으로 감싸 쥐었다. 갑자기 너무 더워지고 있었다. G-스탄의 낮과 밤의 변덕스러운 기온차를 속으로 투덜거리며 손을 휘휘 위아래로 휘저어 바람을 일으켜 열기를 식히려 애썼다.

「하하. 진, 하지만 난 아직 대답을 듣지 못했습니다.」

눈에 띄게 당황해 하며 자신의 시선을 피하는 그녀의 귀여운 행동에 그는 다시 욕구가 치밀었다. 다물려져 있는 입술을 벌리며 키스를 퍼붓고 싶었다. 그리고 그대로 쓰러트려…….

투다다다닥.

하지만 그의 욕구에 찬물을 끼얹는 요란스러운 소음에 그는 작게 이마를 찡그렸다. 거대한 바람 소리와 모터 소리가 밖에서 들려오고 있었다. 헬기 소리였다.

「헬기가 왔나 봐요.」

헬기의 출현에 그녀도 깜짝 놀란 표정으로 지붕이 얹어져 있지 않은 천장을 통해 하늘을 올려다보며 크게 소리쳤다. 뚫려 있는 천장 위로 헬기의 모습은 보이지 않았지만, 그녀는 황급히 그의 품에서 떨어졌다.

「떠날 준비는 다 하셨습니까?」

또 다른 음성이 바깥에서 울려 퍼지고 있었다. 마이크였다.

「크흠.」

일부러 내는 듯한 요란한 헛기침 소리가 계속해서 들려왔다. 아마도 아직 떠날 준비가 되지 않았다면 서둘러 준비하라는 신호를 보내고 있는 것 같았다.

「진, 그만 나갈까요.」

하늘에서 헬기의 흔적을 찾던 그는 시선을 내리며 입을 열었다. 그러나 그녀는 벌써 문으로 달려가고 있었다.

타이밍 한번 좋군.

제스는 크게 한숨을 내쉬며 군장을 챙겨 들고 밖으로 그녀를 따라 나갔다. 울프 팀과 지혁의 모습이 보였다. 남자는 진을 마주보고 서 있었다. 그리고 다음 순간 팔을 뻗어 그녀를 품에 안았다. 그 모습을 지켜보던 그의 몸에 저절로 힘이 들어갔다.

두 사람이 하는 건 가족들끼리 하는 단순하고 가벼운 포옹이었다. 걱정과 애정이 담겨 있는 포옹이지 남자가 여자에게 하는 진한 스킨십이 아니었다. 그럼에도 그는 질투를 느꼈다. 호흡이 거칠어지며 주먹이 불끈 쥐어졌다. 만약 지혁이 2~3초만 더 오래 그녀를 끌어안고 있었다면 냉큼 달려가 그 둘을 떼어 놓았을지도 몰랐다.

하지만 그가 헬기로 걸어가는 동안 지혁은 그녀를 안고 있던 팔을 풀고 먼저 헬기에 오르더니 그녀가 편하게 헬기에 오를 수 있게 손을 내밀고 있었다. 그는 빠르게 다가가 진이 지혁의 손을 잡기 전에 얼른 그녀의 가느다란 허리를 번쩍 잡아 올려 헬기 안으로 밀어 주었다. 그녀가 지혁의 품에 닿지 않도록 완벽하게 간격을 계산한 행위였다.

「어머! 고마워요. 나 혼자 올라갈 수 있었는데.」

제스가 뒤에서 허리를 붙잡아 헬기로 올려 주자 진은 깜짝 놀랐지만, 그의 손을 거부하진 않았다. 하지만 친밀한 행동에 괜스레 주변의 시선이 의식되면서 얼굴이 붉어졌다. 모두 어젯밤 일들에 대해 눈치챌 것만 같았다. 슬며시 뒤를 돌아보자 그도 주변을 의식하는지 얼굴에 긴장이 배어 있었다. 농담을 던지던 아까 전과 다르게 웃음기 없는 얼굴은 약간 경직되어 있었다.

「그만 출발하지.」

모두가 탑승하자 제스가 헬기 조종사에게 짧게 지시를 내렸다. 이륙 준비를 끝낸 헬기는 곧 하늘로 날아올랐다.

「킴 대위님, 무사해서 다행입니다.」

「다들 걱정했습니다.」

웨인 상사가 짧게 인사를 건넸다. 그러자 울프 팀의 다른 대원들도 다들 한마디씩 거들며 반갑게 인사를 해 왔다.

「다들 고마워요.」

진은 진심이 담긴 모두의 인사에 감사를 표하며 웃음으로 화답했다. 하지만 지혁의 표정은 여전히 어두웠다. 근심 있는 사람처럼 걱정이 완연한 얼굴이었다. 마음고생이 심했는지 지혁의 얼굴은 어제 오전 대사관에서 봤을 때와 비교도 안 되게 수척해져 있었다.

"아저씨가 오셨다고 들었어. 정말이야?"

"응. 네가 피습당하기 몇 시간 전에 도착하셨던 모양이야. 많이 걱정하고 계셔."

"……그러실 만도 하지. 하필 안 좋은 상황일 때 오셨어. G-스탄에 와서 이런 사고가 났던 적은 한 번도 없었는데 말이야."

미군 기지 밖으로 나갔던 적이 여러 번 있었지만 정말로 위험한 상황에 부닥쳤던 적은 지금껏 단 한 번도 없었다. 사실 그래서 그동안 G-스탄이 위험 나라라는 걸 잠시 망각하고 있었다.

"G-스탄은 위험한 곳이야. 이젠 단 한 순간도 그걸 잊지 마. 여긴 아직 전쟁터야. 결코, 네가 와선 안 됐던 곳이야."

지혁은 여러 가지 의미가 중첩되어 있는 말들을 작게 속삭였다. G-스탄은 그조차도 이제껏 한 번도 경험해 보지 못한 위험이 도사리고 있는 곳이었다. 판자 창고에서 나오던 진을 본 순간 그걸 알아차렸다. 그리고 진의 뒤를 따라서 나오던 그 미군 장교와 눈이 마주쳤을 때도.

둘 사이에 흐르던 이상기류는 전보다 더 끈끈해져 있었다. 미군 기지에서 같이 있던 두 사람을 처음 봤을 때와는 또 다른 분위기를 풍기고 있었다. 그들 사이는 하룻밤 사이 달라져 있었다. 그

는 진을 이곳으로 보내게 만든 자신을 그 어느 때보다 더 강렬히
미워하게 되었다.

헬기는 미군 기지 착륙장에 무사히 내렸다. 혹시나 걱정하던
습격의 위협은 없었다. 아무리 무서운 반군 세력의 테러 집단이라
해도 전투기를 보유하고 있진 않을 테니 공중 습격은 불가능할
것이다. 그럼에도 진은 미군 기지에 도착할 때까지 불안한 마음을
떨쳐 버릴 수 없어 헬기 밖 빈 하늘을 경계의 눈빛으로 주시하며
왔다. 헬기의 몸체가 익숙한 미군 기지 안 착륙장에 내려앉자 그
제야 안도의 한숨을 짧게 내쉴 수 있었다.

헬기에 오를 때와 마찬가지로 내릴 때도 그녀는 제스의 도움을
받았다. 그는 착륙하기가 무섭게 헬기에서 내리더니 그녀가 내릴
차례가 되자 편하게 내릴 수 있도록 손을 내밀었다. 신사도를 발
휘하는 그의 행동이 그녀의 마음을 설레게 했다.

그가 내민 손을 잡고 헬기에서 내리며 진은 작게 웃었다. 눈이
마주치자 그가 찡긋 윙크를 해 보이며 장난스러운 표정을 지었다.
더불어 그녀의 손을 붙잡고 있는 손에 힘을 꾹 주었다. 그러자 어
젯밤 일들이 머릿속으로 스쳐 지나가며 얼굴이 달아올랐다. 그녀
는 서둘러 잡고 있던 손을 놓았다. 자꾸만 의식이 되었다. 그의
곁에 서기만 해도 가슴이 심하게 쿵쾅거리며 열기가 피어올랐다.

"대위님…… 흐어엉."

헬기에서 내리자마자 울먹거리는 음성이 들리더니 곧 태영이
그녀의 품으로 안겨 들었다. 그 바람에 제스에게 집중되어 있던

신경이 자연스럽게 분산되었다. 헬기장에는 태영과 한국군 책임자, 그리고 지수가 서 있었다. 류 대장의 모습은 보이지 않았다.

"이제 혼자선 아무 데도 못 가십니다. 제가 얼마나 걱정했는데요. 진짜 속이 까맣게 다 타 버렸다고요."

심하게 울먹거리는 음성에 진은 태영에게로 시선을 돌렸다. 태영의 두 눈은 토끼처럼 새빨개져 있었다. 태영의 걱정 어린 애정 표현에 진은 살포시 웃었다.

"고마워. 그리고 미안. 많이 놀라고 걱정했었지."

"말이라고요. 진짜 청천벽력 같은 피습 소식을 듣자마자 기절하는 줄 알았습니다. 전 진짜 대위님이……."

그녀의 어깨를 꽉 끌어안은 태영의 몸이 가늘게 떨리고 있었다. 군복 위로 전해지고 있는 뜨거운 물기에 그녀는 태영을 꼭 안아 주며 등을 두드려 주었다.

"미안. 이제 걱정 안 끼칠게. 아니, 넌 무슨 남자가 여자보다 눈물이 더 많아? 사나이는 일생에 딱 세 번만 운다던데."

"치잇. 남자는 사람 아닙니까? 남자도 감정의 동물이라고요. 슬플 때는 울어야죠. 물론 지금은 너무 기뻐서 나오는 눈물이지만."

그녀의 장난 어린 타박에 태영이 툴툴거리는 음성으로 말을 받았다. 군복 소매로 눈물을 닦으며 평소 때의 태영의 모습으로 돌아오고 있었다.

「어흠흠.」

등 뒤에서 연신 마이크의 기침 소리가 들려왔다. 억지로 짜내는 듯한 헛기침 같았다. 하지만 그녀는 그가 왜 그러는지 이유를 알아차리지 못했다. 태영도 흥분과 감격에 젖어 있어 마이크가 자신을 부르는 소리를 듣지 못하고 있었다.

"이제 대위님 곁에 꼭 붙어 있을 겁니다. 저 없이는 화장실도 못 가십니다."

태영이 코를 훌쩍이며 물기 젖은 눈가를 군복 소매로 연신 훔치면서 말했다. 마치 어린 남동생이 하는 애정 어린 투정의 말 같아서 그녀는 계속 함박 웃으며 그래, 라고 대답하며 그의 등을 토닥토닥해 주었다.

"그런데 대위님 지금…… 냄새가 엄청 심하십니다. 어휴, 완전 비 맞은 개…… 아, 아니, 강아지한테서나 날 법한 냄샌데요."

태영이 훌쩍이다 말고 그녀의 어깨에서 고개를 떼어 내더니 이마를 살포시 찡그렸다. 그러더니 다시 그녀의 몸 앞으로 고개를 깊숙이 들이밀며 코를 킁킁대기 시작했다.

"어휴, 당장 샤워하셔야……."

태영의 말은 중간에서 중단되었다.

「어흠흠! 태영, 그만 떨어지라고. 뜨거운 열기에 타 죽고 싶지 않으면.」

"어어."

마이크가 갑자기 태영의 목에 팔을 두르더니 그녀에게서 멀리 떼어 내 그를 데리고 앞으로 걸어갔다. 태영은 졸지에 마이크에게 강제로 끌려가게 되었다. 두 사람이 고개를 앞으로 맞대고 걸어가며 뭐라고 수군거리는 것 같았지만 그녀에게까진 잘 들리지 않았다.

태영이 곁에서 사라지자 그녀는 바로 앞에 서 있는 지수의 존재에 잠시 긴장했다. 지금은 작은 말다툼이라도 벌이기엔 많이 지쳐 있었다.

그리고 곧 대면해야 할 류 대장과의 만남으로 부담을 느끼고 있었다. 다행스럽게도 비행장엔 류 대장의 모습은 보이지 않았다. 그건 그가 이곳에 없다는 걸 의미했다. 당장은 불편한 대면이 뒤로 미루어졌다는 사실에 진은 안도했다. 그래도 신경은 여전히 곤두서 있었기에 지수에게서 눈길을 거두고 어색하게 옆을 지나치려 했다.

"어쨌든 살아 돌아왔네. 아버진 5분 전에 급한 호출 받고 떠났어. 그리고 혹시나 착각하진 마. 내가 널 걱정해서 이곳에 자발적으로 나와 있는 건 아니니까. 이 마중은 순전히 상급자의 명령 때문에 억지로 나와 있는 거야. 네가 무사한지, 얼마나 다친 건지 상태를 파악하고 보고하는 게 지금 내게 주어진 임무야. 그래서 여기 나와 있는 거야. 절대 널 걱정한다거나 염려해서가 아니라."

지수의 뾰로통한 음성에 진은 우뚝 걸음을 멈췄다. 그리고 관찰하는 눈빛으로 다시 지수를 바라봤다. 지수의 얼굴은 여전히 냉랭한 표정이었고 날이 서 있는 음성은 퉁해 있었지만, 독기는 약간 빠져 있는 듯했다. 평소와는 조금 달랐다.

"아무튼, 넌 사람 놀라게 하는 데는 도가 텄구나. 오빠와 아버지가 온 이때 사건이나 빵빵 터트려 주고."

"……."

지수는 일부러 밉상 소리를 골라 해 가며 그녀를 비난하려 들었다. 그러나 자신도 지금 내뱉고 있는 말들이 얼마나 터무니없는 억지인지 알고 있는 것 같았다. 지수의 눈동자는 흔들리고 있었다. 그럼에도 습관처럼 가시 돋친 말들을 내뱉고 있었다.

"말다툼할 기운 없어."

그녀는 힘이 빠진 음성으로 지수에게 작게 말했다. 슬쩍 뒤를 보니 제스가 헬기 근처에서 그녀가 서 있는 쪽을 바라보고 있었다. 언제라도 바람처럼 달려와 그녀를 악당에게서 안전하게 지키려는 준비 태세를 갖추고서.

그러나 그녀는 제스는 물론 그의 팀원들 앞에서 또다시 지수와 싸우고 싶진 않았다. 지혁 앞에서도. 그녀와 지수 사이에 다툼이 일면 중간에서 늘 새우 등 터지듯 곤란을 겪는 건 지혁이었다. 누구의 편도 제대로 들 수 없으니까.

하지만 거의 모든 싸움은 늘 지수의 일방적인 시비에서 비롯되었기 때문에 지혁은 항상 그녀의 입장을 더 생각해 주었고 더 감싸 주었다. 그 점이 지수의 다혈질 성미를 더욱더 부추기며 분노를 활활 끓어오르게 만드는 일이었지만.

"짐은 미리 싸 놓는 게 좋을 거야. 네 파병은 종료될 테니까."

지수의 말에 그녀는 깜짝 놀랐다. 지수의 얼굴은 전혀 고소하다는 표정은 아니었다. 하긴 지수는 그녀가 계속 G-스탄에 남아 있길 바란다는 걸 모르고 있으니까. 그러나 그녀가 이렇게 빨리 한국으로 돌아가는 것도 좋아하지 않을 텐데도 어쩐지 지수는 조금 안도하는 표정으로 파병 종료 소식을 전해 주고 있었다.

"뭐? 하지만 내 파병 기간은…… 아직 더 남았는데."

"그러니까 아버지가 네 남은 파병 기간을 끝내 버린 거라고. 이번 사건이 있었는데 아버지가 널 계속 여기 있게 하겠어? 알면서도 모르는 척하는 건지……. 그리고 본가엔 아무 말 마. 이번 사건 알려서 괜히 불쌍한 척 관심 끌거나 하지 말란 말이야. 괜히 나까지 피곤해지니까."

지수가 말하는 본가란 그녀의 어머니를 두고 하는 말이었다. 그녀가 류 대장을 아버지라 지칭하며 부르지 못하는 거처럼 지수 또한 그녀의 어머니를 새어머니란 호칭으로 부르지 않았다. 그녀를 일부러 화나게 하려 할 목적이 있을 땐 어머니를 그 여자라고 거칠게 낮춰서 표현했고, 평상시엔 그냥 본가라고만 에둘러서 표현했다.

지수는 류민영과는 다르게 어머니에게까지 상처를 주는 독설을 내뱉으며 괴롭히진 않았다. 그냥 무시했다. 지수도 어머니가 쏟아내는 애정을 받으려 하지 않았다. 아예 관심을 두지 않았다. 같은 집에서 살았지만, 철저하게 신경을 쓰지 않고 완전한 타인으로 지냈다. 그러다 피치 못하게 어머니에게 말을 해야 할 일이 생기면 꼬박꼬박 존댓말을 썼다. 지수는 어머니 앞에서는 그 어떤 감정의 변화도 보여 주지 않았다.

하지만 그럼에도 어머니는 지수에게 사랑을 쏟았다. 차별하지 않았다. 친딸에게 주는 애정만큼 양딸에게도 애정을 주었다. 둘 모두에게 동일한 사랑을 나눠 주려 늘 전전긍긍하며 노력했다.

그러나 그녀도 지수도 어머니의 사랑을 온전히 받아들이지 못했다. 어머니의 진심 어린 사랑에 단 한 번도 응답해 주지 않았다. 어머니의 사랑과 관심은 늘 일방통행이었다. 어머니를 미워해서는 아니었다. 단지 갑작스럽게 받게 된 관심과 사랑이 낯설었고 친부에게 받은 상처로 인해 사람들과 친밀함을 주고받는 관계를 형성하는 게 불편하고 거북했다. 그리고 지수는…… 아마 지수에게도 나름의 이유가 있을 것이다.

"걱정하지 마. 이번 일이 어머니에게 알려지는 건 나도 싫어."

진은 덤덤한 목소리로 대답했다.

"그나저나 아저씨는…… 언제 오시는 거야?"

류 대장과의 불편한 대면에 앞서 마음을 단단히 준비해야 했다. 아직 한국으로 돌아가고 싶지 않았다. 귀국을 꺼리는 이유는 이제 지혁이나 집안 문제 때문은 아니었다. 그녀 스스로 G-스탄에 남아 있길 원했다. 제스와 아직 헤어지고 싶지 않았다. 다시 흘깃 뒤를 돌아봤다. 그는 아직도 그녀와 지수가 있는 방향으로 서서 계속 지켜보고 있었다. 조금 멀리 있었지만, 자신을 향한 제스의 걱정 어린 마음을 그녀는 확실히 느낄 수 있었다.

그는 당장이라도 달려와 그녀를 보호하고 싶어 하는 기색이 역력했지만 그걸 실제 행동으로 옮기지는 않고 있었다. 대신 조용히 지켜보고 있었다. 그녀에 대한 믿음을 보이며 용기 내서 맞서 싸우기를 원하고 있었다. 그 응원의 마음을 분명하게 느낄 수 있었다.

그리고 그가 보여 주고 있는 그 믿음대로 이젠 그녀도 참지 않고 맞서 싸울 참이었다. 부당한 비난에 주눅 들지 않고 당당하게 행동할 것이다. 어제 대사관에서 뒤통수를 후려갈겼던 용기와 배짱으로 지수와 싸우리라 다짐했다.

"올 때 되면 오시겠지. 내가 네 개인 비서야? 궁금하면 네가 직접 알아보든가."

그녀의 물음에 지수는 얼굴 한가득 비웃음을 가득 담아 보이려 노력하며 코웃음을 쳤다. 그러다가 이마를 잔뜩 찌푸렸다.

"잠깐, 그런데 아버진 왜? 너 설마…… 지혁 오빠랑 관계된 일이야? 너 착각하지 마. 정신 차리라고!"

"무슨 말이야?"

앞뒤를 다 잘라먹은 막무가내 비난에 진은 눈을 찡그렸다.

"아버지가 여기까지 온 게 혹시라도 둘 사이를 허락하려는 게 아닌가 하는 이상한 기대 심리 따윈 버리라고. 일찌감치 냉수 마시고 속 차리라는 말이야. 아버진 죽었다 깨도 둘 사이 인정 안 할 테니까."

지수가 다시 예전처럼 표독스러운 표정을 지으려 노력하며 날 선 음성으로 소리쳤다. 진은 뒤에 있는 제스에게 지수의 말이 들릴까 염려되었다. 물론 그는 한국말을 모르니 들어도 해석은 할 수 없을 테지만 그래도 신경이 쓰였다. 그리고 지혁에게도 이로울 게 없는 말들이었다. 공연히 마음만 상할 뿐이었다.

"제발 목소리 좀 낮춰. 여긴 미군 기지 안이야. 그리고 이건 지혁 오빠와는 관계없는 일이야. 이미 말했잖아. 지혁 오빠 이제 내게 정말로 오빠일 뿐이야. 연애 감정은 있지 않아. 내 마음은 정리되었어."

"그럼 아버진 왜 찾는 건데? 남은 파병 기간까지 끝내 주겠다는데 그냥 얌전히 한국으로 돌아가면 될 일이지, 굳이 여기서 아버지를 왜 만나려고 하는 건데?"

"난 원래의 파병 기간을 다 채우고 싶어. 중간에 돌아가는 실 원치 않아."

"뭐? 너 미쳤니? 머리가 돌았구나. 위험 나라에서 빼 주겠다는데 그냥 전쟁터에 있겠다고? 대체 왜? 아, 혹시 네 경력에 영향이 있을까 봐 걱정되나 보지? 늘 진급에는 관심 없다는 듯 고결하게 행동하더니 속마음은 그게 아닌가 봐? 하긴 넌 늘 뒤로 호박씨 까는 스타일이었지."

지수가 야유 섞인 음성으로 이죽거렸다. 진은 한숨을 푹 내쉬었다.

"네 맘대로 생각해. 어차피 아니라고 해도 넌 너 좋을 대로 해석하고 믿으니까. 네 오해를 풀기 위해 애쓰는 것도 신물이 나."

어중간한 말다툼을 끝내려고 나름 냉정하게 잘라 말했다. 지수가 예전만큼 강한 공격성을 보이며 싸움을 걸어오고 있는 건 아니었지만 약 올리는 밉살스러운 말들을 계속 듣고 있기에는 피곤했다.

"아니면 여길 떠나고 싶지 않은 새로운 이유라도 생겼어? 어제 산속에서 저 덩치랑 단둘이 밤을 보냈다고 들었는데, 둘이 그새 만리장성이라도 쌓았나 보지?"

"뭐?"

지수의 노골적인 말에 그녀는 덜컥 심장이 내려앉았다. 그냥 해 보는 소리일 테지만 그녀는 동요할 수밖에 없었다. 하지만 얼굴에 당혹감을 드러내지 않으려고 애를 썼다.

"하긴 네 주제에 무슨. 고고한 수녀라도 되는 것처럼 따분하게 윤리 교과서 같은 말과 행동이나 해 대는데 그런 사고나 칠 배짱이나 있었겠어. 남자 손길이라도 닿을라치면 새파랗게 질려서 기절할 듯 연약한 척 구는 게 네 주특기잖아. 그러면서 지혁 오빠와는 앙큼하게 몰래 숨어서 키스씩이나 하고. 그거 다 내숭이었던 거지? 오빠를 꾀려고 순진한 척 군 거 아냐?"

무슨 변명을 하기도 전에 지수가 먼저 스스로 내뱉은 말들에 대해 부정하자 진은 내심 속으로 안도했다. 하지만 그녀의 얼굴색은 이미 지수의 말에 지대한 영향을 받아 붉게 물들어 가고 있었다. 그러니 눈치 빠른 지수가 어젯밤 일어난 일에 대해 알아차리기 전에 도망가야 했다.

"네가…… 전혀 상관할 바가 아니야."

겨우 떨리는 입술을 움직여 지수를 향해 말을 뱉어 내고 그녀는 몸을 틀었다. 조금만 더 지수와 얼굴을 맞대고 서 있으면 잘 익은 홍당무보다 더 진하게 붉어진 볼의 수줍은 홍조를 보게 될 수 있었다. 그러면 지수는 결국 다시 의심의 눈길을 보낼지도 몰랐다.

"네 앞가림이나 잘해."

그녀는 일부러 지수가 들으면 열받아 할 말을 골라 했다. 평소 때라면 절대로 하지 않을 도발적인 말들이었다.

"뭐? 너, 우, 웃겨. 야! 이 계집애야…… 너, 너 앞으로 뒤통수 조심해! 어젠 갑자기 당한 거라 가만히 있었지만, 다음번엔 내 차례야!"

길길이 날뛰는 지수의 성난 목소리가 뒤통수를 따갑게 때리고 있었지만, 그녀는 최대한 당당한 걸음으로 차분히 앞으로 걸었다. 하지만 한 걸음 한 걸음 내디딜 때마다 비밀스러운 부분에서 느껴지는 묵직한 통증에 두 다리가 떨려 왔다. 지수의 눈앞에서 꼴 사납게 넘어지지 않기 위해서는 이를 악물고 버티는 수밖엔 없었다.

쉽진 않았으나 진은 주먹을 꽉 쥔 채 이상하게 보이지 않으려 일부러 보폭을 크게 하며 성큼성큼 앞으로 나아갔다. 그러나 뒤통수에 와 닿는 지수의 날카로운 눈초리에 마치 도둑이 제 발 저려 하는 것처럼 가슴이 진정되지 않고 있었다.

단 하루 기지를 나가 있었을 뿐인데 엄청 오랜만에 돌아온 듯한 기분이었다. 한국군 책임자에게 간략한 상황 보고를 한 뒤 진은 태영과 제스의 성화에 못 이겨 진료실에서 얼굴과 몸에 난 생채기와 다리 상처를 다시 치료받아야 했다. 다른 군의관에게서 아무 이상이 없다는 걸 확인받고 나서야 그녀는 비로소 숙소로 돌아올 수 있었다.

그녀는 방에 들어오자마자 냄새나는 군복을 벗고 욕실로 뛰어 들어갔다. 태영의 말처럼 몸 전체에서 비에 쫄딱 젖은 개에게서나 날 법한 구수한 냄새가 진동하고 있었다. 쏟아지는 물줄기 아래에 서 있자 정신이 한결 맑아졌다. 멍 때문에 아직 욱신거리는 통증이 있지만 그게 아픔으로 인식되진 않았다. 그녀의 신경은 아직 흥분 상태에 있어 통증을 인지하지 못하고 있었다.

뜨거운 물줄기로 인해 거울에 수증기가 어리자 그녀는 손바닥으로 문질러 닦았다. 그리고 거울에 비치는 자신의 모습을 바라봤다. 단 하룻밤 만에 많은 게 달라져 있었다. 거울 속 여자는 주눅들어 보이지 않았다. 어둠에 휩싸여 우중충해 보이던 얼굴의 그늘도 희미해져 있었다. 거울 속 여자는 행복해 보였다. 빛이 나고 있었다.

한층 더 성숙해진 느낌마저도 들었다. 단순히 남자와 친밀한 관계를 맺었다는 데서 오는 성숙함만은 아니었다. 마치 애벌레가 성장의 고통을 겪은 후 화려한 나비로 재탄생하는 것처럼 거울 속 상처 가득했던 어린 소녀는 성장해 있었다. 어른이 되어 가고 있었다. 어린 시절 고통에서 조금씩 벗어나자 새로 태어나는 기분이었다.

제스는 지혁과는 다른 방식으로 상처의 치유를 도왔다. 무조건 감싸고 보호하려 하지 않고 상처를 마주 보게 했다. 그녀 스스로 어린 시절이 커다란 상처였음을 인정하게 했다. 폭력의 피해자였던 걸 받아들이게 했다. 그리고 그건 부끄러워해야 할 일이 아니라는 사실까지도 깨닫게 해 주었다.

학대받은 일들을 없던 것으로 치부해서는 안 됐던 거다. 상처를 외면해선 제대로 된 치료를 할 수 없다. 그녀 자신이 의사이면서 상처 치료의 가장 기초적인 원론을 무시하고 있었다. 그걸 깨닫게 해 준 제스가 고마웠다. 그는 그녀가 외면하고 있었던 근본적인 문제를 마주 보게 해 주었다. 거울 속 여자의 얼굴엔 다시 홍조가 돌고 있었다.

진은 거울 속 자신의 모습에 살포시 웃었다. 그를 떠올릴 때면 언젠가부터 얼굴에 늘 열이 오르고 가슴이 두근거렸다. 진정이 되지 않았다. 그를 떠올리는 것만으로 기분 좋은 설렘으로 꽃길을 걷는 기분이었다. 행복했다.

이제 제스와는 어떻게 되는 거지?

아침에 눈을 뜨자 머릿속을 스친 생각이었다. 그는 어젯밤 이후로도 여전히 그녀를 원하고 있다고 했다. 어젯밤 그들이 나누었던 행위들을 또 원하고 있음을 솔직하게 표현했다.

하지만 정말 다음이 있을까?

류 대장은 그녀의 파병을 끝내겠다 말했다고 한다. 그녀는 어쩌면 며칠 내로 G-스탄을 떠나야 할지도 몰랐다. 아니, 어쩌면 며칠이 아닐 수도 있다. 류 대장은 내일 당장이라도 그녀를 귀국 수송기에 태워 한국으로 보내 버릴 수도 있었다.

이대로 한국으로 돌아가게 된다면 그걸로 끝이겠지…….

다음은 없을 것이다. 어젯밤의 섹스가 아무리 황홀했다 한들 한국과 미국의 머나먼 거리를 좁히기에는 부족할 수 있었다. 그는 오로지 섹스를 위해 열여섯 시간을 넘게 할애해 한국을 찾아오진 않을 것이다.

어젯밤은 분명 특별했지만 그녀는 거기에 매달릴 만큼 어리지 않았다. 현실은 동화가 아니라는 것도 알았고 상상이 현실이 될 수 없다는 것도 알았다. 환상적인 섹스 한 번에 물리적인 불편함을 감수할 만큼 남자들이 바보는 아닐 것이다. 그리고 그는 사랑이라는 말은 하지 않았다. 그녀에게 영원을 약속하지도 않았다. 어젯밤 그들이 나눈 건 사랑이 아닌 단순한 섹스에 불과했다. 그렇게 생각해야 한다. 그리고 동화 같은 환상을 기대하거나 상상해선 안 된다.

'관계 한 번에 착각하면 안 돼.'

선을 넘어서는 안 된다. 그녀는 느슨해지려는 마음을 단단히 옭아매려 미지근하게 나오는 샤워기의 물을 찬물로 바꿔 한참 동안 쏟아지는 물줄기를 맞았다. 몸이 으슬으슬 춥기 시작할 때쯤이 돼서야 물을 잠그고 수건에 손을 뻗었다. 거울을 보니 입술이 파랗게 질려 있었다. 하지만 애초의 목적은 달성되었다. 끝도 없이 무한히 뻗어 나가려던 생각의 줄기를 잘라 낼 수 있었다. 물기가 묻어 있는 몸을 서둘러 닦아 내고 수건을 두른 채 욕실을 나섰다.

"어머!"

방 안은 비어 있지 않았다. 제스가 문가에 서 있었다. 그녀는 깜짝 놀란 시선으로 그를 바라봤다.

「어떻게 들어온 거예요?」

아까 분명히 방 안으로 들어온 후에 문을 잠갔었다.

그러니 잠겨 있었을 텐데…….

그는 대답 대신 씩 웃고만 있었다. 그녀는 금세 자신이 멍청한 물음을 던졌음을 깨달았다.

그는 특수부대원이었다. 특수부대원에겐 잠긴 문을 척척 여는 건 일도 아닐 것이다.

「숙소로 들어가는 걸 분명히 봤는데 아무리 문을 두드려도 기척이 없기에 무례한 행동이지만 그냥 들어왔어요. 혹시 쓰러진 건 아닌가 해서.」

「씻고 있었어요.」

「네. 방으로 들어와서야 알았습니다.」

그가 바닥에 널브러져 있는 군복 더미를 손가락을 가리키며 대답했다.

「사실 너무 오랫동안 안 나오기에 30초만 더 기다려 보고 욕실로 들어가 볼까 하고 있던 참이에요. 3초 남겨 두고 나온 겁니다.」

그는 손목을 들어 시계를 보며 장난스럽게 말하고 있었다.

「와…… 정말 다행이네요. 3초 전에 나와서.」

그의 장난기 어린 표정과 짓궂은 농담에 그녀는 설레지 않으려 조심하며 수건을 단단히 여몄다. 옷을 입어야 했지만, 그가 지켜보고 있는 앞에서 수건을 내리고 옷을 입을 엄두가 나지 않았다. 그래서 대신 가슴에 팔짱을 낀 채로 그를 바라봤다.

「무슨 일이에요?」

「당신이 걱정돼서요. 아까 의붓언니와 있기에.」

그녀의 물음에 그가 장난스러운 기색을 살짝 지우고선 걱정이 담긴 음성으로 말했다.

「걱정하지 말아요. 나도 이제 당하고만 있진 않을 거예요. 당신 충고를 받아들여 유능한 싸움꾼이 되어 볼 거예요. 사실 피습 사건으로 정신이 없어 깜박 잊고 말하지 않았는데, 이미 한국 대사관에서 언니와 2라운드를 뛰었어요. 그러니까 피습당하기 전에요. 나도 당당하게 맞서 싸웠죠. 당신에게 배운 욕도 써먹었고, 날 때린 것에 대한 복수로 뒤통수도 때려 줬어요. 엄청 통쾌했어요.」

그의 눈앞으로 손가락 두 개를 내밀고 브이를 만들어 보이며 그녀는 당당히 소리쳤다. 지금 생각해도 기분이 아주 유쾌하고 통쾌했다.

「와우, 그거 정말 대단한 발전인데요. 진, 당신이 무척 자랑스러워요.」

그가 두 눈을 크게 뜨며 놀라워하더니 이내 호탕하게 껄껄 웃으며 가까이 다가와 등을 두드렸다. 그의 손길에 그녀는 설레지 않으려 했지만 실패했다. 그가 가까이 다가온 순간 그녀의 심장은 거세게 요동치고 있었다.

「고마워요.」

그의 과한 칭찬의 말에 그녀는 수줍게 웃었다.

「그런데 당신은 다시 나가는 건가요?」

그는 전투복 차림이었다. 하지만 어제 입었던 전투복은 아니었다. 그도 샤워했는지 머리카락이 젖어 있었고 몸에서는 향긋한 향기가 풍기고 있었다. 씻고 새 전투복을 입었다는 건 다시 기지 밖으로 나간다는 걸 의미했다.

「새로 임무를 맡았다고 했던 거 기억납니까? CIA에서 적들의 본거지를 알아냈다는 정보를 받았어요. 그 일로 나가는 겁니다.」

「그럼 기밀 아닌가요? 나한테 말해도 괜찮아요?」

「맞아요. 그래서 세부 사항은 말하지 못합니다. 그냥 기지 밖으로 나가기 전에 당신을 보고 싶었어요. 인사를 하고 싶어서.」

그의 말에 갑자기 임무를 받으면 인사도 하지 못하고 떠나는 일들이 부지기수였다는 언젠가 나눴던 대화가 기억이 났다. 급작스럽게 떠나는 사람의 마음도 편치는 않을 테지만 연인이 어디로 떠났는지도 모른 채 홀로 남겨지는 상대방의 마음은 더 힘든 법이다. 그는 상대방의 그 힘든 마음을 배려할 줄 아는 남자였다.

「피곤하겠어요. 어제도 힘들었을…… 텐데요.」

단순한 의미로 말을 하다가 단어가 가지고 있는 중의적인 의미를 깨닫고는 잠시 머뭇거렸다. 그래. 어제가 힘든 날이긴 했지. 여러 가지 의미로.

그녀는 갑자기 어색함이 몰려들자 낮게 헛기침을 했다.

「체력은 끄떡없어요. 그래서 사실 지금이 아침에 말했던 다음이었으면 싶지만 아쉽게도 나가 봐야 하는 게 아주 애통할 뿐입니다.」

제스도 그녀가 무심코 내뱉은 말의 중의적인 의미를 알아차렸는지 의미심장한 눈빛을 하며 장난기 다분한 미소를 던졌다. 그의 은근함이 담겨 있는 유혹적인 말에 진은 다시 얼굴이 달아오르려 했다.

「지금은 괜찮은 겁니까?」

그는 여전히 웃으며 물었다.

「뭐가요?」

뜬금없는 질문에 그녀는 고개를 갸웃거렸다.

「지금은 당신에게 키스해도 되는 겁니까?」

그제야 아침에 씻지 않았다는 이유로 그의 키스를 거부했던 게 떠올랐다. 사실 지금은 다른 여러 가지 이유로 그의 키스를 다시 거절해야 했지만 그녀도 마음으론 그와의 키스를 원하고 있었다.

하지만 단둘밖에 없는 밀폐된 공간에서 나누는 키스는 위험할 수 있었다. 키스보다 더 많은 걸 원하게 될지도 모르니까.

그러나 그는 이미 그녀에게로 더 가까이 다가오고 있었다. 한 발 한 발 가까워질 때마다 그녀는 호흡이 가빠지며 거칠어지고 있었다.

「난 아직 대답하지 않았는데요?」

마침내 그와 한 뼘의 거리도 남아 있지 않을 만큼 가깝게 밀착되자 입술이 닿기 전 작게 속삭였다.

「압니다. 하지만 들은 거 같아서요. 당신 대답.」

그 역시 낮은 음성으로 그녀의 귓가에 작게 속삭이더니 곧 입술을 포개 왔다. 귀에 익은 익숙한 답변에 진은 작게 웃음을 터트렸다. 그의 입술에선 박하 향이 감돌고 있었다. 톡 쏘는 청량감이 느껴지는 아주 상쾌한 향이 촉촉이 그녀의 입술을 적셔 왔다.

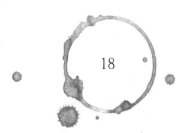

18

칠흑 같은 어둠의 시간이 되자 울프 팀은 작전을 개시했다. 반군들이 은신해 있다는 곳은 의외로 G-스탄의 소도시 중 한 곳이었다. 대도시에 속하는 G-스탄의 수도에서 두 시간가량 떨어진 소도시였다. 소도시의 풍경은 절반은 한적한 시골의 모습이 남아 있었고 나머지 절반은 문명이 발달한 세련된 건물이 여러 채 세워져 있었다.

반군들이 있다는 곳은 시골 풍경과 어울리는 G-스탄의 전통 가옥이었다. 낮은 2층으로 이루어진 집은 언뜻 보면 평범한 가정집으로 보였다. 하지만 저곳엔 위험한 테러를 일으키려 하는 과격 단체의 반군들이 은신해 있었다. 제스는 다시 한번 울프 팀의 대원들과 임무의 세부 사항을 숙지한 뒤 작전을 개시했다.

그와 대원들 모두 소리를 죽인 채 아주 조용히 들어가야 했다. 집으로 들어가기 위해서는 요새 모양으로 둘러싸여 있는 높은 담벼락과 철제 대문을 통과해야 했다. 그다음엔 축구장보다 더 넓은 마당을 가로질러야 했고.

울프 팀은 미리 보안 장치를 해제한 담벼락에 갈퀴가 매달려 있는 로프를 건 다음 줄을 타고 마당 안으로 넘어갔다. 그리고 바로 어둠에 잠겨 있는 마당을 가로질러 현관문을 신속하게 따고 집 내부로 들어갔다. 집 안도 바깥만큼 스산한 어둠에 잠겨 있었다. 야간 투시경을 낀 대원들은 짝을 지어 각자의 방향으로 흩어졌다.

그는 홀로 2층으로 올라갔다. 집은 겉보기와 다르게 내부가 심하게 낡아 있었다. 2층으로 올라가는 나무 계단은 부분부분 썩고 오래되어 한쪽이 우그러든 상태였다. 그는 신중하게 발을 골라 디디며 걸을 때 삐걱거리는 소리가 나지 않도록 조심했다. 장전된 무기를 앞을 향해 겨냥한 채 신속하게 계단을 오른 그는 모퉁이를 돌아 나온 첫 번째 방부터 수색해 나갔다. 첫 번째 방은 비어 있었다. 위험이 감지되지 않자 그는 서둘러 나머지 방도 수색해 나갔다.

탕.

탕.

마지막 방을 수색할 때는 적이 매복해 있었다. 갑자기 튀어나온 적은 총알이 장전된 총을 망설임 없이 뽑아 들고 방아쇠를 당졌다. 하지만 그보다 제스가 더 빨랐다. 그의 총구에 불이 붙기 직전 제스가 쏘아 낸 총알이 정확히 적의 이마를 명중시켰다.

빠르게 적을 제압해 낸 제스는 방 안으로 들어섰다. 좌편 구석에서 다시 움직임이 포착되었다. 숨어 있던 또 다른 적이었다. 그는 자신의 옆구리를 노리며 달려드는 적을 가볍게 피한 다음 총개머리판으로 적의 뒤통수를 갈겼다.

적은 비명도 지르지 못하고 정신을 잃고 바닥으로 쓰러졌다. 바닥에 쓰러진 이번 적은 총은 들고 있지 않았다. 대신 무시무시할 만큼 험상궂게 생긴 나이프를 쥐고 있었다. 나이프는 날카로운 양날을 가지고 있었고 한쪽 날은 톱니바퀴처럼 울퉁불퉁했다. 제스는 바로 나이프를 차 구석으로 날려 보냈다. 마지막 위협 요소를 제거한 후 다시 방을 재빨리 살폈다. 다른 적들은 없었다.

— 지하 상황 종료. 적 두 명 사살.

— 1층 상황 종료. 여긴 깨끗하다.

귀에 꽂은 무선 헤드셋에 정보가 전달되고 있었다.

「2층 상황 종료. 적 한 명 사살. 한 명 생포.」

그도 무전으로 2층의 상황 종료를 알렸다. 그러자 그 순간 집 안에 불이 들어오며 1~2분 뒤 2층을 올라오는 요란한 발소리가 울렸다. 작전 상황은 종료되었기 때문에 더는 조용히 움직일 필요가 없었다. 위험 상황은 정리되었으니 이제 밝은 불빛 아래에서 다른 걸 조사해야 했다. 적들이 흘리고 간 흔적들을 주워 담을 차례였다.

「안녕. 섹시 가이. 적을 생포했다고요.」

귀에 익은 음성이었다. 전에도 여러 번 같이 일한 적이 있는 CIA 요원 멜리사 패러크였다. 그녀는 자신만만한 미소를 한가득 얼굴에 드리우며 열린 방문으로 당당하게 걸어 들어왔다.

「아무래도 우리가 오기 전 모두 뛴 거 같습니다.」

이곳이 적들의 본거지가 확실하다면 그들은 이미 흔적을 감춘 뒤였다. 겨우 4명의 적은 인원이 테러를 계획하고 폭탄을 훔쳐 내진 못했을 테니까. 집을 샅샅이 수색하겠지만 아마도 폭탄은 이곳에 없을 게 분명했다. 이번 작전은 헛수고였다.

「그래도 작은 꼬리라도 잡았으니 희망을 품어 보죠. 이 꼬리가 우리를 몸통으로 인도해 주길 바라며. 데려가.」

같이 2층으로 올라온 또 다른 남자 요원에게 멜리사가 지시를 내렸다. 그들은 즉각 정신을 잃고 쓰러져 있는 적을 일으켜 수갑을 채운 뒤 데리고 나갔다.

「제대로 큰 사고를 쳐서 G-스탄 길바닥에 굴러다니는 깡통 폭탄이나 수거하고 다닌다더니, 이번 작전에 투입된 걸 보면 그 일은 잘 풀렸나 봐요.」

「잘 수습되었죠.」

멜리사의 직설적인 질문에 그는 어깨를 으쓱해 보였다.

「다행이에요. 이번 일은 높으신 양반들까지 모두 신경을 곤두세우고 있는 탓에 부담감과 스트레스가 이만저만이 아니에요. 그나마 당신이 이끄는 울프 팀이 작전에 투입되었다고 해서 안심했어요.」

「뭐, 울프 팀도 깡통 폭탄이나 주우러 다니는 것보단 작전에
투입된 걸 더 좋아하고 있습니다.」

「당신과 울프 팀 덕분에 이번 작전도 수월하게 풀리겠네요. 지
루함도 덜하고.」

「최선을 다해 돕겠습니다.」

「정말요? 그렇다면 다른 문제도 도와줬으면 싶은데…… 이를
테면 낯선 타국에 나와 느끼는 외로움을 달래 주는 그런 도움 말
이죠.」

나직하고 은근함이 묻어나는 어조였다.

「멜리사……」

그는 경고가 다분히 섞인 음성을 냈다. 그러자 멜리사가 눈을
동그랗게 뜨며 웃음으로 그의 말을 가로막았다.

「네네. 당신이 무슨 말을 할지 알아요. 나에겐 한 톨의 관심도
없다고요. 아무런 책임이 따르지 않는 그저 즐겁기만 할 화끈한
섹스도 정중하게 사양한다고요. 당신이 예전에 내게 했던 말이죠.
기억하고 있다고요. 그냥 농담 한번 해 봤어요. 생각에 변함이 없
는지 확인도 할 겸.」

그의 거절을 전혀 개의치 않는 듯 멜리사의 표정은 변함없이
쾌활했다.

사실 멜리사는 예전부터 그에게 관심을 표해 오고 있었다. 은
근하면서도 상대가 모를 수 없을 만큼 직설적인 유혹을 보내곤

했다.

그녀는 매우 아름다웠고 또 영리했다. 현장 요원으로서의 능력
도 미모만큼이나 뛰어났다. 언젠가는 지금 소속되어 있는 CIA 테
러 방지 부서를 이끄는 위치에까지 오를 수 있을 만큼 유능했다.
그래서 그는 신중하게 멜리사와 거리를 두었다. 멜리사는 모든 남
자가 인정할 만큼 육감적인 아름다움을 지니고 있지만, 울프 팀은
CIA와 같은 작전에 투입될 때가 많았고 임무에 사적인 사생활을
끼우게 되면 상황은 복잡해지기 마련이었다.

「표현은 달랐지만, 의미는 정확합니다.」

그리고 정작 그가 멜리사에게 별다른 관심이 가지 않았다. 그
녀는 모델처럼 키가 크고 늘씬했지만, 볼륨이 있어야 할 부분에는
보기 좋을 만큼의 볼륨이 있었고 황금빛의 화려한 금발도 지니고
있었다. 플레이보이에 자주 등장하는 전형적인 금발 미인에 속했
다.

모든 면에서 완벽한 미를 지니고 있었지만, 그가 매력을 느끼
는 타입은 아니었다. 그는 섹시미를 장전한 여성보다는 청초하고
단아한 매력을 가진 여성에게 더 끌리는 편이었다. 그러나 가냘픈
외모와 어울리게 약한 여성이 아닌, 내면이 강철보다 더 단단한
여성이어야만 했다.

그건 바로 진이었다. 그녀를 만난 이후 그는 자신이 매력을 느
끼는 여성의 유형이 어떤지 알게 되었다. 그는 진의 순수하게 솔
직하고 청순한 매력에 강하게 끌리고 있었다. 그러나 세상의 모든

단아하게 청순하고 착한 여성들에게 다 매력을 느끼는 건 아니었다. 그는 오직 진을 원했다. 그녀에게 푹 빠져 있고 또 사랑하기에 그녀의 모든 면에 매력을 느꼈다. 그러니 그가 진정으로 매력을 느끼는 타입은 진 그 자체라고 할 수 있었다.

「당신은 참 공략하기 어려운 남자예요. 하지만 마침내 그 어려움을 정복했을 때 뒤따르는 성취감도 그만큼 엄청나겠죠. 당신을 정복할 여자가 언제 나타날지, 또 누구일지 궁금하고 기대되네요.」

「그 여성은 벌써 나타났습니다.」

그는 이미 완벽하게 정복당했다. 그의 마음과 몸은 이미 허물어져 진을 향해 활짝 열려 있는 상태였다. 벌써부터 그녀가 보고 싶었다. 누구에게도 빼앗기지 않게 품에 꼭 끌어안고 싶었고, 그녀의 몸에서 풍겨 나오는 달콤한 체취에 흠뻑 취하고 싶었다. 다시 사랑을 나누고 싶었다. 이번에는 여유를 가지고 천천히 부드럽게.

● ○ ●

영악한 놈들.

위험했다. 하마터면 의도치 않게 꼬리를 잡힐 뻔했다. 거사를 치르기 위해 오랫동안 공들여 준비해 오던 일들이 한순간에 무너질 뻔했다.

하지만 적들은 그들의 꼬리를 잡아내지 못했다. 사실 그들은 그들이 한순간 잡고 있었던 꼬리가 어떤 꼬리였는지도 알지 못할 게 확실하다. 그 꼬리는 그와 형제들이 던져 준 꼬리에 불과하니까. 적들은 자신들이 잡은 꼬리가 무엇인지 알아차리기도 전에 모두 죽게 될 것이다. 그걸 생각하니 웃음이 나왔다.

신은 그와 형제들의 편이었고 그들을 보호해 주고 있다. 그는 그 진실을 단 한 번도 의심치 않았다. 신은 그와 형제들에게 또다시 이적을 경험케 해 주었다. 불가능을 가능케 한 이적을 목격하고 체험한 모두의 믿음은 더욱 굳건해졌다. 다른 형제들에게도 이번 작전의 성공은 신의 이적을 나타내는 표적으로 길이 남을 게 분명했다.

적들의 폭탄도 빼앗았고 계획에 필요한 정보도 갈취했다. 그 모든 걸 가능하게 한 건 신의 은총이었고, 그러한 신의 노력이 헛되지 않게 역사는 새롭게 쓰여야 한다. 그렇게 될 날이 이젠 머지않았다.

그는 비실비실 나오는 웃음을 억지로 삼켰다. 다음 계획을 머릿속으로 재확인했다. 폭탄은 이미 적들이 생각지도 못할 안전한 곳으로 옮겨졌다. 하지만 거사를 치르기 전에 적들을 낚을 미끼가 조금 더 필요했다. 적들은 어느새 그들의 턱밑까지 추격해 오고 있었다. 한 치의 실수도 없어야 했다. 자칫 잘못하면 모래 위에 쌓은 모래성처럼 모든 게 와르르 무너질 수도 있다.

그러니 적들의 시선을 돌려야 했다. 화려한 개막식을 알리는 서막의 축포를 터트려야 한다. 그러기 위해선 불꽃놀이에 어울리는 폭죽들을 넉넉하게 준비해야 했다. 그리고 미끼가 되어 줄 또 다른 폭탄도 필요했다. 그 때문에 심판의 날짜가 조금 더 뒤로 미루어지겠지만 그 정도는 참고 기다릴 수 있었다. 모든 건 완벽한 심판의 날을 위해서다.

적들이 공들여 준비할 다음 미끼를 덥석 문 순간 승리는 그와 형제들의 것이 될 것이다. 그들이 직접 모습을 드러내기 전까진 적들은 결코 그들의 본모습은 보지 못한 채 그림자만 쫓을 뿐이다. 그리고 마침내 그림자가 아닌 그들의 본모습을 마주하게 되었을 땐 적들은 처절한 공포감만을 맛볼 것이다. 두려움에 울부짖을 것이나. 그리고 그들이 믿고 있는 어잉의 신을 찾겠지.

눈먼 자들 같으니……

그러나 결코 적들의 신은 적들을 지켜 주지 못한다. 적들이 믿고 있는 신은 허깨비일 뿐이니까. 신은 오직 그들의 신 이외엔 존재하지 않는다. 그 소중한 진리를 그와 형제들이 직접 적들에게, 그리고 세상의 모든 어리석은 사람들에게 깨우쳐 줄 것이다.

하지만 비싼 가르침을 받으려면 그에 상응하는 대가를 치러야만 한다. 자본주의 세상에 공짜는 없는 법이니까. 그들에게 자신들의 신으로부터 버림받았다는 걸 철저히 알게 해 주리라. 그 뒤 적들은 이 나라에서 훔쳐 간 모든 것에 대해 적절한 보상을 해야만 한다.

더러운 약탈자 놈들.

그와 형제들은 반드시 적들에게서 그 모든 배상을 책임지고 받아 내고 말 것이다.

그는 정갈하게 무릎을 꿇고 기도를 올렸다. 그를 따르는 형제들 모두 그들의 신이 있는 방향으로 무릎을 꿇은 채 엄숙한 기도를 시작했다. 이곳은 지나다니는 사람은 누구나 들어와 자비로운 신께 기도드릴 수 있는 신전이다. 그들의 차림 또한 저들과 다를 바가 전혀 없었다. 그러니 타인의 시선에 그들은 모두 평범한 보통의 시민으로만 보일 것이다.

아무도 그들을 의심하지 않는다. 그들이 선지자라는 사실도 몰라봤다. 그 점이 매우 유감이었지만 무지몽매한 사람들도 곧 차차 알게 될 것이다. 그날이 왔을 때 그의 민족은 기뻐하고 환영하리라. 신의 뜻을 대변하는 선지자들의 등장에 감격의 눈물을 흘릴 게 분명하다.

그리고 적들은 두려움과 후회의 눈물을 흘려야 하겠지. 손수건이 필요하겠지만 미처 준비하진 못할 것이다. 적들은 죽음이 그들 자신에게 가까이 다가오고 있다는 사실조차 모르고 있을 테니까.

그 점이 그는 유쾌했다. 하지만 이곳은 엄숙한 기도의 장소였다. 경망스러운 웃음은 어울리지 않았다. 그렇지만 참을 수가 없었다.

상상만으로도 이렇게 즐거운데 현실이 되면 얼마나 더 유쾌할까?

그는 볼 안쪽을 세게 깨물며 웃지 않으려 노력했다. 비릿한 피

맛이 입 안 가득 느껴졌다.

● ○ ●

심각한 부상도 없었고 또 그녀도 원했기에 다음 날부터 바로 근무에 복귀했다. 혼자 숙소에서 대기하는 건 무료하기만 했기에 업무에 복귀될 수 있음을 다행으로 여겼다. 하지만 업무 복귀에 대한 기쁨은 류 대장의 미군 기지 도착 알림과 동시에 말끔히 사라졌다. 호출이 울리자 그녀는 당장 대면을 해야 하는 상황에 긴장이 엄습했다.

류 대장의 호출에 미리 마음의 대비는 하고 있었지만, 현실로 다가오자 그도 아무 소용이 없었다. 하지만 피할 수는 없었다. 매를 늦게 맞을수록 두려움만 더 커지는 법이다. 그녀는 단단하게 마음을 다잡았다. G-스탄에 남아 있길 원한다. 파병 기간이 단축되길 원하지 않는다. 그 점을 류 대장에게 정확히 알려야 했다.

똑. 똑.

진은 심호흡을 크게 한 다음 문을 노크했다.

"들어와."

허락이 떨어지자 그녀는 전투적으로 문을 벌컥 열고 안으로 들어갔다. 류 대장은 소파가 아닌 책상 뒤 의자에 앉아 있었다. 그리고 그 앞에 한국군 책임자가 먼저 불려 와 서 있었다. 책임자의 얼굴은 시체처럼 창백했다. 창백한 안색으로 진땀을 흘리는 책임자의 모습에 그녀는 한층 더 불안함을 느꼈다.

설마……

"자네는 그만 나가 보게."

"네."

류 대장의 말에 책임자는 짧게 안도의 한숨을 내쉬며 서둘러 사무실을 빠져나갔다. 그가 나가자 사무실 안에 다시 고요한 적막감이 감돌았다. 진은 우선 깍듯한 자세로 인사를 했다.

"편히 쉬어."

류 대장의 명령에 그녀는 거수경례를 끝내고 대기 자세를 취했다.

"몸은 어떠냐?"

"괜찮습니다. 부상은 미미합니다. 걱정하지 않으셔도 됩니다."

완벽한 군인 말투를 쓰며 그녀는 자신이 위험한 전쟁터에 남아 있어도 괜찮을 씩씩한 군인임을 증명하려 했다.

"그만하길 다행이다. 지수에게 이미 얘기 들었겠지? 네 파병은 종료될 거다. 먼저 귀국시킬 생각이야."

"죄송하지만 그 명령은 거두어 주십시오. 남은 파병 기간을 모두 채우고 싶습니다."

벌써 본론이었다. 그러나 그녀는 당황하지 않고 준비하고 있었던 말들을 빠르게 쏟아 냈다.

"뭐?"

그녀의 딱딱한 말에 류 대장이 한쪽 눈썹을 치켜세우며 인상을 찌푸렸다.

"말도 안 되는 소리. 집안일 때문에 걱정하는 거라면 염려하지 않아도 괜찮다. 네 고모에겐 함부로 말하지 못하게 이미 당부해 두었으니."

류 대장은 류민영에 대한 문제를 언급하며 그녀를 안심시키려 했다.

"그걸 걱정하는 게 아닙니다. 그저 저는 제게 주어진 의무를 다하고 싶은 겁니다. 원래의 파병 기간을 모두 채울 수 있게 해 주십시오."

"G-스탄은 위험한 곳이야. 너도 어제 겪지 않았어? 그러니 그만 한국으로 돌아가."

"전 군인입니다. 이곳에 파병 온 군인들 모두 피습의 위험을 감수하며 본인의 의무를 성실히 수행해 나가고 있습니다. 저도 저의 의무를 다할 수 있도록 해 주십시오."

"넌 의사야."

"군의관입니다."

류 대장의 주장에 진은 단호하게 반박했다.

"그래. 그건 군에 소속된 의사라는 뜻이다. 넌 전투 병사가 아니야. 그러니 고집 피우지 말고 얌전히 한국으로 돌아가."

예상했지만 역시나 호락호락하지 않았다. 류 대장의 고집은 쇠심줄보다 더 질겼다.

"군인은 모두 똑같은 군인이라고 가르쳐 주신 건 아저씨셨어요. 군인으로서 제게 주어진 의무도 완벽하게 수행하지 못하면 전 뭐가 되는 거죠? 맡은 바 임무를 책임질 수 있게 허락해 주세요."

그녀는 결국 최고 상관을 대하는 부하의 입장에서 가족의 입장으로 돌아가 인정에 호소했다.

"그 의무를 잘 알고 있다는 놈이 감히 보고를 누락시켜?"

그녀의 말이 끝나기가 무섭게 류 대장이 탁자를 쾅 내려치더니 성난 고함을 내질렀다.

"……."

귀에 들려온 말들에 그녀는 심장이 덜컥 내려앉았다. 게다가 류 대장은 처음으로 그녀에게 화난 음성으로 소리치고 있었다. 그의 표정에는 숨겨지지 않는 노기가 잔뜩 서려 있었다. 그건 미움이 깃든 분노는 아니었다. 걱정과 염려가 담긴 애정 어린 분노였다.

"보고 누락이 얼마나 큰 잘못인지 몰랐다고 말하진 않겠지?"

보고 누락. 그건 류 대장이 가장 싫어하는 일 중 하나였다. 그러나 알려야 할 정보를 빠뜨린 적은 없었다. 다만 불필요한 정보를 작게 축소했을 뿐.

"보고 누락으로 피해를 본 건 없습니다."

"네가 피해를 보았어!"

그녀의 차분한 말에 류 대장은 더욱 화를 냈다.

"그러니까요. 저 말곤 문제 될 게 없었어요. 그리고 생각하시는 것만큼 큰일도 아니었……."

"계속 발뺌할 생각인 거냐? 이게 큰일이 아니라면 네 기준의 큰일은 대체 무엇인데?!"

책상 위에 놓여 있던 파일이 그녀 쪽으로 밀쳐졌다. 파일 안엔 존슨 소령에게 당했던 폭행의 흔적이 고스란히 담긴 사진들이 빼곡하게 첨부되어 있었다. 진은 잠시 질끈 눈을 감았다. 변명은 애초에 틀린 거다.

"죄송합니다. 보고 누락에 대한 처벌은 달게 받겠습니다. 하지만 이곳에서 벌받을 수 있게 해 주십시오."

그녀는 다시 가족이 아닌 군인의 입장으로 되돌아가 예의를 갖춘 채 자신의 잘못을 인정했다.

"어떻게 다른 사람도 아닌 네가…… 폭력 행위를 숨겨? 특히 폭력에 대해 내가 어찌 생각하고 있는지 잘 알고 있는 녀석이 어떻게…… 이런 일을 숨기려 들어?"

류 대장은 상급자가 아닌 가족으로서, 또 아버지의 입장으로 말을 하고 있었다. 여전히 화난 음성이었지만, 얼굴엔 분노로 인한 노여움은 어느새 사라지고 그녀를 향한 걱정이 가득 어려 있었다. 그리고 슬픔도 짙게 깔려 있었다. 그녀는 새삼 객관적인 시선이 되어 류 대장을 바라봤다. 그녀는 늘 그를 강인한 사람이라고 생각해 왔다. 어떤 힘든 일에도 흔들리는 법 없이 올바르고 빈틈도 없는 사람이라고 판단했다. 하지만 그도 인간이었다. 그리고…… 아버지였다.

"……죄송해요."

그녀는 다시 잘못을 인정했다. 그리고 용서를 빌었다. 이번엔 군인으로서가 아닌, 타인도 아닌, 딸의 입장이 되어서.

"……아니, 네가 잘못을 빌 게 아니다. 모든 게 다 내 잘못이야. 처음부터 널 이리로 보내는 게 아니었다."

"제가 선택해서 온 파병이에요."

"널 떠민 게 나야. 두 사람의 앞날을 위해서라는 핑계를 댔지만…… 그건 치졸한 변명이었다. 네가 지혁이의 눈에서 잠시 떠나 있으면 모든 일이 다시 자연스럽게 해결될 것으로 생각했다. 그래서 널 이곳으로 보낸 거야. 그러니 모든 잘못은…… 내게 있다."

"……."

류 대장의 급작스러운 진실 고백에 진은 당황했다.

"오래전부터 지혁이를 향해 있던 네 감정은 나도 눈치채고 있었다. 그래서 네가 집을 나가 기숙사에 들어간다고 했을 때도 말리지 않았던 거다. 지혁이와 떨어져 있는 게 좋을 거라고 내 나름대로 계산한 거지. 이번 일도 그때와 똑같을 거로 생각했고, 시간이 지나면 감정도 흐지부지해질 거라고 기대했다."

역시 류 대장은 알고 있었다. 14년 전 그녀의 마음을, 지혁을 향한 그녀의 바보 같았던 고백도. 류 대장은 그저 그녀가 망치려 했던 가족의 울타리를 보호하려 했을 뿐이다. 그걸 비난할 수 있을까?

"난 이중적인 인간이다. 난 진이 너보다…… 지혁이의 앞날을 더 걱정한 거야. 그래서…… 널 멀리 보낸 거다. 두 번씩이나. 이런 내가 부끄럽구나."

류 대장은 손바닥에 얼굴을 묻었다. 참회하듯 고개를 숙이고 있었다.

"당연한 마음이세요. 신경 쓰지 마세요."

진심이었다. 자식을 위하는 아비의 마음을 그녀도 이젠 조금은 알았다. 제스의 가족을 통해서 그녀가 외면해 오던 그 사랑의 마음들을 약간은 알게 되었다. 그럼으로써 류 대장의 입장까지도 이해하게 되었다.

"결국, 내 욕심에…… 널 이리로 보냈어. 그로 인해 네가 폭행당했다. 그리고 반군들에게 습격까지 당했고. 넌 폭행당했던 일을 숨겨선 안 되었어. 숨기지 않았다면……."

"절 당장 한국으로 불러들이셨겠죠. 그럴 거라는 걸 알고 있었기에 숨겼던 거예요. 그리고 폭행은 심각하지 않았어요. 제가 감당할 수 있는 수준이었어요."

그녀는 물리적인 폭행에 익숙했다. 그 정도의 폭력은 그녀의 맷집으로 견딜 수 있었다. 어릴 적 그보다 더 끔찍했던 것도 겪었으니까.

"넌, 너는……."

그녀의 담담한 대답에 류 대장의 고개가 다시 들렸다. 그는 여전히 슬픔이 가득 찬 눈빛으로 그녀를 바라봤다.

"……내가…… 내, 내 잘못이다. 모두 내 잘못이야. 나는 너에겐 사랑만 주어야 한다고 생각했다. 네가 폭력으로 고통받아 왔음을 누구보다 더 잘 알고 있었기에 절대 널 혼내지 않아야 한다고 생각한 거다. 네겐 따뜻한 사랑만 주어야 한다고 믿었던 거야."

뭐?

한순간 정신이 멍해졌다.

"그런데 이제 보니 그건 잘못된 판단이었구나. 사랑만 주어서는 균형이 맞지 않는 건데 말이다. 때로는 엄한 훈육도 필요한 법인데…… 사랑이라는 명분을 내세워 널 방치한 거다. 그 방치의 결과가 바로 이거야. 네가 폭행을 당하고도 그걸 혼자 감당하게 만든 거야. 네가 감정을 숨기고 고통을…… 안으로만 삭이게 했어. 가족에게서 더 멀어지도록 방치해 둔 거야."

"……."

류 대장의 음성엔 잔잔하지만 애달픈 고통이 배어 있었다.

"……하지만…… 진아, 널 내 딸이라고 말했던 건 절대 거짓이 아니야. 넌 내 딸이었어. 그리고 지금도 내 딸이다. 가슴으로 품은 딸. 단 한 번도 널 지수와 다르게 생각한 적은 없었다. 정말이다. 그래도…… 널 혼내지는 않았지. 지수는 편하게 혼을 내면서도 진이 넌…… 한 번도 혼내지 않았어. 널 혼내선 안 된다고 생각했다. 그게 차별이었던 건데도……."

아…….

진은 탄식을 내뱉었다. 결국, 그녀도 오해하고 있었다. 류 대장도 류민영과 그들의 부모처럼 피로 맺어진 가족이 우선일 것이라

혼자 멋대로 결론짓고 있었다. 아니, 그렇게 믿고 싶었다. 잘못된 자기방어의 일종에서 비롯된 아집이었다.

"내가 어리석었다. 딸이라고 말하면서…… 네가 가족에게서 계속 멀어지는 걸 붙잡지 않고 있었다. 네가…… 떠나지 않을 거라고 믿고 싶었던 거지. 네가 이해해 줄 거라고…… 그렇게 무거운 부담감을 네게 지우고만 있었다. 어렸던 네가 무슨 일을 겪었는지 그 상처를 알면서도."

어느새 대화는 과거의 상처에 관한 이야기들로 거슬러 가고 있었다. 류 대장은 그녀 앞에서 단 한 번도 이런 이야기를 한 적이 없었다. 늘 인자한 웃음을 지으며 그녀의 눈치만 볼 뿐이었는데…… 그런데 그는 지금 처음으로 자신의 솔직한 감정을 털어놓고 있었다.

진실을 토로하고 있는 그의 얼굴엔 그녀를 향한 안쓰러운 애정이 담겨 있었다. 더불어 지워지지 않는 죄책감도.

"……"

불현듯 깨달았다. 이제는 그가 죄책감을 덜어 낼 수 있게 그녀가 도와야 한다는 걸. 류 대장의 주름진 눈가에 회한의 눈물이 스미는 걸 보며 그녀 또한 죄책감에 휩싸였다. 미안한 마음이 들었다. 그녀도 방치하고 있었다. 그가 가지고 있는 죄책감이 무엇인지 알고 있으면서도 모른 척하고 있었다. 그에게 벌을 주고 있었다.

그녀는 그와는 다르게 단 한 번도 류 대장을 아버지라고 생각한 적이 없었다. 그저 잠시 보호자의 역할을 맡은 사람이라고 생각하고 있었다. 그러니까 사회 복지사 같은 존재라고 인식하고 있었다. 모두에게 벽을 치고 거리를 두었던 건 그녀였다.

"……제 잘못이에요. 맞아요. 제가 모두와 거리를 뒀어요. 상처받고 싶지 않아서, 상처받는 게 두려워서……. 먼저 사랑을 주지 않으면 상처도…… 없을 것으로 생각했어요. 어머닐 용서했다고 말하면서도…… 전 완전하게 어머닐 용서하지 못했던 거죠. 마음속 작은 한구석에는 어린 절 남겨 두고 떠났던 어머니를 향한 작은 원망을 남겨 두고 있었어요."

그녀도 처음으로 솔직하게 자신의 마음을 털어놓았다. 그동안 인정하지 않고 있던 어두운 속마음을, 어두웠던 과거의 마음 한 조각을 드러내 보였다.

"그리고…… 아저씨가 어머닐 빼앗아 갔다고 생각했어요. 그래서 돌아오지 않은 거라고 책임을 전가했어요. 그 원망에…… 노력하지 않았던 거예요. 제가 마음을 열지 않았어요."

"미안하구나. 내가…… 붙잡은 거다. 네 엄만 잘못이 없어. 혜영이는…… 어린 딸에게 다시 돌아가려고 했었다. 그 당시엔 너무나 힘들어서 어린 딸을 놔두고 혼자서 도망쳤지만, 시간이 지나 몸도 마음도 어느 정도 추스르게 되자 널 데리러 가려 했다. 하지만 집안에서 반대했지. 혜영이의 친가에서도. 전남편 소생의 딸을 데려오면 결혼은 없다고 못 박았다. 꼬장꼬장한 노인네들…… 그깟 핏줄이 무슨 소용이라고."

마음을 대변하듯 그의 두 주먹은 불끈 쥐어져 있었다.

"그런데 난 그 말을 거역할 수 없었다. 그렇다고 네 엄마를 포기할 수도 없었고. 예전에 아픈 아내의 곁을 지키면서 난 사내로서의 욕구도 사라진 줄 알았다. 죽은 아내는 집안에서 맺어 준 짝이었고 우린 신뢰와 정으로 살았지. 불만은 없었다. 애초에 불같은 사랑을 알지 못했으니까. 하지만 네 엄마를 만나고 난…… 난 생처음으로 열정이란 감정과 마주하게 되었다. 열정이 깃든 사랑은 굉장했지. 그 행복을 놓치고 싶지 않았다. 그래서 딸에게 돌아가려던 혜영이를 붙잡은 거다. 불안정하고 마음 약한 네 엄마를 사랑이란 올가미로 붙잡은 건 나였어. 날 버리고 가지 못하게 만들었다. 온갖 감언이설로 널 포기하게 했어."

류 대장은 다시 손바닥에 얼굴을 파묻으며 불안정한 음정으로 지난날의 죄에 대해 고백했다. 하지만 그건 죄라고 단정 지을 수 없는 성질의 것이었다. 그는 자신의 감정에 충실했을 뿐이니까.

예전이라면 모르겠지만, 그녀도 사랑에 빠져 보니 그 마음을 조금은 이해할 수 있었다.

"미안하다, 진아. 정말 미안해. 난 못난 인간이었어. 그 마음으로…… 그 죄책감으로 널 혼내지 못한 거야. 그저 네게 사랑만 주면 된다고 생각했다. 지난날의 잘못을 보상하듯……. 난 이기적인 인간이다."

"과거의 아저씬…… 아저씨의 마음에 솔직하셨던 거예요. 그냥…… 그뿐이에요. 저도 오래전부터 알고 있었어요. 아저씨가 날 볼 때마다 죄책감을 느끼신다는 걸. 알고도 모른 척했어요. 아마 이곳에 오지 않았더라면 전 계속 아저씨의 죄책감을 모른 척 무시하며 살았을 거예요. 아저씨가 평생 그 죄책감에서 벗어나지 못하고 고통받으며 살아가도록. 그게 아저씨에게 주는 벌이라고 생각했어요. 제게서 어머니를 빼앗은 것에 대한 벌. 저도 그런 나쁘고 못된 생각을 하며 여태껏 살아온 거예요."

그녀도 솔직하게 거짓 가면을 쓰고 살아온 지난날에 대해 고백했다. 그녀의 말에 류 대장은 놀란 시선을 던져 왔다.

"그리고 아저씨가 계속 아버지에게 돈을 주셨던 것도 알아요. 그 사실까지 알게 된 건 그다지 오래되진 않았어요. 이제 와 생각해 보면 아버진 일도 하지 않았는데 도박에 탕진할 돈과 술을 사 마실 돈은 있었어요. 불명예 제대를 당했기 때문에 연금도 없었는데 말이죠. 물론 연금 받을 나이도 아니었고요. 아버진 아저씨 돈으로 살았던 거죠. 기생충처럼."

"그건……."

"처음 시작은 어머니와 이혼해 주는 대가였겠죠. 그다음엔 재혼한 아내의 어린 딸을 위해 계속 돈을 보냈던 거고요."

그녀도 어렸을 땐 몰랐다. 성인이 된 후 그녀를 괴롭힐 목적으로 류민영이 털어놓은 말이었다. 그리고 어느 날 갑작스레 그녀 앞에 모습을 드러낸 친부가 진실을 확인해 주었다.

불쑥 그녀를 찾아온 친부는 대뜸 돈부터 요구했다. 당연하다는 듯 거리낌이 없었다. 수치심도 없었다.

자신이 저질렀던 악행들에 대해서도, 그녀의 어린 시절을 고통으로 물들게 했던 짓들에 대해서도 그 어떤 말을 하지 않았다. 그러니 당연히 잘못도 빌지 않았다. 친부는 여전히 악마였다. 변함이 없었다. 그런데도 그녀는 그 악마에게 돈을 주었다. 그의 뻔뻔한 요구를 들어주었다. 다시 눈앞에 나타난 악마가 두려웠다. 또다시 악마에게 굴복한 것이다.

"돈을 주면 널 잘 보살필 것으로 생각했다. 말도 안 되는 생각이었지만, 그땐 그렇게라도 믿고 싶었지. 널…… 너 일찍 데려왔어야 했어. 더 일찍 그 끔찍한 자에게서 구해 내야 했다. 하지만 네 엄마가 곁에 있어 잠시 난 너무 행복했고 내 엄마에게 어두웠던 과거를 생각나게 하고 싶지 않았다. 그래서 비겁하게 모른 척 눈감고 있었어. 그 작자가 절대 널 포기하지 않을 거라는 협박에 순순히 무릎 꿇은 거야. 그렇게 그자가 꼭꼭 숨긴 널 다시 찾기까지 무려 10년 가까이 널 고통 속에 내버려 둔 거야."

"그래도…… 조금 늦긴 했지만 절 데리러 오셨잖아요. 결국, 데려와 주셨기에 지금의 저도 있는 거예요. 늘 감사하게 생각하고 있어요. 계속 그곳에 남아 있었다면 아마도 전 의사가 되지 못했을 거예요. 지금보다 더 망가진 삶을 살았을 거예요. 아저씬, 제게 또 다른 인생을 살 기회를 제공해 주었어요."

외면해선 안 되는 진실이었다. 이기적인 원망의 마음으로 류대장의 진심까지도 왜곡해선 안 되었던 거다. 어머니가 어린 딸을 버리고 도망친 것도, 어린 딸에게 돌아가지 않은 것도 류 대장의 잘못이 아니다. 그건 어머니의 선택이었다.

"그만 자책하세요. 죄책감은 이제 떨쳐 버리세요. 저도 그럴 테니까."

그녀는 애정과 진심을 담아 류 대장을 향해 말했다. 처음으로 관계의 개선을 제안했다. 스스로 쌓아 올렸던 벽을 허물었다.

"진아……."

류 대장은 말을 잇지 못했다. 대신 푹 숙이고 있던 고개를 들고 자리에서 일어나 그녀에게로 가까이 다가왔다. 눈물로 얼룩져 있는 그의 얼굴은 부성애로 물들어 있었다. 아버지의 얼굴이었다.

"전 지금 과거의 고통에서 벗어나는 중이에요. 아직 완전하게 벗어나진 못했지만 노력하고 있어요. 더는 과거의 고통에 얽매여 살아가고 싶지 않아요. G-스탄에 와서야 전 제 고통과 마주할 수 있었어요. 이곳은 제 인생에서 또 다른 전환점이 된 곳이에요. 그래서 전 이곳에 온 걸 큰 행운이었다고 생각하고 있어요. 전 G-스탄에 와서 마침내 강해졌어요. 어두웠던 과거의 상처와 당당히 마주할 수 있게 되었어요."

진심이 담긴 류 대장의 눈을 그녀도 마찬가지로 진심이 담긴 눈으로 마주 봤다.

"그러니 절 이곳에 보낸 일로 자책하실 필요 없으세요. 과거의 죄책감에서도 그만 벗어나세요. 절 볼 때 죄책감이 어린 시선이 아닌 온전히 애정만이 담긴 시선으로 절 바라보길 원해요. 그냥 아버지로…… 아버지의 눈빛으로 절 봐 주세요."

그녀는 부성을 원하고 있었다. 그동안 깨닫지 못했을 뿐이었다.

"넌, 넌 내 딸이다. 널 사랑하고 아껴. 넌 자랑스러운 내 딸이야. 지수와 전혀 다른 바 없는 내 딸이다."

류 대장의 얼굴에 눈물이 흐르고 있었다. 그녀의 마음속에서도 눈물이 흐르고 있었다. 하지만 가슴이 아프진 않았다. 오히려 후련했다. 또 다른 상처의 고개를 넘은 듯한 기분이었다.

"이젠 알아요. 아저씨에게 제가 딸이었다는 거. 그동안은 모른 척했을 뿐이에요. 이젠 저도…… 딸이 되도록 노력할게요. 쉽진 않겠죠. 아마 굉장히 어색하고…… 불편할 거예요. 하지만 노력하고 싶어요. 이제는 모두와 가족이 되고 싶어요."

"하지만 넌…… 지혁이는……. 네가 원한다면 가족이 될 필요는…… 그러니까, 네가…… 그리고 지혁이가 원한다면 차라리 같이 떠나게 두어야 한다고 생각하고 있었다. 꼭 너희들을 내 곁에 두어야만 자식인 건 아니니까. 네가 어디에 있든지 넌 내 딸이고, 지혁이도 내 아들이다. 너희 둘의 사이는 절대 집안에서 용납될 수 없지만…… 원래 사랑이란 게 그런 거잖니. 이성으로는 어쩌지 못하는 일이 생기는 거지. 원하든 원하지 않든."

류 대장의 말에 그녀는 진심으로 놀랐다. 그는 완고한 사람이었다. 거기다 고지식했다. 그녀와 지혁의 관계를 인정하려는 마음을 먹기까진 많은 갈등과 가슴앓이를 했을 것이다. 그럴 필요가 없었는데도……. 그게 그녀의 마음을 아프게 했다.

"지혁 오빠 제게 가족이에요. 이제 정말 가족으로서 사랑해요. 과거엔…… 어릴 땐 오빠를 남자로 사랑했던 건 맞아요. 하지만 이젠 아니에요. 전 더 이상 어리지 않아요. 어른이 되었고, 한국을 떠나서야 오빠를 향해 있던 제 마음의 진실과도 마주할 수 있었어요. 전 오빠를 아저씨가 제 어머니를 사랑하는 것처럼 사랑했던 게 아니었어요. 그 사랑과는 달랐어요. 오빨 사랑하긴 했지만, 어느 순간부터는 가족으로서 사랑했어요. 의지할 수 있는 보호자로 믿고 있었어요."

"집안 때문에 그런 거라면……."

"아뇨, 누구 때문도 아니에요. 제 감정이 아니란 걸 스스로 깨닫게 되었어요. 이제 정말 가족으로서 사랑한다고. 이미 오빠에게도 그렇게 말했어요. 그리고 지수 언니에게도."

그녀는 덤덤한 목소리로 차분하게 설명했다.

"아저씨 결정은 현명하셨어요. 전 이곳에 와서 이 모든 걸 깨달았거든요. 그러니 오빠에게도 시간을 주세요. 제가 방황한 시기가 있었던 것처럼 지금 오빠도 방황 중인 거예요. 저처럼 오빠도 언젠간 진실을 깨달을 거예요. 절 여자로 사랑한 게 아니라는 걸."

"그것참…… 놀라운 일이구나. 난…… 정말 너희 둘을 떠나보낼 각오까지 하고 있었다. 너흴 잃는 것보단 떠나게 하는 게 옳다고 생각했어."

"알아요. 아까 제게 하셨던 말들은 그냥 해 본 말이 아닌 아저씨의 진심이란 걸. 하지만 전 지혁 오빠와 떠나는 걸 원치 않아요. 아까 제가 했던 말들도 모두 진심이에요. 정말 모두와 가족이 되고 싶어요. 너무 늦었지만."

"……고맙구나. 정말 고마워."

류 대장이 그녀의 어깨를 감싸 안으며 거듭 속삭였다. 그의 얼굴엔 드디어 평안함이 자리 잡고 있었다. 자식을 잃을지도 모른다는 두려움에서 해방되고 있었다.

"저야말로 감사해요. 제게 베풀어 주신 모든 것에 대해."

아버지. 그녀는 속으로 덧붙였다. 아직은 그 단어를 내뱉는 게 익숙하지 않았다. 시간을 두고 천천히 해 나갈 참이었다. 류 대장은 충분히 그녀를 기다려 줄 것이다.

부족하지만 진심이 담긴 그녀의 감사 인사에 그는 작게 오열했다.

"나이 들어서 주책이구나. 다 큰 딸 앞에서 눈물이나 보이고. 나도 이제 늙은 게지."

조금의 시간이 지난 후 넘치는 감정을 조금 수습하자 그가 다시 말을 이었다.

"더 인간적으로 보이세요."

진은 멋쩍어하는 류 대장에게 작게 웃음을 지어 보였다.

"그래. 고맙구나. 이제 그만 나가 보렴. 나도 잠시 혼자만의 시간이 필요할 거 같구나."

류 대장이 그녀를 감싸 안아 주고 어깨를 강하게 두드린 후 말했다. 그의 음성엔 여전히 물기가 남아 있었다.

"네. 그리고 제 파병 기간은……."

그녀는 나가기 전에 마지막 남은 대화를 마무리 지으려 귀국 문제를 다시 꺼냈다. 그러나 류 대장의 단호한 음성에 가로막혀 그녀는 말을 끝맺지도 못했다.

"네가 한국으로 돌아가야 하는 건 변치 않아. 네 엄마가 걱정하고 있다. 그리고 선이도 널 보고 싶어 해. 그 녀석 매일 민영 누님 뒤를 졸졸 따라다니며 아주 들들 볶아 대고 있단다. 널 이곳으로 쫓아 보냈다고."

17년 만에 진정한 화해를 이루고 부녀 관계로 첫발을 내디딘 감격스러운 순간에도 류 대장의 쇠심줄 같은 고집은 변하지 않았다. 그는 단호하게 그녀의 청을 거절했다. 그녀를 귀국시키려는 그의 의지는 대단히 견고했다. 깨부술 여지가 조금도 보이지 않았다.

"하지만……."

이곳에 남고 싶은 마음이 컸던 진은 류 대장의 약해진 마음에 다시 애원을 해 보려 했으나 그의 결심은 여전히 확고했다.

"네가 G-스탄에 와서 더 강해지고 과거의 고통에서 벗어날 수 있게 된 건 정말 다행이고 잘된 일이야. 그렇다고 널 계속 이곳에 머물게 할 수는 없다. 이곳은 위험한 곳이고 넌 지금도 충분히 위험 상황을 겪었어. 네 귀국은 정당한 조치다. 군 최고사령관으로

서도 아버지로서도 네가 G-스탄에 더 머무르는 걸 허락 못 한다."

그녀는 반박할 말이 없었다.

"게다가 지금 이곳 상황은 불안정하게 돌아가고 있어. 미군에선 쉬쉬하고 있지만, 곧 심각한 테러가 일어날지도 모른다는 정보가 있다. 그러니 더는 이런 곳에 널 계속 내버려 둘 수 없다. 아무리 무장한 군인들과 같이 지낸다고 해도 말이다. 어느 곳에나 허점은 있는 법이야. 그리고 아까도 말했듯이 넌 충분히 위험을 겪었어. 폭력 피해 사건도 있었고 어제의 피습 사고도 있었으니 파병을 끝낼 이유는 타당해. 이 부분에 대해선 네가 아닌 다른 군인이었어도 내 결정은 똑같다. 네 파병 종료는 합당하고 절대 번복되지 않아."

"그러면…… 적어도 다 같이 돌아갈 수 있게라도 해 주세요. 저 혼자가 아니라. 어차피 곧 있으면 모든 외교 일정이 끝나잖아요. 그때까지만요. 그 정도는 괜찮잖아요."

결국, 류 대장의 확고한 의지를 꺾지 못한 채 그녀는 한발 물러섰다. 그의 결정을 번복시킬 수 없다면 시간이라도 조금 벌어야 했다. 제스와 헤어짐을 준비할 시간을, 그와 작별 인사를 할 시간을.

"좋다. 그러면 모든 외교 일정이 종료되는 다음 주에 다 같이 귀국하는 것으로 조치하마."

그녀가 고집을 꺾고 한발 물러난 것처럼 류 대장 또한 한발 양

보해 주었다.

진은 조금이지만 시간을 벌게 된 것에 안도했다. 남은 시간이 너무 적었지만 그래도 이별을 준비할 만큼은 되었다.

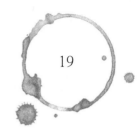

19

「진.」

자신을 부르는 소리에 그녀는 고개를 돌렸다. 막 류 대장을 태운 헬기를 보내고 진료실로 돌아가려는 참이었다. 류 대장은 G-스탄 내의 또 다른 기지에 주둔해 있는 한국군 부대를 시찰하기 위해 막 헬기를 타고 이동했다.

류 대장은 새롭게 시작된 부녀 관계에 조금 어색해하긴 했지만, 진심으로 기뻐하고 있었다. 그건 그녀도 마찬가지였다. 그녀도 마음으론 아직까지 개선된 부녀 관계에 어색함을 느끼고 있었지만, 예전처럼 불편하지만은 않았다. 진심을 터놓자 상대방이 보다 가깝게 느껴진 덕분이었다.

류 대장을 태우고 나간 헬기를 바라보다 막 몸을 돌려 자리를 뜨려던 차에 익숙한 음성이 귓가에 꽂혀 들자 그녀의 심장이 먼저 반응을 보였다.

그녀의 마음을 설레게 하는 익숙한 음성의 주인은 제스였다. 뒤로 돌아서니 그가 막 착륙한 헬기에서 내려 그녀가 서 있는 쪽으로 달려오고 있었다. 아마 류 대장이 탄 헬기가 나갈 때 맞물려 기지 안으로 들어온 헬기에 그가 타고 있었던 모양이다. 그와 늘 붙어 다니는 울프 팀의 다른 대원들도 헬기에서 하나둘 내리고 있었다.

「혹시 날 기다린 겁니까?」

제스가 눈을 반짝이며 물어 왔다. 진은 잠시 망설였다.

「음…… 당신을 민망하게 하고 싶진 않지만, 아니에요. 부총사령관님을 배웅하고 있던 차였거든요. 방금 나간 헬기에 타고 계셨어요.」

거짓말을 할 순 없었기에 그녀는 고민하다가 솔직하게 말했다. 그러자 그가 머리를 긁적이며 과장될 정도로 아쉬워하는 몸짓을 보였다.

「이런, 정말 민망해졌습니다. 혹시나 했었죠. 당신의 솔직함이 이럴 땐 안 좋군요.」

그가 두 눈을 반짝거리며 장난스럽게 투정을 부렸다. 그 친근한 행동과 호쾌한 웃음소리에 그녀의 가슴이 다시 덜커덕거리며 분주한 소리를 내기 시작했다.

안 돼. 너무 가까워…… 그에게까지 들린다고.

진은 속으로 중얼거리며 자신의 가슴을 진정시키려 애썼다. 그리고 성급하게 입을 열지 않으려 했다. 하지만 한발 늦었다. 그녀의 입은 또다시 뇌가 명령을 내리기도 전에 수다스럽게 말들을 쏟아 내고 있었다. 빤히 쳐다보고 있는 그의 눈과 마주하고 있자니 속마음을 감추고 있기가 몹시 어려웠다.

「……사실 궁금해하던 차였어요. 당신이 기지로 복귀했는지. 이제 궁금증이 풀렸네요.」

결국, 절반 정도는 진심을 실토해 버렸다.

「내가 보고 싶었습니까?」

「어, 그게…….」

그의 직설적인 질문에 진은 눈을 굴리다가 이번에는 늦지 않고 현명하게 입을 다무는 데 성공했다. 대신 제스가 제 마음을 털어놓았다.

「난 당신이 무척 보고 싶었습니다.」

「하지만 우린 어제도 봤는걸요.」

제스의 솔직한 표현에 그녀는 당황한 마음을 숨기지 못하고 멋쩍은 웃음만 지어 보였다.

「그건 오늘이 아닌 어제잖습니까. 그리고 진실을 약간 털어놓자면 난 시도 때도 없이 당신이 보고 싶어요. 틈만 나면 머릿속으로 당신 생각을 하게 되는 걸 도저히 막을 수가 없습니다. 당신이 내 눈앞에 없으면 난 당신이 너무 그리워요. 당신을 조그맣게 만들 수 있다면 품에 넣어 다니고 싶군요.」

「음…… 내가 닭으로 변하기 전에 당신 입을 막아야 할 거 같아요. 난 이런 오글거리는 대화에도 익숙지 않거든요.」

그의 솔직한 감정 표현들이 기분을 좋게 만들었지만 동시에 쑥스럽기도 했다. 그래서 그녀는 짐짓 새침한 어조로 그의 과한 애정의 말을 막았다. 그러자 그가 장난처럼 크게 상심한 표정을 지어 보였다.

「이런, 내 솔직한 고백에 대한 당신의 답변은 겨우 그겁니까? 한국 여자는 모두 당신처럼 애정 표현에 인색한가요?」

「그렇지 않은 여자들도 많겠죠. 하지만 난 익숙지 않아요. 그러면 미국 남자들은 모두 당신처럼 닭살이 돋는 말을 아무렇지 않게 하나요?」

코너에 몰린 그녀는 그의 말을 그대로 되돌려 주는 것으로 상황을 회피했다.

그러자 제스가 안타깝다는 듯 탄식을 터트렸다.

「진, 모든 남자는 국적을 불문하고 환심을 사려는 여자 앞에선 다들 달콤한 말들을 하는 겁니다.」

하지만 씩 웃으며 장담하는 그의 말에도 그녀는 진지한 표정으로 고개를 설레설레 저었다.

「글쎄요. 아저씨는 안 그래요. 어머니를 많이 아끼고 사랑하시지만, 낯 뜨거운 말을 하시는 걸 단 한 번도 본 적이 없어요. 들은 적도 없고요.」

「당신 앞에서만 안 하는 거지 당신 어머님과 둘만 있을 땐 할 겁니다. 아마 더한 말들도 나눴을걸요. 장담할 수 있어요.」

「음, 그냥 상상하지 않을래요.」

제스의 은근함이 섞여 있는 장난스러운 말에 진은 고개를 저으며 작게 웃음을 터트렸다. 평소 근엄하고 무뚝뚝한 아저씨가 어머니 앞에서 설탕 발린 밀어를 속삭이는 장면이 전혀 편하게 와닿지 않았다. 상상조차 되지 않았다.

「그나저나 내 입은 어떻게 막을 겁니까?」

「네?」

「아까 내 입을 막는다고 했잖아요. 어떤 방법으로 막을지 궁금하군요. 그리고 미리 알려 주자면 난 당신이 손이 아닌 다른 거로 내 입을 막아 준다면 대환영입니다.」

그가 갑자기 노골적인 유혹이 담긴 목소리로 나직하게 말했다. 한 발짝 더 가까이 다가오며 그녀의 귓가에 입술을 대고 낮게 속삭이는 그의 도발적인 행동에 평정심을 잃은 그녀의 심장은 다시 당황하며 거세게 날뛰기 시작했다. 그와 간격을 유지하려 그녀가 한 걸음 뒤로 물러서자 그가 다시 한 걸음 다가왔다.

「실제로 당신 입을 막겠단 말은 아니었어요. 그냥 강조하는 표현이었던 거죠. 그리고 여긴 기지 안 비행장이에요. 다른 사람들이 보고 있다고요. 이런 식의 행동을 하기에는 적절한 장소가 아니에요. 그러니 그만 다가와 줄래요?」

진은 제스의 등 너머에 있는 울프 팀 대원들과 비행장 안의 다른 미군들이 그들을 보고 있지 않을까 걱정하며 힐끔거렸지만, 그의 커다란 몸집에 시야가 가려 보이지 않았다. 등 뒤에 나 있는 출입구 방향에도 인적이 없기는 했지만 언제라도 많은 군인이 자유롭게 왔다 갔다 할 수 있는 개방된 장소였기에 친밀한 스킨십을 나누기엔 마음이 편치 않았다.

「이런 식의 행동은 뭘 말하는 겁니까?」

그녀의 부탁에도 제스는 계속해서 가까이 밀착해 왔다. 그의 얼굴엔 여전히 짙은 웃음이 드리워져 있었다.

「지금…… 키스하려고 다가오는 거잖아요.」

근처에 다른 사람은 없었지만, 그녀는 혹시나 누가 들을세라 소곤거렸다.

「내가요? 내 입을 막는다고 한 건 당신이었잖아요? 난 다만 손이 아닌 입술을 사용해 달라고 미리 간청하는 거고. 하지만 여기가 불편하다면 당신이 생각하는 편하고 적절한 장소는 어딥니까? 지금 당장 그곳으로 가고 싶군요.」

그녀는 자신이 물러날 때마다 계속 간격을 좁히는 그를 막으려 두 손으로 단단한 가슴을 밀었다. 그러다 그의 장난기 가득한 눈빛을 올려다보곤 알아차렸다. 그는 지금 당황해 하는 그녀의 반응을 재밌어하며 일부러 더 짓궂게 놀리고 있었다.

「날 놀리고 있군요.」

그녀는 살짝 이마를 찡그리며 그를 노려보았다.

「천혀요. 난 지금 매우 진지합니다. 사실 나는 헬기를 타고 오는 내내 어떻게 하면 당신에게서 키스를 받을 수 있을까 궁리하며 날아왔어요.」

「뭐라고요?」

사뭇 진지한 표정으로 엄청 중요한 것을 말하고 있다는 듯한 그의 심각한 어조에 그녀는 약간 어이가 없었지만 동시에 웃음도 스멀스멀 피어올랐다.

「작전 중 부상은 없었지만, 진료실에 있을 당신을 찾아가 꾀병을 부려 키스를 얻어 낼까, 아니면 늦은 밤 몰래 당신 방으로 숨어 들어가 잠든 당신을 깨워 키스를 받을까 고심했어요. 아니면 또 다른 참신한 방법들을 생각해 내려 무던히 애를 썼죠. 그런데 내가 이런 얕은수를 쓰지 않아도 당신 쪽에서 먼저 키스해 준다니. 난 장소가 어디든 상관없어요. 그러니 부디 편한 곳으로 골라 봐요.」

구구절절 이어지는 그의 장황한 설명에 진은 피식 웃음이 나왔다. 그는 알면 알수록 새로웠다. 산만 한 덩치와 어울리는 과묵해 보이는 인상과 다른 면모를 때때로 드러낸다. 키스를 조르는 그의 모습을 보고 있자니 마치 자기를 예뻐해 달라고 열심히 꼬리를 흔들며 발등에 제 뺨을 비비고 있는 어린 강아지를 보고 있는 것만 같았다. 물론 그가 원하고 있는 건 보통의 강아지들이 갈구하는 순수한 애정과는 조금 달랐지만.

「정말 못 말리겠군요. 아무튼, 지금 이곳은 적절한 장소가 아닌 건 분명해요. 그러니 그만 멀찍이 떨어져 주겠어요?」

「이런 진, 당신은 정말 철옹성이에요. 키스 한번 받기가 이렇게 힘들어서야. 그래도 지금 받지 못한 키스는 다음번엔 꼭 받아 낼 겁니다. 다른 것과 함께 말이에요.」

「내가 꼭 빚쟁이가 된 거 같은 기분이 드는 건 왜죠?」

「아마, 그저 기분 탓일 겁니다.」

약간의 툴툴거림에 제스가 나직하게 웃는 얼굴로 손을 뻗더니 그녀의 머리를 쓰다듬었다. 그의 손길이 몸에 닿자 그녀의 신경 세포들이 긴장하며 빠르게 제 할 일들을 해 나가기 시작했다.

과도하게 부지런한 신경 세포들 덕분에 그녀의 신체는 다양한 반응들을 빠르게 내보였다. 그의 손이 닿아 있는 정수리에서부터 발끝까지 열기가 휘몰아치며 지나가자 몽롱한 여운이 감돌며 다리에서 힘이 빠져나가고 정신이 아득해졌다. 그의 손가락이 열이 올라 있는 그녀의 볼 부근을 스치듯 어루만지자 심장은 또다시 비정상적으로 너무 빠르게 쿵쾅쿵쾅 움직여 댔다.

'이러다가 과부하가 나지.'

아마 자신의 몸에 경고 장치 등이 부착되어 있다면 요란한 불빛을 뿜어내고 있을 게 분명했다. 그녀는 가빠진 호흡을 들키지 않으려 숨을 꾹 참았다.

그의 손길은 한없이 부드럽고 다정했다. 그리고 그녀를 바라보는 시선에는 애정이 담겨 있었다. 진은 문득 그에게 그녀의 귀국 소식에 대해 말을 해야 할 타이밍이라는 걸 깨달았다.

「저기…… 제스, 할 말이…….」

「히버트, 누구예요?」

예고 없이 끼어든 낯선 음성에 진은 파병 종료에 관해서 이야기하려던 걸 멈출 수밖에 없었다.

「멜리사.」

제스가 뒤를 돌아보더니 상대방의 이름을 불렀다. 그가 한쪽으로 비켜나면서 트인 시야로 낯선 금발 여성이 서 있는 모습이 눈에 들어왔다. 대단히 아름다운 여성이었다. 금발 여성은 군인은 아닌지 군복 대신 검은 바지 정장을 입고 있었다. 상의는 셔츠 대신 티셔츠를 입어 캐주얼한 느낌이 물씬 났다.

「진, 이쪽은 멜리사 패러크예요. CIA 요원이죠. 멜리사, 이쪽은 진 킴 대위님입니다.」

그는 그녀가 한국에서 파병 나온 간호 장교라는 설명도 덧붙였다.

「반가워요. 그냥 멜이나 리사라고 불러도 괜찮아요. 히버트와 그의 팀원들도 편하게 애칭으로 부르거든요. 아, 히버트는 언젠가부터 그냥 이름으로 부르고 있지만요.」

금발 여성은 활달했고, 그녀가 거침없이 쏟아 내고 있는 말들은 당당함을 가득 품고 있었다. 낯선 사람을 대할 때 느껴지는 이질적인 불편함이 전혀 보이지 않았다. 자신감에 가득 차 있는 사람들에게서 어김없이 드러나는 특징이었다.

진은 자신에게 부족한 외향적인 성격을 가진 사람들이 항상 부러웠다. 그녀는 불편해하는 기색이 엿보이지 않게 웃는 얼굴로 금발의 CIA 요원이 내민 손을 가볍게 잡으며 인사했다.

「안녕하세요.」

「의사셨군요. 전투 군인은 아닐 거라 예상했어요. 그러기엔 너무 가녀려 보여서.」

「네.」

「귀여운 발음이네요. 남자에게 인기 있겠어요.」

「아…… 발음이 엉망이죠. 쉽게 고쳐지지 않네요.」

금발의 CIA 요원은 아나운서처럼 또박또박한 말씨였다. 그러자 진은 갑자기 자신의 어눌한 영어 발음이 신경 쓰였다.

「아뇨, 귀여워요. 남자들에게 인기 있을 말투라니까요. 그런데 동양인치곤 키가 크네요. 동양인들은 모두 체구가 작다고 생각했거든요.」

「체구가 큰 동양인들도 많아요.」

「그런가요. 그나저나 둘이 많이 친한가 봐요? 히버트와는 이곳에서 만난 거죠?」

「네. 상처를 치료받으러 왔었어요.」

단순한 질문이었지만 진은 마땅한 대답을 찾지 못했다. 그래서 그냥 제스와의 첫 만남에 대해서만 짧게 설명했다.

「울프 팀의 다른 대원들도 모두 당신 이야기를 하더군요. 그래서 히버트와 있는 당신을 보고 그들이 얘기하던 그 한국군 장교일 줄 짐작했어요.」

「아, 네. 같이 일하고 식사도 하면서 친해졌어요. 다들 친절한 사람들이다 보니 스스럼없이 대해 주었어요.」

울프 팀이 그녀에 대해 무슨 말을 했는지 궁금했지만 물어보진 않았다. 금발의 CIA 요원은 웃고 있었지만, 진은 이상하게 낯이 가려졌다. 낯선 이들을 경계하는 그녀의 폐쇄적인 성격이 또 드러나는 모양이었다.

「히버트와 더 친해 보여요.」

「아…….」

「네. 친합니다.」

그녀가 단순한 질문에 우물쭈물하고 있자 제스가 나서서 대신 대답했다. 그의 음성엔 주저함이 없었다.

「여전히 외국인 친구를 사귀는 걸 좋아하는군요. 히버트는 군인 전에 목사가 되려고 해서인지 친화력이 좋은 거 같아요. 모두와 잘 어울리거든요. 그의 아버지도 목사시죠. 알고 있나요?」

멜리사가 제스와 그녀를 번갈아 바라보며 말했다. 여자의 말과 행동에는 친근함이 묻어 있었다. 그와 오래 알고 지낸 사이로 보였다. 목사가 되려고 했던 걸 알고 있을 만큼 두 사람은 친해 보였다. 그 점이 묘하게 다가왔다.

「네……. 들었어요.」

진은 묘하게 거슬리는 기분을 억지로 떨쳐 내고 억지웃음을 뱉었다.

「그만 가 봐야 하지 않습니까?」

제스가 멜리사의 주의를 환기시키며 손으로 출입구 방향을 가리켰다.

「당신도 가야죠. 같이 가요.」

잠시 제스에게 머문 여자의 시선은 다시 원래의 자리로 돌아왔다. 진은 여자의 시선이 자신을 향하자 괜스레 움찔했다.

「친하게 지내요. 다음에 그의 외국인 친구들에 대해 말해 줄게요.」

멜리사는 확실히 붙임성이 좋아 보였다. 그녀에게 한쪽 눈을 윙크해 보이며 비밀 얘기를 하듯 낮은 목소리로 속삭이며 말하는 모습은 정말 오래된 친구에게 하는 것처럼 스스럼이 없어 보였다. 그런 밝은 사교성이 부담스러워서일까? 진은 그 모습이 진실로 와닿지 않는 기분이 들었다. 울프 팀의 다른 대원들이나 제스의 부모님을 만났을 때와는 다른 마음이었다.

「멜리사. 진은…….」

「그만 진료실로 돌아가야겠어요. 자리를 너무 오래 비웠어요.」

그가 무언가 말을 하려 했지만 다른 것에 정신이 팔려 있던 그녀가 알아차리지 못하고 중간에 끼어들며 말하는 바람에 중단되었다. 진은 왠지 계속 불편하게 느껴지는 이 자리를 피하고 싶어졌다. 신경이 거슬렸다. 아마도 갑작스러운 귀국 소식에 예민해진 탓이겠거니 하고 생각했다.

「같이 가요. 데려다줄게요.」

「네.」

제스의 친절에 진은 굳어 있는 얼굴 근육을 억지로 움직여 그를 향한 웃음을 만들어 냈다.

「그럼 다 같이 가면 되겠네요. 어차피 같은 방향이니까. 그리고 진? 진이라고 불러도 되죠? 만나서 반가웠어요. 또 봐요.」

「네. 반가웠어요.」

멜리사의 활달함에 진은 어색하게 마주 웃으며 인사를 했다. 제스와 멜리사 사이에 끼어 걸어가는 상황이 불편했지만 그녀는 내색하지 않으려 일부러 보폭이 큰 걸음으로 성큼성큼 걸어갔다.

● ○ ●

저녁 시간이 되자 진은 태영과 함께 식당으로 향했다. 비행장에서 돌아온 이후 계속 정신이 멍한 상태였다. 태영이 근무 종료를 알리며 저녁 식사를 위해 식당으로 가자는 말을 걸어오지 않았으면 아마도 계속 망부석처럼 진료실 의자에 앉아 있었을지도 몰랐다. 넋이 나가 있는 그녀의 상태를 알아챈 태영이 무슨 일이 있는 거냐고 물어 왔지만 딱히 무슨 일이 있었던 건 아니라 답하지 못했다.

갑자기 귀국행이 결정되어 심란한 거야.

그녀는 멜리사의 등장으로 결국 파병 종료 소식을 제스에게 전하지 못했다. 타이밍 문제였다. 진료실로 걸어오는 내내 그에게 말할 시간적 여유는 있었지만 입을 다물고 있었다. 게다가 금발미녀인 멜리사가 옆에서 계속 말을 걸어왔기 때문에 불쑥 화제를 전환하기에도 뭔가 마땅치 않았다. 아니, 타이밍 문제라는 건

다 핑계일 뿐이다.

사실 가장 큰 이유는 그 금발의 멜리사 앞에서 자신의 귀국 소식을 알리고 싶지 않은 마음이 컸다. 멜리사는 친절하고 붙임성이 좋았지만, 호의가 호의로 받아들여지지 않았다. 이상하게 벽이 만들어졌다.

휴…….

그녀는 무의식중에 한숨을 내쉬었다. 남은 시간이 너무 짧게 느껴졌다. 다음 주면 한국으로 돌아가야 했다. 제스와의 연애가 그녀에겐 공식적인 첫 연애인 건데, 불과 일주일 정도의 짧은 기간을 기록하게 되었다. 물론 지금 그와의 관계가 연인 관계라는 전제하에서지만.

연애를 시작한 게 맞기는 할까?

그녀는 연애를 시작한 것인지도 불확실하게 여겨졌다. 물론 그와 사랑을…… 아니, 더 정확하게는 육체관계를 나눴지만, 그 사실만으로는 관계의 정의를 내리기 불확실했다. 그건 말 그대로 육체적 관계였을 뿐이니까. 어쩌면 그는 G-스탄에 머무는 동안만 그녀와 육체적 관계가 더해진 우정을 나누고 싶은 건지도 몰랐다. 아무런 부담도 없고 책임질 필요도 없는 끝이 보장된 관계.

그리고 어쩌면 그녀에게도 그런 관계가 더 필요한 것인지도 몰랐다. 그와의 연애 경험을 발판 삼아 한국으로 돌아간 후에 또 다른 누군가와 육체적 결합이 더해진 그런 친밀한 관계를 주고받을 수 있는 평범한 연애를 시작할 수 있을지도 모르니까.

아니, 그건 자신 없었다. 제스가 아닌 다른 남자와 육체적 관계를 맺는다는 생각을 하는 것만으로도 그녀는 속이 불편해졌다. 그로 인해 그녀의 트라우마가 갑자기 말끔히 치유된 건 아니었다. 그냥 제스였기에 그날 밤의 관계가 좋았던 것이다.

"무슨 고민 있으십니까? 다음 주면 예정보다 더 일찍 집에 가게 되었는데 좋지 않으세요?"

"……넌 집에 일찍 가게 되어서 좋아?"

"완전 좋죠. 할머니 건강이 염려되기도 했었고, 또 이곳은 위험하기도 하니까."

태영은 부모님이 일찍 돌아가신 탓에 아주 어렸을 때부터 할머니 밑에서 자랐다고 했다. 그런데도 그는 그녀와 달리 조금의 구김살도 없이 밝게만 자랐다. 그늘 하나 없는 밝은 태영을 볼 때마다 진은 그가 대견스럽게 생각됐다.

"그래…… 그렇지."

집으로 돌아가는 설렘에 푹 빠져 있는 태영의 얼굴을 바라보다가 진은 시선을 땅으로 돌렸다. 태영과 달리 그녀는 귀국이 전혀 기쁘지 않았다.

"좀 기뻐하십시오. 부총사령관님과도 사이가 잘 풀리셨다면서요. 그러니 이제 그만 가출을 접고 컴백 홈 하실 때입니다."

"뭐? 내가 무슨 가출을 했다고…… 파병이거든!"

태영의 말에 그녀는 어이없는 웃음을 지으며 발끈했다.

"가족이랑 싸우고 멀리 나오면 그게 가출인 겁니다."

태영은 넉살 좋게 받아쳤다. 그의 말은 항상 일리가 있어 보인다는 게 문제였다. 그녀가 딱히 반박할 말이 떠오르지 않게 만들었다.

"어이구…… 내가 말을 말아야지."

"기운 내라는 말입니다. 머리 아픈 문제가 조금은 풀리신 거잖아요. 그리고 류 대위님도…… 아, 아닙니다. 식당 줄 길어지기 전에 얼른 가야겠습니다. 저 지금 엄청 배고픈 상탭니다."

태영이 싹싹한 어조로 소리치며 그녀의 등을 밀어 발걸음을 재촉했다. 지혁에 관련된 말을 하려는 것 같았는데 입을 다물어 버려 그녀는 무슨 말을 하려던 건지 궁금했지만 묻진 않았다. 지혁에 대한 말은 꺼내기가 조심스러웠다.

"나 물어볼 게 있는데……."

태영의 보조에 맞추어 빠르게 신던 그녀는 다시 속도를 늦추어 뒤로 물러나며 말을 걸었다.

"뭔데요?"

"그게…… 친구였던 남자와 여자가…… 같이 자면 사귀는 건가? 친구가 아닌 거겠지?"

진은 태연한 표정을 유지하려 노력하며 태영에게 물었다. 그녀가 듣기에도 자신의 목소리는 완벽했다. 흔들림이나 머뭇거림이 없었다. 하지만 속마음은 불안감으로 콩닥콩닥하고 있었다. 태영은 눈치가 빨랐다. 하지만 연애에 관련해서 물어볼 사람은 태영 말고는 없었다. 지혁은 말할 것도 없고, 앙숙인 지수에게 물어볼 수는 없으니까.

"같이 자는 게 '그 자는 거' 맞습니까? S로 시작하는?"

"응."

"갑자기 그건 왜요?"

태영이 토끼처럼 눈을 동그랗게 만들고는 되물었다.

"어? 응…… 그냥 궁금해서."

"왜 갑자기 그게 궁금한 건데요? 설마…… 대위님 본인 얘깁니까?"

태영이 눈을 가늘게 뜨고 의심의 눈초리를 보내왔다. 진은 뜨끔했다.

"아니, 어제 책을 읽었거든. 자유연애에 관한 무슨 책이었는데…… 제목이 기억이 나지 않네. 아무튼, 그 책에 그런 비슷한 내용이 있어서."

내 얘기가 아닌 친구 이야기라고 핑계를 댈까 생각하다가 그녀는 즉시 접었다. 태영도 그녀에게 친구가 없다는 사실을 아주 잘 알고 있으니 그건 적절한 핑계가 아니었다. 대신 그와 한국에 있을 때 읽은 책의 내용을 주제로 토론 비슷한 이야기를 나눈 적은 많이 있었기에 안전하게 책을 핑계 삼았다. 그리고 최대한 의심받지 않게 조심히 표정을 가다듬었다.

"어휴, 하긴 대위님이……."

태영도 지수처럼 절대 그럴 리가 없다는 표정으로 그녀를 보며 고개를 절레절레 저었다. 짧은 탄식까지 이어지자 진은 발끈하는 기분이 들었지만 참았다. 공연히 의심만 살 뿐이니까.

"같이 자도 친구입니다. 남자가 사귀자는 말을 해야 사귀는 거죠."

"뭐? 그…… 관계를 맺었는데도? 사귀는 게 아니야? 왜?"

태영의 답변에 놀란 그녀는 곧바로 질문을 이어 갔다.

"남자에게 섹…… 어 흠흠, 그거는 별개입니다. 그냥 욕구죠."

태영이 민감한 단어는 입에서 뭉개며 말을 했다.

"남자는 연애할 생각이 없어도 같이 잘 수 있단 말이야? 그 욕구만으로?"

"당연하죠. 남자는 배출의 동물입니다. 그냥 본능적인 생리 현상이라고요."

태영이 크게 고개를 끄덕거리며 덧붙였다.

"사랑스럽다고도 하고 좋아한다고도 말하는데? 특별하게 느껴지고, 또 같이 있으면 자제력을 잃는다고도 하고……."

"그런 말들을 해야 여자가 넘어오니까 그렇게 말하는 거죠. 그냥 나 너랑 자고 싶어, 우리 그거만 하자, 라고 말하면 따귀 맞으니까."

"……."

제스도 그런 걸까? 그도 단지 관계의 전희를 위해 그런 말들을 한 걸까?

아니, 그가 단지 섹스만을 목적으로 그녀에게 그런 달콤한 말들을 한 게 아니라는 걸 안다. 그는 그녀를 존중했고, 좋아했다.

그의 눈빛은 진실되었다. 그리고 그는 처음부터 솔직하게 자신의 감정을 직설적으로 표현했다. 그날 밤의 관계 이전부터 그녀와의 섹스를 원하고 있다고 했었다.

그러니 감언이설로 꾄 것은 아니다. 그날 밤 관계는 서로의 동의로 이루어졌다. 그는 자신의 남자로서의 욕구에 대해 솔직하게 표현했고 그녀는 그의 솔직한 모습이 좋았다. 아니, 그의 모든 게 다 좋았다. 다만 지금 그녀가 태영의 말에 놀라워하는 건, 섹스 후 여자와 남자의 관계가 사귀는 게 아니라는 정답이 도출된 것에 대한 혼란이었다. 그렇다면 제스와는 역시 아직 친구 사이라는 건가?

"그리고 그렇게 말하는 남자 백이면 백 다 선수인 겁니다. 바람둥이요."

"뭐? 왜?"

태영의 말에 진은 눈을 동그랗게 뜨며 조금 큰 목소리로 물었다.

"견적 딱 나옵니다. 사귀자는 말은 없는데 사랑스럽다, 특별하고 좋아한다는 입에 발린 소리를 하다 '널 원하고 있어'라는 말로 끝을 맺는다는 건 결국 뒷말이 핵심인 겁니다. 그냥 육체적 관계만 맺고 싶은 거. 방금 전에도 말했듯이 남잔 다 동물입니다."

"하지만 정말 좋아하는 걸 수도 있잖아. 좋아하니까 육체적 관계도 맺고 싶은 거잖아?"

그녀는 소심하게 속마음을 감춘 채 의견을 주장해 봤다.

"물론 좋아도 하겠죠. 딱 관계 맺고 싶은 정도로. 아무리 남자가 배출의 동물이라지만 또 싫어하는 여자랑은 그게…… 잘 안되지 말입니다. 아무 여자든 안 가리는 남자는 진정한 카사노바인 거고."

"좋아하고, 사랑하기 때문에 여자와 관계를 맺고 싶어 하는 경우도 있지 않을까?"

"에휴…… 우리 순진한 김 대위님. 지금 모태 솔로신 거 티 내십니까? 남자들은 사랑이 아니더라도 얼마든지 여자와 S로 시작되는 관계를 맺고 싶어 합니다. 사랑하고 진지하게 만나고 싶은 거면 백이면 백 관계 전후에 얘길 해야죠."

"꼭 사귀자고 해야 하는 거야? 애인 관계가 성립되려면?"

"당연하죠! 대위님도 조심하세요. 정확하게 사귀자는 말을 안한 남자와는 절대, 절대로 S 안 되십니다. 아시겠죠?"

태영이 눈을 부릅뜨며 거듭 강조했다.

"거듭 말하지만, 남자들은 여자들과 다르게 배출하고 싶어 하는 본능적 욕구가 있는 동물입니다. 의사니까 잘 아실 거면서. 에휴. 세상 모든 남자는 다 늑대인 겁니다. 남자는 늑대라는 공식을 머리에 박아 놓으십시오."

"……그래."

태영의 말에 그녀는 괜히 시무룩해졌다.

"대위님, 연애하고 싶으십니까?"

"어? 어, 어, 아니 뭐……."

"연애는 책이나 글로 배우는 거 아닙니다. 현실에서 체험하셔야죠. 학창 시절 모범생이셨던 거 티 내십니까? 책으로 배우는 연애는 정신 건강에 이롭지 않으십니다. 더 외롭기만 하지. 그렇다고 급한 마음에 방금 열거한 유형의 아무 남자나 만나면 절대 안 되시고요. 한국 돌아가면 제가 소개팅 주선해 드릴까요? 따끈따끈한 연하 어떠십니까?"

"연하는 무슨, 됐거든."

태영의 과장된 몸짓과 은근한 말투에 그녀는 아무렇지 않은 척하며 너털웃음을 터트렸다.

"대위님도 내년이면 서른네 살입니다. 서른 중반으로 접어드는 거라고요. 서둘러 짝을 찾으셔야죠. 너무 멀리서 찾지 마십시오. 잘 찾아보면 주변에 괜찮은 사람 발견하십니다. 아! 그렇다고 저까지 연애 대상으로 점찍으시면 안 됩니다. 노파심에 미리 말씀드리지만 제게 딴 맘 품으시면 곤란합니다. 길게 봐야죠. 길게. 친구 관계에서 연인이 되었다가 헤어지면 친구 사이도 끝장나는 법이거든요."

뭐?

태영의 마지막 말에 그녀는 심장이 덜컹 내려앉았다. 연애하다가 헤어지면 친구 관계로도 돌아갈 수 없는 거라고? 우울한 이야기였다.

아⋯⋯. 아니다.

제스와는 엄청 멀리 떨어져 살아서 자주 만날 일은 없을 테니 그건 걱정할 필요가 없는 문제인가?

그래도 우울했다. 만날 수는 없겠지만 가끔, 정말 아주 가끔이라도 좋으니 안부 연락을 하며 지내고 싶었다. 친구처럼. 그런데 연애하다가 헤어지면 친구 관계도 끝장나는 거라니…….

"왜 친구로 지낼 수 없는 건데?"

"갈 데까지 다 간 사이인데 껄끄럽잖아요. 부담스럽고, 다른 여자 만날 때도 괜히 눈치 보이고요."

"부담을 안 주면?"

"네?"

"그러니까 아무런 부담도 안 주고 안 받는다면? 다시 친구로 지낼 수 있을까?"

"뭐…… 서로가 쿨해질 수 있다면 가능은 하겠죠. 하긴 미드 같은 거 보면 외국인들은 친구끼리도 막 거리낌 없이 즐거운 관계로 지내다가 다시 친구로 돌아가기도 하니까요. 하지만 한국 사람들은 그게 어렵죠. 요즘엔 그렇지 않은 사람들도 많긴 하겠지만. 그래도 전 절대 다시 친구로 돌아가지 못한다는 견해입니다."

"……."

쿨해야 한다는 말의 뜻은 결국 상대방에게 부담을 주지 않아야 한다는 의미였다.

어차피 그들에겐 헤어짐의 시간이 정해져 있었다. 시기가 언제냐의 차이만 있을 뿐. 서로가 G-스탄에 와 있다는 접점으로 만나게 된 거니 그 접점이 사라지면 각자의 자리로 돌아가는 건 당연했다. 그도 그걸 알고 있고.

"엄청 먼 거리를 감수하게 되는 섹스 같은 건 없는 거겠지? 아무리 좋았더라도?"

"어흠흠. 얼마나 먼 거리냐에 따라 달라지겠죠."

그녀의 입에서 나온 노골적인 단어에 태영은 얼굴이 새빨개졌다. 어색한지 연신 억지로 헛기침을 내기도 했다.

"엄청 멀다면?"

"한 서너 시간 정도 걸리는 거리면 갈 만은 하고요."

"그보다 더 걸리면? 열 시간이 넘는 거리라고 하면?"

"음, 상대방이 얼마나 괜찮은가에 따라 달라지겠죠. 여자가 엄청 예쁘다면 장거리도 감수하는 남자도 있겠지만, 진짜 슈퍼 울트라 초특급으로 예뻐야 할 겁니다. 그래도 오로지 그거 때문에 열 시간이 넘는 거리를 시간 내서 찾아가는 남자가 있을까요? 한두 번은 가능하겠지만 그 이상은 어렵다고 봅니다. 사랑이 있어도 힘든 게 장거리 만남입니다. 세상에 여잔 많거든요. 남자도 많고."

태영은 단호하게 고개를 절레절레 저었다.

"역시 그렇지……."

예상했던 답변이었다. 진은 씁쓸한 미소를 입가에 드리우다가 애써 의기소침한 기분을 떨쳐 냈다.

"진짜 외로우십니까? 책에 너무 이입하시는 거 아닙니까? 한국에 돌아가면 진짜 소개팅해 드릴 테니 말만 하십시오. 따끈따끈한 연하라니까요."

"실없는 소리 마. 난 소개팅 관심 없어. 연하는 더더욱 사절이고."

그녀는 사뭇 진지한 어조로 말하는 태영의 어깨를 살짝 밀치며 애써 장난스럽게 말했다.

"대위님은 연애에 너무 관심이 없으십니다. 낯선 타국에 오면 마음이 붕 떠서 로맨스도 싹트고 해야 하는데, 것도 그럴 여지를 보여야 누군가가 들이대죠. 철벽만 치고 있으시니 옆에서 보는 제가 더 답답합니다. 그러다 평생 혼자 늙어……."

"진아."

귀에 익은 음성이 태영의 잔소리에 끼어들었다. 덕분에 태영의 말은 끝을 내지 못하고 중단되었다. 고개를 돌려 뒤를 보니 지혁이 서 있었다.

"필승."

태영이 상급자에 대한 경례를 표했다. 지혁이 태영의 인사를 받으며 그녀를 향해 작게 웃었다.

"밥 먹으러 가는 거지?"

"응."

"잘됐네. 같이 들어가자."

"응."

대화에 정신이 팔려 어느새 식당 앞에 도착해 있던 것도 몰랐다. 진은 지혁과 같이 식당으로 들어갔다. 태영이 익숙한 동작으로 식당의 문을 열어 그들을 먼저 들어가게 했다.

줄은 그다지 길지 않았다. 진은 식판을 집어 들고 대충 음식을 담았다. 식욕이 별로 느껴지지 않아 기계적으로 음식 몇 가지를 주워 담고 앉을 자리를 찾으려 주위를 두리번거리던 그녀는 바로 그때 제스를 발견할 수 있었다. 그가 울프 팀과 함께 막 식당으로 들어서고 있었다.

「제…….」

진은 반갑게 알은척을 하려 한 손을 머리 위로 들어 올리다가 시야에 들어오는 또 다른 사람을 발견하곤 멈칫했다. 아까 낮에 비행장에서 본 멜리사였다. 금발의 CIA 요원도 그들과 함께였다. 그들은 웃는 낯으로 무언가 이야기를 주고받고 있었다. 그 모습을 보고 나니 진은 주춤하게 되었다.

다시 봐도 여자는 아름다웠다. 등까지 내려오는 웨이브 진 탐스러운 금발은 낮에 봤을 때처럼 여전히 하나로 땋아 있었다. 불현듯 여자는 제스와 같은 미국인이란 사실이 진의 머리를 스치고 지나갔다. 언제든지 서로 손쉽게 만날 수 있는 거리에 그들은 살고 있었다.

'세상에 여잔 많거든요.'

아까 전 태영이 했던 말이 귓가를 간질였다. 무의식적으로 멜리사와 함께 식당으로 들어서는 제스를 모른 척하고 돌아서 버렸다. 그러고는 뻣뻣한 걸음으로 먼저 자리를 잡고 앉아 있는 태영과 지혁에게로 갔다. 바로 의자에 앉았기에 망정이지 아니었으면 볼썽사나운 모습을 연출했을지도 모른다.

왜 이러는 거지?

진은 갑자기 와들와들 떨리는 두 다리에 당혹감을 느꼈다.

「진, 태영.」

마이크가 그녀와 태영을 발견하곤 활달한 목소리로 크게 소리치며 다가왔다.

「진.」

제스의 목소리도 나직하게 울렸다. 울프 팀 모두 어느새 음식을 다 담았는지 앉을 자리를 찾고 있었다. 진은 반사적으로 빠르게 식당 안을 살폈다. 불행하게도 남은 자리는 그녀 일행이 앉아 있는 식탁뿐이었다. 마이크는 망설임 없이 그 비어 있는 식탁으로 와 앉았다.

「진료실로 갔었는데 벌써 가고 없더군요.」

제스가 쳐다보며 말을 건넸다.

「또 보네요.」

아까 웃는 얼굴로 제스와 이야길 나누던 멜리사도 그와 마주 보는 맞은편 의자에 자리를 잡고 앉으며 인사를 해 왔다.

「네.」

진은 제스를 보며 짧게 대꾸했다. 그리고 어색한 표정을 들키지 않으려 고개를 돌렸다.

내가 왜 이러지?

진은 의아했다. 하지만 이상하게 멜리사와 함께 있는 제스를 제대로 바라볼 수가 없었다.

다행스럽게도 그녀는 태영의 옆자리에 앉아 있었고 맞은편 자리엔 지혁이 있었기에 제스와 조금 떨어져 앉아 있을 수 있었다.

더 멀리 앉았어야 했나?

하지만 그녀가 앉은 자리는 식탁의 끝자리였고 오늘따라 식당 안은 많은 군인이 자리를 메우고 있었다. 슬쩍 곁눈질로 쳐다보니 그가 눈을 가늘게 뜨고 그녀를 쳐다보고 있었다. 잠깐 눈이 마주치자 그녀는 억지로 웃음을 내보이다가 다시 시선을 돌렸다. 왜 시선을 피하는지 자신 스스로도 이상했지만 어쨌든 지금은 제스와 눈을 맞추기가 어색했다. 그녀의 어색하게 굳어 있는 표정을 그가 이상하게 생각할지도 몰랐다.

'친구 관계에서 연인이 되었다가 헤어지면 친구 사이도 끝장 나는 법이거든요.'

태영의 음성이 머릿속에서 빙글빙글 돌았다.

「여기 여성분은 처음 보시죠? CIA 요원 멜리사 패러크예요. 조심하세요. 아주 위험한 여자거든요.」

마이크가 장난을 섞어 가며 태영과 지혁을 향해 멜리사를 간단하게 소개해 줬다.

「반가워요.」

비행장에서도 느꼈지만, 멜리사는 맑은 소프라노 음색을 가지고 있었다. 외모와 어울리는 여성스러운 목소리였다. 진은 자신이 왜 여자의 사소한 부분 하나까지 신경 쓰고 있는지 의아해졌다. 여자의 외모가 얼마나 아름다운지, 음색은 어떤지에 세세하게 관심을 기울이고 있는 자신의 행동이 우스웠다. 게다가 그녀는 여자와 자신을 비교하고 있기도 했다. 외모부터 성격까지 다른 점들을 짚어 보고 있었다.

그 어이없는 행동에 진은 또다시 마음이 복잡하고 혼란스러워졌다. 갑자기 결정된 파병 종료 소식 때문에도 마음이 심란했지만, 비행장에서 돌아온 이후 그녀의 기분은 더 가라앉은 상태였다. 거기에 태영과의 대화 이후엔 나사가 하나 빠진 것처럼 정신이 멍해지기까지 했다. 자꾸만 태영이 했던 말들이 머릿속에서 끊임없이 재생되고 있었다.

이런 혼란스러운 기분 상태에서 제스를 마주하게 되어서 불편함이 느껴지는 건가?

한국으로 돌아가는 것에 대해 그에게 아직 말을 하지 못해서? 헤어짐이 못내 아쉬워서?

그래…… 그거야…….

진은 애써 심란한 마음 상태에 대한 진단을 간단명료하게 내리면서 멜리사가 불편하게 느껴지는 건 자신이 낯을 가려서라고 치부했다. 그리고 묵묵히 음식에만 집중했다. 그러나 이미 맛을 느낄 수 없었다. 모래를 씹고 있는 거 같았다. 하지만 다시 제스와 눈이 마주칠까 걱정되어 고개를 숙인 채 음식에만 시선을 고정했다. 얼굴에 와 닿는 그의 시선이 따갑게 느껴졌다.

"진아, 괜찮아?"

"어? 응. 뭐가?"

"안색이 안 좋은 거 같아서."

"아니야. 배가 고파서……."

지혁의 걱정이 담긴 물음에 그녀는 고개를 저으며 살포시 웃었다. 굳은 얼굴 근육을 부드럽게 이완시키려 노력하고 뻣뻣한 긴장을 풀려 했다.

"여기 있었네."

그러나 들려온 하이 톤 음성에 다시 긴장했다. 지수였다. 지수는 들고 있던 식판을 지혁의 옆자리에 내려놓더니 털썩 앉았다.

"훈련 계획 다 짜자마자 급하게 나가더니 여기 와 있었네. 어차피 나도 밥 먹으러 식당으로 올 거였는데 말이야."

지수가 비아냥거리며 말했다. 익숙한 시비조의 음성이었다.

"왔으면 조용히 밥 먹어. 우리만 있는 거 아니야."

지혁이 차분하게 말하며 지수를 향해 경고의 눈빛을 보냈다. 서늘한 눈빛에 지수가 입을 삐죽이더니 입을 다물었다. 불편한 침묵이 감돌았다.

"얼른 드십시오. 오늘 음식 진짜 잘 나왔습니다."

태영이 중간에서 눈치를 보며 불편한 분위기를 상쇄시켜 보려 했지만 역부족이었다. 지수의 표정은 여전히 날카롭게 뚱해 있었고 지혁의 입은 조개처럼 다물려 있었다. 그리고 진의 정신은 다른 곳에 팔린 상태였다. 그녀의 신경은 온통 제스와 멜리사에게로 집중되고 있었다.

울프 팀 대원들은 모두 저마다 대화를 주고받고 있었다. 멜리사도 그들과 자연스럽게 어울리고 있었고 제스는 침묵을 지키며 음식을 먹고 있었다. 멜리사가 말을 걸면 간간이 대화에 참여하기는 했지만 그 외에는 조용히 입을 다물고 있었다. 대신 그는 음식을 먹다가도 예고 없이 고개를 돌려 그녀를 바라봤다. 제법 날카로운 눈빛이 날아들 때마다 진은 저도 모르게 움찔하며 시선을 피하게 되었다.

또다시 눈이 마주치고 그의 입술이 말을 뱉어 내기 위해 벌어지려 하자 그녀는 재빨리 시선을 식판으로 돌렸다.

마이크와 농담 섞인 대화를 주고받던 멜리사가 다시 제스에게 고개를 기울이며 무언가 말을 했다. 그들은 친해 보였다. 멜리사의 행동에는 친근함이 묻어 있었다. 그들이 나누고 있는 대화를 엿듣지 않으려고 했지만, 자꾸만 귀가 그쪽으로 쏠리고 있었다.

별다른 내용은 아니었다. 처음엔 그냥 평범한 이야기를 나누고 있었다. 일상적인 잡담과 지금 맡은 임무에 대해서였다. 그러다 귓가에 파고든 멜리사의 어떤 말에 진은 알아차릴 수밖에 없었다. 여자는 울프 팀과 같이 일하게 된 것에 이야기하며 매우 기뻐하는 기색을 보였다. 이번 임무는 지루하지 않아서 다행이라고 말하는 여자의 눈빛은 은근함을 담고 있었다. 마치 단순히 울프 팀과 일하게 되어서 기쁜 게 아니라 제스가 속해 있는 울프 팀과 일하게 되어서 기쁜 것처럼.

그런 은근한 속마음이 가득 내포된 눈빛으로 제스를 바라보고 있었다. 작업을 거는 분위기였다. 은근하게 돌려 말하는 화법이었지만 진은 여자의 본능적인 직감으로 알아차릴 수 있었다. 연애 왕초보인 그녀조차도 멜리사가 내뿜고 있는 호감의 기운을 감지할 수 있었다. 잼을 쥐고 있던 손에 힘이 들어갔다.

"대위님, 지금 뭐 하시는 겁니까? 왜 케첩을 빵에 바르십니까?"

태영이 그녀의 손을 툭 쳤다. 그의 지적에 진은 시선을 내려 자신의 손을 보았다. 손에 쥐고 있는 건 딸기 잼이 든 봉지가 아니라 케첩 봉지였다. 그녀는 구운 식빵 위에 케첩을 바르고 있었다. 제스와 멜리사의 대화에 신경을 쓰다 보니 잘못 집어 든 모양이었다. 순간 얼굴이 빨갛게 달아올랐다.

"어…… 워, 원래 좋아해. 빵에 케첩 발라 먹는 걸."

그녀는 당황스러웠지만 애써 표정을 수습하고 케첩을 듬뿍 바른 빵을 한입 베어 먹었다. 케첩의 신맛이 입 안 가득 퍼지며 침이 고이자 억지로 꿀꺽 삼켰다. 그런 자신의 행동을 지혁과 지수가 이상한 표정으로 바라보고 있었다. 그들은 그녀가 평소에 케첩을 별로 좋아하지 않는다는 걸 잘 알고 있었다.

"그거 말고 이거 먹어."

지혁이 딸기 잼과 버터를 바른 빵을 쥐여 주고는 그녀의 손에 들려 있던 케첩 발려진 빵을 뺏어 갔다.

"고마워."

「정말 못 봐 주겠네. 넌 밥도 혼자 제대로 못 먹어? 아예 떠먹여 달라고 하지 왜?」

지수는 굳이 영어로 크게 떠들었다.

"아휴, 또 왜 그러십니까."

태영이 얼른 중재에 나섰다.

"자자, 너도 먹어. 이제 됐지? 제발 조용히 먹자."

지혁이 빵에 잼과 버터를 아주 정성스럽게 바른 후 그대로 지수의 입에 넣어 주며 다시 경고의 눈빛을 보냈다. 지수가 뭐라고 중얼거렸지만, 입에 물린 빵 때문에 무슨 소리인지 알아듣지 못할 웅얼거림으로만 들릴 뿐이었다.

「흠흠! 진, 내일 한국군과 미군이 함께 체력 훈련을 하는데 알고 있나요? 군의관도 같이 대기해야 하잖아요. 진이 나오는 거죠?」

마이크가 그들의 테이블에 오가는 험악한 기운을 느꼈는지 아니면 정말로 훈련에 관련된 사항이 궁금했는지 다짜고짜 질문을 던져 왔다.

「네. 저하고 대위님이 같이 대기할 겁니다.」

불편한 상황을 깨 준 마이크의 질문에 반색하며 태영이 대신 대답했다. 그녀도 마이크를 보며 웃는 얼굴로 고개를 끄덕였다. 내일은 군 기강을 잡기 위해 예정되어 있던 한미군 합동 체력 훈련이 있는 날이었다. 군의관도 혹시 모를 사고를 대비해 같이 훈련장에 나가야 했다.

가벼운 체력 훈련으로 공지받았던 체력 훈련은 어째서인지 사뭇 분위기가 달라져 있었다. 훈련 교관들도 특수부대원들로 바뀌었다. 아마도 고위 인사들이 여럿 방문하는 일과도 연관이 적진 않을 것이라 짐작했다. 보이지 않는 파워 대결 같은 게 아닐지 싶었다. 고래 싸움에 등 터지는 건 언제나 새우들이니까.

「내일 너무 바쁘게 움직이게 되더라도 원망은 하지 않기입니다. 꽤 빡세게 굴릴 거라 한국군들이 못 버틸 수 있어요. 게다가 캡틴은 아주 호랑이 교관이에요. 신입들이 한번 경험하고 나면 이를 박박 갈 정도로 엄청 독하게 굴리죠. 우리랑 체력 단련을 할 때도 끝까지 지치지 않고 혼자 팔팔해요.」

마이크의 도발적인 발언에 지수와 지혁의 표정이 미세한 변화를 일으켰다. 특히 지수는 심각할 정도로 다혈질이었다. 그리고 경쟁을 너무 좋아했다.

「쓸데없는 걱정은 붙들어 매시죠. 덩치 크다고 다 세나요. 몸집이 클수록 순발력은 떨어지는 법이죠. 그리고 지구력이라면 한국군들도 만만치 않아요.」

싸움닭 지수답게 날카롭게 마이크의 말을 받아쳤다.

「어어, 진을 찾아낸 건 캡틴이었다고요. 한국 UDTSEAL이 아니라. 그러니 순발력도 넘치는 편이죠.」

마이크가 그녀를 걸고넘어졌다. 진은 이틀 전 일이 언급되자 눈에 보일 정도로 동요했다.

「방향을 잘 선택한 거죠. 그건 순발력이 좋다기보다 운이 트였다고 봐야죠. 당신 팀의 캡틴이 간 방향으로 한국의 UDTSEAL 팀이 갔다면 진을 찾아낸 건 우리였겠죠.」

「과연 그럴까요? 태영, 어떻게 생각해? 내일 어느 쪽이 더 오래 버틸까? 한국군? 미 해병대? 아니지. 진, 말해 봐요. 캡틴의 체력이 더 강할지, 아니면 한국 UDTSEAL 팀의 대위님 체력이 더 강할지. 우리 잠시 각자가 소속된 나라는 잊고 객관적으로 이야기해 보자고요.」

마이크가 그나마 미군과 여러 번 일해 본 적이 있는 그녀와 태영을 돌아보며 물었다. 마이크의 얼굴엔 평소처럼 장난기가 다분했다.

"너 소속 분명히 해라."

지수가 어금니를 꽉 문 채 복화술로 작게 말하고 있었다. 진은 머리가 지끈거려 왔다. 제스를 비롯한 울프 팀 전체와 금발의 멜리사도 호기심 어린 눈빛으로 그녀를 쳐다보고 있었다. 대화의 중심에 놓이게 되자 당혹스러워진 그녀가 무의식적으로 제스를 흘깃 바라보다가 그와 눈이 마주쳤다. 그도 강렬한 눈빛으로 그녀를 빤히 바라보고 있었다.

「재밌네요. 나도 투표에 끼어도 되나요? 난 히버트에게 한 표 던지죠. 그는 내가 본 군인 중에서 가장 군인다운 남자거든요. 여러 가지 모든 면에서 월등히 뛰어나거든요.」

은근하지만 노골적인 칭찬이 담긴 멜리사의 멘트에 진은 다시 표정이 굳어지려 하고 있었다. 하지만 억지로 얼굴에 웃음을 그려 넣으며 불편한 속마음을 내색하지 않으려 했다. 칭찬에 민감하게 반응할 이유가 없었다. 그건 누가 봐도 이상할 일이었다. 그래서 표정 관리에 최대한 힘썼다.

"대답 안 해?"

지수가 다시 복화술로 말을 하며 눈치를 줬다. 나머지 사람들도 모두 그녀의 대답을 기다리고 있었다. 그녀는 긴장감에 침이 꿀꺽 삼켜졌다.

「음, 그만 일어나야겠어요. 아직 근무가 끝나지 않아서…….한 소위, 가자. 내일 훈련에 앞서 준비할 게 있었잖아.」

현명하게 정치적 중립을 지키기로 했다. 그러려면 우선 이 자리를 피하는 게 옳았다.

「네? 어, 아…… 네, 대위님. 맞아요, 그 준비해야 할 게 있었죠. 아마.」

그녀의 말에 태영이 잠깐 어리둥절해하다가 이내 말뜻을 깨닫고 엉거주춤 일어났다.

「진…….」

「그럼 전 이만 실례할게요. 바빠서요.」

제스가 다시 말을 걸어오려 했지만 못 들은 척했다. 그녀는 아직 먹지 않은 음식이 고스란히 담겨 있는 식판을 들고 미련 없이 자리에서 일어섰다. 그리고 바쁨을 강조하며 태영을 방패 삼아 옆에 끼고 위험한 지뢰가 가득한 테이블에서 멀리 벗어나기 위해 부지런히 발을 움직였다.

등 뒤에서 멜리사의 유쾌한 웃음소리와 에너지 넘치는 활달한 말소리가 울리고 있었다. 여자의 다정하고 친근한 말들은 모두 제스를 향한 것이었다. 속이 쓰렸다. 이유는…… 그녀도 알 수 없었다.

제스는 황급히 식당을 나서는 진의 뒷모습을 멍청히 바라봤다. 지혁은 자리를 지키고 있었다. 하지만 지혁이 그녀를 뒤따라 나가지 않고 자리를 지키고 있어도 그의 기분은 썩 좋지 않았다. 그럴 리 없겠지만, 그녀가 또다시 자신을 피하고 있는 것 같은 기분이 살짝 들었다.

하지만 왜?

비행장에서 만났을 때만 해도 진은 어제와 다름없었다. 연인다운 친근함을 보였고 그를 향해 다정하게 웃어 주었다. 그런데 불과 몇 시간 후 그녀의 태도는 약간 달라져 있었다. 경직되어 있었다. 아까 전 그녀는 분명 식당으로 들어오는 그를 봤음에도 모른 척했다. 보고도 알은척하지 않고 돌아서서 지혁이 있는 테이블로 가 버렸다. 그리고 옆자리에 태영을 끼고 앉았다.

그와 울프 팀 대원들이 그녀가 앉아 있는 테이블로 갔을 때도 먼저 알은척을 해 오지 않았다. 그녀의 이름을 부르자 그제야 그를 쳐다보며 알은척을 했다. 그러나 마지못해 고개만 까딱거리는 조금 무성의한 인사였다. 음식을 먹는 중에도 몇 번 그와 눈이 마주쳤지만 그녀는 재빠르게 시선을 돌려 버렸다. 그때부터 그는 의구심이 피어올랐고 달라진 그녀의 행동에 당황했다. 그녀는 무심하게 행동했다. 그에게 관심이 없는 듯 무성의했다.

지혁 때문인 건가?

그녀에게 지혁에 관해 묻지 않았었다. 피습 사건으로 놀란 상태이기도 했었고, 단둘이 있었던 밤에는 사랑을 나누느라 정신이 없었다. 그리고 그 이후로는 필요성을 못 느꼈다.

진은 그에게 몸을 허락했다. 그것만으로도 충분하다고 생각했다. 몸을 허락하는 건 그녀로서는 쉽지 않은 결정이었을 것이다. 그녀가 어린 시절 겪었던 일들을 생각하면 거의 기적과도 같은 일이었다. 그럼에도 진은 지혁이나 다른 누구도 아닌, 그에게 그녀의 몸을 열어 주었고 사랑을 나누는 걸 허락했다. 그의 여자가 되었다. 기지로 돌아온 후에도 그들은 자연스럽게 키스를 나누었다.

그러니 그들은 연인 사이가 분명했다. 아까 낮에 비행장에서 마주쳤을 때도 마찬가지였다. 애정 표현에 수줍어하기는 했지만 그를 피하거나 밀어내지 않았다. 물론 키스를 허락하지 않았지만 그건 그녀의 보수적인 성격으로 인한 주변의 이목 때문이었다. 만약 둘만 있는 상황이었다면 그녀도 거부하지 않았을 거라 확신했다.

하지만 지금은?

그녀는 전혀 연인처럼 행동하지 않았다. 친밀하게 행동하지도 않고, 다정하고 은근한 유혹이 담긴 눈길도 보내지 않았다. 오히려 그녀는 그들의 관계를 숨기려는 듯 보였다. 그들이 나누었던 사랑에 대해서도.

지혁에게 숨기고 싶은 걸까?

아니…… 그건 지나친 생각인가?

머리가 지끈거렸다. 이리저리 재고 머리를 굴리는 건 그의 성격에 맞지 않았다. 그녀에게 직접 물어보면 되는 것이다. 그는 아직 음식이 담겨 있는 식판을 들고 자리에서 일어섰다. 진은 벌써 식당 문을 열고 나가고 있었다.

「나도 다 먹었어요. 식사 후 바로 회의 있는 거 알죠? 같이 가요.」

아…… 빌어먹을 회의.

깜박 잊고 있었다. 멜리사의 말에 진에게 신경을 쓰느라 잊고 있었던 회의에 대한 생각이 떠오르자 제스는 메마른 한숨이 저절로 입 밖으로 쏟아졌다. CIA가 캐낸 정보를 바탕으로 테러를 계획하고 있는 무장 세력의 본거지로 쳐들어갔던 일은 결국 잘 풀리지 않았다. 그곳엔 반군들의 우두머리도 없었고 그들이 미군에게서 훔쳐 냈던 폭탄도 벌써 다른 곳으로 이동되었는지 흔적도 없었다. 어쩌면 처음부터 그곳에 없었던 걸지도 모른다.

그리고 아직 확실한 증거는 없었지만, 육군 정찰조를 습격하고 몬스터 용병들이 운반 중이었던 전차를 빼앗아 달아난 무장 세력도 동일 단체로 의심되고 있었다. 하지만 그것과 관련해서도 뚜렷한 흔적이 없었다. 적들은 영리하게도 자신들의 발자취를 확실하게 지우며 이동하고 있었다.

CIA가 알아낸 적의 은신지를 털어 얻어 낸 성과는 고작해야 그들 조직의 서열에서 가장 하급에 있는 조무래기를 생포한 일이었다. 조무래기를 털어 봤자 쓸 만한 정보들은 어차피 나오지 않을 테지만 그래도 확인은 해야 했다. 아주 작은 정보라도 세세하게 파악하고 있어야 적의 입에서 나오는 정보들과 대조해 거짓된 정보를 가려낼 수 있는 거니까.

적을 심문하는 일은 블랙 중령이 맡을 예정이었지만 그는 CIA와 함께 적의 본거지에서 수거해 온 온갖 서류들을 살펴야 했다. 블랙 중령은 적을 심문하는 일 외에도 피습 사건으로 잔뜩 열받아 있는 몬스터사를 상대하는 일에도 힘을 쏟아부어야 해서 서류를 뒤적거릴 시간적 여유가 부족했다. 서류에 파묻혀 있어야 할 사람은 자신이었다. 제스는 생각만으로도 두통이 일었다.

폭탄을 무사히 찾아내기 위해선 아주 조그마한 단서라도 찾아야 했고, 그 단서를 찾기 위해선 서류 더미에 파묻혀 있다가 휴식할 틈도 없이 다시 긴긴 회의에 참석해야 했다. 적들이 대체 무슨 짓을 꾸미고 있는지 추정하기 위한 회의에 들어가게 되면 아마 짐작건대 밤늦게까지 붙잡혀 있어야 할 게 분명했다.

당장 진의 뒤를 따라가 확인하고 싶었지만 때가 적절하지 않았다. 그녀와의 대화를 잠시 뒤로 보류해야 하는 상황이 마땅치가 않았다. 불안한 마음이 조급증을 부르고 있었다. 하지만 그는 애써 찜찜한 기분을 털어 버리려 했다. 진을 너무 몰아붙이고 싶지도 않았다.

기분 탓이겠지…….

진은 그의 여자였다. 그녀가 그를 피할 이유는 없었다. 아마 진의 곁에 있는 지혁을 과도하게 의식해서 지나친 상상과 걱정을 하는 것이다. 그녀는 지혁이 아닌 그를 택했다. 그의 품에 안겼다.

공연한 걱정은 접어 둬.

그리고 멜리사는 점점 선을 넘으려 하고 있었다. 어느 순간부터 조금씩 서서히 경계를 넘어서는 호감을 표시하고 있었다. 그녀는 아름다웠지만, 그들은 친구이자 동료였다. 그리고 그보다 더 중요한 건 그는 그녀에게 전혀 관심이 없다는 사실이다.

확실하게 자신의 뜻을 밝혔다고 생각했는데도 그녀는 계속 은근하게 관심을 표출하고 있었다. 자존심에 상처를 내고 싶진 않았지만 그녀를 위해서도 더 확실하게 선을 그어야 할 필요성이 있었다.

20

"간밤에 잠을 잘 못 주무셨습니까?"

태영이 다크서클이 짙게 드리워진 눈 밑을 가리키며 질문했다. 진은 반사적으로 손을 들어 고민의 흔적을 가렸다.

"아니. 더워서 그런가."

그녀는 모자를 고쳐 쓰며 대수롭지 않은 듯 말했다. 하지만 아직 정오도 되지 않은 오전이었고 타는 듯한 더위를 느끼기엔 조금은 이른 시간이었다.

사실 그녀는 정말로 간밤에 잠을 깊이 자지 못했다. 거의 뜬눈으로 밤을 지새웠다. 제스 때문이었다. 새벽이 밝아 오도록 열리지 않는 방문을 멍청히 바라보고만 있었다. 하지만 그는 방문을 두드리거나 저번처럼 몰래 열고 들어오지 않았다.

어젠 방문을 잠그지도 않은 상태였기 때문에 그는 잠긴 문을 힘들여 따야 하는 수고로움도 필요치 않았다. 그냥 문손잡이를 잡고 돌리기만 하면 열렸을 테니까. 물론 특수부대원에겐 잠긴 방문을 여는 것 정도야 식은 죽 먹기보다 더 쉬운 일이라는 건 그녀도 잘 알고 있었지만 그래도 만약이라는 단어가 주는 걱정이 방문을 잠그지 못하게 했다.

그러나 공연한 헛수고일 뿐이었다. 결국 그는 찾아오지 않았다. 문손잡이는 조금의 움직임도 없이 제자리를 굳건하게 지키고만 있었다.

새벽녘까지 귀를 쫑긋 세우고 바로 위층에 있는 그의 방에서 무슨 소리가 들려오지는 않는지 살폈지만 한없이 조용하기만 했다. 쿵쿵거리는 발걸음 소리도 들리지 않았다.

"아니. 더워서 그런가."

다행히 태영은 괜찮다는 그녀의 말에 별다른 토를 달지 않았다.

"07시부터 훈련이라니 너무 힘듭니다."

대신 이른 아침부터 시작된 체력 훈련이 불만인지 툴툴거렸다.

"우리가 훈련받는 것도 아니잖아."

"그건 그나마 천만다행입니다. 간호 장교가 돼서 망정이지 일반 병사였다면 저도 저기에서 고문당하고 있었을 거 아닙니까. 으, 생각만 해도 끔찍합니다."

태영이 자신의 어깨를 감싸 잡은 팔에 힘을 주며 과장되게 몸을 떨었다. 그럴 만도 했다. 체력 훈련은 07시부터 시작돼서 지금 한창 진행 중이었다. 야외 훈련장에 모인 미 해병대들과 한국 군인들은 척 보기에도 아주 고된 체력 훈련을 받고 있었다. 군인들의 눈에나 체력 훈련으로 비치지 일반인들의 눈으로 보자면 고문이나 얼차려 같은 벌을 받는 거라고 여겨질 수 있을 만큼 지독하게 치열했다. 예정되어 있던 고위 인사들의 기지 방문이 취소되었기에 진은 더욱 보람 없이 고된 훈련을 받는 군인들이 안타까웠다.

어제 마이크가 경고한 대로 울프 팀의 대원들은 가혹하리만치 군인들을 막 굴리고 있었다. 물론 한국의 UDTSEAL도 만만치는 않았다. 그들 모두 지옥에서 막 뛰어나온 사냥개처럼 사납게 짖어대고 있었다. 훈련을 받는 군인들의 지친 함성이 끊이지 않고 울려 퍼지고 있었다. 엄청 빡센 훈련에 쓰러지는 군인들도 속속 생겨나고 있었다. 그때마다 군의관들이 달려가 그들의 상태를 살폈다. 쓰러진 군인들은 잠시 열외 되었다가 상태가 진정되면 다시 훈련에 참여했다.

"울프 팀도, UDTSEAL도 지치지도 않나 봅니다. 진짜 대단합니다. 괜히 특수부대가 아닌가 봅니다."

"그러게."

교관을 맡은 울프 팀과 한국의 UDTSEAL 대원들도 같이 체력 훈련에 임하고 있었다. 그들은 군인들을 몰아치는 만큼 자신들에게도 혹독했다. 하지만 울프 팀도 한국의 UDTSEAL도 전혀 지친 기색 없이 움직이고 있었다. 아니, 조금은 지쳐 보이긴 했지만 우렁찬 음성은 한결같이 팔팔했다. 그들은 훈련에서 뒤처지는 군인들에게 걸쭉한 욕설까지 내뱉는 여유를 보였다. 신사 같았던 울프 팀의 모습은 온데간데없었다. 욕을 들어 가며 훈련을 받는 군인들은 자신들을 원숭이보다 못한 존재로 취급하고 있는 교관들에게 분노하고 있었다. 독기가 오를 대로 오른 오기에 찬 눈빛들을 한 채 이를 바득바득 갈며 훈련에 임하고 있었다.

진은 저도 모르게 눈으로 제스를 좇았다. 그는 맨 앞에서 움직이고 있었다. 가쁘게 숨이 차 보이긴 했지만, 얼굴엔 생기가 가득했다. 호령하며 군인들을 통솔하는 남성미 넘치는 모습에 가슴이 떨렸다. 그는 타고난 군인이자 지휘관이었다.

거우 반나절 정도 보지 못했을 뿐인데 그리운 마음이 가득했다. 사람의 마음이란 게 참으로 간사한 게 어제 식당에서 부자연스럽게 행동하며 그를 거의 무시하다시피 하며 먼저 도망쳐 나온 건 자신이면서 어젯밤 방으로 찾아오지 않은 그가 야속했다. 이성적으로는 조금의 부담도 주지 않아야 한다고 생각하면서도 어느 순간 그녀의 감성이 이성을 앞지르며 그를 붙잡고 싶어 했다.

계속 곁에 있고 싶어…….

아직 그와 제대로 인사도 나누지 못했다. 태영과 의료 물품을 챙겨 나오느라 훈련이 시작되고 나서야 도착한 탓이었다. 흘끗 시계를 보며 시간을 확인했다. 오늘은 어제 전하지 못했던 그녀의 귀국 소식을 꼭 말해야 했다.

그녀는 잠시 그의 반응을 상상해 보았다. 지수에게 처음 파병 종료 소식을 들었을 때의 그녀만큼 그도 깜짝 놀랄까? 아니면 덤덤할까? 아쉬워하긴 할까? 혹시…….

아니야!

그녀는 고개를 좌우로 크게 흔들며 머릿속에 떠오르는 잡생각들을 쫓아 버렸다. 자꾸만 그에게 기대려 하고 있었다. 부담을 주려 하고 있었다.

홀로 서기로 했잖아, 짐이 되지 말자. 그냥 담담하게 인사하고 각자 갈 길로 가는 거야.

어젯밤 마음속으로 수십 번, 수백 번 되뇌었던 주문과도 같은 다짐이었다. 스스로 최면을 걸듯 다시 한번 중얼거리며 다른 곳으로 시선을 돌렸다. 그를 보면 자꾸만 유혹에 빠지며 시험에 들었다. 이성이 아닌 감성을 따르고 싶었다. 그를 붙잡아 곁에 두고 싶었다.

일부러 딴 곳을 쳐다봤다. 얼마 떨어지지 않은 곳에 지수가 서 있었다. 군인답게 각 잡힌 자세로 훈련 상황을 지켜보며 기록에 열을 올리고 있었다. 아마 어제 마이크의 농담을 가볍게 넘기지 못하고 지금의 훈련을 경쟁 구도로 보고 있는 게 틀림없었다. 미군과 한국군 중 끝까지 버티는 쪽이 어디인지.

아무튼, 저 못 말리는 승부욕…….

살포시 한숨을 내쉬며 고개를 절레절레 흔들었다.

삑.

호각 소리와 함께 10분의 휴식이 주어졌다. 10분 뒤면 또 다른 지옥의 문이 열릴 테지만 미군과 한국군 모두 잠깐 주어진 꿀 같은 휴식을 반겼다.

모두 지칠 대로 지쳐 보였다. 그녀는 꼼꼼한 시선으로 가쁜 숨을 몰아쉬는 병사들을 훑어보며 혹시나 탈수 증세를 보이진 않는지 확인했다. 그리고 생수병을 챙겨 태영과 함께 훈련에 지친 병사들에게 하나씩 나눠 주었다.

「나도 한 병 주겠습니까?」

막 마지막 병사에게 생수를 건네고 몸을 일으키려는데 머리통 위로 제스의 음성이 들렸다. 몇 발자국 앞에 그가 서 있었다. 그녀는 몸을 일으켜 그가 서 있는 곳으로 천천히 걸어갔다. 마주 보고 서자 그에게서 진한 땀 냄새가 느껴졌다. 얼굴에도 땀방울이 송골송골 맺혀 턱선을 따라 흘러내리고 있었다. 심장이 덜컥 멎을 만큼 뇌쇄적이었다. 진한 남성의 체취가 불쾌하기보단 친숙하게 와닿았다. 그녀는 스쳐 가는 기억 한 조각에 열기가 몰려들었다.

「여기요. 지옥 훈련이네요.」

괜스레 어색했다. 그의 눈을 똑바로 바라보지 못하고 생수를 내밀었다. 살짝 스치는 그의 손길에 움찔 몸이 떨렸다.

「이 정도면 보통에서 조금 강도가 올라간 정도입니다.」

「저들에게 그런 얘기 하면 아마 당장이라도 쿠데타를 일으킬걸요.」

훈련 강도를 심하게 압축해 말하는 그에게 그녀는 약간 장난기 어린 미소를 지어 보이며 가벼운 농담을 던졌다. 어제 식당에서와 같은 이상한 행동은 절대 금물이었다.

평소처럼 행동해.

그녀는 스스로에게 엄격하게 소리쳤다.

「충분히 제압할 수 있을 겁니다.」

그가 껄껄 웃으며 유쾌하게 답했다.

「어제…….」

「저기 어젠…….」

동시에 나온 말들이 서로 부딪히자 그녀는 얼른 입을 다물었다. 그도 마찬가지로 하려던 말을 멈추고 기다렸다.

「먼저 말해요.」

제스가 양보했지만, 그녀는 고개를 살짝 흔들었다.

「아뇨. 당신 먼저 말해요.」

「어젠 회의가 너무 늦게 끝났습니다. 찾아가고 싶었지만, 당신이 자고 있을 거 같아 꾹 참았어요. 분명 당신 잠을 방해했을 테니까.」

마치 자신의 마음을 들여다본 듯한 제스의 말에 그녀는 얼굴을 붉히지 않으려 꽤 노력해야 했다.

내가 무슨 티를 낸 건가?

열심히 머리를 굴리며 생각해 봤지만 마땅한 건 없었다.

분명 표정 관리에 힘썼기에 아무런 감정도 드러내지 않았던 것 같은데.

게다가 오늘 제스와는 지금에서야 처음 마주 보고 이야기를 나누고 있는 거였기에 그녀에겐 그에게 어제 자신을 찾아오지 않은 것에 서운함이나 실망감을 내비칠 시간적 여유도 있지 않았었다.

「……피곤하겠네요, 긴급 임무에, 회의에, 또 훈련까지 쉴 시간이 없잖아요…….」

그가 찾아오지 않았던 이유가 단순히 회의가 늦게 끝나서였다는 얘기를 듣고 나니 그녀는 마음이 한결 편안해졌다. 그리고 그의 사정을 알지도 못하고 찾아오지 않은 것에 야속한 마음을 가졌던 게 미안해졌다. 쉼 없이 강행군을 펼치는 그의 **빡빡한** 일정에 그녀는 안쓰러운 마음이 들었다.

「견딜 만합니다. 이렇게 당신 얼굴을 보고 있으면 없던 힘도 생깁니다.」

어제와 다르지 않은 다정한 말투에 진은 어제 자신의 행동을 그가 별스럽게 생각하지 않는 점에 안도했다.

「그나저나 심각한 회의였나 봐요. 그러고 보니 어제 임무가 잘 끝났는지도 물어보지 않았네요.」

「사실 그 일 때문에 어제 회의가 엄청 길어진 겁니다. 일이 잘 풀리지 않았거든요.」

「아, 그렇군요. 안됐어요.」

나갔던 일이 잘 풀리지 않았다면 그는 조만간 기지 밖으로 또 나가야 할 상황이 올 수도 있었다. 그러기 전에 귀국 소식을 전해야…….

「이제 당신 차례예요.」

「네? 뭐가요?」

잠시 혼자만의 생각에 빠져 있던 진은 제스의 물음에 멍한 정신을 수습하고 그의 질문의 요지를 파악하려 애썼다.

「당신이 이야기할 차례라고요. 아까 하려다 못 한 얘기 말입니다.」

「아, 별거 아니었어요.」

제스의 보충 설명에 아까 그와 말이 부딪혀 꺼내려다 말았던 얘기가 기억났다. 하지만 이미 궁금증이 풀렸기 때문에 물어볼 필요성이 없어진 질문이었다.

그녀가 아까 전 하려던 얘기는 어제 그가 찾아오시 않은 것에 대한 거였고, 방금 그 답을 들었다. 또 다른 건 금발의 멜리사와 관련된 질문이었지만 어차피 진짜로 입 밖으로 꺼내 물어볼 생각은 없었다. 그와 멜리사의 관계는 그녀가 상관할 바가 아니니까. 아무리 신경이 쓰이더라도.

「별거 아닌 거였다면 애초에 말을 하려고도 하지 않았겠죠. 궁금한데 말해 주면 안 되는 겁니까?」

가볍게 넘기려 했지만 제스가 깊은 눈길로 계속 그녀를 주시하고 있었다.

「음…… 그게 사실 이미 답을 들은 질문이라서. 어제요, 찾아오지 않아서, 음, 바빴던가 하고.」

그녀는 얼굴을 붉히지 않으려고 애썼지만 자연스럽게 흐르는 정상적인 혈액 순환 반응을 억지로 참아 낼 순 없었다. 물론 얼굴로만 피가 싹 몰리는 게 그다지 정상적인 신체 반응은 아니겠지만 지금 중요한 건 그게 아니었다. 완전히 민망했다. 방금 자신의 말은 그를 밤새도록 기다리고 있었다고 고백한 거나 마찬가지였다.

설마 투정을 부리는 거로 생각하진 않겠지?

제스가 이상하게 생각할지도 모른다는 생각에 다시 걱정이 되었다. 스스로 생각하기에도 그녀는 어제 식당에서부터 계속 이상하게 행동하고 있었으니까.

「오해하지 말아요. 밤새도록 기다렸다거나 한 건 절대 아니니까요. 그냥…….」

변명으로 꺼낸 강한 부정의 말이 더 부자연스럽게 들렸다. 그걸 깨닫자마자 그녀는 입을 다물었다.

「날 기다렸습니까?」

제스의 얼굴에 웃음기가 약간 감도는 듯했다.

「음…….」

뭐라고 대답해야 하지?

머리를 굴려 보다가 마땅한 답이 떠오르지 않자 그녀는 여전히 입을 다무는 쪽을 선택했다. 입을 열면 열수록 민망한 말들이 쏟아져 나올 것만 같았다. 이를테면 그 금발의 CIA 요원과의 관계를 물어보는 질문을 던진다든지 하는.

왜 자꾸 그 여자를 신경 쓰는 거지?

정말 이상하고 이해가 가지 않았다. 답을 알 수 없는 질문을 자신에게 퍼붓다가 뒤통수가 따가워진 그녀는 무심코 뒤를 돌아보다가 지수와 눈이 마주쳤다. 정확히는 눈이 마주친 건지 아닌지 확실하지 않았지만, 지수는 제스와 함께 있는 자신을 쳐다보고 있었다. 거리가 제법 멀어서 그녀의 표정까진 보이진 않았지만 분명 도끼눈을 뜨고 있을 게 확실했다.

지수는 어제 마이크의 장난 섞인 도발적인 발언으로 지금의 체력 훈련을 아군 대 적군의 경쟁으로 여기고 있었다. 여기서 아군은 한국군이었고 적군은 미군이었다. 그리고 그녀는 한국군이니 현재 적군인 미군과는 얘기를 나눠선 안 되었다. 지수의 관점으로 생각하자면.

「그만 내 자리로 돌아가야겠어요.」

휴식 시간도 끝나 가고 있었다. 진은 변명하듯 휴식 시간을 들먹이며 그의 질문에 대답해야 하는 민망한 상황을 모면해 보려 했다. 하지만 제스가 더 빨랐다. 그녀의 앞을 가로막았다.

「훈련 끝나고 보고서만 작성하면 오늘 일과는 종료예요. 식사도 하며 같이 시간을 보내면 어떨까요? 산책하기에 날씨도 좋잖습니까? 그리고 어제 받지 못한 키스를 받기에도 아주 좋은 날씨인 거 같은데, 물론 키스를 할 마땅한 장소는 당신이 고르도록 해요.」

제스가 파란 하늘을 가리키며 은근한 유혹이 담긴 어조로 말을 했다.

「……좋아요.」

장난기 섞인 그의 마지막 말이 우스워 그녀는 참지 못하고 작은 웃음과 함께 고개를 끄덕였다. 아이처럼 조르는 태도가 귀여웠다. 그리고 어제 타이밍을 놓쳐 꺼내지 못한 파병 종료 소식도 알려야 했기에 그의 데이트 신청이 더 반가웠다.

「지금 당장 당신에게 키스하고 싶지만 참아야겠죠. 여기선.」

제스의 낮은 유혹적인 음성에 그녀의 심장에서 쿵 소리가 났다. 그의 뜨거움이 일렁이는 눈빛을 1초라도 더 받고 있다간 장소를 망각하고 키스를 허락할 것만 같았다.

「음, 정말 가 봐야겠어요.」

그녀는 뜨겁게 열이 올라 엄청 붉어져 있을 게 분명한 양 볼을 손바닥으로 감싸 가리고 싶었지만. 이상하게 보일까 봐 애써 참으며 자리로 돌아갔다.

역시나 지수는 무서운 도끼눈을 한 채 노려보고 있었다. 하지만 놀랍게도 타박하는 말이나 독설을 퍼부어 대지는 않았다. 그녀는 속으로 안도의 한숨을 내쉬며 지수의 시선을 모른 척했다.

다시 지옥 같은 훈련이 시작되자 지수의 신경은 그리로 쏠렸다. 교관들은 독한 카리스마로 병사들을 잔인하게 혹사시켜 나갔다.

「또 보네요.」

금발의 아름다운 멜리사는 체력 훈련이 막바지에 이르렀을 때 나타났다. 옆으로 가까이 다가오더니 살갑게 인사를 해 왔다.

「네.」

멜리사의 등장에 이유 모를 긴장이 어렸지만 진은 애써 웃는 얼굴로 인사했다.

「거의 끝나 가네요.」

「네.」

어색했다. 자리를 피하고 싶었지만 딱히 피할 명분이 없었다. 나이를 먹어도 완전하게 고쳐지지 않는 낯가림이라고 핑계를 대기엔 스스로 생각하기에도 부족했다.

「정말 멋진 남자지 않아요?」

「네?」

어색함에 훈련받고 있는 병사들에게로 시선을 돌리던 차에 들려오는 질문 섞인 멜리사의 말에 진의 고개가 다시 옆으로 향했다.

「히버트 말이에요. 진짜 보기 드문 남자죠. 여러 가지로.」

「아…… 네.」

멜리사의 말에 고개를 끄덕였다.

「전날 헬기에서 울프 팀 대원들에게 들었어요. 히버트가 피습당해 산악 지대에 홀로 고립된 당신을 구해 주었다면서요?」

「네.」

멜리사의 질문에 계속 짤막하게 대답이 나왔다. 사실 여자가 왜 자신에게 계속 제스와 관련된 말을 하고 있는지 이유를 알 수 없어 진은 조금 혼란스러웠다. 아마 누구에게나 친숙하게 다가서는 미국인들의 습성이겠지. 잠깐 고민해 보다가 결국 그렇게 단순하게 결론 내렸다. 그게 편했다.

「히버트와 많이 가깝나요?」

「……네, 친하다고 생각해요.」

어제 분명 제스가 먼저 그렇게 말했었기에 그녀는 조금 자신감 있게 대답했다.

「히버트는 꼬시기 꽤 어려운 남자예요. 쉽지가 않죠. 하지만 그래서 더 승부욕이 당기는 남자인 거 같아요. 여자의 오기를 발동하게 하거든요.」

「그와 오래 알고 지냈나요? 친하신가요?」

진은 마음속 유혹을 이기지 못하고 결국엔 상자를 열어 버린 판도라의 심정으로 조심스럽게 물었다.

「몇 년 됐어요. 그러니 나도 꽤 친하다고 할 수 있겠네요. 친구죠. 당신처럼. 당신도 히버트와 친구인 거죠?」

친구라는 말이 헷갈렸다. 정말 단순한 친구 사이를 말하는 걸까? 성적인 접촉은 없는? 아니면 그녀처럼 멜리사도 그와 깊은 관계를 나눈 그런 친구인 걸까?

여자의 질문이 담고 있는 뜻을 알 수 없어 진은 뭐라고도 대답하기 어려웠다. 그와 단순한 친구 사이인지를 묻는다고 보기엔 그녀의 질문이 꽤 의미심장했다.

「……네. 친구죠.」

한참을 고민하며 망설이다가 짤막하게 대답했다. 그러나 말을 하고도 여전히 혼란스러웠다.

제스와 난…… 우린 무슨 사이지? 여전히 친구가 맞는 건가?

그와 친밀한 관계를 나누긴 했지만 그뿐이다. 그도 그들의 관계가 변화했다는 말은 따로 한 적이 없었다. 연인이란 명칭을 가져다 붙이기엔 하룻밤의 섹스만으로는 부족했다. 태영도 사귀자는 직접적인 말이 있어야 연인 관계가 성립하는 것이라고 강력하게 의견을 피력했었다.

하지만 제스는 사귀자는 요청을 해 오지 않았다. 관계를 맺기 전이나, 후에도. 물론 다음을 기다리고 원한다고 하기는 했었다. 그러니까 섹스를 말이다. 그러나 그건 사귀자는 말은 아니니까.

그러면 결론은 단 한 가지다. 제스와는 아직 친구 사이라고 보는 게 더 맞았다. 연인이란 명칭을 갖다 붙이는 건 성급한 오류를 범하는 거고.

하지만…….

제스는 다정했다. 그날 밤 이후로 더욱 친근하게 행동하고 있었다. 그의 태도에는 진심이 가득했고 그녀를 바라보는 눈빛은 사랑이 넘쳐흘렀다.

그는 언제나 다정했어…….

그의 태도는 그날 밤 전과 후로 바뀐 게 없을 수도 있다. 전과 다르다고 느끼는 건 순전히 그녀의 착각일 수 있었다. 자신의 마음이 그의 사랑을 너무나 절실히 원하고 있어서 그의 모든 행동 하나하나에 특별함을 부여하며 왜곡하고 있는 걸 수 있다.

그녀는 또다시 집착하려 하고 있었다. 자신의 의지로 서려 하지 않고 누군가에게 기대려고만 한다. 지혁에 이어 이번에는 제스를 옭아매려 하고 있었다. 그를 힘들게 하고 싶지 않았다. 그에게 짐을 떠넘기는 짓 따윈 하지 않을 것이다. 이성이 내린 결론대로 그와는 이대로 친구 사이로만 남는 게 더 옳은 걸 수 있다는 사실을 자꾸만 번복하려 해선 안 된다.

아, 세상에.

머리가 지끈거렸다. 그녀는 이런 쪽으론 젬병이라 새로운 의학 논문을 읽을 때보다도 머리가 더 아팠다.

연애가 이렇게 머리 아픈 거라면 대체 다른 사람들은 어떻게 연애를 하는 거지?

새로운 관점에서 보니 연인을 가진 수많은 평범한 사람들은 절대 평범하지 않았다. 대단하다는 생각이 절로 들었다. 그녀는 다시 멜리사에게 집중했다. 여자는 쉴 새 없이 재잘대고 있었다.

「이건 비밀인데, 살짝 속마음을 얘기하자면 난 그와 연인 관계로 발전시키고 싶어요. 그런데 사귀자는 말을 해 오질 않네요. 아마 조심스러운 거겠죠. 우린 같이 일할 때가 많거든요.」

비밀이라면서 왜 내게 이런 말들을 늘어놓는 거지?

「그리고 그는 같이 일하는 사람과 진지한 관계를 시작하는 걸 약간 부담스러워하는 거 같아요. 그의 예전 애인들 모두 이쪽과는 전혀 연관 없는 보통의 여자들이었죠. 일반인 여자 말이에요. 그는 여군은 절대 만나지 않아요. 난 군인은 아니지만 CIA 요원이잖아요. 그래서 부담스러워하는 거겠죠? 그런 점에서 당신 입장이 조금 부럽기도 해요.」

「네? 그게 무슨……」

멜리사의 말이 이해가 가지 않았다. 그녀는 군인이었다. 물론 타국의 군인이지만.

「같은 군인이라도 나라가 다르잖아요. 이곳엔 잠시 파병 와 있을 뿐 시간이 지나면 각자 나라로 돌아가는 거니까 짧은 연애라도 즐길 수 있잖아요. 아, 연애라기보단 짧은 관계 맺음이겠네요. 오래 지속되는 진지한 만남은 어렵지만 하룻밤 데이트는 쉽잖아요.」

진은 비로소 멜리사의 말이 이해가 되면서 자동으로 표정이 굳어졌다. 여자의 말은 전혀 틀린 말은 아니었다. 그렇지만 기분이 썩 좋진 않았다. 그녀와 여자는 친구 사이도 아니었다. 어제 처음 만난 서로에게 낯선 타인일 뿐이다.

「훈련이 끝났네요. 가 봐야겠어요.」

진은 혼란스러운 마음과 분노로 떨리는 목소리를 억지로 가다듬고 말을 내뱉은 후 정면만 보고 걸었다. 그러곤 군인들 상태를 점검하는 일에 합류했다. 하지만 집중이 되지 않았다. 자꾸만 여자가 했던 말들이 귓가에서 윙윙거리며 울리고 있었다.

〇 ● 〇 ●

「승패는 판가름 났나요?」

멜리사가 소프라노 음성을 빛내며 쾌활하게 물었다. 고된 훈련으로 지친 군인들이 무거운 몸들을 이끌고 훈련장을 빠져나가자 여자는 울프 팀에게 가까이 다가갔다. 더 정확하게는 제스에게 가까이 다가간 거지만.

진은 의식하지 않으려 애쓰며 의료 물품을 정리하는 일에 열중하려 했다. 하지만 정리할 건 별로 없었다.

「이건 훈련이지 경쟁이 아닙니다.」

엄격한 표정의 웨인 상사가 나서서 조심스레 중재했다. 아마 지수의 타오르는 눈길을 눈치챈 모양이었다. 그러나 상사의 눈치 빠른 노력에도 불구하고 지수의 표정은 이미 한껏 날카로워져 있는 상태였다.

「보면 모르나요? 똑같이 지쳐서 나간 거.」

지수가 턱을 치켜들며 오만한 음성으로 맞받아쳤다.

「아쉽네요. 승부가 나길 기대했는데요. 그래도 울프 팀은 아직도 팔팔해 보이는데요. 한국의 UDTSEAL보다.」

여전히 제스에게 시선을 고정한 채 멜리사가 여유롭게 지수의 말을 받았다. 그 말에 지수의 눈에 다시 불꽃이 튀었다. 보이지 않는 신경전에 날 선 긴장감이 감돌았다. 멜리사의 도발적인 발언에 UDTSEAL 팀원들의 표정도 그리 좋지 않았다.

사실 그녀도 멜리사의 말이 신경에 거슬렸지만, 그녀는 지수보다 감정을 조금 더 잘 숨겼다. 감정을 숨기는 건 익숙해진 오래된 습관이었다.

「시력이 안 좋은가요? 안경을 끼지 그래요? 상태가 팔팔한 건 UDTSEAL도 마찬가지예요.」

지수가 이를 꽉 물며 서늘하게 말했다. 많이 참고 있는 게 보였다. 한국이었다면 난리가 났을 것이다. 물론 한국이었다면 감히 지수에게 맞설 사람들도 없었다. 부대 내에서도 지수는 싸움꾼으로 아주 유명했으니까.

「그럼 2라운드를 뛰어 보는 건 어때요? 번외 경기 차원의?」

「훈련은 이미 끝났어요.」

진은 중간에서 말을 가로채며 지수를 자극하는 멜리사를 막았다. 하지만 지수는 이미 열이 받아 있었다.

「그러니까 번외 경기요. 울프 팀 대 한국 UDTSEAL의 체력전 같은 거요. 각 팀을 대표하는 한 명만 나와서 겨뤄 보는 거죠. 재밌을 거 같은데.」

「오, 그거 재밌겠는데요.」

「올림픽 같은 거네요. 재밌을 것 같습니다.」

마이크와 울프 팀의 다른 대원들도 덩달아 지원 사격을 하며 나섰다. 다들 워낙 장난을 좋아하는 성격들인지라 두 사람 사이에 흐르는 무거운 분위기를 눈치 못 챈 듯했다. 제스와 웨인 상사만이 이마를 살짝 찌푸린 채 주변을 정리하고 있었다.

「미군 쪽에선 도전했는데, 한국은요? 장난삼아서 하는 거지만 자신 없으려나?」

「허! 좋아요. 도전 받아들이죠.」

UDTSEAL에게는 동의도 구하지 않고 지수가 덥석 제안을 받아들였다. 하긴 지수에겐 동의를 구할 필요가 없는 사람이 있었다. 바로 지혁이었다. 아주 당연하게 지수는 지혁의 팔을 잡아끌며 도전자로 내세웠다.

「그쪽에선 누가 나올 건가요? 빨리 결정해요.」

급한 성질을 고스란히 내보이며 지수가 성마르게 채근했다.

「한국에서 지휘관을 내보냈으니 우리도 당연히 지휘관이 나서야죠.」

마이크가 짓궂은 윙크와 함께 제스를 지명하고 그를 끌고 왔다.

「대체 이게 지금 뭐 하자는 거지? 마이크, 쓸데없는 장난 치지 말라고.」

제스가 마이크를 노려보며 진지한 음성으로 타일렀지만 마이크의 장난기를 잠재우기에는 역부족인 듯했다.

「재미로 하는 거죠. 재미. 아니면 훈련 일부로 생각해도 좋고요.」

「마이크…….」

제스가 다시 경고조의 음성으로 마이크의 이름을 불렀지만 지수가 중간에서 말을 자르며 끼어들었다.

「종목은요? 빨리빨리 결정해요.」

「히버트, 뭐가 좋겠어요?」

멜리사가 친근하게 제스를 쳐다보며 물었다.

「멜리사.」

그가 이번에는 여자를 쳐다보며 눈살을 살짝 찌푸렸다.

「단순하게 가죠. 체력과 지구력 테스트. 팔 굽혀 펴기 어때요?」

또다시 앞질러 대답하는 마이크에게 제스가 한층 더 험악한 표
정을 지어 보였다. 그러나 제스가 거부하기 위해 다시 입을 열기
도 전에 또다시 지수가 끼어들었다.

「좋아요.」

당사자들의 동의도 없이 경기가 진행되려 하고 있었다.

「그냥 하면 시간도 걸리고 재미도 없을 것 같은데, 살짝 강도
를 올리는 건 어때요? 사람 한 명 태우고 하는 걸로.」

멜리사가 나른한 어조로 제안했다.

무슨 생각인 거지?

자꾸 경쟁을 부추기는 여자의 태도가 마음에 들지 않았다.

「조금, 무리일까요?」

멜리사가 지혁의 호리호리한 몸을 위아래로 훑어보더니 나직하
게 웃었다. 그 당돌한 태도에 결국 지수의 화가 완전하게 폭발했
다.

"헐."

태영도 잔뜩 구겨진 표정을 하고 어이없다는 탄성을 입 밖으로

흘려보냈다. 여자의 어이없는 도발에 말려들지 않고자 했지만, 진 그녀조차도 화가 나려 하고 있었다. 여자의 태도는 노골적으로 무례했다. 얼굴은 웃고 있지만, 다분히 한국군을 깔보는 어투로 자극적인 표현을 일부러 골라서 내뱉고 있었다.

"그만해."

그러나 공연히 제스와 지혁을 구경거리로 만들고 싶지 않아 지수를 말리려 했다. 그러나 당연하게도 그녀의 의견은 무참하게 묵살당했다.

「전혀요! 당장 시작하죠. 태울 사람이나 정해요.」

머리끝까지 화가 나 있으면서도 지수는 용케 여자를 향해 거친 말을 쏟아 내는 건 참고 있었다. 한국이었으면 당장에 쌍욕이 튀어나왔을 게 분명했다.

「그러면 남자는 너무 무거울 수 있으니 여성분으로 하죠.」

웨인 상사가 다시 나서서 험악해지려는 분위기를 막았다.

「미군 쪽은 내가 자원할게요.」

멜리사가 기다렸다는 듯 손을 번쩍 들면서 자원했다. 그제야 진은 여자의 의중을 눈치챌 수 있었다. 멜리사의 자원에 제스와 웨인 상사를 뺀 나머지 울프 팀 사람들은 분위기를 띄우는 환호성을 질러 댔다. 두 사람을 제외하고는 모두 험악한 분위기를 인지하지 못하고 있는 듯 그저 지금의 상황을 오락거리로 여기며 즐기고 있었다.

"네가 나가."

지수가 그녀의 등을 떠밀며 말했다.

"뭐? 싫어."

갑자기 튄 불똥에 진이 기겁하며 고개를 내저었다.

"체격이 비슷해야 할 거 아냐! 네가 저 여자랑 체격이 비슷하잖아."

"난 안 한다니까……."

그러나 제대로 된 항변을 하기도 전에 지수가 다시 그녀를 지혁의 옆으로 떠밀었다.

진은 이 황당한 상황에 어이가 없었다. 제스를 바라보니 그의 표정이 아까보다 조금 더 딱딱하게 굳어 있었다. 하긴 그녀도 지금의 이 웃기지도 않은 경쟁 구도가 당황스러운데 막무가내 경쟁을 해야 하는 그는 얼마나 더 어이가 없을까? 짐작조차 가지 않았다.

「그냥 하면 동기 부여가 안 될 테니 이긴 사람에겐 보상이 주어지게 하죠. 미녀의 키스 한 번! 어때요?」

마이크가 장난기 넘치는 표정으로 또 다른 제안을 던졌다. 그러고는 그녀를 바라보며 윙크를 했다.

「마이크.」

이번에는 웨인 상사가 경고가 가득 담긴 목소리로 마이크의 이름을 불렀다. 하지만 마이크는 모른 척했다.

「미녀의 키스를 받을 수 있다면 저도 참가하고 싶은데요.」

「저돕니다.」

255

과묵한 웨인 상사만 빼고 유쾌한 사람들만 모인 울프 팀답게 그들은 마이크의 장난스러운 제안에 열렬히 환호했다. 심지어 UDTSEAL 대원들마저도 절반쯤은 울프 팀의 장난스러움에 동화되고 있었다.

"본때를 한번 보여 주죠?"

"한국인의 매운맛을 모르는데요."

다들 진지하게 한마디씩 했지만 표정엔 분노보단 장난기가 담겨 있었다. 지금의 상황을 장난으로 받아들이지 않는 사람들은 어이없는 경쟁에 말려들게 된 제스와 지혁, 그리고 지수와 그녀뿐이었다.

「재밌을 거 같네요. 미녀와의 키스라니, 갑자기 승부욕이 생기는군요.」

그런데 돌연 지혁이 완벽한 영어 반응을 뽐내며 크게 소리쳤다. 대장의 돌변한 적극적인 반응에 UDTSEAL 대원들은 더 신난 표정을 짓고들 있었다.

"오빠, 장난치지 마. 오빠까지 왜 이래."

지혁의 태도 변화가 당황스러웠던 진은 팔을 붙잡으며 말렸지만 지혁은 어깨를 으쓱해 보이며 조금 장난스러운 미소를 보냈다.

"지수를 누가 말려? 난 못 해."

지혁의 음성은 순진무구하게 들렸지만 그녀는 속지 않았다. 그의 속마음을 알 것 같았다.

"오빠."

경고하는 어투가 여실히 드러나게 일부러 목소리를 낮게 깔았다.

"자존심을 건드렸다고. CIA인지 뭔지 하는 저 여자의 콧대를 납작하게 눌러 주고 싶어졌어."

지혁이 가까이 얼굴을 맞대며 작게 소곤거렸다. 그가 지수와 자존심 핑계를 대고 있지만 그대로 믿을 만큼 그녀는 바보가 아니었다.

머리가 다시 지끈거렸다. 지혁은 다시 열여덟, 열아홉 살로 돌아가 있었다. 그 나이였을 때 그는 그녀가 지수나 다른 가족들에게 괴롭힘을 받고 있으면 슈퍼맨처럼 어딘가에서 튀어나와 그녀를 대신해 복수를 해 주곤 했었다.

지혁의 복수는 장난이 쉰인 사소한 것들이었다. 지수가 아끼는 물건을 다른 곳에 숨겨 놓는다거나, 자고 있을 때 얼굴에 매직펜으로 낙서를 해 놓는다거나 하는 유치한 어린애 장난 수준의 복수였다. 그녀도 열여섯, 열일곱일 때엔 지혁의 그 사소하고 장난스러운 복수극을 재밌어하며 소심하게 동참했던 적도 있었다.

하지만 이제는 지나간 10대 시절 철없을 때의 행동일 뿐이고 그리운 추억일 뿐이었다. 지금 그들은 성숙한 어른이었다. 그리고 저 금발의 멜리사도 악감정을 가지고 괴롭힐 목적은 없었을 것이다.

아마도…….

그냥 혼자 불편한 마음을 느끼고 있었을 뿐이다. 사실 자신은 그럴 자격은 없을 텐데도. 멜리사도 그녀처럼 제스의 친구였다. 그 관계의 사실에 그녀가 기분 나빠 해야 할 이유는 전혀 없었다.

"나 어린애 아니야. 대신 해 주는 복수는 필요 없어. 그리고 그럴 이유나 상황도 전혀 없었고."

여전히 자신을 향해 장난스럽게 웃고 있는 지혁의 귓가에 다급하게 소곤거렸다. 하지만 지혁은 그녀의 다급한 말을 못 들은 척 딴청을 피웠다.

"둘이 뭐 하는 거야? 빨리 준비 안 해?"

지수가 끼어들며 날카롭게 재촉했다. 지수는 완전 열받은 상태로 오기가 하늘을 찌를 듯 뻗쳐 있었다.

「자자! 준비해요.」

메이크도 제스의 등을 떠밀어 대며 부추겼다. 그의 얼굴은 돌덩이 같았다. 불편한 심기를 숨기지 않고 있었다. 아마 원치 않게 웃기는 상황극에 말려든 게 못마땅한 듯했다. 지혁을 바라보던 그와 눈이 마주치자 그녀는 난감한 표정을 지어 보였다. 멜리사의 부추김에 넘어간 지수의 경쟁심으로 일어난 일인 것 같아 괜스레 더 미안해졌다.

「자신 있습니까? 날 이길 수 있을 것 같나요?」

지혁이 당당한 어조로 제스에게 말을 건넸다. 도발하는 기색이 완연하게 묻어나는 질문에 제스의 한쪽 눈썹이 하늘로 향했다.

「그쪽이야말로. 긴장해야 할 겁니다.」

제스의 나직한 음성에도 불편한 심기가 고스란히 실려 있었다.

남자들의 자존심이란……

고개가 절레절레 돌아갔다.

"류 대위님, 힘내십시오. 한국인의 당찬 기상을 보여 주십시오."

태영마저도 돌아가는 상황을 재미로 여기고 있었다.

"빨리 앉으라니까."

지수의 거친 힘에 떠밀려 그녀는 결국, 억지로 지혁의 등에 걸터앉게 되었다. 다시 엉덩이를 들어 일어나려 했지만 지수가 강한 힘으로 어깨를 꾹 누르며 지혁의 등에서 내려서지 못하게 막았다.

「자, 시작합니다.」

삑.

호각 소리와 함께 말도 안 되게 웃기는 힘자랑은 결국 시작되었다. 이 시합은 정말 쓸데없이 체력만 낭비하는 비효율적인 일이 아닐 수 없었다.

멜리사는 딱딱하게 굳어 있는 그녀와 다르게 얼굴 가득 매력적인 미소를 지으며 관능적인 자태로 제스의 등에 걸터앉아 있었다. 여자의 두 손이 제스의 넓고 단단한 등을 어루만지듯 짚은 채라 더욱 신경이 쓰였다.

"어어!"

제스의 등에 올라탄 멜리사에게 신경을 쏟고 있던 중에 지혁이 팔을 굽히고 펴자 등을 타고 전해지는 흔들림에 순간적으로 균형을 잃은 그녀의 몸이 기우뚱했다. 반사적으로 지혁의 등에 두 손을 짚으며 아슬아슬하게 균형을 유지했다.

"그만둬!"

다시 지혁에게 이 웃기는 시합을 당장 그만두라고 속삭였지만 이미 경쟁은 과열되고 있었다. 지혁과 제스 모두 진지했다.

그들은 흔들림 없는 자세를 유지하며 팔을 굽혀 바닥으로 내려 갔다가 펴면서 다시 올라왔다. 그때마다 울프 팀과 한국의 UDTSEAL 대원들이 큰 목소리로 숫자를 세어 나갔다. 태영도 말릴 생각은 전혀 하지 않고 숫자를 세는 일에 동참하고 있었다.

"류 대위님, 힘내십시오."

"한국인의 매운맛을 보여 줘야 합니다."

「해병대가 밀릴 순 없어요. 그러니 힘 좀 더 내 봐요.」

구경꾼들은 숫자가 점점 높게 쌓여 갈수록 더 열띤 반응을 보였다. 마치 정말로 각 나라를 대표에 지도는 중요한 경기라도 되는 듯 응원하며 경쟁을 부추기고 있었다.

하지만 그녀는 숫자가 더 높게 쌓여 갈수록 마음이 더욱 불편해졌다. 사람들 앞에서 구경거리가 되는 상황이 당혹스러웠고 얼굴로 땀이 흥건하게 흐르고 있음에도 계속 팔 굽혀 펴기를 해 나가고 있는 두 사람이 걱정스러웠다.

그리고 무엇보다 제스의 등에 타 올라 있는 멜리사의 존재가 무척 신경 쓰였다. 여자는 제스가 흔들림 없는 자세로 팔 굽혀 펴기를 해 나갈 때마다 즐거운 웃음과 함께 열렬한 격려를 보내고 있었다. 여자는 그녀와 다르게 다른 사람들처럼 두 남자가 경쟁을 벌이고 있는 지금의 상황을 즐기는 듯했다.

「88, 89, 90…… 99…… 103…… 150…….」

숫자들이 산을 이루며 층층이 쌓여 갈수록 두 남자의 호흡은
거칠어지고 있었다. 입고 있는 군 티셔츠는 땀으로 흠뻑 젖고, 과
도하게 힘을 주고 있는 팔뚝으로 힘줄이 툭 불거지며 팽팽하게
차오른 근육이 팔을 움직일 때마다 불끈거렸다. 이미 상당히 지쳐
보이는데도 누구도 먼저 움직임을 멈추지 않았다. 이제는 정신력
싸움이었다. 숫자는 말도 안 되게 높아지고 있었다. 장난으로 시
작된 경쟁이 점점 도를 지나치고 있었다.

오늘따라 하늘 높이 걸려 있는 태양은 더욱더 지글지글 끓으며
강한 열기를 발산시키고 있었다. 누구 한 명 쓰러지기 전에 그만
멈추게 해야 했다.

"오빠, 이제 진짜 그만해. 쓸데없는 힘자랑이야. 나 정말 화낼
거야."

그녀는 지혁이 들을 수 있게 약간 허리를 굽혔다. 정말 화를 낼
건 아니었지만 지나치게 과열되고 있는 두 남자의 쓸데없는 자존
심 경쟁을 멈추게 하려고 협박조로 소리쳤다. 하지만 상대는 지혁
이었다. 그녀보다 그녀 자신을 더 잘 알고 있었다. 그러니 지혁은
그녀가 절대 화를 내지 않을 거라는 걸 안다. 살아오면서 누군가
에게 진심으로 화를 내 본 적이 정말로 없었으니까.

정말 못 말려…….

지혁의 승부욕에 그녀는 혀를 내둘렀다. 이럴 때 보면 지혁과

261

지수는 한배를 빌려 태어난 남매가 틀림없었다. 어떨 땐 지혁이 지수보다 더했다. 이따금 드러내곤 하는 순한 성격 뒤에 숨어 있는 끈덕진 오기는 일단 발동했다 하면 결코 포기를 몰랐다. 끝장을 볼 때까지 버텼다.

하긴 그러니까 그 지옥보다 더 처절하다고 소문이 자자한 UDTSEAL을 선발하는 훈련을 견뎌 냈겠지만.

"오빠, 이러다가 정말 다치기라도 하면…… 어어……."

다시 지혁을 설득하려 입을 열었다. 이번엔 협박이 아닌 회유였다. 간절함을 전하기 위해 몸을 조금 더 앞으로 숙이려던 순간 그녀는 몸의 균형이 다시 흐트러지며 크게 기우뚱거렸다. 바닥으로 내려간 지혁의 몸이 다시 올라오기 위해 구부린 팔을 폈을 때 전달된 흔들림이 그녀가 아슬아슬하게 유지하고 있던 균형의 중심을 마저 무너뜨렸다.

"어어, 김 대위님 조심하십시오!"

태영의 목소리가 크게 들렸다고 생각함과 동시에 뒤통수로 느껴지는 거친 땅바닥의 딱딱한 감촉에 그녀는 아픈 신음을 흘렸다. 뒤통수가 얼얼했고 질끈 감았는지 번쩍 뜬지도 모르겠는 눈앞으론 별이 반짝 보였다. 벼락이 머리통에 내리꽂힌 느낌이었다.

"진아!"

지혁의 놀란 음성이 귓가에 들리더니 그녀의 몸이 위로 들렸다. 상체가 들리자 머리가 어질어질했다. 그녀는 잠시 눈을 감고 뒷머리에서부터 전해지는 통증을 가라앉히기 위해 노력했다. 좋은 방법은 아니었지만 그래도 어쨌든 원하던 바는 달성되었다고 생각하자 통증도 참을 만했다. 물론 대가로 뒤통수에 또다시 혹을 달게 되었지만 말이다.

뒤통수를 문지르는 손의 움직임에 얼얼하던 통증이 점차 잠잠해지고 있었다.

"괜찮아?"

"으……."

통증으로 인한 신음을 작게 쏟아 내며 눈을 떠 보니 바로 눈앞에 지혁이 쪼그리고 앉은 채로 그녀의 등을 받치고는 뒤통수를 문질러 주고 있었다. 그리고 그 바로 뒤에 제스가 불안정한 자세로 엉거주춤 서 있었다.

미세하게 흔들리는 눈동자를 바라보자 통증은 더는 문제로 느껴지지 않았다. 아픔보다 제스의 걱정하는 눈빛이 더 신경 쓰였고, 그 앞에서 추한 모습으로 널브러져 있는 자신의 모양새가 창피하게 여겨졌다.

「진, 괜찮습니까?」

지혁의 뒤에 서 있던 제스가 나직하게 물었다. 울프 팀 대원들도 옹기종기 모여 있었다. 그리고 멜리사도 제스의 곁에 서서 그녀를 내려다보고 있었다.

「괜찮아요.」

자동적으로 대답이 튀어 나갔다.

"난 괜찮아."

그녀는 지혁에게도 속삭여 말하곤 서둘러 딱딱한 땅바닥에서 몸을 일으켜 두 손으로 엉덩이와 등에 묻은 흙을 털어 냈다. 통증이 어느 정도 사라지자 그 자리를 채우는 건 창피함이었다. 아직 뒤통수가 얼얼하긴 했지만 그건 지금 느끼는 창피함보다는 더 참을 만했다.

대신 시합을 망친 그녀를 죽일 듯한 눈초리로 노려보는 지수의 매서운 눈길은 조금 무서웠고, UDTSEAL 대원들의 아쉬워하는 탄식이 실린 한숨 소리에 눈치가 보였다. 지혁의 등에 올라 있던 자신이 중심을 잃고 땅으로 떨어졌으니 어쨌든 경쟁에서 이긴 팀은 울프 팀이었다.

그런데 정작 승리의 당사자는 전혀 기뻐하는 기색이 없었다. 불편한 기색이 잔뜩 엿보였다. 하긴 제스 역시 처음부터 이 바보 같은 시합을 달가워하지 않았었다. 그도 그녀처럼 사람들의 구경거리가 되는 걸 별로 좋아하지 않는 것 같았다.

"이 멍청아, 거기서 그렇게 맥없이 떨어지면……."

지수가 거친 음성으로 타박했지만 귀에 들리지 않았다. 그녀가 신경 쓰고 있는 대상은 제스였다. 그리고 멜리사도 신경 쓰였다.

여자는 나른한 표정으로 제스를 바라보고 있었다. 그의 움직임의 방향을 주시하고 있었다.

「진, 정말 괜찮은 겁니까? 진찰을 받아야…….」

제스가 지혁의 등 뒤에서 한 발자국 걸어 나왔다. 하지만 그의 말은 곧 커다란 웃음소리에 가려 끝을 맺지 못했다. 찰나의 순간,

일이 벌어졌다.

「축하해요. 당신이 이겼네요. 약속대로 승자에겐 보상이 주어져야죠.」

도전적인 말투와 함께, 앞으로 한 걸음 걸어 나가려는 그의 앞길을 가로막은 여자는 두 손을 뻗어 그의 얼굴을 붙잡더니 그대로 끌어당겼다. 순식간에 쪽 소리와 함께 기습적인 입맞춤이 이루어졌다.

「헉!」

「와우!」

휘익.

마이크의 놀란 헐떡임과 한국 UDTSEAL 대원들의 휘파람 소리가 나직하게 울렸다. 마이크가 약간 난처한 표정을 지으며 바라봤지만, 그녀의 시선은 멜리사에게 고정되어 있었다. 순식간에 일어난 일에 제스도 놀랐는지 석상처럼 굳어 있더니 이내 멜리사의 어깨를 잡고 자신에게서 떨어지게 했다.

짧은 순간 당황하는 기색이 역력한 그와 눈이 마주쳤지만 진은 고개를 돌려 버렸다.

충격으로 몸이 떨렸다. 하지만 그녀는 애써 아무렇지 않은 척했다. 그리고 기록적인 빠른 손놀림으로 의료 물품이 담긴 상자를 주섬주섬 챙긴 뒤 자신이 가장 잘하는 일을 택했다. 혼란스러운 감정을 치솟게 하는 불편한 자리를 서둘러 피하는 것, 또 화가 나도 그 화를 꾹 참는 것.

그녀가 최대한 빨리 그 자리를 벗어나기 위해 걷는 데 집중하며 앞으로 나아가는데 들고 있는 상자를 집어 가는 손길이 있었다.

"내가 들게."

말소리에 고개를 돌리니 지혁이 옆에서 그녀의 보폭에 맞추어 같이 걷고 있었다.

"……미안."

오빠가 왜?

지혁이 왜 미안해하는 건지 이해되지 않았지만 그냥 가만히 고개를 끄덕였다. 조금 전 멜리사의 기습 키스를 목격한 뒤로 정신이 멍한 상태였다. 지혁이나 다른 누구의 말들도 귀에 들어오지 않았다. 아니, 머리에 입력조차 되지 못하고 있었다. 뇌가 활동을 멈춰 버린 것처럼 모든 사고가 정지되어 있었다.

그리고 지혁이 미안해할 건 없었다. 그녀가 아까의 상황에 화낼 것도 없었다. 오히려 화를 내는 거야말로 웃기는 일이었다. 제스에게 있어 그녀는 단순히 친구다. 친구일 뿐이니 그가 누구에게 키스를 받더라도, 심지어 그가 원해서 다른 여자에게 키스하더라도 그녀가 상관할 바가 아니다. 화낼 게 아니다.

하지만…….

화가 났다. 가슴속에 불덩이가 떨어진 것처럼 기분 나쁜 뜨거움이 몰려들고 있었다.

아니, 그냥 당혹스러운 거야…….

그녀는 애써 감정을 부정했다. 외면했다. 그리고 최면을 걸었다. 자신의 기분이 이렇게 불쾌한 건 단순히 타인의 스킨십을 목격해서 그런 거라고. 어릴 적 트라우마 때문에 타인의 스킨십을 보는 것 자체가 충격이었던 거라고……

맞아, 그거야. 단순히 그것 때문이지…… 난 화가 난 게 아니야.

진은 강하게 자신의 분노를 부정했다.

제스는 멜리사의 돌발 행동에 깜짝 놀랐다. 평온하던 일상에 갑자기 나타난 테러리스트들이 폭탄을 터트리려 하는 상황과 맞닥뜨렸을 때 느끼는 그런 당혹스러운 기분이랄까? 그는 어제 분명 멜리사에게 확실하게 못 박았었다. 그들의 관계는 과거에도 동료일 뿐이었고 앞으로도 쭉 동료일 뿐이라고. 멜리사도 별다른 거부감없이 거절을 받아들였었다.

그런데 기습 키스라니?

그가 진을 좋아하고 있다는 걸 멜리사도 알고 있었다. 바로 어제 그가 그렇게 말했었으니까.

그의 당혹스러움은 진이 자신을 외면하고 가 버리자 커다란 충격으로 바뀌었다. 외면한 게 문제가 아니라 그녀의 담담함이 문제였고 충격이었다. 그녀는 멜리사의 기습 키스가 전혀 아무렇지 않은 듯 태연했다.

물론 멜리사의 키스는 키스랄 것도 없었다. 방심한 순간 얼굴을 붙잡혀 짧게 입술이 맞닿은 정도였다. 상황이 파악되자마자 멜리사에게서 떨어져 나왔으니 서로 입술이 맞닿아 있던 시간은 정말 길어 봐야 1~2초였다. 하지만 그는 그 짧은 1~2초의 기습 키스가 당혹스러웠다. 다른 누구도 아닌 진의 눈앞에서 이루어졌기에.

그런데 정작 그가 신경 쓰는 단 한 사람인 진은 담담했다. 아무런 반응을 보이지 않으며 자연스럽게 등을 돌려 의료품을 정리하더니 다른 누구도 아닌 지혁과 함께 그대로 그냥 가 버렸다. 그들은 저만치 앞에서 서로 웃는 얼굴로 다정하게 대화를 나누면서 걸어가고 있었다.

혼란스러웠다. 그리고 다시 헷갈려졌다. 훈련 도중 휴식 시간 때만 해도 진의 마음이 자신을 향해 있다고 생각했는데. 그게 아닐지도 모른다는 걱정이 스멀스멀 연기를 피워 대고 있었다. 불안했다. 그녀의 마음이 누구에게 향해 있을지. 그리고 머리를 스치는 또 하나의 생각은 그의 불안을 더욱 증폭시켰다.

그들은 지금 연인 사이가 분명한가?

아니, 그녀는 그들이 연인 사이라고 생각이나 하는 건가?

그는 그날 밤 이후 진과 연인 사이로 발전해 나간 거라 아주 당연하게 생각했다. 그들은 함께 밤을 보냈고 사랑을 나누었다. 그러니 연인이 맞았다. 추호도 다르게 생각하거나 의심하지 않았다.

그런데 이젠 확신이 들지 않았다. 의심이 갔다. 진의 태도는 불

분명했다. 연인답지 않았다. 그를 좋아하고 있고, 그와 연인이라 생각하고 있다면 아까 전은 화가 나야 하는 상황인 게 아니었나?

젠장.

다시금 지혁을 향한 질투심이 새록새록 싹을 틔우고 있었다. 더불어 질투에 따른 분노도 활활 타오르고 있었다. 진의 웃음이 그가 아닌 다른 남자를 향하고 있다는 사실만으로도 그는 질투에 휩싸였다. 그런데 그녀의 마음이 그가 아닌 다른 남자에게 향해 있는 거라면…….

「흠흠!」

마이크와 존을 제외한 팀원들이 웃는 얼굴로 장난 섞인 농담을 던지고 있었다. 한국 UDTSEAL 대원들도 지들끼리 모여 낄낄대고 말들을 나누고 있었다. 마이크는 그의 눈치를 보면서 억지로 내뱉는 게 역력한 헛기침을 연신 해 대고 있었다.

「다들 해산해. 웃기는 광대극은 다 끝났으니까.」

제스는 끓어오르는 성질을 가까스로 내리눌렀다. 그리고 진이 지혁과 함께 지나갔던 길을 터덜터덜 홀로 걸었다. 급격한 피로가 온몸을 덮쳐 왔다.

그들이 연인이라고 생각한 건 자신뿐인가, 하는 의심이 들면서 가슴속에서 끓는 분노와 질투는 점점 거대하게 크기를 불려 나가고 있었다. 화가 났다. 지혁을 향해 있는 그녀의 웃음과 지혁 앞에서 그와의 관계를 숨기려는 그녀의 태도에. 그리고 함께 밤을 보냈음에도 불구하고 여전히 전과 다를 바 없는 그녀의 담담한 행동과 모호하게 되풀이되는 둘의 관계가.

● ○ ●

　제스와의 만남은 결국 무산되었다. 그녀는 그와 함께하기로 한 식사, 또 그 후 예정되어 있던 데이트도 취소했다. 의료 물품을 진료실에 가져다 놓은 후 바로 지친 몸을 끌고 숙소로 가 땀에 젖은 흙먼지를 씻어 냈다. 그리고 다시 진료실로 갔다. 교대 근무 변경으로 다른 군의관 대신 진료실을 지켜야 했다.

　시간은 생각보다 잘 흘러갔다. 오전의 힘들었던 체력 훈련의 후유증을 호소하는 군인들이 많은 덕분이었다. 오후에도 체력 훈련이 있었기에 진료실을 찾아오는 군인들의 숫자는 더 많아졌다. 격한 훈련으로 얻은 근육통이라 마사지나 파스를 뿌려 주는 간단한 처치가 대부분이었다. 심해 봤자 땅바닥을 구르는 통에 긁힌 가벼운 타박상을 소독하고 연고를 발라 주는 거였고.

　그래도 바쁘게 움직일 수 있었고, 그로 인해 쓸데없는 상념에 빠져 있지 않게 된 게 좋았다.

　시간이 흐르면서 끓어올라 있던 화는 조금씩 식어 갔다. 차츰차츰 화가 식어 갈수록 후회는 커졌다. 진료실 근무를 피할 수 있었지만 대신 근무를 서 달라는 다른 군의관의 부탁을 거절하지 않았다. 오히려 반겼다. 근무하게 됨으로써 자연스럽게 제스와의 약속을 깰 수 있는 핑계가 생겼기 때문이다. 당장 그와 얼굴을 마주하게 되지 않아 다행이라고 생각했다.

그녀는 겁이 났다. 그에게 화를 내게 될까 봐.

세상에……

대체 왜 화가 나는 건지 모르겠지만 어쨌든 계속해서 끊임없이 화가 났다. 정확한 이유를 알 수 없는 이 불편한 감정이, 분노가 사라질 때까지 제스와 마주쳐선 안 될 것 같았다. 그에게 공연한 화풀이를 하고 싶지 않았다. 그럴 자격이 없었다. 그와 성적인 관계를 맺긴 했지만 그뿐이었다. 서로 미래에 대한 약속을 한 것도 아니었고, 확실하게 연인 사이라고 못 박을 만한 말을 그에게 들었던 것도 아니었다. 그러니 그녀에겐 화낼 명분은 없었다.

친구가 다른 여자와 키스를 한 걸 봤다고 해서 화를 내면 안 되는 거 아닌가?

하지만 화가 났다. 사실 그가 멜리사에게 키스를 한 것도 아니었기에 그에게 분노를 쏟을 건 없었다. 그리고 그건 농도가 짙은 키스도 아니었다. 기습적으로 이루어진 짧은 입맞춤일 뿐. 멜리사가 예고 없이 그의 얼굴을 붙잡고 입맞춤을 한 시간은 불과 몇 초였을 뿐이다. 한 1초 정도?

제스는 곧바로 멜리사의 어깨를 붙잡아 저지했고 그도 여자의 기습적인 입맞춤에 당혹스러워하던 눈치였다. 그럼에도 그녀는 화가 치밀었다. 제스에게, 그리고 아름다운 멜리사에게도. 그리고 마지막으로는 한심하게 행동한 자신에게 말이다.

사실 스스로를 향한 분노가 가장 컸다.

왜 그 상황을 피해 버린 걸까?

바보같이…….

왜 여자가 자신에게 그런 말들을 쏟아 내는 동안 가만히 있었지?

멍청이처럼…….

훈련장에서의 짧은 대화 이후 그녀는 여자가 제스에게 깊은 관심이 있음을 확실히 알게 되었다. 사실 여자와의 첫 만남에서부터 어렴풋하게 느끼고 있던 의심이었다. 그래서 그날 자신의 귀국 소식을 그에게 전하지 않은 거였고. 묘한 눈빛으로 제스를 바라보는 낯선 여자 앞에서 그녀의 파병 종료 소식을 알리고 싶지 않았었다.

식당에서도 마찬가지였다. 계속 제스와 함께 있는 여자를 의식했었다. 하지만 그런데도 무던하게 신경 쓰이지 않는 척 거짓된 행동을 했고, 심지어 말을 걸어오는 그를 노골적으로 무시하다시피 외면했었다. 그는 몇 번이나 그녀 쪽으로 눈길을 주며 말을 걸려 했지만 끝까지 모른 척했다. 그런 자신의 태도는 분명 잘못된 행동이었다.

오전 야외 훈련장에서도 끝까지 남아 그와 얘기를 해야 했었다. 그리고 그들이 무슨 사이인지 그에게 정확하게 물었어야 했다.

하지만 그렇게 하지 않았다. 그냥 불편한 감정이 드는 상황을 외면하고 싶어 모른 척 피해 버렸다. 제스를 좋아하는 게 분명한 여자의 태도를 못 본 척 넘겨 버린 것이다. 자신의 감정에 솔직하지 못했다.

그래 놓고 바보같이 당당한 아름다움이 빛나는 멜리사를 질투했다.

그녀가 모르는 제스와 함께한 시간, 그리고 여자의 자신감 넘치는 감정 표현들을 부러워하고 질투하면서도 그 감정을 부정하고 앞에서는 전혀 내색하지 않았다.

자신의 감정을 내보임으로써 상대방에게 부담을 주는 게 싫어서, 누군가에게 또다시 짐이 될 수 있다는 게 두려워서 또 다른 벽을 만들고 있었다. 정말 바보 같았다.

휴…….

조금 변하는가 싶더니 또 제자리에 머물러 있는 자신의 한심한 상태에 진은 저절로 무거운 한숨이 쏟아져 나왔다.

진은 체력 훈련에서 영광의 상처를 얻어서 온 군인들의 뒤치다 꺼리가 어느 정도 마무리되자 잠시 의자에 앉아 창문 너머를 응시하며 뒤늦은 후회를 곱씹고 있었다.

"너 그 덩치랑 잤지?"

등 뒤에서 들려오는 음성에 그녀는 화들짝 놀라 고개를 돌렸다. 의미심장한 미소를 띤 채 지수가 서 있었다. 진료실은 어느새 텅 비어 있었고 태영은 어디에 갔는지 보이지 않았다.

잠깐 앉아 있는 줄 알았는데 벽에 걸린 시계를 확인해 보니 시간이 꽤 흘러 있었다.

"뭐? 무, 무슨 말, 말이야."

무슨 의미인진 알아들었지만 그녀는 애매하게 모른 척하려 했다. 그러나 이미 얼굴은 붉게 상기되고 있었고, 당황한 혀가 딱딱하게 굳어 말도 더듬거리며 나왔다.

"발뺌해도 소용없어. 이미 눈치챘으니까. 그날 피습당했던 산악 지대에서였니? 아니면 설마 그 전부터?"

"아니야!"

지수의 확신 어린 어조에 진은 강하게 부정했다.

"그러니까…… 그 전부턴 아니야."

그러나 이내 말을 덧붙였다. 비록 같이 밤을 보내기 전에도 그와 키스는 두 번이나 했었지만, 지수의 표현대로 잤던 건 아니었다. 그날 밤까진.

"의외네. 계속 아니라고 잡아뗄 줄 알았더니. 그래서 파병 종료에 펄쩍 뛰었던 거구나. 아버지를 졸라 귀국까지 미루던 게 이상하더라니, 숨겨진 이유가 있었어. 그나저나 결국, 파병이 종료돼서 어째? 하긴 아버지 강경한 뜻은 아무도 못 말리지."

"……."

"너의 그 거지 같던 트라우마는 극복되었나 봐? 남자랑 잠까지 자고. 정말 놀라운데."

지수의 노골적인 말들이 민망했다. 그녀는 지수와 이런 화제로 대화를 나누는 게 불편했다. 이런 대화는 보통 친한 사이에서나 나누는 대화들이니까. 지수와는 여전히 앙숙 사이나 마찬가지였다. 하지만 지수가 내뱉고 있는 단어들은 듣기에는 썩 좋지 않았지만 공격적인 어조는 아니었기에 맞서 싸우기에도 모호했다.

"하고 싶은 말이 뭐야? 너와 이런 이야기 하고 싶지 않아. 사실 그만큼 우리가 친한 것도 아니잖아."

그녀는 평소처럼 거리감을 두었다. 지수가 아직까진 이빨을 드러내며 공격적이진 않았지만 친근함이 담겨 있는 말투도 아니었다. 저러다 언제 날카로운 이빨과 발톱을 들이밀며 공격을 해 올지 모르기에 본능적인 자기방어를 펼쳤다.

"오해 마. 네 뒤통수를 때리거나 한판 붙자고 온 거 아니니까. 그냥 내 생각이 맞는지 확인하고 싶었을 뿐이지. 일종의 호기심이랄까."

지수가 새침한 표정으로 대수롭지 않게 말을 던졌다.

"그래서 어쩔 건데?"

"뭘?"

지수의 뜻 모를 물음에 진은 고개를 갸웃거렸다. 질문의 의미가 파악되지 않았다.

"그 덩치랑 어쩔 거냐고. 덩치도 네 귀국 소식 알아?"

"아니, 아직."

멜리사의 기습 키스가 없었더라면 예정대로 훈련이 끝난 뒤 그와 같이 식사를 하며 오후 시간을 보낼 때 귀국 사실을 알릴 참이었다. 하지만 전혀 예상치 못한 기습 키스를 목격하게 되었고, 그녀는 바보같이 숨어 버렸다.

질투와 분노가 진정되자 남은 건 자기혐오였다.

"사귀는 거 아냐? 그 덩치와 연인 사이 아니냐고."

그녀의 짤막한 대답에 지수의 눈매가 뱀의 눈처럼 가늘어졌다.

"그건…… 모르겠어."

그녀는 망설이다가 조심스레 고민하고 있던 문제에 대해 솔직하게 털어놓았다. 지수는 이미 그녀와 제스의 관계를 눈치챘으니 더 숨길 것도 없었다.

"뭐? 같이 잤다며. 너 설마 잤다는 내 말뜻의 의미를 전체 관람가 수준의 그냥 잠을 잤다는 걸로 받아들인 건 아니지? 그 덩치랑 그거 한 거 맞지? 섹스 말이야."

지수가 설마 하는 표정으로 재확인했다.

"……맞아. 그리고 좀 조용히 해 줄래. 여긴 진료실이야."

작나마한 지수의 질문에 다시 얼굴이 빨개졌다. 하지만 지수는 어깨를 으쓱해 보일 뿐 아랑곳하지 않았다.

"그런데 그 골 비어 보이는 불여우 같은 금발을 그냥 놔뒀다고? 대체 왜?"

"그건, 그녀도 제스의 친구니까. 나보다 더 오래전부터 알고 지낸 친구. 내가 뭐라고 간섭할 게 못 되잖아? 우린 같이 밤을 보내긴 했지만 그뿐이야. 사랑과 결부된 말을 한 것도 아니고…… 그에게 사귀자는 말을 들은 것도 아니고……. 그리고 우린 G-스탄엔 한시적으로 머무는 것뿐인 데다, 또 서로 그걸 잘 알고 있고……."

한마디로 제스와의 관계는 불명확했다.

"그리고 남자들은 여자들과 관계를 맺는 게 사랑과 별개로 본능적인 거라고…… 그러니까 내 말은, 부담 주고 싶지 않아. 구속하고 싶지도 않고."

지수에게 미주알고주알 털어놓고 있는 스스로가 우스워 진은 두서없는 말의 결론을 맺지 않고 그냥 입을 다물었다.

"……부탁해 봤자 소용없겠지만 떠벌리고 다니진 말아 줘. 내 사생활이니까."

그리고 의례적으로나마 비밀 유지에 대해 언급했다.

그러자 지수가 매서운 눈초리로 노려보더니 크게 고함을 쳤다.

"뭐? 웃겨. 내가 뭐…… 소문이나 내고 다니는 그런 허접한 파파라친 줄 알아? 이게 진짜 사람을 어떻게 보고."

"……."

어떻게 보긴…….

류지수잖아.

자신을 괴롭히는 일이라면 마다하지 않고 달려들고 보는 싸움꾼.

"아무튼, 네 바보스러움엔 정말 질린다."

지수는 굉장히 한심하다는 듯 표정을 구기며 고개를 설레설레 저었다.

"평생 그렇게 바보처럼 살아. 걸어오는 싸움도 겁쟁이처럼 피해 가며. 난 또 네가 나한테 욕도 퍼붓고 뒤통수도 후려치기에 엄청 변한 줄 알았더니, 그대로였네. 넌 여전히 싸울 줄도 모르는 겁쟁이에 화낼 줄도 모르는 나약한 비겁자야. 한마디로 넌 한심한 쓰레기야!"

지수는 제스가 했던 말과 비슷한 말들을 하고 있었다. 물론 말투나 사용하는 단어들엔 커다란 차이가 있었지만 맥락은 비슷했다.

"내가 살면서 가장 답답하고 꼴 보기 싫었던 게 바로 너의 그런 나약한 면이었어. 넌 네가 착하고 성인군자라 남을 봐주고 화나는 감정을 참는 거로 생각하겠지만 정말 크나큰 착각이란 걸 알아 둬! 넌 그냥 무섭고 두려워서 싸움을 피하는 거야. 강한 놈 앞에선 비굴하게 몸을 낮추고, 힘없는 아이나 여자만 죽도록 패던 네 쓰레기 같은 인간 말종 친부처럼. 그건 착한 게 아니라 비겁한 거라고!"

지수의 말이 날카로운 비수가 되어 가슴을 찔렀다. 따끔한 통증이 느껴졌다. 하지만 그녀는 지수의 말에 반박할 수가 없었다. 지금 지수가 내뱉고 있는 거친 비난의 말들은 전부 사실이니까.

지수는 처음으로 억지가 아닌 진실을 그녀에게 말하고 있었다.

"나였다면 내 남자에게 몸을 던져 꼬리 치려 드는 불여우들이 있으면 당장 달려들어 그 예쁘장한 얼굴에 손톱자국을 내 줬을 거야. 두 번 다시 반반한 얼굴이나 몸뚱이를 들이밀며 내 남자를 유혹할 엄두조차 내지 못하게 말이야."

지수는 허리에 두 손을 얹은 채 당당하고 자신감 넘치는 음성으로 똑 부러지게 소리쳤다.

"하지만 넌 평생토록 네가 좋아하는 남자가 딴 년이랑 키스하든 침대에서 뒹굴든 뒷짐 지고 모른 척만 하고 있을 거야. 그러다가 영영 놓치는 줄도 모르고."

"하지만 단순히 친구일 뿐인데, 구속할 순 없잖아⋯⋯."

바보 같은 말들만 터져 나왔다. 그녀 스스로가 생각하기에도 멍청한 말이었다.

"병신. 평생 그렇게 살아. 남자랑 섹스하고도 여전히 친구라는 답답한 말이나 하면서, 쓸데없는 선이나 열심히 긋고 자빠져 있으라고. 그게 편하다면 평생 그러고 살아야지. 나약한 쓰레기처럼."

지수의 새빨간 입술에서 뾰족한 가시를 세운 거친 표현들이 마구잡이로 쏟아져 나왔다.

"답답한 머저리 같은 년."

마지막 일격을 날리는 욕설에 불끈 화가 치밀었다.

"난 쓰레기가 아니야, 머저리도 아니고!"

지수의 말에 그녀는 필사적으로 항변했다. 지수의 독설에 화가 치밀었다. 하지만 한편으로는 자신이 화낼 자격이 없다는 생각이 들었다. 지수의 독설은 틀리지 않았으니까.

맞아⋯⋯.

그녀는 나약하고 겁쟁이였다. 바보 멍청이에 병신 머저리도 맞다. 그러나 이젠 다르다. 과거와 달리 용기를 낼 줄도 안다. 변화하려면 용기를 내야 한다는 걸 알게 되었다. 그녀는 변했다. 과거의 어린애가 아니다. 나이를 먹었고, 성인이 되었다. 과거를 바꿀 수도, 없던 것으로 할 수도 없지만 적어도 과거에 얽매여 끌려다니지 않을 수는 있다. 스스로 원하기만 한다면.

멜리사는 제스를 넘보지 말라는 선전 포고를 한 거나 다름없었다. 그런데 그녀는 바보 같게도 그 선전 포고에 당당히 맞서지 않았다. 싸움을 걸어오는 걸 알았으면서도 모른 척 피하기만 했다.

지수의 말처럼 비겁했다.

"멍청아. 그럼 맞서 싸우든지. 머저리같이 당하고만 있지 말고. 누구에게든. 나라면 걸어오는 싸움은 절대 피하지 않아."

지수는 당당하게 제 할 말을 끝마치고 뒤돌아 진료실을 떠났다.

다시 홀로 남게 되자 그녀는 지수가 던지고 간 말들을 천천히 곱씹어 보았다. 결국, 결론은 한 가지였다. 지수의 충고를 받아들여 맞서 싸워야 한다. 화가 날 땐 화를 내고, 인정할 건 인정을 하고, 감정을 외면하지도 말고.

감정에 솔직해지자.

제스를 좋아했다. 단순히 좋아하는 감정을 넘어선 사랑의 감정이었다. 그래서 두려웠던 거다. 사랑하는 이에게 또다시 상처를 받을까 봐, 짐이 될까 봐, 그리고 버려질까 봐.

괜찮아…….

그래도 솔직해지자.

결국, 용감해지기로 선택했다.

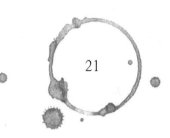

21

용기를 낸 그날 저녁 그의 방문을 두드렸지만 인기척이 없었다. 한참을 두드려도 문은 열리지 않았다. 오랫동안 방문 앞에 서서 기다렸지만 그는 나타나지 않았다. 결국, 자정이 지나고 새벽이 되어서도 그가 돌아오지 않자 그녀는 기다리기를 포기하고 방으로 돌아갔다.

잠이 오지 않을 것 같았는데 침대에 눕자마자 시체처럼 쓰러져 잠이 들었다. 눈을 뜨니 아침이었다. 일어나자마자 씻지도 않고 제스의 방으로 달려가 문을 두드렸다. 그러나 인기척은 들려오지 않았다.

벌써 나간 건가?

힘이 쭉 빠졌다. 진은 생기 없는 발걸음으로 다시 방으로 돌아갔다. 마음이 조급해지고 있었다. 오늘은 금요일이었고 그녀는 월요일에 떠나야 했다. 3일밖에 시간이 없었다. 용기로 가득 차 있던 마음이 다시 흐려지려 하고 있었다. 진은 세차게 고개를 내저어 우울한 불안감을 떨쳐 버리려 차가운 물로 샤워를 했다. 샤워하고 나오자 몸도 마음도 개운해져 있었다.

새 군복을 꺼내 입고 숙소를 나와 군 병원으로 향했다.

남은 기간엔 진료를 보지 않아도 된다고 했지만 떠나기 전까지는 맡은 바 책임을 다하고 싶었다. 진료실은 어제보단 덜했지만 여전히 근육통을 호소하며 찾아오는 군인들로 자잘한 업무가 줄을 이었다. 저녁 시간이 되어서야 그녀는 겨우 한가해졌다.

"똑. 똑."

입으로 내는 인기척에 돌아보니 지혁이 문가에 서 있었다.

"끝났지? 같이 식사할까 해서. 둘이서만."

지혁은 평소 모습으로 돌아와 있었다. 선한 웃음을 입가에 머금고 부드러운 눈빛을 하고 있었다.

"그래. 나 먼저 들어갈게. 뒷정리 좀 부탁해."

태영에게 말을 던지고 그녀는 지혁과 함께 진료실을 나갔다. 건물 밖으로 나가자 쌀쌀한 공기가 몰려들었다. 이제는 익숙해진 기온 차였다.

"기지 식당 말고 환영회가 열렸던 통나무집으로 가자. 아직 이른 시간이니깐 거기가 더 조용할 것 같네."

"응."

기지 초입에 있는 버거집으로 가는 내내 지혁은 별말이 없었다.

버거집에 도착해 안으로 들어가자 지혁의 말대로 아직 한산했다. 구석진 테이블에 자리를 잡고 앉자 일하는 사람이 다가와 주문을 받았다. 전에 왔었을 때 주문을 받아 간 그 현지인이었다. 그는 빠르게 주문을 받고 조리실로 보이는 곳의 문을 열고 들어갔다. 쾅 소리가 나며 문이 닫히자 그녀는 순간적으로 화들짝 놀랐다.

"진정해. 실수로 문이 세게 닫힌 거야."

"알아. 그냥 순간 놀란 거야. 일시적인 현상이야."

"힘든 일을 겪었으니 무리도 아니지."

피습 사건 이후 그녀는 큰 소리에 깜짝깜짝 잘 놀라곤 했다. 강한 충격을 받은 사람이 겪을 수 있는 일시적인 증상이었다.

"이제야 둘이서만 마주 보고 대화할 수 있게 되었네. 마치 몇 개월이 지나가 버린 기분이야."

지혁이 설핏 웃으며 말을 건넸다.

"그러게. 정신없는 일들이 많았잖아."

"사실 아주 기회가 없었던 건 아니었는데 나한테 준비가 필요했어."

"알고 있어."

미안한 마음이 들었다. 상처 주고 싶지 않았는데 결국 불가피하게도 상처를 주게 되었다.

"그래도 한국으로 돌아가기 전에 매듭을 지어야 하니까."

"……."

쓸쓸한 기운이 감도는 지혁의 말에 그녀는 말없이 살포시 웃기만 했다.

"미안했다, 진아. 내가…… 비겁했어. 생각해 보니 난 늘 비겁하게 행동했었어. 네가 감정을 솔직하게 드러냈던 그때에도 난 내마음을 숨긴 채 둘러대기만 했어. 네가 어려 감정을 착각하는 거라고. 나에게 향해 있는 네 마음이 진짜 사랑이 아닌 거라고 마음대로 결론을 내 버렸어. 그래선 안 됐었는데, 넌 용기를 내서 고백한 거였는데. 나도 솔직했어야 했어. 그다음 일이 어떻게 흘러가든 신경 쓰지 말고."

지혁의 얼굴은 한없이 진지했다.

"하지만, 그래도 아마 난 동일하게 내 마음을 거절하지 않았을까 싶다. 네 말대로 우린 가족이니까. 그리고 우린 어렸으니까. 그때도 감정은 깊었지만 난 미숙했어. 내게 속박되어진 의무감들이 날 무겁게 짓누르고 있었고, 난 그 의무감에서 벗어나지 못했어. 집안의 기대를 저버려선 안 된다고 생각했다. 그러니까 네 손을 잡으면 안 되는 거라고……."

예전에도 이와 비슷한 말을 그가 꺼낸 적이 있었다. 그때는 그를 거부하는 그녀를 설득하기 위해 꺼낸 말이었고, 지금은 그때와 뉘앙스가 많이 달랐다.

그녀는 이번에도 어김없이 그의 행동이 옳았음을 언급하며 그를 지지했다.

"오빠 현명했어."

"그럼에도 널 완전히 놓지 못했어. 내 미련으로 붙잡고 있었지. 네가 고백해 왔던 그날 만약 내 감정을 솔직하게 털어놨더라면 우린 달라졌을 텐데. 지금처럼 미련이나 후회가 쌓이지 않았을지도 몰라. 우린 어쩌면 더 좋은 방향으로 서로에게 향해 있던 감정들을 정리해 나갈 수 있었을 거야. 14년 전 그렇게 하지 못해서 네게 정말 미안해. 내 이기적인 욕심으로 널 많이 힘들게 했어. 네게 사랑은 주지 않으면서 떠나지도 못하게 속박하고 내 곁에 머물게 했지. 널 묶어 두었어."

"우린…… 너무 어렸어. 서로의 감정에 대한 진실과 마주하기엔 오빠 말처럼 우린 너무 미숙했던 거야. 그냥 서로가 편히 기댈 수 있는, 나무같이 편안한 상대를 사랑이라고 믿어 버린 거고. 난 친부의 폭력에 시달린 상처를 지닌 나약한 어린애였고, 오빠 집안의 무거운 기대감에 부담감을 느끼던 책임감으로 똘똘 뭉친 풋내 나는 청년이었으니까. 오빠도 나도, 편히 기대 쉴 수 있을 안전한 내 사람을 원했던 거지. 나보다 더 나를 잘 아는, 그래서 기대어 위로받고 싶은 그런 편안한 사랑. 그 편안하고 안전함이 느껴지는 감정을 무작정 사랑이라 믿고 싶었던 거야."

"그래, 안전한 사랑을 원했어. 내가 기댈 수 있고 나를 잘 아는 네가 편했어. 그 익숙함이 좋았어. 그런 부담스럽지 않은 사랑을 원했던 건지도 모르지. 그래도…… 그 감정도 사랑이라고 생각했어. 육체적으로 끌리는 정열적인 사랑은 아니었지만 네게 편안한 안식처가 되어 주고 싶었어. 그리고 내게도 네가 편히 기댈 수 있는 안식처가 되어 줬으면 하고 바랐고. 난……."

가장 중요한 말을 앞둔 지혁은 잠시 말을 고르며 내리깔았던 눈을 들어 그녀의 시선을 마주 보았다.

"……여자로서도 널 사랑해. 내게 넌 동생이지만 여자이기도 했어. 동전의 양면처럼. 널 동생으로만 사랑한 건지, 아니면 여자로서만 사랑한 건진 나도 모르겠어. 헷갈려. 마치 닭이 먼저인지 달걀이 먼저인지 같은 명확하게 딱 떨어지는 정답을 도출할 수 없는 문제라고나 할까."

지혁이 잠시 멈칫했다. 그녀를 바라보며 웃는 그 얼굴이 어딘지 애달프게도 느껴졌다.

"그런데 꼭 단 하나의 정답을 찾을 필요가 없는 문제였던 거야. 넌 내게 동생도 맞고 여자도 맞아. 그 둘 중 어느 것을 선택해도 널 잃는 건 아니었어. 그리고 그 둘 모두를 선택한다 해도 그 누구의 잘못도 아니었고. 그걸 너무 늦게 깨달았어. 17년을 차곡차곡 쌓아 올린 감정을 단번에 정리하기란 어려워. 하지만, 언젠간 말끔히 정리되겠지. 지금보다 더 많은 시간이 흐르게 되면."

지혁의 고백은 잔잔했지만 깊이가 있었고 또 진실되었다. 그도 처음으로 자신의 모든 감정과 마주한 채 그녀에게도 가감 없이 그 감정을 표현하고 있었다.

"나도 똑같아. 오빠 죽을 때까지 내 첫사랑이야. 아련하고 가슴

먹먹한 아름다운 추억으로 계속 각인되어 있을 순수한 첫사랑, 그리고 동경해 마지않는 내 자랑스러운 우상. 다만 이젠 내 마지막 사랑이 오빠가 아니게 된 거야."

그녀는 가늘게 떨리고 있는 지혁의 손을 지그시 눌러 잡았다. 미세한 진동이 맞잡은 손을 타고 전해지고 있었다.

"내게도 네가 첫사랑이다. 그래서 더 널 놓지 못했어. 하지만 널 여자로서 곁에 두지 않아도 넌 여전히 내 곁에 있을 건데. 너와 내가 연인으로서만 관계를 이어 나갈 수 있는 것도 아니었는데 말이야. 우리 가족에게서 계속 멀어지려 하는 네가 안타까웠어. 그리고 불안했지. 언젠간 네가 영원히 우리 가족에게서 떠나갈 것 같아서. 내게서도……."

지혁의 불안한 마음이 이해되었다. 그녀도 그랬으니까. 그와 똑같았다.

"네게 새로운 가족을 만들어 주고 싶었어. 너만의 가족을. 그게 결혼이라고 생각했고. 우리 둘이서 새로운 가족을 만들면 네가 떠나지 않을 것으로 생각했어. 널 붙잡아 놓기 위해 가족이란 제도를, 또 사랑이란 감정을 이용하려 했나 봐. 사실 그럴 필요가 없었는데. 넌 처음부터 우리 가족이었는데……. 내 사랑은 그렇게 이기적이었다. 미안해, 진아."

"오빠가 그렇게 생각한 것도 무리가 아니야. 난 늘 모두에게 거리를 뒀으니까. 오빠 가족을 내 가족이라고 받아들이지 못했어. 그냥 어머니의 새 가족이라고만 여겼지. 오빠 말처럼 난 가족에게

서 멀어지려 했어. 또다시 어머니에게 짐이 되고 싶지 않아서. 그리고 오빠에게도."

어린 시절 내내 그녀의 머릿속을 강박적으로 지배하던 생각들이었다. 강압적으로 억지로 주입된 생각들.

"내 사랑이 폐가 되지 않으려면 모두에게서 멀어져야 한다고 생각했었거든. 사랑을 받고 싶어 하면서도 그 사랑으로 상처를 입을까, 상처를 주게 될까, 발목을 잡는 짐이 될까 봐 난 늘 뒷걸음질만 쳤어. 그러고 보면 예전의 난 정말 모순덩어리였네. 사랑을 원하면서 그 사랑으로부터 도망만 치려 하다니. 도망만 치는 건 사랑이 아닌데."

"우리 둘 다 바보였지. 이제 그걸 만회해야 하고. 평생 바보로 살 순 없잖아."

지혁이 웃으며 말했다. 하지만 여전히 표정엔 쓸쓸함은 남아 있었다.

"맞아. 겁쟁이에서 탈피해야겠지."

"그를…… 사랑하는 거지?"

이름을 밝히지 않았음에도 그녀는 지혁이 말하는 그가 제스임을 알아들었다. 그리고 지혁도 그녀가 당연히 알아들을 거라 여기고 있었다.

둘 사이에 그 정도 교감은 오래전부터 이어져 왔으니까.

"응. 사랑해. 이 사랑은 놓치고 싶지 않아. 그래서 용기를 내 보려고. 도망치지 않으려고. 설사 상처를 입게 된다 할지라도."

"용감하네. 그래, 넌…… 언제나 용감했어."

지혁이 말간 웃음을 보였다.

"넌 자유야. 네 사랑을 찾아 날아가. 그리고 이번엔 놓치지 마. 꽉 붙잡아. 사랑하는데 조금 폐 끼치면 뭐 어때? 발목도 좀 잡아 보고, 짐도 되어 봐. 넌 너무 혼자 다 헤쳐 나가려 해. 가족한테도 마찬가지야. 가족이잖아. 조금은 기대도 괜찮아."

지혁의 진심 어린 충고에 그녀는 고개를 끄덕이며 마주 웃었다. 마음이 편안해졌다. 억지로 만든 연인 관계로 가족 관계가 이어지는 건 아니다. 지혁의 연인으로서, 또는 아내가 되어야만 그와 가족이 될 수 있는 게 아니다. 그들은 처음부터 가족이었다.

세상에는 아무런 부담을 주지 않는, 폐를 끼치지 않을 수 있는 관계는 없다. 어떤 식으로든 무게를 짊어 지우게 되고, 조금씩은 상처를 받고, 상처를 주게 된다. 그러나 상처만이 전부가 아니다. 그 속에는 사랑도 있다.

지수와도 마찬가지다. 어제 지수가 보여 준 태도는 확실히 서로를 무시로만 일관하던 과거와 달랐다. 대사관에서의 일 이후 지수는 억지 같은 적개심을 조금은 덜 보이는 것도 같았다. 여전히 미운 말만 골라 하며 심통은 부렸지만 과거처럼 쓸데없는 오해의 시선으로만 보려 하지도 않았다.

지수도 조금은 달라지고 있는 게 아닐까?

어쩌면 나쁜 년에서 아주 조금은 착한 년이 되기로 한 걸지도 모른다.

류 대장과도 진정한 부녀 관계로서의 첫걸음을 내디뎠다. 아직도 갈 길이 멀지만 최소한 관계의 시작을 알리는 솔직한 대화를 나눈 것만으로도 엄청난 발전이었다. 이제 도망만 치지 않는다면 더 많은 걸음을 함께할 수 있으리라.

지혁의 말이 옳다. 사랑하는 이들에게 조금쯤은 기대 보는 것도 나쁘지 않다. 그게 꼭 상대방에게 무거운 짐을 드리우는 게 아닐 수도 있다. 오히려 그럼으로써 상대의 짐을 어깨에 나눠 질 기회가 될 수도 있다.

지혁은 언제나 현명했다. 그러니 이번에도 그의 생각은 옳은 길로 그녀를 안내할 것이다.

그리고 이젠 정말 가족이 되고 싶었다. 지혁과도, 다른 이들과도. 형식적으로만 가족이 아닌 진심이 살아 있는 진정한 가족.

그녀는 눈물이 나려 했다. 너무나 멀리 돌아온 길이다. 그래도 결국엔 길을 잃지 않고 최종 목적지에 도착하려 하고 있었다.

"고마워. 내 오빠가 되어 주어서. 가족이 되어 주어서."

눈물이 났지만 마음이 슬프진 않았다. 오히려 그녀의 마음은 기쁘고 행복했다. 풍부한 감정으로 벅차올랐다. 그리고 편안했고, 또 평온했다.

"나도 고마워. 진실과 마주할 용기를 낼 수 있게 도와줘서. 역시 넌 나보다 훨씬 더 강인해. 그런 네 강함을 사랑했어. 그리고 의지했고."

지혁의 손이 얼굴에 닿았다. 그가 그녀의 볼에 흐르는 눈물을 닦아 주었다. 그의 손길은 다정했고, 따뜻했고, 순수했다. 처음 만났을 때처럼.

"고마웠다. 진아."

지혁은 마음이 편안해짐을 느꼈다. 생각했던 것보다 아픔이나 고통은 그리 크지 않았다. 물론 여자로서 사랑했던 진을 떠나보내는 쓸쓸한 상실감은 있었지만, 생각만큼 두렵지는 않았다. 가슴 아프고 허전했지만 죽을 정도로 아픈 단계에선 벗어나고 있었다. 여자로서의 진은 비록 떠났을지 몰라도 가족으로서, 여동생으로서의 진은 여전히 자신의 곁에 남아 있는 거니까.

혼자만의 이기적인 욕심으로 언제까지고 진을 옆에 잡아 둘 수는 없다. 그녀는 새로운 사랑을 찾았고, 이젠 그의 보호가 필요치 않을 만큼 성장했다. 그런 그녀에게 날개를 달아 주진 못할망정 다리를 꺾어서는 안 된다. 진을 잃음으로써 자신이 느끼는 상실감과 실연의 아픔보단 진의 행복이 더 중요했다. 그녀의 새로운 사랑에서 자신이 훼방꾼이 되어선 안 된다. 그건 정말 잘못된 일이니까.

"이젠 정말 가족이 되자."

여자로서의 진이 사라지고 가족으로서의 진은 아직 남아 있듯이 그도 이젠 가족으로서, 오빠로서 곁을 지켜 주는 게 옳다.

자신의 좁은 울타리 안에 가두어만 두는 건 사랑이 아니다. 그렇게는 가족도 될 수 없다. 그래서 그동안 그녀와 가족도 연인도 되지 못했다. 이젠 진을 그의 울타리 안에서 내보내야 한다. 어차피 처음부터 진은 그의 울타리에 있지 않았다. 그녀는 아주 오래 전 스스로 울타리를 부수고 홀로 섰다.

그가 울타리 안에 가두어 두었던 건 자신의 집착이었다. 진을 향한 집착과 미련. 그리고 그는 그걸 사랑이라고 믿었다. 그녀를 곁에 두기 위해서 남녀의 사랑을 이용하려 했다. 스스로 마음에 울타리를 치고 그곳에 웅크리고 숨어 있었다. 자신에게 주어진 답답한 책임감의 부담감에서 도망치고 싶을 때마다.

하지만 진을 통해 마침내 자신도 그 답답한 울타리를 부수고 세상으로 나올 수 있었다. 이제는 울타리 안에 숨는 짓은 하지 않을 것이다.

책임감에서 오는 부담을 느끼는 건 괜찮다. 잘못된 곳에 숨지만 않으면 되는 것이다.

먼 길을 돌고 돌아 집착은 사랑이 될 수 없다는 걸 알게 되었다. 함께 나누는 마음이 될 수 없음도 알게 되었다. 그 차이를 구분해 낼 수 있게 되었다.

그리고 마음의 평안을 얻었다.

"너처럼 예쁜 여동생이 생겨서 정말 기뻐. 가족이 된 걸 환영해."

지혁은 진에게 손을 내밀었다. 그들이 처음 만났던 그날처럼. 눈보다 더 새하얀 가느다란 손이 그에게 다가왔다. 그 고운 손을 맞잡으며 그는 활짝 웃었다. 그녀를 처음 만났던 그날처럼.

● ○ ●

제스는 지금껏 단 한 번도 느껴 보지 못한 강한 질투를 느꼈다. 그리고 좌절감과 분노가 그의 눈을 가렸다. 시야에 들어오는 두 사람의 다정한 모습에 거센 충격이 몰려들고 있었다. 결국, 그의 막연한 의구심은 허상이 아니었다. 어렴풋이 모호하다고 느끼던 진의 감정을 알 수 있는 장면이었다. 그녀의 마음은 지혁을 향하고 있었다.

그녀의 연인은 그가 아닌 지혁이었다. 그녀가 사랑하는 남자도.

그녀와 연인 사이라고 생각하고 있던 건 오직 자신뿐이었다. 혼자만의 착각이었던 거다. 하룻밤 쾌락과 사랑은 별개인 문제였다.

진이 원한 건 둘 중 어느 쪽이지?

확실한 한 가지는 그녀가 내린 그들 관계의 정의였다. 하룻밤을 같이 보냈음에도 여전히 친구라고 여기고 있는 게 분명했다. 멜리사의 기습적인 입맞춤에 조금의 질투심도 보이지 않았던 것도 당연한 태도였다. 친구는 독점욕의 대상이 될 수 없는 거니까. 그날 밤 산악 지대에서 정신이 아찔해지는 뜨거운 사랑을 나누었지만, 그녀는 여전히 친구의 자리에 서 있었다.

친구라니.

그는 그 빌어먹고 거지 같은 단어에 욕을 퍼부었다. 지금 그가 가장 폭파해 버리고 싶은 게 있다면 그건 바로 세상의 모든 친구라는 단어였다. 그게 눈으로 볼 수 있는 실체를 가지고 있는 물체였다면 당장에 두 발로 꼭꼭 밟아 깨부수고서라도 그녀의 마음을 차지하고 싶었다. 그가 원하는 건 친구 사이가 아님을 그런 식으로라도 눈으로 명확하게 보여 주고 싶었다. 아무리 유치한 행동일지라도.

어차피 사랑에 눈먼 사람들의 행동은 조금씩은 유치해지는 법 아닌가?

진은 또다시 그를 피하고 있었다. 진료실 근무를 서야 한다는 시답잖은 변명을 들이밀며 데이트 약속을 깼다. 방문에 붙여진 쪽지를 발견했을 때 그는 무언가 일이 잘못 돌아가고 있음을 깨달았다.

당장 진에게 달려가 묻고 싶었다. 그녀에게 있어 그는 어떤 존재인지, 산악 지대에서의 하룻밤은 아무 의미도 없는 한순간의 쾌락이었는지도.

해명하고도 싶었다. 혹시나 멜리사와의 관계를 오해하고 있다면, 자신이 사랑하는 여자는 오직 그녀뿐이라는 걸 확실하게 짚어 주고 싶었다.

하지만 갑자기 소집된 비상 회의가 다시 발목을 잡았다. 반군들이 계획하고 있는 테러의 정보를 찾아내고 대책을 세우기 위한 CIA와 고위 간부급으로 구성된 군 관계자들과의 합동 회의에 참석해야만 했다.

다시 그를 피하고 있는 게 분명해 보이는 진을 방으로 데려가

밤새도록 사랑을 나누고 싶은 마음은 굴뚝같았지만 그럴 수 없었다. 그는 군인이었다. 테러의 위험으로부터 인명을 안전하게 보호해야 할 의무와 책임이 있었다.

쉼 없이 반복해 울리는 긴급 호출 무전에 응답하고 회의실로 갔다. 예상대로 회의는 늦은 시간까지 길게 이어졌고, 머리가 깨질 듯한 두통만 남긴 소득 없는 마라톤 회의가 끝났을 때는 자정을 훨씬 넘긴 늦은 새벽녘이었다. 고된 몸을 이끌고 오랜 목마름의 허덕임에 생명수가 되어 줄 오아시스를 간절하게 찾아 나서는 애타는 심정으로 진을 찾았다.

진은 잠들어 있었다. 그녀 역시 고된 하루였는지 군화와 군복도 벗지 않고 엎드린 채였다. 피곤함에 지쳐 보이는 거친 얼굴이 안쓰러웠다. 침대 머리맡에 무릎을 꿇고 앉았다. 손을 뻗어 새틴처럼 부드러운 검은 머리칼을 헤치고 그 속에 숨어 있는 작은 얼굴을 어루만졌다.

새근거리는 숨결마저도 사랑스러웠다. 그녀를 바라보는 순간에도 그녀가 그리웠다. 보석처럼 반짝이는 검은 눈동자 가득 오직 그만을 머금기를 바랐다. 도저히 눈을 뗄 수 없게 만드는 중독성 강한 싱그러운 웃음 역시 완전하게 자신만이 독차지하고 싶었다. 그녀를 향한 사랑이 커지면 커질수록 독점하고픈 이기적인 소유욕이 생겨났다.

잠든 진을 깨워 사랑을 나누고 싶었지만, 아우성치는 육체의 격렬한 반응을 어렵게 참아 넘기며 차마 떨어지지 않는 무거운 발걸음을 억지로 움직여 그녀의 방에서 나왔다. 이성의 끈을 놓치지 않으려 정신이 번쩍 들 만큼 차가운 물로 샤워를 한 후 잠을 청했지만, 쉬이 잠들지는 못했다.

진의 사랑을 원했다. 그녀가 없는 시간을 견디기 힘들었다. 시도 때도 없이 보고 싶었다. 눈을 감아도, 떠도 보고픈 그리운 얼굴이었다.

언제부터였을까?

처음 본 순간 감지한 사랑이었을까? 조금씩 쌓인 우연이 운명으로 이끈 것일까?

그날 그의 눈에 비친 그녀의 모습은 빌어먹게 아름다웠다. 사랑에 빠지지 않고는 못 배길 정도로 환한 미소를 머금은 얼굴은 눈부셨고 달콤한 음성은 가슴을 떨리게 했다. 그녀가 그의 이름을 부른 그 짧은 순간 마음속 무언가가 폭발했다.

그렇게 그는 사랑에 빠졌고, 같이 시간을 보내며 그녀에 대해 점점 더 많은 것을 알아 가게 되면서 사랑은 더 깊어졌다. 그리고 그 커진 사랑의 실체를 자각했을 땐 감정을 되돌리기에 너무 멀리 왔다는 걸 깨달았다.

그녀를 찾아 몇천 킬로를 날아온 지혁의 존재에 본능적으로 위협을 느꼈고, 그날 자신이 결코 헤어 나올 수 없는 깊은 사랑에 빠진 걸 알아차렸다.

그가 원하는 건 짧은 연애 놀음이 아닌 영원이었다. 일시적인 만남이 아닌 '영원토록 행복했습니다'로 끝나는 해피엔딩을 원했다. 지혁에게 그녀를 빼앗기고 싶지 않았다. 한국으로 보내고 싶지도 않았다. 영원히 자신의 곁에 머무르게 하고 싶었다. 그녀의 사랑을 얻고 싶었다.

그녀의 마음이 다른 곳을 향하고 있음을 눈치챘을 때, 그는 더 늦기 전에 확실하게 자신의 마음을 고백해야 한다는 걸 깨달았다. 그녀가 그들 사이를 아직 친구라 정의하고 있다면 정정해 주고 싶었다. 그가 원하는 건 우정이 아닌 사랑이라고, 명확하게 각인시켜 주고 싶었다.

그런 마음으로 달려갔지만, 반갑지 않은 소식이 그를 기다리고 있었다.

'···보르셨습니까? 대위님과 저는 월요일에 한국으로 돌아가요. 파병 기간이 단축되었거든요.'

청천벽력 같은 소리였다. 그녀는 그에게 귀국 소식도 말해 주지 않았다. 그게 뭘 의미하는지는 생각조차 하고 싶지 않았다.

'김 대위님은 아까 류 대위님이랑 함께 저녁 식사를 하러 나가셨습니다. 이건 제 생각이지만, 아마 다시 청혼할 생각인 거 같습니다.'

진의 파병 종료 소식보다 더 충격적인 일은 없을 거라는 생각을 비웃듯 태영의 입에서 나온 말은 그야말로 날벼락 같은 말이었다. 길을 가다 날벼락을 맞아도 이보다 더 놀랄 순 없으리라고 생각했다.

불현듯 지혁이 G-스탄에 도착했던 다음 날 두 사람이 함께 손을 잡고 있던 진료실에서의 모습이 머릿속에 떠올랐다. 그때 지혁의 손엔 반지 상자가 들려 있었다.

과거의 사랑이라고 생각했던 남자가 그녀에겐 현재 진행형일 수도 있다는 사실에 제스는 혼란스러웠다. 대체 그녀에게 지혁이란 남자는 어느 정도의 존재인지 참을 수 없는 궁금증이 몰려들었다.

그래서 태영에게 물었다. 태영은 그나마 진과 가장 가까운 사람이었으니까.

'첫사랑이시죠. 아마 류 대위님노 마신 ㄱㅁ 얼곳ㅗ. ㅁ쿠인들으 어떨지 모르겠는데 한국인들에게 첫사랑은 결코 잊지 못할 사랑이거든요. 죽을 때까지 마음속에 고이고이 간직하며 추억에 젖어 드는 특별한 기억이죠. 그래서 한국에선 첫사랑과 맺어지면 엄청난 기적이라고들 말해요. 다들 첫사랑이 이루어지길 원하죠. 그리고 두 분은 더 각별해요. 인생의 절반을 함께해 오셨으니까 앞으로의 인생도 함께하고 싶지 않으실까요. 하하. 중위님께 별말을 다 하네요. 김 대위님과 친하신 거 같아서 특별히 알려 드리는 겁니다.'

그를 단순히 진의 친구라 생각하고 있는 게 분명한 태영은 아주 상세히 알려 주었다.

'그리고 이건 제 생각이지만 부총사령관님까지 직접 G-스탄까지 오신 걸로 보아 두 분 사이를 허락하려는 것 같기도 해요. 사실 집안 반대만 아니면 두 분 사이는 일사천리거든요. 그리고 자식 이기는 부모는 없는 법이고요. 뭐, 어디까지 제 생각일 뿐이지만요.'

태영은 어깨를 으쓱해 보이며 대수롭지 않게 얘기했다. 하지만 태영의 말을 듣고 있던 그의 마음속에 커다란 파문이 거칠게 일렁이고 있었다.

결국, 그날 밤이 특별했던 건 자신뿐이었나? 함께 밤을 보낸 후 진에게 지혁은 단순히 과거의 사랑일 뿐이라고 마음대로 치부해 버렸다. 물론 진을 향하고 있는 지혁의 마음이 신경 쓰이긴 했지만 단순하게 일방통행일 것으로 생각했다. 그녀의 마음은 자신을 향해 있을 거라고 확신했다. 정말 바보 같게도, 그녀의 몸을 차지했다고 마음마저 얻어 낸 거라고 착각한 것이다.

그는 수다스럽게 말을 잇는 태영을 뒤로하고 식당으로 향했다. 하지만 기지 식당에는 두 사람의 모습이 보이지 않았다. 숙소로 뛰어가 그녀의 방을 확인했다. 그러나 불은 꺼져 있었고 조심스레 문을 열어 본 방은 텅 비어 있었다.

남은 곳은 단 한 곳이었다.

그는 숨도 내쉬지 않고 버거집으로 달려갔다. 그곳으로 뛰어가는 내내 절망 속에서 희망을 찾아보려 애썼다. 태영이 잘못 알고 있는 것이라 스스로 우겨 봤다. 진이 사랑하는 남자는 지혁이 아닌 자신일 거라고, 그러니까 그날 밤 몸을 허락했던 거라고 자신해 보았다. 실낱같은 희망에 애처롭게 매달렸다.

그러나 떨리는 손으로 버거집의 문을 열었을 때, 희망찼던 자신감은 흔적도 없이 사라져 버렸다. 그곳에서 다정하게 손을 맞잡고 있는 두 사람을 발견했을 때 그의 마음은 산산조각으로 부서져 흩어졌다. 그들은 서로를 마주 보며 행복하게 웃고 있었다. 진은 그 어느 때보다 더 환한 웃음을 얼굴에 띠고, 그가 아닌 다른 남자를 바라보며 눈을 빛내고 있었다.

다정한 연인 같은 모습에 그는 무의식적으로 뒷걸음질을 쳤다. 다시 정신을 차려 보니 숙소였고 그는 어두운 방 안에 홀로 서 있었다. 얼마나 오랫동안 불 꺼진 방 안에 우두커니 서 있었는지 모른다. 고개를 드니 거울에 비춰진 멍하니 흐리멍덩한 눈빛을 한 얼굴이 보였다. 그 멍청한 얼굴을 보자 분노가 솟구쳤다. 타오르는 질투심을 이기지 못하고 그의 내면 가장 깊숙한 곳에 내재되어 있는 폭력성이 폭발하자 주체할 수 없는 충동이 일었다.

쨍.

주먹을 날렸다. 와장창 요란한 소리와 함께 벽에 걸린 거울이 박살 났다. 힘이 실린 주먹 한 방에 깨진 거울 조각이 손마디를 스치며 피가 흘렀지만 상처가 난 손보다 심장이 더 아팠다. 가슴이 갈기갈기 찢기는 느낌이었다. 상처 입은 심장에서 전해지는 강렬한 통증에 비하면 손의 통증은 아주 미미했다. 그만큼 사랑을 잃은 상처는 강렬했다.

진의 마음도 사랑일 거라 생각했다. 그들이 나눈 건 단순한 일회성 섹스가 아닌 마음의 교감이었다고 마음대로 정의했다. 누구에게도 열어 보이지 않았던 육체를 자신에게 허락한 것만으로 그녀의 마음을 사랑으로 착각하고 있었다.

그는 그들이 나눴던 그날 밤의 관계를 사랑이라고 정의했지만, 그녀는 어쩌면 그저 어릴 적 고통을 덜어 내는 트라우마에서 벗어나는 치료 행위로 여긴 건지도 모른다.

'난 평생 남자와 그런 친밀한 행위는 하지 못할 것이라 생각하고 살아왔어요.'

사랑을 나누던 밤 그녀가 속삭였던 말들이 귓가에서 아프게 맴돌았다.

그녀를 옭아매던 과거의 고통에서 이젠 해방되었을까?

그래서 확인하고 싶었던 걸까? 그날 밤은 남자와 친밀한 행위를 주고받을 수 있을지에 대한 실험 같은 거였을까?

만약 그런 거라면 실험은 성공인 셈이다. 그와 사랑을 나누는 동안 그녀가 느낀 감정은 열정이었으니까. 트라우마가 극복되었다면 그녀는 앞으로도 정상적인 성관계를 맺는 데 전혀 어려움이 없을지도 모른다. 그리고 이젠 지혁에게로 돌아갈 생각을 하고 있을지도. 그녀의 첫사랑인 남자에게로.

문득 그 남자와도 사랑을 나누고 싶어 할까? 라는 의문이 들었다. 그러나 그런 생각을 떠올리는 것만으로도 그는 고통스러웠다. 눈앞에 떠오른 두렵고 불쾌한 상상을 억지로 지워 냈다. 진은 이미 그의 여자였다. 다른 남자에게 빼앗길 순 없었다. 그렇게 되도록 가만히 손 놓고 있지만은 않을 것이다.

이 멍청한 놈. 그런데 넌 여기 서서 뭐 하고 있는 거야?

머릿속을 스치는 깨달음에 그는 방문을 박차고 뛰쳐나갔다. 복도를 달려 한달음에 계단을 내려갔다.

그녀의 입으로 직접 듣기 전까진 확실한 건 아무것도 없었다.

그녀의 사랑이 지혁일 수도 있다. 그러나 아닐 수도 있었다. 임무는 종결되기 전까진 끝난 게 아니다. 적에게 죽임을 당해 실패로 끝나든지, 적을 잡아 성공적으로 완수하든지 둘 중 하나일 때 주어진 임무는 마침내 종결될 수 있다. 그러니 완벽하게 거절당하기 전까지 관계는 끝이 날 수 없다. 그는 무적의 해병대원이다. 마지막까지 포기란 없다.

그러나 만약 그녀의 방에 지혁이 같이 있다면, 그리고 같이 있는 것에 그치지 않고 그들이 함께 침대 위에 누워 사랑을 나누고 있다면…… 맹세코 그 남자를 침대에서 끌어내 죽도록 패 주리라

다짐했다.

하지만 진은…….

어떻게 해야 하지? 그녀가 진심으로 지혁을 사랑하고 있다면…….

만약 그렇다면 목표지에서 철수해야 하는 사람은 자신이 될 수 있다. 감정은 억지를 부린다고 가질 수 있는 게 아니니까. 진실은 때론 고통을 불러올 수 있다. 그러나 그 고통을 피하려고 진실을 회피할 순 없다.

최악의 상황이 상상되자 두려웠지만 진의 방으로 달려가는 발걸음을 멈추진 않았다. 막을 수만 있다면 막고 싶었다. 아니, 막아야 한다.

그러나 계단 모퉁이를 돈 순간 제스는 그 자리에 우뚝 멈춰 서야만 했다. 진과 지혁이 함께 방문 앞에 서 있었다. 그들은 여전히 서로를 마주 보며 웃고 있었다.

그녀의 환한 얼굴에 그는 단 한 걸음도 앞으로 전진해 나갈 수가 없었다. 우습게도 위험이 도사리는 적진 한가운데에서도 떨려 본 적 없던 두 다리가 바들바들 떨리고 있었다.

그녀는 웃으며 지혁에게 무슨 말을 하고 있었고 다음 순간 팔을 뻗어 그를 끌어안았다. 그러자 지혁도 그녀의 어깨에 얼굴을 깊게 파묻으며 마주 안았다. 제삼자의 눈에 그들은 다정한 연인으로 보였다. 완벽하게 잘 어울리는 한 쌍의 연인으로.

●　○　●

"잘 자."

방문 앞에 서서 지혁에게 인사를 건넸다.

"그래. 너도."

지혁도 웃는 얼굴로 인사를 되돌렸다.

"아마 넌 잠을 자게 될 거 같진 않지만. 그 남자에게 갈 거지?"

"응. 얘길 해야 해. 아직 그 사람에게 파병이 종료됐단 말도 하지 못했어. 다른 것들도."

"행운을 빈다. 당당하게 네 사랑을 찾아가."

"고마워, 전부 다."

지혁의 진심 어린 응원에 고맙고도 미안해 그녀는 미소 띤 얼굴로 그를 살포시 안아 주었다. 지혁도 가벼운 손길로 토닥이려 주는 게 어깨와 등으로 느껴졌다.

"갈게."

짧은 포옹 후 지혁은 뒤돌아 복도를 걸어갔다. 계단으로 사라지는 지혁의 뒷모습을 지켜보다 시야에 보이지 않게 되자 그녀는 그제야 몸을 돌리고 방문을 열었다.

"엇……."

문을 밀려는 순간 뒤에서 강한 힘이 실린 손이 뻗어 와 그녀의 등을 밀었다. 떠밀리는 힘에 밀려 문과 함께 방 안으로 들어온 진은 등에 닿아 있던 손이 사라지자 재빨리 뒤를 돌아봤다.

「제스?」

놀랍게도 제스가 아직 열려 있는 방문을 닫고 있었다. 그는 어깨에 잔뜩 힘이 들어가 있었다. 딱딱한 자세로 서 있는 모습이 꼭 화가 난 사람처럼 보였다.

왜?

「깜짝 놀랐어요. 그렇지 않아도 당신을 찾아가려 했는데, 그런데 혹시 화……」

'화났어요?' 라고 물어보려 했지만 그녀의 마지막 말은 목구멍 저 깊은 곳으로 억지로 떠밀려 갔다. 그가 예고 없이 몸을 끌어당기더니 무지막지한 힘으로 입술을 겹쳐 온 탓이다. 입술을 빨아들이는 거친 힘에 순간적으로 놀라 그의 가슴을 약하게 밀쳤다. 하지만 그 거부의 손짓에 그의 표정이 조금 더 험악해지는 것 같았다.

쿵.

밀리는 힘에 그녀의 등이 벽에 부딪혔다. 정신을 차릴 새도 없이 다시 그의 입술이 다가왔다. 갑자기 거친 파도가 치는 바닷속에 빠진 기분이었다. 숨이 막혔다. 그의 입술은 성급했고 그의 태도 또한 친절함이나 배려가 사라진 상태였다. 전에 보지 못한 거친 행동들이었다. 그날 밤 사랑을 나눌 때도 중간에 자제력을 잃고 거칠게 몸을 탐하긴 했지만 동시에 부드럽기도 했었다. 지금처럼 조금은 난폭하게 느껴질 정도로 거칠지는 않았었다.

「하아……」

턱을 누르는 손아귀의 힘을 이기지 못하고 입술이 벌어졌다. 그러자 곧장 그의 혀가 밀려 들어왔다. 더 깊고 깊은 바닷속으로 끌려들어 가는 듯한 기분을 느낌과 동시에 그녀는 산소 부족 현상 탓으로 머리가 어질어질해졌다. 그는 다급할 정도로 입술을 빨아 당겼다. 혀에 감겨 오는 그의 단단한 입술의 힘과 맞부딪치는 치아의 딱딱함에 그녀는 저절로 이마가 찡그려졌다.

하지만 아까처럼 그를 밀어내진 않았다. 이유는 알 수 없었지만 그가 보이는 애처롭기까지 한 다급함이 그를 받아들여야 한다 전하고 있었다.

그녀의 약한 저항이 사라지자 턱을 옥죄던 손아귀의 힘도 사라졌다. 그러나 틈 없이 밀착된 그의 몸은 사슬처럼 그녀에게로 감겨 왔다. 방향을 튼 그의 손이 허리 부근에서 느껴지는 것 같더니 티셔츠 안의 맨살에 닿았다.

「잠, 잠깐…….」

티셔츠 밑으로 쑥 들어온 그의 손은 거리낌 없이 단번에 그녀의 가슴을 움켜잡았다. 꽉 죄어 오며 압박하는 손가락의 움직임에 그녀는 저절로 몸이 움츠러졌다. 다시 그의 단단한 가슴에 손을 뻗어 밀어내려 했지만, 철옹성 같은 그의 몸은 물러나지 않았다. 약한 반항은 단번에 제압되었다. 그가 가슴을 더듬고 있지 않은 자유로운 손으로 그녀의 손목을 그러쥐고 벽에 밀어붙였다.

그의 거친 손길과 다급한 입맞춤엔 이유 모를 노기가 서려 있었다.

그를 피해 화가 난 걸까? 마음대로 약속을 깨서?

그녀는 짐작 가는 바가 있는 그의 분노를 진정시키려 변명의 말을 하고 싶었지만 그의 입술이 말을 막고 있었다. 키스를 멈추려 고개를 살짝 틀어도 그의 입술은 끈질기게 그녀를 따라왔다. 가슴을 만지던 단단한 손이 티셔츠 밑을 빠져나와 바지로 향했다. 그가 전달하고 있는 의미는 분명했다. 그녀와 몸을 섞길 원하고 있었다. 욕망으로 부풀어 오른 중심부를 그녀의 배에 문지르며 노골적으로 표현하고 있었다.

하지만 오로지 욕구 해소에 급급해 보이는 몸짓이었다. 그의 손이 그녀의 바지 벨트를 풀어내고 풀린 허리춤 사이를 비집고 들어왔다. 그녀는 의사를 무시한 채 이루어지고 있는 신체 접촉이 혼란스러웠다.

그는 이제껏 단 한 번도 그녀를 다치게 한 적이 없었다. 이렇게 난폭하게 군 적은 더더욱 없었고. 거의, 아니, 항상 그녀의 의사를 물었다. 태초부터 이어 내려온 남성들만의 고유 전유물이기도 한 배출의 본능적 욕구를 강하게 느낄 때도 그는 그녀를 먼저 배려했다. 강압적이지 않았다.

그런데 지금은 강압적이고도 약간은 거친 난폭한 키스를 퍼붓고 있었다. 잘근잘근 깨물려지고 거세게 빨려지는 그의 입술의 압력은 강제성을 띠고 있었다.

다리 사이로 파고드는 일에 집중해서인지 손목을 움켜쥐고 있던 그의 손아귀의 힘이 느슨해지자 그녀는 그 틈을 타서 팔을 들어 그의 가슴팍을 치며 뒤로 밀쳐 냈다. 이번엔 그녀가 밀어내는 만큼 그의 건장한 몸이 뒤로 밀려났다. 그래 봤자 한 발짝 물러난 것뿐이었지만 어쨌든 숨 막히게 조여 오던 그의 입술에서 해방되자마자 그녀는 참았던 숨을 거칠게 몰아쉬었다.

「그만해요. 대체 왜 이러는 거예요.」

다시 키스하려 다가오는 제스의 입술을 재빨리 피하며 작게 소리쳤다. 그녀의 반항에 그가 움직임을 멈추고 빤히 바라봤다. 까만 흑요석 같은 그의 눈동자는 놀랍게도 상처 입은 기색을 보내오고 있었다. 그제야 진은 자신만큼이나 제스의 커다란 몸도 흔들리고 있음을 눈치챘다. 그녀의 어깨를 강하게 움켜잡고 있는 그의 손은 덜덜 떨리고 있었다. 하지만 다음 순간 그는 또다시 억센 힘으로 진을 그녀 억지로 키스하려 했다.

「그만, 해요. 제발.」

간절함이 담긴 그녀의 애원의 말에 속옷을 비집고 들어오려던 그의 손이 우뚝 멈췄다. 갑갑할 정도로 숨통을 조이게 했던 키스도 끝이 났다. 그는 그대로 그녀의 목덜미에 얼굴을 묻었다.

「……미치겠군요. 난 정말, 최악입니다. 미안해요. 난 화가 나서…… 빌어먹을!」

그가 나직하게 욕을 뱉어 냈다. 거친 표현과 달리 커다란 몸은 미세하게 떨리고 있었다.

그의 난폭하기도 한 강압적인 키스에 놀랐던 마음이 서서히 진정되어 가자 침울한 표정으로 자책하고 있는 그를 위로해 주고 싶어졌다.

게다가 그가 왜 이런 행동을 했는지 알 것 같아 한편으론 미안하기도 했다. 어쨌든 결국 먼저 약속을 깬 건 그녀였으니까. 그녀는 손을 올려 긴장으로 곧추서 있는 그의 등을 천천히 쓰다듬었다. 그녀의 손길에 그가 몸을 움찔했다.

「어젠 미안했어요. 일방적으로 약속을 깨서. 난 화가 났는데…… 하지만 당신에게 화를 내고 싶지 않았어요. 싸우고 싶지 않았어요.」

그녀는 잘못됐던 행동에 관해 이야기하며 먼저 사과를 건넸다. 그러자 목덜미에 얼굴을 묻고 있던 그가 고개를 들고 시선을 맞추었다.

「왜 화가 난 거죠? 그리고 내게 화가 났다면 왜 화를 내지 않은 겁니까?」

그는 기분이 여전히 낮게 가라앉아 있었지만 차분하게 말하려 노력하고 있었다.

「그건, 당신에게 화를 내는 건 잘못된 거잖아요. 내가 화가 난다고 당신에게 화풀이하는 건.」

「그럼 왜 화가 난 겁니까?」

그가 다시 낮은 음성으로 재차 물었다.

「그건…… 그 CIA 요원 때문에, 당신에게 입을 맞춰서…… 사실 첫 만남에서부터 그녀의 태도가 거슬렸어요.」

그녀는 솔직해지는 게 창피하고 민망했지만, 거짓 없이 사실대로 진실을 털어놨다. 하지만 나쁜 감정을 품었다는 게 부끄러워 눈을 감았다. 그에게 놀림은 받고 싶지 않았다.

「혹시 질투했던 겁니까?」

그가 그녀가 느꼈던 감정을 한 문장으로 압축시켜 정확하게 물어 왔다.

「……。」

「진, 날 봐요. 그리고 대답해요. 질투했던 겁니까?」

「……맞아요. 정말 민망하고 부끄럽지만, 질투했어요.」

강한 어조의 질문에 그녀는 감았던 눈을 슬며시 뜨고 그를 마주 본 채 작게 대답했다. 그러자 그의 두 눈이 가늘게 변했다.

「그런데 대체 왜 그 상황을 무시한 겁니까? 왜 멜리사의 키스에 아무런 반응도 보이지 않은 기죠? 난 당신이 내게 무관심하다고 생각했어요. 남들 앞에서, 특히 지혁 앞에서 나와의 관계를 숨기고 싶어 하는 줄 알았습니다.」

「말했잖아요. 난, 싸움을 좋아하지 않아요. 아주 싫어해요. 그리고 멜리사는, 당신 친구잖아요. 나와 알고 지낸 시간보다 그녀와 알고 지낸 시간이 더 많을 테고, 또 당신에게 나도…… 똑같은 친구일 뿐인데 내가 뭐라고 할 권리는 없잖아요. 그렇게 생각해서……。」

「정말 미치겠군요. 아직도 그놈의 거지 같은 친구 타령이라니!」

중간에 말을 자르며 거친 욕설을 내뱉는 그의 성난 고함에 진은 깜짝 놀랐다. 그리고 동시에 화가 치밀어 오르려 했다. 그동안

고민하던 것들을 어렵게 고백하고 있는 건데, 그는 다 듣지도 않고 화를 내고 있었다.

「난…….」

그녀는 다시 입을 열었지만 또다시 말을 가로채는 그의 성난 음성에 가로막혔다.

「당신은 절대 내 친구가 아닙니다. 나도 절대 당신 친구가 아니고요. 우린 관계를 맺었어요. 성관계. 섹스 말이죠. 사랑을 나눴다고요. 그것도 두 번이나. 당신은 그냥 친구하고 사랑을 나눌 수 있습니까?」

제스는 그녀의 코앞까지 성난 얼굴을 들이밀더니 거칠게 속삭였다.

「……아뇨.」

그의 노골적인 표현에 그녀는 저절로 몸이 움찔거렸다.

「제기랄, 나도 마찬가집니다. 단순한 친구랑은 성관계를 하지 않아요. 섹스 안 한다고요. 사랑을 나누지 않는단 말입니다. 그리고 확실히 밝혀 두겠는데, 멜리사와는 절대 그 모든 걸 전부 하지 않았습니다. 그녀는 단순히 같이 일하는 동료이자 친구였으니까. 어제부로 친구 사이도 끝장냈지만. 여기까지, 제대로 알아들었습니까?」

「그래요. 그녀는 친구라고요. 그리고 이젠 친구도 아닌 그저 동료일 뿐이고.」

제스의 성마른 물음에 그녀는 고개를 끄덕이며 들었던 말을 반복해 말했다.

「당신과 나도 지금은 절대 친구가 아닙니다. 당신이 내 밑에 누운 그 순간 단순한 친구 사이는 끝장난 거라고요. 당신이 나와 성관계를 가졌을 때, 그러니까 우리가 섹스하고, 사랑을 나눈 그 순간 우린 친구에서 연인으로 건너뛴 겁니다. 친구가 아니라 연인이 된 거라고요. 난 지극히 당연하게도 당신과 사랑을 나눈 그 순간부터 우리가 연인이 되었다 생각하고 있었습니다.」

그의 입을 통해 또박또박 정확한 발음으로 적나라하게 표현되는 단어들에 그녀의 얼굴은 붉게 달아올랐다.

「그러니 당신은 멜리사가 내게 수작을 걸고 있다고 생각했을 때, 그녀가 기습적으로 입을 맞췄을 때 내게 화를 내고 싸웠어야 했어요. 눈곱만큼이라도 질투심을 드러내는 게 지극히 정상이었던 그런 상황이란 말이죠. 대체 전에 배운 파이터 정신은 어디에 내팽개친 겁니까? 엿이라도 바꿔 먹은 겁니까?」

그는 계속해서 그녀의 화를 돋우고 있었다. 일부러 거친 말들을 내뱉어 그녀의 분노에 기름을 끼얹고 부채질하고 있었다. 그리고 그의 가상한 노력이 헛되지 않게 그녀는 지금 몹시 화가 나고 있었다.

「비아냥거리는 말투는 집어치워요. 내게 욕도 하지 말고요. 당신도 내게 그렇게, 정확하게 말해 주지 않았잖아요. 난 당신이……」

그녀의 분노에 찬 고함이 저절로 입 밖으로 쏟아지고 있었다.

「당신이, 그다음은요? 계속 말해 봐요.」

그가 이를 악문 채로 말을 재촉했다.

「단순히 육체적 관계만 원하고 있는 줄 알았어요. 아무런 구속도 없고…… 부담도 느끼지 않는 그런 관계요. 우린 언젠간 G-스탄을 떠날 사람들이니까, 그렇게 생각한 게 무리는 아니잖아요?!」

진은 그가 원했던 대로 화를 내며 거세게 고함도 질러 댔다. 그동안 머리 아프게 고민했던 일들이 이상하게도 그의 앞에만 서면 아주 사소한 것으로 변했다. 단순해졌다. 그래서 그녀는 거침없이 담고 있던 마음들을 쏟아부었다.

「당신 말은 내가 당신과 육체적 관계를 나누고 싶어 한다는 말만 맞고 다 틀렸어요. 맞아요, 난 당신과 지속적인 육체적 관계를 원하고 있어요. 매분 매초 당신을 떠올릴 때마다 난 욕정을 느낍니다. 사랑을 나누고 싶어 하죠. 우리가 싸우고 있는 이 순간에도 당신 옷을 벗겨 내고 바닥으로 쓰러뜨린 후 당신 안으로 파고들고 싶은 생각뿐입니다.」

그의 과하리만큼 솔직하고 적나라한 표현에 보통 때라면 얼굴을 붉히며 수줍어했겠지만, 제스 못지않게 그녀 또한 새롭게 눈뜬 전투 본능으로 흥분 상태였다. 눈 하나 깜짝하지 않고 그의 입에서 쏟아지는 욕망을 내포하고 있는 단어들로 가득한 말들을 흡수했다.

「하지만 당신에게 느끼는 감정의 전부가 욕정뿐인지 묻는다면 내 대답은 아니오, 라는 겁니다. 당신 몸만 탐하고 싶진 않아요.

난 구속도 원하고 부담도 원합니다. 당신을 온전하게 독점하고 싶어요. 내 여잘 다른 남자와 나누고 싶지 않아요. 그런 상황을 아주 극도로 싫어하죠. 그리고 동시에 내 여자 또한 나를 완전하게 구속하고 독점해 주길 원합니다. 서로 부담을 느끼는 그런 완벽한 연인 사이를 원하고 있단 말입니다! 이해됩니까?」

그도 거의 고함을 내지르다시피 자신의 감정에 대해 자세하게 설명했다.

「……그래요.」

「그리고 떠나는 문제는, 맞아요. 우린 영원히 G-스탄에 머물 순 없겠죠. 군인이란 언제나 명령에 따라 이리저리 움직여야 하는 존재이니까. 그래서 내게 말도 안 하고 훌쩍 떠날 참이었던 겁니까?」

그의 음성엔 서운함과 원망이 가득 서려 있었다.

「네?」

제스의 말에 그녀는 또다시 소스라치게 놀랐다. 그는 이미 그녀의 귀국 소식을 알고 있었다. 그제야 아까 전 그의 조금은 난폭했던 키스가 이해가 갔다. 일방적으로 점심 약속을 깬 것보다 말없이 자신을 떠난다고 생각해 분노한 것이다.

「그건, 말하려 했어요.」

「대체 언제 말입니까?」

「그건…….」

「지혁과 음식을 앞에 두고 손만 붙잡고 노닥거리던 걸 끝낸 후에? 아니면 당신 방문 앞에서 다정하게 서로 마주 보며 포용하던 걸 끝낸 후에 말입니까? 그것도 아니라면, 지혁과 함께 귀국행 수송기에 오르기 바로 직전이거나 한국에 도착한 후 결혼 초대장이라도 보낼 참이었던 겁니까?」

아무래도 지혁과 함께 있었던 것도 본 모양이었다. 그리고 완벽하게 상황을 오해하고 있었다. 그녀는 그의 폭발하고 있는 성난 질투를 기뻐해야 할지 난감해해야 할지 중심을 잡기가 어려웠다.

「오빠완 마무리 짓지 못한 얘기가 남아 있어서 같이 식사했던 거예요. 끝맺지 못했던 대화를 매듭지어야 해서요. 우린, 연인이 될 수 없단 현실에 서로 수긍했어요. 오빠도 자신의 감정이 가족애에서 비롯된 걸 깨닫게 되었고, 그냥, 가족이 되기로 했어요. 물론 전에도 가족으로 묶여 있긴 했지만…… 이젠 정말, 진짜 가족이요. 그리고 포옹은 가족끼리의 가벼운 애정 표현이었을 뿐이에요. 잘 자라는 인사를 주고받으며 격려 차원으로 가볍게 서로의 등을 두드려 준 거죠. 오빤 이제 내겐 가족이에요. 내 감정은 그뿐이에요.」

「하지만 첫사랑이기도 하죠.」

「맞아요. 부정하지 않을 거예요. 오빤 계속 첫사랑으로 남아 있겠죠. 하지만 그게 왜요?」

「태영이 그러더군요. 한국인들에게 첫사랑은 결코 잊지 못하고 포기 못 할 사랑이라고. 모두 첫사랑과 맺어지길 원한다고, 당신도 마찬가지라고 말이죠.」

그의 얼굴은 다시 침울해져 있었다. 잔뜩 혼이 나 주눅 들어 시무룩해진 아이 같은 얼굴을 하고 있었다. 그녀는 살포시 웃음이 나오려 했다. 하지만 신중하게 입술을 비집고 나오려 하는 웃음을 꾹 참았다. 그의 성급한 질투가 다시 폭발하는 걸 바라지 않았다.

「그래요. 대부분의 사람은 첫사랑과 맺어지길 원해요. 하지만, 내 경우엔 태영이 틀렸어요. 난 첫사랑을 이루고픈 마음이 없어요. 내게 첫사랑은 이제 과거의 사랑이 되었어요. 어린 시절의 순수함이 깃든 기분 좋은 추억일 뿐이에요. 오빠를 향했던 내 사랑은 과거의 추억으로 남아 있을 뿐이에요. 사실 그렇게 된 지 꽤 오래되었지만, 그동안은 깨닫지 못하고 있었던 거죠. 그러니까 결론을 내자면 현재인 지금 오빠와의 관계는 정말 가족이에요. 그리고 미래에도 오빠 내게 여전히 가족일 거고요. 죽을 때까지.」

「결혼은요? 결혼하지 않는 겁니까?」

「결혼이요?」

뜬금없는 결혼 타령에 진은 눈을 찡그렸다.

「태영이 당신이 지혁과 결혼할지도 모른다고…… 당신 양아버지가 이곳에 온 것도 그것과 관계있을 거라고 했어요.」

「태영이는 바보예요. 아저씬 내게 사과하러 오신 거였어요. 그리고 날 다시 한국으로 데려가기 위해 오신 거기도 하고요.」

태영은 평소 다른 일에는 귀신같은 눈치를 보이다가도 이런 결정적으로 중요한 순간에는 눈치코치라고는 전혀 없었다. 태영이 뭐라고 했을지 짐작이 가자 진은 고개를 저으며 지끈거리려는 이마를 손끝으로 문질렀다.

「그를, 남자로 사랑하지 않는 겁니까? 그의 사랑을 원하지 않아요?」

제스가 떨리는 음성으로 재차 물었다.

「전혀요. 내가 원하는 건 당신이에요. 우린 국적도 다르고, 언어도 다르고, 자라 온 환경도 다르지만 내가 원하는 남잔 당신이에요. 미 해병대 소속의 폭탄 해체 전문가이자 특수부대 지휘관인 바로 당신이요. 당신 말대로 되었어요. 난 당신에게 무장 해제 되었어요. 그러니까, 나는 당신만 원해요.」

「그 말을 미치도록 듣고 싶었습니다.」

그는 다시 키스했다. 그러나 아까와는 전혀 다른 키스였다. 강압도, 난폭함도, 질투에 사로잡힌 분노의 감정도 전혀 찾아볼 수 없는 깃털처럼 부드러운 키스였다. 그녀는 품으로 안겨 드는 그의 목을 두 팔로 끌어안으며 키스를 허락했다. 열렬히.

제스는 새록새록 피어오르는 욕망을 더는 참을 수가 없었다. 사실상 지혁과 함께 있는 모습을 봤을 때부터 제정신이 아니었다. 그녀를 원했다. 그녀의 열기 속으로 파고들길 원했다. 당장 진을 가져야만 했다.

「진…….」

제스는 그녀의 입술을 벌리며 허겁지겁 그 안을 탐했다. 혀와 혀가 서로 얽히는 감미로운 자극이 욕망을 더욱 부채질하고 있었다. 그녀가 팔을 두르며 몸을 밀착해 왔다. 그녀의 부드러운 젖가슴이 가슴 부근에 와 닿자 그는 더욱 달아올랐다. 그녀의 티셔츠 아래로 손을 집어넣어 가슴을 움켜쥐었다. 속옷에 둘러싸인 탄력적인 가슴의 감촉이 그의 커다란 손에 감겨들었다. 감칠맛 나는 느낌에 성이 차지 않자 그는 그녀의 티셔츠와 스포츠 브라를 동시에 움켜잡고 머리 위로 벗겨 냈다. 상앗빛의 부드러운 살결이 드러나자 마른침이 삼켜졌다. 이미 단추가 풀려 있는 그녀의 군복 바지도 성급하게 끌어 내렸다.

그런 다음 자신의 군복도 서둘러 벗어 던졌다. 단추가 뜯겨 나갈 정도로 세게 잡아채 상의 군복을 벗은 뒤에 그 안의 군용 티셔츠의 목깃을 잡고 한 번에 머리 위로 벗어 바닥으로 내던졌다. 그는 옷을 벗는 그 짧은 순간마저 길게 느껴졌다.

방해물을 치워 낸 그는 다시 몸을 밀착해 깊게 키스했다. 그의 입술이 닿자 그녀의 입술이 벌어졌다. 수줍은 듯 살짝살짝 입술을 간질이는 혀의 움직임이 그의 이성을 더욱 마비시켰다.

손을 내려 재빨리 바지 벨트를 풀고 지퍼를 내렸다. 지탱할 힘을 잃은 군복 바지가 아래로 내려가자 발로 차 옆으로 밀쳤다. 속옷 차림으로 그녀의 몸을 벽으로 단단히 밀어붙인 채 그는 가는 허벅지 사이로 얽혀 들어갔다. 따뜻한 온기가 온몸으로 밀착되자 그의 욕망은 더욱 크게 부풀었다. 그녀의 입술과 혀를 깊게 빨아 대며 남자의 욕구를 자극하는 크기와 탄력을 유지하고 있는 젖가슴을 움켜쥐었다.

「음⋯⋯.」

그녀의 낮게 속삭여지는 솔직함이 담긴 색정적인 신음이 그를 더욱 거센 열망 속으로 빠트리고 있었다.

그는 입술에서 떨어져 나와 움켜쥐고 있는 젖가슴으로 고개를 숙였다. 솟아오른 돌기가 혀에 감기자 등을 타고 내려가는 강한 전율에 저절로 몸이 떨렸다. 그는 정신없이 그녀의 젖가슴을 물고 빨았다. 그의 심장만큼이나 거칠게 방망이질 치는 그녀의 심장 소리가 귓가에 또렷이 들렸다. 손을 움직여 거세게 날뛰고 있는 심장 부근을 쓰다듬었다.

그의 손가락이 매끄러운 피부를 문지를 때마다 그녀의 몸이 움찔움찔 긴장감을 표출했다. 그 미세한 떨림이 기분 좋았다. 그의 손길에, 입술에 솔직하게 반응하는 모습이 오히려 더욱 선정적으로 보이게 했다. 더 강한 자극을 요구하는 본능의 명령에 충실히 따르며 그는 더 아래 지점을 향해 고개를 숙였다.

군살 없는 날씬한 배를 입술로 쓸어내리며 귀엽게 푹 파인 배꼽을 혀끝으로 찔러 댔다. 그 얕은 자극에 그녀의 허리가 굽어지며 그의 머리카락 사이로 가는 손가락이 얽혀 들어왔다. 한참을 작은 배꼽을 핥아 대며 희롱하던 입술이 더 아래로, 아래로 내려갔다. 뽀얀 우윳빛의 매끄러운 허벅지를 두 손으로 어루만져 가며 자잘한 키스를 퍼부었다. 종아리를 거쳐 가는 발목에까지 쓸고 내려간 입술은 다시 상승해 올라가 마침내 다리 사이의 비밀스러운 지점으로 옮겨 갔다.

「아앗······.」

검은색 천에 둘러싸인 여성의 근원지에 입술을 꾹 내리누르자 그녀의 입술을 비집고 나온 신음이 방 안을 크게 울렸다. 놀란 그녀가 엉덩이를 뒤로 빼며 피하려 하자 그는 섬세한 굴곡을 이루고 있는 그녀의 골반을 단단히 움켜잡고 원하는 행동을 계속 이어 나갔다. 입술로 그녀의 모든 걸 느끼고 싶었다. 혀끝을 뾰족하게 세우고 갈라진 여성의 틈바구니를 자극했다. 천에 가려진 여성은 그의 입 안의 타액과 섞여 들며 촉촉이 젖어 들어갔다.

그 뜨거운 진액을 더 가까이 깊게 느끼고 싶어 그는 입을 벌려 강하게 빨아들였다. 그러자 그녀의 입술을 타고 탄성에 젖은 신음이 흘러나오면서, 가는 허리가 다시 위아래로 요동치며 바들바들 떨렸다. 그의 기스가 더욱 진하고 끈적끈적해질수록 그녀의 신음 또한 더욱 거세지며 색이 짙어지고 있었다.

「제발······ 당신을, 원해요.」

정확한 의사 표현이 담긴 요구의 말에 그는 그녀의 가는 두 다리 앞에 무릎을 꿇고 앉아 있던 몸을 일으켰다. 그리고 그녀의 몸을 가리고 있는 마지막 남겨진 속옷을 끌어 내렸다. 그녀도 손을 뻗어 그가 입고 있는 속옷을 움켜쥐고 아래로 끌어 내렸다. 그녀의 손에 이끌려 허벅지 아래로 끌어 내려진 속옷을 잡고 그는 완전하게 다리 사이에서 분리해 냈다.

완벽한 자유를 얻은 그의 분신은 파고 들어가야 할 공간을 찾으려는 듯 열심히 제 고개를 치켜들고 있었다. 그는 몸 안의 모든 피가 몰려들어 붉게 달아오른 분신을 움켜쥐고 그녀의 허벅지 사이 중심에 문질렀다. 촉촉이 달아오른 젖은 살결의 매끄러움이 전해져 오자 그의 분신은 제 몸집을 더욱 거대하게 키우며 당장이라도 젖은 틈바구니를 뚫고 들어갈 듯 앞으로 돌진했다.

「저기, 피임해야 하지 않을까요?」

수줍은 듯 더듬거리는 그녀의 목소리가 귓가에 감겨들었다. 그녀의 말에 정신이 번쩍 들었다. 피임…… 콘돔…….

당장 콘돔이 필요했다. 차례로 머릿속으로 입력되고 있는 단어들을 인지하자마자 그는 진에게서 급히 떨어져 나와 아까 바닥에 아무렇게나 벗어 던진 옷 더미에서 군복 바지를 찾아내 콘돔을 꺼냈다. 이로 콘돔 포장지를 찢어 내며 그는 다시 급하게 그녀에게로 몸을 돌렸다. 곧 찾아올 열망에 대한 기대감으로 인한 조급함이 그를 서두르게 했다.

성급하게 한 발자국 내딛는 순간 쌓인 옷 더미에 발이 걸려 그는 하마터면 앞으로 고꾸라질 뻔했다. 우스꽝스럽게 바닥으로 슬라이딩을 하기 전 겨우 아슬아슬하게 중심을 잡고 비틀거리는 다리로 그녀에게 다가간 그는 부드러운 여체를 끌어안았다.

「조심해요.」

급하게 허둥거리는 그의 모습을 지켜본 그녀가 작게 웃음을 터트리며 속삭였다. 귓가를 울리는 감미로운 웃음소리에 그의 피는 더욱 끓어올랐다. 왕성한 성욕이 그의 전신을 지배하고 있었다.

「난 지금 엄청 급합니다. 몸을 사릴 정신이 없어요.」

말을 하는 동시에 그는 콘돔을 쥐고 있지 않은 다른 한 손으로 그녀의 젖가슴을 움켜잡고 빨아들였다.

「설마 항상 그걸 가지고 다녀요?」

나직한 신음을 흘리며 그녀가 물었다.

「콘돔 말입니까?」

「그래요.」

「그날 밤 이후 쭉 가지고 다녔습니다. 언제 어느 상황에서 이게 필요하게 될지 모르니까.」

질문에 대답하며 그는 급한 손길로 귀퉁이가 뜯긴 포장 비닐을 벗겨 내 빠르게 착용했다. 그리고 그대로 그녀의 허벅지 사이로 돌진해 들어갔다. 그의 허릿심에 밀린 그녀의 등이 벽에 쿵 소리를 내며 부딪쳤지만 움직임을 멈출 수 없었다. 성난 남성을 달래듯 강하게 조여 오는 매끄러운 속살의 움직임에 그는 다시 한번 허리를 들어 올렸다.

「앗…….」

그녀의 등이 다시 쾅 소리를 내며 벽에 부딪쳤다. 그는 날씬하고 곧게 뻗은 그녀의 두 다리를 들어 올려 그의 허리를 감싸게 한 뒤 탐스러운 엉덩이를 움켜쥐어 단단히 받치고 다시 허리를 튕겼다.

「하아…….」

거센 움직임으로 인한 깊은 삽입에 정신을 잃을 만큼 강렬한 쾌감이 하반신을 강타했다. 그 강한 자극에 그는 잠시 움직임을 멈추고 호흡을 가다듬었다.

「……그날 밤, 피임하지 않은 상태로 사랑을 나눈 것에 관해 대화를 나누었어야 했는데 그럴 기회가 없었어요. 그날 밤엔 당신과 사랑을 나누느라 정신이 없었고, 아침에도 헬기가 도착하는 바람에 타이밍을 놓쳤어요. 날 부주의한 사람이라고 생각할까 봐 말하는 겁니다. 알다시피 그날 이성을 잃은 탓에 정상적인 사고를 유지하지 못했어요. 오직 당신과 사랑을 나누는 것에만 너무 열중해 있었거든요. 혹시 문제가 생긴다면…….」

「걱정하지 말아요. 적절한 조처를 취했으니까요. 아마 문제는 생기지 않을 거예요.」

진이 그의 말을 중간에 가로채며 말했다.

「조처를 취했다는 게 무슨?」

「기지로 돌아오자마자 약을 먹었어요. 혹시 몰라서. 그렇게 놀란 표정 짓지 말아요. 성관계 경험은 없어도 난 의사라고요. 피임의 중요성을 누구보다 잘 알고 있어요. 물론 그날 밤엔 나도 완전히 망각하고 있었지만…… 나도 당신과 사랑을 나누는 일에만 집중하고 있었거든요. 그리고 더 솔직하게 고백하자면 기지로 돌아온 날 혹시 몰라 침대 탁자 서랍에 콘돔을 넣어 놨어요. 그러니까, 당신이 말한, 그 다음번을 대비해서요.」

그녀는 쑥스러운지 살포시 아래로 고개를 숙이며 자신의 비밀스러운 행동에 대해 털어놓았다.

「이런, 당신은 늘 내 예상을 빗나가는 놀라운 여잡니다. 그리고 미안해요.」

발그레해진 그녀의 양 볼을 손으로 감싸 쥐며 그가 낮은 목소리로 읊조렸다.

「지금 이 상황에서 계속 피임에 관련한 대화를 나누며 사과만 하고 있을 건가요? 이 자세로?」

그의 사과에 진은 고개를 저으며 수줍게 소리쳤다. 그녀는 가슴을 어루만지던 손의 움직임을 멈추더니 팔을 들어 올려 그의 목을 끌어안았다. 작은 움직임이었지만 그 미세한 반동에 젖은 살결에 둘러싸여 있던 그의 남성이 자극을 받아 불끈거렸다. 촉촉함이 스며있어 진득함을 내포하고 있는 공간은 더 깊고 강한 자극을 원하는 듯 반복적으로 수축하며 움직임을 재촉했다.

「흐으……」

꽉 조이며 비틀어 대는 끈적끈적함이 묻어나는 반동에 그는 그녀의 요구대로 사랑을 나누는 일에 집중할 수밖에 없었다.

멈춰 있던 그의 허리가 다시 리드미컬하게 리듬을 타기 시작했다. 그가 강하게 위로 허리를 추켜올릴 때마다 목을 끌어안고 있는 그녀의 팔에 힘이 들어갔다. 그녀의 안으로 더 깊게 파고들어 갈수록 그의 입에서도 뜨거운 탄성의 신음이 내질러지고 있었다.

「제스…… 좋아요. 정말…….」

귓가를 간질이고 있는 그녀의 온기 어린 숨결에 에너지를 얻은 그는 더 힘찬 움직임으로 더 빠르게 허리를 움직였다. 위아래로 쳐 대는 움직임이 길게 쌓여 갈수록 점점 속도가 제어되지 않았다. 브레이크가 고장 난 허리를 더 빠른 속도로 몰아대며 전신으로 퍼져 나가는 쾌감에만 집중했다. 이미 속도는 위험 수준으로 올랐지만 그는 더 빠르게 움직일 수밖에 없었다. 젖은 숨결을 연신 뱉어 내고 있는 그녀의 입술에서 그를 재촉하는 더, 더 소리가 울려 퍼지고 있는 상황에서 그가 할 일이라곤 더 열심히, 그리고 더 힘차고, 빠르게 허리를 움직이는 것뿐이었다.

「아아…… 진…….」

그녀의 재촉 어린 요구에 기쁜 마음으로 호응하며 그는 거칠게 몸을 부딪쳐 댔다. 그의 허리가, 엉덩이가 크게 흔들릴 때마다 두 살결이 맞부딪치는 소리가 꽤 커다란 소음을 만들어 내며 방 안의 공기를 더 뜨겁게 달아오르게 했다.

그가 깊숙이 안으로 파고들 때마다 그녀의 작은 머리통과 좁은 어깨가 벽과 살짝살짝 부딪치며 쿵쿵거리는 소음이 살결 소리와 함께 어우러져 울렸지만, 그는 그것에도 신경을 쓸 수 없었다.

그저 그녀의 탄탄한 엉덩이를 두 손으로 더욱 단단하게 그러쥐고 거칠게 앞으로만 직진하며 돌진해 들어갔다. 그의 남성이 제 뿌리를 끝까지 펼쳐 젖은 웅덩이의 깊은 안쪽까지 깊게 박혀 들어가는 순간 그녀의 탄탄한 허벅지가 그의 엉덩이를 꽉 누르며 얽혀 들었다. 꽉 죄는 힘에 그는 하마터면 끝을 낼 뻔했다. 하지만 가까스로 왈칵 치미는 사정감을 참아 내며 다시 움직였다. 진에게 만족감을 주고 싶었다. 그녀에게도 강렬한 쾌감을 선사해 주고 싶었다. 그날 밤 그가 느꼈던 그 신비로운 느낌을 알게 해 주고 싶었다.

「하아…… 제스…… 기분이, 이상해요…….」

어느 순간이 되자 진의 음성은 떨리고 있었다. 그의 몸과 밀착되어 얽혀 있는 가녀린 몸에도 미세한 진동이 퍼져 나가고 있었다. 습한 열기를 머금고 있는 삼각지가 수축하며 한 치의 틈도 허용치 않으려 사방에서 조여 오자 그는 그녀도 그 순간에 직면해 있음을 눈치챌 수 있었다.

「느껴요, 진…… 같이 느껴 봐요. 몸속으로 파고드는 그 강렬한 느낌을, 그냥 받아들여요.」

더운 호흡을 뱉어 내려 벌어진 그녀의 붉은 입술에 입을 맞추며 그는 다시 움직였다. 토네이도와 같은 강렬한 그의 돌진에 그녀의 손에 힘이 들어가며 그를 더 가까이 끌어당기고 있었다. 혀에 감겨 들어오는 입술을 세차게 빤 그 순간 그녀는 격렬한 진동과 함께 정상에 도달했다. 오르가즘의 정상에.

그 뒤를 이어 그도 마지막에 도달했다. 몸 전체를 뒤흔드는 강렬한 전율에 사로잡힌 그의 분신은 거세게 몸을 뒤흔들어 대며 좁은 살결의 틈바구니에서 폭발했다. 진한 욕망의 흔적을 아낌없이 분출해 냈다.

22

어둠이 어둠 속에서 움직이고 있었다. 소리 없는 움직임들은 계획된 장소로 이동하고 있었다. 모든 준비는 끝이 났고 이젠 실행만이 남았다. 오래 시간을 투자한 계획은 이론적으로 완벽했다. 계획했던 의도대로 적들은 잘라 낸 꼬리만 추적해 나갈 뿐이었다. 그것이 일부러 잘라 낸 꼬리인지도 모른 채로, 그림자만 쫓을 뿐이다. 우매하고 지혜롭지 못한 적들은 그와 형제들의 발밑에 나약한 무릎을 꿇을 것이다. 오늘 밤만 지나면.

이제 곧 있으면 아주 크고 화려한 불꽃놀이가 시작될 참이었고, 그러고 나면 역사는 다시 쓰일 것이다. 그와 형제들의 나라인 고르스탄이 새 역사의 주인이 되는 것이다. 그리고 그들은 새로운 고르스탄의 주인이 되는 것이고.

그들은 신이 보낸 선지자들이니 주인이 되는 건 지극히 당연한 일이다. 그들은 신에게 선택받은 최강의 전사들이다.

〈각오는 되었나?〉

발밑에 모인 형제들을 바라보며 크게 소리쳤다.

〈오직 신만이 나의 주인!〉

한마음 한목소리로 소리쳤다. 형제들은 아주 용맹했다. 그들의 얼굴엔 두려움이 없었다. 당연했다. 신의 지킴을 받고 있음을 그들 모두 이미 알고 있으니까. 형제들에게 죽음에 대한 공포는 없다. 그들에게 죽음이란 곧장 신의 곁으로 가는 즐거운 여행과도 같다. 가진 모든 걸 다 바쳐 신의 곁으로 가게 된 후엔 지상에서 받지 못했던 합당한 보상을 그곳에서 마침내 받을 수 있게 된다. 바로 신의 사자가 되는 것이다. 신의 천사가.

〈적들을 섬멸하라. 그들의 죽음이 곧 우리 형제들의 평안함이요, 무능한 정부의 횡포로 고통받는 형제들을 구원하는 길이다. 신의 이름으로 모든 적을 지옥으로 보내라. 적들에게 빼앗긴 형제들의 정신과 유물을 되찾는 것이다!〉

〈신의 이름으로 적들을 섬멸! 적들을 처단!〉

형제들의 용맹은 이미 하늘을 찌르고 있다. 두려울 건 아무것도 없다. 그들에게 두려움을 줄 수 있는 건 오직 신의 분노뿐이다.

오늘이 지나고 내일이 오면 알 수 있을 것이다. 모든 일이 계획대로 잘 진행된다면 적들은 죽을 것이고 신은 그들에게 오직 기뿜만을 선사할 것이다. 그리고 자신은 뒤에서 그 모든 걸 지켜보고 있으면 되는 것이다. 신의 대리자로서.

● ○ ●

깜박 잠이 들었던 모양이다. 아직 졸린 기운이 남아 있는 나른한 눈을 뜨고 고개를 살짝 틀었다. 근육질의 단단한 가슴이 가장 먼저 눈에 들어왔다. 방 안은 아직 어둑어둑했지만 창문에서 아침이 오기 전 끝 무렵의 새벽빛이 희뿌옇게 스며들고 있었다.

뒤이어 제스와 닫힌 방문 옆에서 격정적인 사랑을 나누었던 기억이 떠올랐다. 그 후 같이 샤워를 했고, 샤워 도중 또다시 사랑을 나누었다. 그는 지치지 않는 욕망으로 그녀의 몸을 탐하였으며 그녀에게 열정을 선사했고 환희에 젖어들게 했다. 그녀는 그가 이끄는 대로 이끌렸으며 그의 품에 열성적으로 안겨 들었다.

놀라웠다. 모든 게 다. 처음 느껴 본 낯선 감각과 열정적인 욕망, 모든 것이 새롭고, 행복했다. 이 행복을 끝내고 싶지 않았다. 제스의 말대로 모든 걸 공유하고 소유하는 완벽한 연인 관계를 유지하고 싶었다.

그는 그들이 이미 연인이 되었다고 선포했다. 눈앞이 아찔해지는 사랑을 나누기 전에.

그러니 용기를 그러모아 도전해 볼 생각이었다. 이미 마음먹었던 것처럼.

태영은 장거리 연애가 서로를 힘들게 하고 결국엔 지치게 할 거라고 단언했지만 그렇게 되더라도 상관없었다. 아무것도 하지 않고 이별을 맞이하는 게 자신에겐 더 힘든 일이 될 테니까. 마지막까지 노력해보고 싶었다. 제스만 원한다면 그녀는 기꺼이 그 힘듦을 아주 기쁘게 견뎌 낼 수 있었다. 그러면 적어도 후회는 남지 않을 것이다.

「무슨 생각을 그리 골똘히 하는 겁니까? 또 내가 불안해해야 하는 생각일까 봐 겁이 나는군요.」

제스의 나직한 음성이 머리 꼭대기에서 울리자 진은 시선을 조금 더 위로 들어 올렸다. 유리알 같은 투명함을 내포한 눈동자가 그녀를 내려다보고 있었다.

「깼네요.」

「아까부터 깨어 있었어요. 당신이 깨어나길 기다리며 잠든 얼굴을 바라보고 있었죠.」

「내 잠든 얼굴을 구경했다고요?」

잠을 자는 동안 자신의 얼굴 상태가 어떤지 알지 못하기에 그녀는 혹시나 추한 모습으로 잠을 잤을까 봐 부끄러웠다.

「걱정하지 말아요. 눈을 뜬 당신도 아름답지만, 눈을 감고 잠든 당신 얼굴은 더 아름다웠으니까.」

그녀의 걱정과 불안을 알아챈 그가 빙그레 미소 지으며 진지한 어투로 달래듯 말을 했다.

「날 깨우지 그랬어요. 내가 깼을 때 말을 걸던가.」

「갑자기 반짝 눈을 뜨더니 골똘히 깊은 생각에 잠기기에 말을 걸 타이밍을 놓친 거죠. 대체 무슨 생각을 한 겁니까? 순순히 털어놓는 게 좋을 겁니다. 당신이 뭔가를 곰곰이 생각할 때가 난 가장 무섭고 불안합니다.」

「그냥 별거 아니었어요. 지금 이 순간이, 너무 행복하다는 생각을 하고 있었죠. 영원히 깨고 싶지 않은 행복함이에요.」

사실 이대로 시간이 멈췄으면 좋겠어요.

「그럼 깨지 않으면 되겠네요. 영원히…….」

그녀의 마음을 눈치챈 듯 그가 귓불을 깨물며 낮게 속삭였다. 입술을 타고 흘러나오는 그의 낮은 음성과 따뜻한 숨결이 귓불을 기분 좋게 간질였다.

「내가 G-스탄으로 와 당신을 만나게 된 모든 게 하나님의 뜻일까요?」

「왜 그렇게 생각합니까?」

「이곳에 오기 전에 짧게 기도를 했거든요. 뭐…… 사실 기도라고 하기엔 부끄럽네요. 음, 소원을 빈 거라고 정정할게요.」

「그건 중요하지 않아요. 기도든, 소원이든, 신을 향해 있었다면.」

「기독교적인 바른 대답이네요. 아무튼, 이곳에 오기 전 기도 비슷한 소원을 빌었어요. 나를 옭아매고 있는 과거에서 벗어나고 싶다고. 신을 믿는 사람들은 무슨 일이 일어났을 때 그 일은 신이 미리 정해 둔 일이었다고들 표현하잖아요. 당신을 만난 후로 정말 그런 걸까 궁금해졌어요. 그런데 난 기독교인이 아니잖아요. 뭐, 어릴 적에는 기도도 많이 하고 성경과 여러 신앙에 관련된 책들을 많이 읽긴 했었지만, 어른이 되어 갈수록 신을 믿지 않게 되었어요.」

「왜죠?」

「결국엔, 그 모든 게 허상이라고 생각했거든요. 상처 입은 나약한 사람들이 상상으로 만들어 낸 허구적인 존재라고. 신은 존재하지 않기 때문에 아무리 기도를 해도 그 기도를 들어주지 않는다고 생각했어요. 그런데…… 당신을 만나고 조금씩 그런 생각들이 변해 가고 있어요. 당신은 신을 믿잖아요. 당신처럼 강한 사람도 신을 믿는 걸 보고 정말 어딘가에 신이 존재하고 있을까 하는 생각이 들었어요.」

그리고 그의 부모님을 만났을 때 그 생각들은 더욱 견고해졌다. 그분들은 타인을 배척하지 않고 포용하는 애정을 보여 주었다. 그리고 그러한 사랑이 하나님의 사랑임을 알려 주었다.

그때 머리로는 잘 이해되지 않았지만, 나중에 가슴으로 어렴풋이 알 것 같은 기분이 들었고, 다시 G-스탄으로 온 후에도 그들과 함께했던 짧은 시간이 계속해서 떠올랐다. 그때마다 그녀가 느꼈던 건 따뜻함이었다.

「물론입니다. 하나님은 언제나 우리와 함께예요. 눈에 보이지 않을 뿐입니다. 신은 각자의 마음속에 살아 있어요. 그들의 고통과 기쁨, 눈물, 공포와 함께하죠.」

「그러면 왜…… 도와주진 않는 거죠? 왜 약한 사람들이, 악한 존재들에게 고통받게 내버려 두는 건데요? 신은 절대적인 존재잖아요. 왜 고통을 만들어 낸 거죠? 그리고 왜 그 고통을 없애 주지 않는 건데요.」

「우리에게 자유 의지를 주었기 때문입니다. 자유 의지가 없으면 인간은…… 한낱 신의 인형에 불과해지죠. 신은 그렇게 되지 않게 한 겁니다. 인간에게 자유 의지를 줌으로써 속박되지 않고 모두가 자유로워질 수 있게 해 준 거예요. 각자가 선택할 수 있게 해 준 겁니다.」

그의 목소리엔 힘이 있었다. 믿음을 갖게 하는 힘.

「당신은 정말 신을 믿는군요? 목사가 되지 않았음에도……. 목사가 되지 않은 걸 후회한 적은 없나요?」

그녀는 그의 흔들림 없는 눈동자를 바라보며 물었다.

「없습니다. 군인이 되어서 내 신앙은 더 단단해지고 견고해졌어요. 목사가 되지 않았다고 해서 믿음이 사라지거나 하진 않아요. 많은 사람이 나와 같은 마음으로 하나님을 믿으며 살아가고 있죠. 그리고 지금 이 순간 난 더더욱 목사가 되지 않은 걸 다행으로 여기고 있어요.」

「왜요?」

「내가 군인이 아닌 목사가 되었다면 이곳 미군 기지에서 군의관으로 파병 온 당신을 만나지 못했을 거고, 당신을 만나지 못했다면 이렇게 사랑을 나누지도 못했을 테니까요. 신은 정말 위대합니다. 내게 군인이 되는 길을 열어 주어 당신을 만날 수 있게 해 주었으니까.」

그가 입술에 자잘한 키스를 퍼부으며 달콤하게 속삭였다. 그 감미로운 말에 그녀는 웃었다.

「당신 꿈이 신부가 아니었던 게 정말 다행이네요. 금욕적인 당신 모습은 상상이 되질 않거든요.」

「그건 나도 마찬가지입니다.」

그가 다시 키스하며 조금 더 진하게 키스의 강도를 올렸다. 그리고 손으로는 그녀의 등을 꽉 끌어안았다.

「당신이 좋아하는 성경 구절은 뭐예요? 종교인들은 보통 좋아하는 암송 구절이 하나씩은 있지 않나요?」

「뭡니까? 지금 내 성경 지식을 시험하려는 겁니까?」

그가 장난기가 가득 어린 표정으로 물었다.

「아니요. 하지만 설마, 찔리는 건 아니겠죠?」

그녀도 장난기 어린 눈빛으로 그를 쳐다보며 질문으로 대꾸했다.

「하하. 전혀요. 내가 좋아하는 구절은 시편 3편 6절 입니다. 군인이 된 후로 더욱 좋아하게 된 구절이죠. 작전 중 불가피하게 위험 상황과 맞닥뜨리게 되면 난 항상 그 구절을 중얼거리곤 했어요. 위험천만한 상황 속에서도 두려움에 떨지 않으려고.」

그는 잠시 말을 멈추고 목을 가다듬었다. 진은 툭 불거진 그의 목울대를 손으로 쓸었다. 잔잔한 진동이 느껴졌다. 그러자 그의 커다란 손이 그녀의 손등에 포개졌고 입술이 뒤따랐다. 그는 그녀의 손을 어루만지더니 입술로 가져가 손바닥에 키스했다. 그리고 다시 그의 목울대가 잔잔하게 울렸다.

「천만인이 나를 에워싸 진 친다 할지라도 나는 두려워하지 않는다.」

그의 나직한 음성은 마치 마법의 주문처럼 다가왔다. 손바닥에 닿는 그의 입김이 그녀의 가슴까지 뜨겁게 했다.

「천만인이 나를 에워싸 진 친다 할지라도 나는 두려워하지 않는다.」

그녀는 그가 읊었던 구절을 천천히 따라 읊었다. 그러다 문득 의문이 들었다.

「용기를 내게 하는 말이네요. 정말 그럴 수 있을까요? 어떤 상황에서도 용기를 잃지 않을 수 있을까요?」

그에게 마음속으로 퍼지는 의심을 소리 내어 물었다.

「그럴 수 있어요. 믿는다면.」

그는 음성은 확신에 차 있었다. 그 견고한 믿음이 그를 더욱 믿음직스럽게 했다. 땅속으로 단단히 뿌리 박은 나무처럼 그의 믿음 또한 마음속 깊이 단단하게 뿌리 박혀 있었다. 그 흔들림없는 믿음이 의심으로 물든 그녀의 마음에 거센 파문을 일으켰다.

'천만인이 나를 에워싸 진 친다 할지라도 나는 두려워하지 않는다.'

다시 가슴으로 시편의 구절을 읊었다.

두려워하지 않아…….

그와 결국엔 헤어지게 되더라도 오늘의 대화는 영원히 잊히지 않을 것 같았다. 그의 믿음직스러운 목소리는 언제나 그녀를 따라다니며 어떤 상황에서도 용기를 내게 격려 해 줄 테니까.

「……네. 믿을게요.」

그의 믿음이 그녀를 변화하게 했다. 그를 사랑하게 되면서 그녀는 자신도 사랑할 수 있게 되었다.

사랑…….

그를 사랑한다.

'사랑해……난 그를 사랑해.'

진은 시원한 박하 향이 감도는 그의 가슴으로 파고들었다. 그 에서 그가 그녀의 등을 어루만졌다. 그의 손바닥이 쓸고 간 피부마다 열꽃이 피어올랐다. 열기가 들불처럼 전신으로 번졌다.

「진.」

그의 음성이 울렸다. 그는 계속해서 그녀의 이름을 속삭였다. 귓가에 감미롭게 감겨드는 이 목소리를 언제까지나 그리워하리라.

현실은 동화가 아니다. 지금 그와 함께 누워 있는 이 시간이 동화 속 마법의 순간처럼 이대로 정지되기를 원하지만 현실에선 결코 마법이 이루어질 수 없다는 사실을 알고 있다. 결국, 시간은 멈추지 않고 재깍재깍 흘러가는 거고, 현실은 다가온다.

만약 그가 장거리 연애를 원치 않는다면 그녀는 이별을 받아들여야 한다.

이제 그것에 대해 그와 대화를 나눠야만 했다.

「……날이 밝고 있어요.」

목소리가 떨리고 있었다.

「저기, 난 이틀 후면, 한국으로 돌아가요. 아마 오전에.」

그녀의 말에 그의 몸이 작게 요동쳤다.

「그전에 당신에게 말할 게 있어요.」

그녀는 그의 단단한 근육질의 가슴을 손바닥으로 슬며시 쓰다듬으며 얼굴을 기댔다. 그의 체취를 듬뿍 들이마셨다. 만약 그가 그녀의 제안을 거절한다면 헤어지기 전에 그를 각인시키고 싶었다. 코로 맡아지는 체취로, 손으로 느껴지는 살결이 감촉으로, 눈으로 보이는 그의 얼굴까지 그의 모든 걸 자신에게로 담아 두고 싶었다.

「저기…….」

입을 열었지만 말은 하지 못했다. 그가 다시 입술을 겹쳐 오며 그녀의 몸 위로 올라탔다. 그의 손엔 침대 옆 탁자 서랍에서 꺼낸 콘돔이 들려 있었고 비닐은 벌써 벗겨져 있었다. 그는 그것을 빠르게 끼우고 아무런 전희 과정도 없이 그대로 그녀의 안으로 밀고 들어왔다. 뭉툭한 감각의 침입에 짧은 순간 날카로움이 느껴졌지만 그를 밀어내진 않았다. 대신 팔을 뻗어 그의 넓은 등을 가득 감싸 안았다. 그가 빠르게 허리를 움직이자 날카로운 감각은 어느새 간질간질한 여운을 느끼게 하는 감미로운 감각으로 변화하고 있었다.

「당신과 헤어지지 않을 겁니다. 보내고 싶지 않아요.」

허리를 감싸 쥔 그의 손가락이 아플 정도로 옥죄어지고 있었지만, 욕망으로 크기를 부풀린 그의 남성이 거칠게 밀려들 때마다 열락을 꽃피우게 했다. 낮게 속삭여지고 있는 그의 저음의 음성이 가슴을 떨리게 했다. 껴안은 그의 너른 등을 더욱 꽉 붙잡았다. 그녀도 헤어지고 싶지 않았다.

「진, 당신을 사랑합니다.」

낮은 속삭임이 환청처럼 들려왔다.

너무나 강렬한 욕망에 귀가 상상으로 만들어 낸 소리인가?

순간 제대로 들은 게 맞는지 의심스러웠다. 그녀의 의식은 숨이 막힐 정도로 밀착된 상태로 격렬하게 파고드는 그의 움직임이 만들어 내는 열망으로 이미 흐릿해져 있었다. 환청을 듣는다고 해도 전혀 이상하지 않았다. 그래서 더 헷갈렸다. 그가 만들어 내는 강렬한 욕망에 더욱 사고력이 흐릿해졌다.

「아…….」

그의 남성이 안으로 밀물처럼 들어올 때마다 그녀는 낮게 신음을 내지르며 정신없이 그의 이름을 속삭였다. 그도 그녀의 귓가에 입술을 파묻은 채 그녀의 이름을 부르짖고 있었다. 그의 남성이 썰물이 되어 빠져나가더니 다시 거센 파도가 되어 몰아쳐 왔다. 그리고 만조가 되었다. 마지막 순간 터질 듯이 부풀어 오른 남성은 입구를 열고 왈칵 뜨거운 물길을 토해 내었다. 그 뜨거움을 느끼며 그녀도 함께 다시 정상에 올랐다. 강렬한 욕망의 최정상에, 심연의 가장 깊은 곳에서부터 폭발된 오르가즘 속으로.

그가 거친 숨을 몰아쉬며 가슴으로 무너져 내렸다. 짓눌려지는 무거운 체중이 버거웠지만 기분 좋은 묵직함이었다. 그의 몸으로, 체취로 완전하게 뒤덮이는 느낌이 나쁘지 않았다. 행복했다.

「진······.」

그가 거친 숨을 가다듬으며 입을 열었다.

「당신만 원한다면 당신을 만나러 오고 싶어요. 당신의 시간이 날 때마다. 장거리 만남이 힘들겠지만 시도해 보고 싶어요. 당신만 괜찮다고 한다면.」

그녀의 입도 성급하게 열리며 머릿속 생각이 말로 쏟아져 나왔다. 그들이 내뱉은 말들이 서로 부딪치며 엉켜들었다.

「진, 내가 원하는 건······.」

똑. 똑.

조용하지만 단호한 힘이 실린 노크 소리가 끼어들어 방해했다. 그의 말은 다시 중단되었다.

똑. 똑. 똑.

안에서 반응이 없자 다시 재촉하는 노크 소리가 들려왔다. 아까보다 조금 더 크고 길게. 그리고 말소리도 동시에 울렸다.

「히버트, 접니다. 존이요.」

웨인 상사의 목소리에 화들짝 놀랐다. 그는 그녀의 방문을 두드리면서 정확하게 제스를 부르고 있었다.

「일어날래요.」

그녀는 몸을 일으키려 했지만 그의 몸이 누르고 있어 머리를 드는 것도 힘들었다.

「젠장.」

예상치 못한 방해에 제스는 나직하게 욕설을 중얼거렸다. 그리고 몸을 일으켰다. 존의 출현에 놀란 그녀가 밑에서 버둥대자 아직 그녀의 안에 머물러 있던 그의 남성이 다시금 솟아오르려 했다. 그는 아까 전 격렬했던 정사의 흔적을 고스란히 간직하고 있는 콘돔을 빼 휴지통에 던져 넣고 빠른 걸음으로 걸어가 방문을 열었다. 아주 살짝만.

하지만 그가 옷을 입지 않은 벌거숭이 상태라는 걸 상대방이 눈치챌 수 있을 정도의 충분한 간격이었다.

그가 방문을 열자 그녀가 서둘러 이불로 몸을 가리는 소리가 바스락거리며 울렸다. 어차피 그의 몸에 가려 존의 시야에는 그녀가 보이지 않을 테지만 그래도 혹시 싶어 그도 어깨를 쭉 펴 열린 방문의 좁은 간격까지도 빈틈없이 메웠다.

「무슨 일이지?」

존은 그의 알몸을 보고도 눈썹 하나 까닥하지 않았다.

「일이 터졌어요. 테러가 발생했습니다. 바로 출동해야 합니다.」

존이 전하는 소식에 그는 이마를 찡그렸다.

테러라니…….

긴급 출동을 의미했다.

「대체 어디서? 설마 본국인가?」

「아뇨, 이곳 미 대사관입니다. 한국 대사관도 공격받고 있다는 보고를 들었습니다. 대사관 직원들을 모조리 인질로 잡아 두고 공격을 퍼붓고 있어요. 테러범들이 도시를 점령했어요. 대사관뿐 아니라 거리 곳곳에서 폭탄이 터지고 있다는 소식이에요. 그러니 시간이 없어요. 숙소 입구에 트럭이 대기 중입니다. 팀원들 전원 모여 있어요. 기지 안의 모든 전투 부대가 출동하는 중입니다.」

「2분만.」

다른 말은 필요치 않았다. 시간이 아까웠다. 제스는 거칠게 문을 닫았다.

진도 테러가 발생했다는 말을 듣고 놀랐는지 표정이 굳어 있었다.

왜 아니겠는가?

미 대사관뿐 아니라 한국 대사관도 공격받고 있다는 걸 들었을 테니 걱정이 되는 게 당연했다. 그도 갑자기 터진 테러에 놀랐으니까. 게다가 본국도 아닌 이곳 G-스탄에서라니. 폭탄을 훔쳐 간 무장 세력들이 일으킨 테러가 분명하다.

그런데 G-스탄의 미 대사관?

이해가 되지 않았지만 지금은 이것저것을 길게 따지고 생각할 시간적 여유가 없었다. 당장 옷만 입고 출동해야 했다.

「진, 미안해요. 지금 당장 떠나야 합니다. 기지로 복귀하면 그때 마저 얘기하도록 해요.」

「언제요? 언제 돌아올 수 있는 건데요?」

그녀가 다급한 목소리로 소리쳤다.

「그건 아직 알 수 없어요. 일이 아주 빠르게 끝날 수도 있고, 아주 늦게 끝날 수도 있어요.」

제스는 바닥에 떨어진 속옷과 군복을 주워 들며 진의 물음에 대답했다. 그는 빠른 속도로 옷을 입어 나갔다.

「만약 늦어지게 되면 얼마나요?」

「모릅니다. 하루 이틀? 만약 테러리스트들이 시간을 끌기로 작정했다면 그보다 더 오래 걸릴 수도 있어요.」

그의 대답에 진은 심장이 쿵 떨어져 내렸다. 자신은 이틀 뒤면 이곳을 떠나야 했다. 그와 이야기도 해 보지 못한 채로 떠나야 한다는 생각에 씁쓸해졌다. 더 일찍 얘기했어야만 했다. 그녀는 바보같이 그를 피하며 시간을 끌었던 과거 자신의 행동들이 야속하고 멍청하게만 느껴졌다.

「……그러면 당신을 보지 못하고 떠날 수도 있겠네요.」

그녀의 말에 군화를 신던 그의 손이 잠깐 움직임을 멈추는가 싶더니 다시 바삐 움직였다.

「진, 당신은 아무 데도 못 갑니다. 나와 대화를 끝마치기 전까진 이곳을 떠나선 안 됩니다.」

그가 군화를 마저 신었다. 이제 그는 테러가 일어난 곳으로 떠날 준비를 모두 마쳤다. 방문을 열고 나가면 끝이었다. 그녀는 마음이 급해졌다.

「혹시 당신을 못 보고 가게 되면 메모를 남길게요.」

그녀는 자신의 말에만 너무 집중하고 있어서 제스의 얼굴이 험악하게 변해 가는 걸 인지하지 못했다.

「빌어먹을! 내 말이 안 들립니까? 당신은 못 떠납니다. 난……!」

「내겐 권한이 없어요. 명령이 내려지면 따라야 해요. 그건 당신도 잘 알잖아요.」

군인은 명령대로 움직여야 한다. 다른 선택권은 없다.

「이대로 끝내길 원하는 겁니까? 잠에서 깨서 한 이야긴 뭐였죠? 나와 있어 행복하다고 하지 않았나요? 그런데 떠나겠다고요?」

「나도 떠나고 싶지 않아요. 하지만 이곳에 영원히 남아 있을 수 없잖아요. 나도 당신과의 연애가 지속되길 간절하게 원해요. 그리고 당신만 원한다면 난 장거리 연애라도 기꺼이 감수할 수 있고요. 시간이 날 때마다 당신을 만나러 오고 싶어요. 하지만 당신이 원하지 않는다면…….」

「당신을 사랑한다는 내 고백을 듣고도 아무렇지 않게 떠나겠다는 겁니까?」

「굳이 내게 연락하지 않아도 이해할…… 잠깐만요, 뭐라고 한 거죠? 날 사랑한다고 했나요?」

절박감에 정신없이 제 할 말만 빠르게 쏟아 내던 중 뒤늦게 머릿속으로 입력된 그의 마지막 말에 진은 화들짝 놀라며 정신을 차렸다. 그가 자신을 빤히 바라보고 있었다.

「맞아요. 당신을 사랑합니다. 아까 전 사랑을 나누는 중에도 말했잖습니까?」

한 단어 한 단어에 힘을 주며 말하는 그의 입술을 멍하니 바라봤다. 멍한 정신은 점점 아득해지고 있었다.

사랑한다고?

날?

놀라움과 기쁨이 동시에 솟구쳤다.

「진, 당신을 사랑해요. 제발 날 떠나지 말아 줘요. 영원히 내 곁에 있어 줘요. 아직 당신에게 하지 못한 말들이 많아요. 그 이야기를 다 들어 주기 전까지 당신을 못 보냅니다. 최대한 빠르게 임무를 마치고 돌아오도록 노력할 겁니다.」

속사포처럼 빠르게 말을 쏟아 내던 그가 잠시 멈칫했다. 그리고 그 어느 때보다 더 진지한 눈빛으로 그녀를 바라봤다.

「하지만 만약 나갔던 일이 너무 늦어져 당신이 기다려 줄 수 없게 된다면, 그땐 내가 한국으로 당신을 찾아가겠습니다. 당신은 내게서 절대 도망칠 수 없어요. 난 폭탄도 잘 다루지만 숨은 적들도 아주 잘 찾아냅니다. 아무리 꼭꼭 숨어 있더라도.」

「날…… 사랑한다고요? 정말요?」

다른 말들은 귀에 들어오지 않았다. 오직 자신을 사랑한다는 그의 고백만이 그녀의 귓가를 맴돌았다. 하지만 더 확실하게 확인해야 했다.

강박증이라 생각될 정도로 답답한 일이었지만 어쩔 수 없었다. 그게 자신의 성격이었다. 여러 번 재차 확인하는 것.

「이런, 진짜 환장하겠군요. 그럼 대체 내가 당신을 어떻게 생각하는 줄 알았습니까? 우리가 친구에서 연인으로 넘어갔다고 어제 분명히 못 박았잖습니까. 미치겠군요. 당신을 사랑하지 않는데 왜 날 기다려 달라고 하겠어요? 왜 내 곁에 영원히 남아 달라고 애원하겠습니까? 그리고 왜 당신과 사랑을 나눴겠어요?!」

그는 발을 구르며 바깥에까지 다 들릴 정도로 쩌렁쩌렁 고함을 쳐 댔다. 그러나 진은 아무 상관 없었다. 오로지 그가 소리쳐 밝힌 사랑 고백에만 온 신경을 집중했다.

그는 나를 사랑해!

그녀의 뇌가 그 정보를 확실하게 입력하는 순간 그가 어깨를 끌어당겼다. 그리고 입을 맞췄다. 아주 깊고 강렬하게 그녀에게 자신의 흔적을 입혔다.

「진, 다시 한번 말하지만 당신을 사랑해요. 내 목숨보다 더 당신을 사랑합니다. 나도 당신만큼이나, 아니, 당신이 생각하는 것보다 더 많이 당신과의 영원을 바라고 있어요.」

그는 짧지만 강한 입맞춤 후 다시 큰 목소리로 외쳐 말하고는 방을 나갔다. 여전히 그의 사랑 고백에 기절할 만큼 놀라고 기쁨에 휩싸여 있는 그녀만을 혼자 남겨 둔 채.

방문을 열고 나오자 존이 빙긋 웃고 있었다. 존도 그의 고백을 복도에 서서 다 듣고 있었다.

얼굴이 붉게 달아오름을 느꼈지만 그는 침착하게 행동하려 했다. 복도엔 존만 서 있는 게 아니었으니까. 그녀의 방에서 두 칸 건너뛴 방에서 미군 장교가 나와 불만 섞인 항의를 소리치고 있었다.

진의 옆방은 조용했다. 애초에 비어 있던 건지 아니면 시끄러운 소동에도 귀를 막고 잠들어 있는 건지는 알 수 없겠지만.

존과 함께 복도를 빠르게 달리며 제스는 여전히 고개를 내밀며 항의하고 있는 미군 장교를 돌아보고 씩 웃었다. 미군 장교의 투덜거림 따윈 어차피 귀에 들어오지도 않았다. 그녀도 그와의 관계가 지속되길 원하고 있다는 사실만이 중요했다. 그녀도 영원을 원한다고 했다. 그렇다면 어쩌면 그녀도⋯⋯.

그는 빠르게 계단을 내려갔다. 숙소건물 입구에 울프 팀을 태운 군용차가 대기하고 있었다.

「제스!」

트럭으로 달려가 올라타려는 순간 제스는 그의 이름을 외치는 익숙한 목소리에 멈춰서 뒤를 돌아봤다. 그리고 저절로 욕설이 튀어나왔다.

아, 젠장⋯⋯.

진이 계단을 달려 내려오고 있었다. 옷도 제대로 입지 않은 맨

발의 상태로.

「제스! 잠시만요, 잠시만 기다려요.」

그녀가 그를 놀라게 하려고 저런 차림으로 뒤쫓아 온 거라면 아주 확실하게 그 목적을 달성했다. 그의 심장은 금방이라도 목구멍을 비집고 튀어나올 듯 강하게 펌프질 되고 있었다. 그녀는 충격적이게도 티셔츠에 상의 군복만 엉성하게 걸친 속옷 차림이었다. 약간 길게 내려오는 티셔츠가 그녀의 엉덩이와 허벅지 윗부분을 가려 주고 있긴 했지만, 그 나머지 아래로는 전부 노출되어 있었다.

「빌어먹을!」

당연하게도 트럭에 올라 있는 울프 팀 대원 전체가 고개를 길게 빼 들고 계단을 뛰어 내려오는 진을 바라보고 있었다. 그녀의 늘씬하고 가는 두 다리를, 미소 띤 얼굴을, 열기로 빨갛게 달아오른 양 볼을, 그리고 흐트러진 호흡을 가다듬으려 작게 벌려진 붉은 입술마저도.

「지금 이게 무슨, 정말 미치겠군요. 대체 무슨 짓입니까?」

「당신 할 말만 하고 먼저 방을 나가 버렸잖아요.」

「그래서 그걸 따지기 위해 옷도 제대로 입지 않고 뒤쫓아 온 겁니까?」

유혹적으로 흐트러져 있는 그녀의 빈약한 차림새에 그는 크게 고함을 내질렀다. 울프 팀 전원이 뒤에서 연신 휘파람을 불어 대며 흥분에 찬 환호를 보내고 있었다.

「시간이 없었어요. 당신이 떠나기 전에 꼭 해야 할 말이 있었어요. 바지까지 제대로 입고 나오다간 당신을 놓칠 거 같았거든요.」

맞았다. 그는 막 트럭에 올라타 비행장으로 이동할 참이었다.

「꼭 지금 해야 하는 말이 뭡니까? 대체 뭐기에…….」

「나도 당신을 사랑한다고요. 제스, 당신을 사랑해요. 내 목숨보다 더. 그러니 이곳에서 당신을 기다릴 거예요. 당신이 조금 늦게 오더라도. 아저씨께 조금만 더 시간을 달라고 부탁해 볼 거예요. 힘들겠지만 어쨌든 간절함을 담아 애원해 볼 거예요. 한국으로 돌아가지 않아요. 당신이 내게 하려던 말을 다 듣기 전까진.」

「……」

진은 모두가 들을 수 있을 정도로 큰 음성으로 그를 사랑안나고 고백하고 있었다. 아주 용감하게. 그리고 그를 쳐다보며 환하게 웃고 있었다. 그 밝고 순수한 아이 같은 천진난만함에 그는 결국 충동을 참지 못하고 그녀의 어깨를 끌어안고 깊게 키스했다. 그러자 여전히 그들을 바라보고 있던 울프 팀 대원 전원이 환호성을 질러 댔다.

「다들 고개 돌리라고. 훔쳐보지들 마. 머리통이 부서지고 싶은 게 아니라면.」

팀의 별명처럼 정말 모두가 늑대인 남자들에게서 그녀의 드러난 살결을 가리려 애쓰며 제스가 험악하게 고함을 쳤다. 그러자 흥미진진한 눈빛들을 빛내며 구경하고 있던 울프 팀 전원의 고개가 일제히 돌아갔다. 하지만 휘파람과 환호성은 계속되었다.

「당신의 열정적인 사랑 고백은 아주 잘 들었습니다. 날 사랑해 줘서 고마워요. 그리고 이렇게 고백해 준 것도. 나도 당신을 아주 많이 사랑합니다. 그러니 이제 그만 그 예쁜 다리를 잽싸게 움직여 다시 방으로 올라가도록 해요. 이미 말했듯이 난 독점욕이 강한 남자입니다. 내 여자의 늘씬한 다리를 다른 음흉한 남자들에겐 보여 주고 싶지 않아요. 그러니 얼른 방으로 돌아가요. 그리고 바라건대, 내가 돌아왔을 땐 지금보다 더 빈약한 차림으로 나를 맞아 준다면 아주 좋겠군요. 이왕이면 알몸으로. 바로 사랑을 나눌 수 있게 말이죠.」

「꼭 그럴게요. 그러니 무사히 돌아와요.」

그녀가 목을 끌어안으며 소리쳐 대답했다.

그는 다시 그녀의 얼굴을 마주 보고 짧게 키스한 뒤 떨어지지 않는 발을 움직여 겨우 트럭에 올라탔다.

「출발해.」

그의 명령에 트럭은 재빠르게 방향을 틀어 비행장으로 향했다.

「약속해요. 기다릴게요. 언제까지라도.」

떠나는 제스의 뒷모습을 바라보며 진은 작게 속삭였다. 비록 그는 들을 수 없을 테지만 스스로 하는 맹세였다. 기꺼이 그를 기다릴 것이다. 그 시간이 영원이 된다 해도.

울프 팀을 태운 헬기는 빠르게 이동했다. 그들 모두 전투복으로 갈아입은 상태였다. 무기를 점검하는 제스의 눈앞으로 아까 전 사랑이 가득 담긴 표정으로 마음을 고백하던 진의 얼굴이 떠올랐다. 세상을 다 가진 기분이 들었다. 그녀의 사랑을 얻었으니 그는 이제 아무것도 두렵지 않았다.

'당신을 사랑해요. 내 목숨보다 더.'

꿈결 같은 말이었다. 수천 번 수만 번 곱씹더라도 절대 질리지 않을 고백이었다. 자신의 목숨보다도 더 그를 사랑한다고 했으니 이제 그녀의 목숨은 그의 것이었고, 그의 목숨은 그녀의 것이다. 그에게 주어지는 임무는 언제나 목숨을 내놓아야 할 만큼 위험이 도사리지만 오늘만큼은 그는 천하무적이다. 결코 죽지 않을 것이라는 확신이 들었다.

그는 조금 전 제 목숨보다 더 강렬하게 사랑하고 있는 여인에게서 꿈 같은 사랑 고백을 들었다. 그리고 그녀와 달콤한 사랑을 나누고 온 참이다. 그러니 행운은 그의 편이었다. 미 대사관을 공격하고 있는 테러범들의 정체가 뭐든지 간에 그들은 오늘 패배할 수밖에 없을 것이다.

'당신을 기다릴 거예요.'

진을 오래 기다리게 하지 않을 것이다. 빠르게 적들을 제압하고 다시 진에게 돌아가야 한다. 따뜻한 그녀의 품으로. 아직 못다한 대화가 남아 있었다. 낭비할 시간은 없었다.

「캡틴 기분은 알겠는데 그만 히죽대라고요. 우린 전투를 하러 가는 겁니다. 백 퍼센트 집중해도 모자랄 판에 얼빠진 얼굴로 실성한 사람처럼 낄낄대고 있으면 어쩌자는 겁니까.」

마이크가 장난기 다분한 미소와 음성으로 깐죽거렸다. 하지만 그는 아랑곳하지 않았다. 진의 사랑을 얻었다. 자신에게 중요한 건 그뿐이다. 마이크의 짓궂은 장난과 놀림쯤은 얼마든지 감당할 수 있었다.

「내 집중력은 백 퍼센트 상태야. 그러니 신속하게 문제를 해결하고 기지로 돌아가자고.」

자신감 넘치는 음성으로 울프 팀 모두에게 소리쳤다.

「네네, 마음이 바쁘시겠죠. 서둘러 사랑하는 여인에게 돌아가야 하니까요. 그녀와 달콤한 사랑을 나누러.」

「킥킥.」

「하하하.」

마이크의 짓궂은 농담에 헬기 안 모든 대원이 크게 웃음을 터트렸다. 그들의 놀림에 민망했지만 여전히 기분만은 최상이었다. 그는 진을 얻었다. 그 사실만 변하지 않으면 되는 것이다.

그는 그녀와의 영원을 꿈꿨다. 사랑하는 그녀의 품에서 하루를 시작하고 하루의 끝을 맺고 싶었다. 그는 그녀와 결혼하길 원했다. 이별 없는 영원을 지속할 수 있는 약속으로 그녀를 묶어 두고 싶었다.

평생을 함께한다는 숭고한 약속.

빠르게 임무를 끝내고 제일 가까운 보석 가게로 들어가 반지를 살 생각이었다. 프러포즈에 반지가 빠져선 안 되니까. 사실 테러 발생 소식을 알기 전, 진의 방에서 사랑을 나눈 직후 바로 청혼하고 싶었다. 하지만 가까스로 참았다. 그는 낭만과 거리가 멀었지만 일생에 단 한 번뿐인 청혼을 반지도 없이 허름한 컨테이너 숙소의 군용 침대 위에서 불쑥 물어보는 건 전혀 로맨틱하지 않음을 안 미큐의 눈치는 있었다.

그러니 최대한 빠르게 임무를 해결해 버리고 반지를 사서 만반의 준비를 한 다음, 진에게 돌아가는 거다. 그리고 그녀 앞에 한쪽 무릎을 꿇고 반지를 내밀며 청혼하는 것이다. 그녀만 허락해 준다면 그는 결혼하고 싶었다. 그러나 연애와 결혼의 거리는 아주 멀고도 험난한 길이다. 그녀는 결혼까진 바라지 않을지도 모른다.

하지만 영원을 바란다고 했으니까.

어쩌면 진도 결혼을 원하고 있지 않을까?

만약 진이 결혼이 아닌 당장의 연애만을 원한다고 해도 괜찮았다. 한국과 미국은 멀리 떨어져 있지만 사람이 오고 가지 못할 정도의 거리는 아니다. 장거리 연애가 쉽진 않겠지만 진을 잃는 것보단 참을 만했다. 먼 거리 정도는 충분히 감당할 수 있었다. 그건 물리적인 방법으로 얼마든지 해결 가능한 문제이니까. 그녀를 볼 수 없는 현실이 그에겐 감당 못 할 고통이었다. 그러니 결코 진과 이별하는 일은 없을 것이다. 그는 스스로에게 굳게 다짐했다.

그가 미래를 꿈꾸는 사이 거친 전장의 늑대와 같은 강한 전사들을 가득 태운 헬기는 빛의 속도로 테러가 발생한 G-스탄의 대도시로 날아갔다.

● ○ ●

대사관들이 모여 있는 G-스탄의 대도시는 그야말로 아수라장이었다. 여기저기서 작은 폭탄들이 폭죽처럼 터지고 있었다. 불꽃놀이가 따로 없었다. 끔찍하고 무시무시한 불꽃놀이. 설상가상으로 무기를 든 과격파 단원들이 작게 무리를 지어 도시를 돌아다니며 외국인들만을 표적으로 삼은 채 무차별적인 총격까지 벌이고 있었다. 해병대와 육군 부대는 지상에서 벌어지고 있는 과격파들의 무차별적인 공격을 막아 내며 민간인들을 구출해 내느라 정신이 없었다.

「휘유, 완전 심각한데요.」

마이크의 탄식처럼 도시는 전쟁터를 방불케 했다. 한국군뿐 아니라 G-스탄 현지 군인들도 총동원되었다. 이미 많은 병력을 투입했음에도 상황은 걷잡을 수 없이 심각해지려 하고 있었다. 그와 울프 팀 대원들은 미 대사관으로 직행했다. 그곳도 무장 세력들이 이미 점령하고 있었고 인질들도 억류되어 있었다. 한국 대사관도 상황은 마찬가지였다.

현장에선 무전기를 통해 실시간으로 상황 보고가 이루어지고 있었다. 가장 큰 문제는 적들이 훔쳐 낸 신 폭탄이 어느 대사관에 설치되어 있는지 파악이 되지 않고 있다는 점이었다. 적들은 두 대사관 모두에 폭탄을 설치했다고 협박하고 있었지만, 폭탄은 하나였다. 그러니 두 군데 중 한 곳이다.

어느 한쪽도 소홀히 할 수 없기에 한국의 UDTSEAL들이 미군 부대의 지원을 받아 한국 대사관으로 향하고, 울프 팀이 미 대사관을 맡았다. 거리에서 벌어지고 있는 무차별적인 테러에 못지않게 미 대사관도 아수라장이었다. 폭발음과 총격 소리가 끊이지 않고 있었다. 먼저 투입된 미군 전투 부대 병력과 적들이 서로 맞붙고 있었다.

무장 세력을 쫓던 CIA 요원들도 모두 출동한 상태였다. 전략 협상가는 미 대사관 출입문 앞 바리케이드 뒤에서 대기 중이었다. 미 대사관에 도착한 울프 팀은 바로 폭발물 처리 수색반과 함께 대사관 안으로 침투했다.

우선 폭탄을 찾는 게 급선무였다. 그게 터지면 이곳 도시는 끝장이었다. 수많은 인명 피해가 발생하게 된다. 모두 형체도 알아볼 수 없는 잿더미가 되어 먼지로 흩어질 수 있었다. 적들이 훔쳐 낸 신 폭탄의 위력은 그만큼 강력했다. 모두가 흩어져 최우선으로 폭탄을 찾았다. 생각보다 심각한 상황에 긴장감이 엄습했다.

이상하게도 적들은 시간 끌기도 오래 하지 않았다. 그저 인질들을 붙잡은 상태에서 무차별적인 공격만을 퍼붓고 있었다. 분명 요구 사항이 있을 텐데 그들은 입을 다물고 있었다. 그건 무언가 이치에 맞지 않는 일이었다. 충분히 이상했다. 보통 인질들을 억류하고 있는 테러범들은 요구 사항부터 전달해 오는 법이었다. 이렇게 무차별적인 공격을 계속 퍼붓고 있는 게 아니라.

만약 수많은 인명 피해를 내는 테러만이 목적이었다면 테러범들은 장소를 잘못 선택했다. 이곳 대사관보다 더 많은 사람이 모여 있는 장소에 폭탄을 설치해야 했다. 그게 더 빠르게 명성을 얻기에 효과적이니까. 예를 들어 G-스탄이 아닌 미국 본토를 표적 삼는다던가 하는. 하지만 그들은 어렵게 폭탄을 훔쳐 내 놓고는 G-스탄 내에 있는 대사관들을 공격하고 있었다. 그리고 도시의 거리 곳곳에서 테러 행각을 벌이고 있었다. 현재 권력을 쥐고 있는 G-스탄의 정부 인사들을 제거하는 게 목적이라고 하기에도 이치에 맞지 않았다. 그렇다면 정부 건물을 목표로 총공격을 쏟아 붓는 게 더 현명했다.

대체 왜?

의문은 한 가지 더 남아 있었다. 그들은 왜 비효율적임에도 여럿이 한 장소를 노리는 게 아니라 나눠진 소수 인원으로 여러 장소에서 공격하는 걸까?

적은 인원으로 몰려다니며 공격을 퍼붓는 건 현명하지 못했다. 금방 제압될 수 있으니까. 그건 아무리 아마추어 테러범들이라도 알 수 있는 상식이었다. 하지만 지금 적들은 적은 인원으로 뿔뿔이 나뉜 채로 공격을 가하고 있었다. 생각할수록 이상했다.

물론 테러리스트들은 언제나 이상한 존재들이긴 했다. 그들은 일반적이지 않은 상식으로 뭉쳐 있는 존재들이었다. 전형적인 파괴자였다. 무차별적인 살육을 일삼고, 그 일에서 즐거움과 성취감을 느낀다. 정당하지 못한 방법으로 자신의 가치를 높이고 그게 옳은 일인 양 착각에 빠져 산다.

하지만 이건 다른 문제다. 그들의 테러 목적 자체가 의심될 만큼 이해할 수 없는 양상이 펼쳐지고 있었다.

탕.

탕탕.

모퉁이를 돌자 적이 나타났다. 정확하게 적의 머리와 심장을 겨냥해 쐈다. 생포는 없다. 무차별 공격을 퍼붓는 적들은 무조건 사살이었다. 저들을 사람이라고 여겨 동정하는 마음에 조금이라도 머뭇거린다면 자신이, 혹은 동료들이 목숨을 잃게 된다.

그는 감정을 죽인 기계가 되어 앞으로 돌진해 나갔다. 총격과 더불어 펑펑 터지는 수류탄들이 만들어 내고 있는 자욱한 연기가 시야를 가려 한 치 앞도 분간되지 않았지만 울프 팀 대원들 모두 이런 상황에 익숙하게 훈련돼 있었다.

쉭. 쉭.

쾅.

콰앙.

투탕탕탕탕탕.

2차 대전을 방불케 하는 적의 공격에 그는 혀를 내둘렀다. 아무래도 적들은 전쟁 영화를 너무 많이 본 게 틀림없다. 자기들이 주인공이라도 된 것처럼 어마어마하게 큰 자동 기관총을 어깨에 메고 계단 위에서 갈겨 대고 있었다.

「젠장, 힐. 설마 지금 놀고 있는 건 아니겠지.」

핑.

그가 무전으로 소리치자마자 바람을 가르는 총알의 조용한 소음이 울렸다. 람보 흉내를 내는 테러범을 저격수인 힐이 단번에 잡아냈다. 그의 사격 솜씨는 울프 팀 내에서 최고였다. 아니, 특수부대를 통틀어 최고였다. 그가 쏜 총알은 매번 정확하게 적의 이마를 꿰뚫었다.

— 처리 완료.

힐이 무전으로 알렸다.

「잘했어. 울프 팀 계속 위로 전진한다.」

그의 명령에 울프 팀 대원들은 군소리 없이 뒤를 따랐다. 테러범들이 뭉쳐 있는 곳은 3층에서 가장 구석진 회의실이었다. 그곳에 대사관 직원들을 인질로 잡아 놓고 있었다. 그리고 그곳에 폭탄이 설치되어 있다고 람보 흉내를 내던 적과 맞닥뜨리기 전 육군 전투 부대가 무전으로 알려 왔다.

체계적으로 앞에 나타나는 적들을 처리해 나가며 위로 올라갔다. 3층은 아래층들과 다르게 비교적 조용했다. 3층 복도로 올라가는 계단과 복도는 옥상에서부터 밀고 내려온 미군 전투 부대 병력으로 이미 장악된 상태였다. 울프 팀이 도착하자 전투 부대들은 길을 터 줬다. 제스는 회의실 문 바로 앞까지 다가가 벽에 등을 지고 대기했다.

「바로 칩니까?」

무전기에 대고 돌입 시점을 물었다.

— 폭탄은 내부 기둥에 설치된 것으로 최종 확인되었다. 타이머 설정이 되어 있지만, 활성화된 상태는 아니다.

그의 물음에 바깥에서 대기 중이던 블랙 중령의 음성이 무전기를 타고 흘렀다.

— 진입!

중령의 돌입 명령이 떨어지자 그는 재빠르게 등 뒤로 수신호를 보냈다. 문이 부서지고 연막탄이 터졌다.

쾅. 콰쾅.

탕. 탕. 탕. 탕. 탕. 탕.

적들이 반응을 보일 틈도 주지 않고 정확하게 적들을 사살해 나갔다. 대사관 회의실 창문을 깨고 안으로 침투해 들어온 교란 임무를 맡은 병력이 적들의 시선을 끄는 그 짧은 시간에, 문 앞에 대기 중이던 울프 팀은 닫힌 문을 박차고 들어가 총을 쏴 대며 적들의 반항을 단박에 제압했다.

적들은 장난감 병정이 된 것처럼 우수수 쓰러졌다. 쓰러진 적들을 울프 팀 대원들과 유리창을 깨고 침투한 교란 병력이 재확인했다. 죽은 줄 알고 방심하고 있다가 좀비처럼 다시 살아난 적들이 총을 갈겨 댄 적도 여러 번이었다. 확실하게 확인해야 했다.

그는 전투 상황이 정리되어 가자 기둥에 설치된 폭탄으로 다가갔다. 블랙 중령의 말처럼 폭탄은 아직 활성화되지 않은 상태였다. 조심스러운 손길로 폭탄을 면밀히 살폈다. 선들이 어떤 방식으로 연결되어 있는지를 확인하고 본체의 뚜껑을 열었다. 그리고 경악에 찬 숨을 들이켰다.

「염병할……」

— 무슨 일이지?

그의 나직한 욕설에 블랙 중령의 다급한 음성이 무선 헤드셋을 타고 급박하게 흘러나왔다.

「이곳에 설치된 폭탄은 가짭니다.」

미 대사관 3층 회의실에 설치된 폭탄은 가짜였다. 정교하게 복제된 모조품, 터지지 않는 장난감. 뚜껑을 연 본체 안은 비어 있었다.

— 한국 대사관을 확인해.

무선 헤드셋을 타고 블랙 중령의 거친 음성의 명령이 들렸다.

「울프 팀 전원 한국 대사관으로.」

팀에게 명령을 내리고 제스는 곧바로 미 대사관 밖으로 향했다. 3층 아래층으로 내려가는 길목마다 올라올 땐 보지 못한 숨어 있던 적들이 툭 뛰어나왔다. 차례차례 남은 적들을 섬멸해 나가며 앞으로 전진했다. 그러나 대사관 건물을 나와 바리케이드가 쳐진 곳에서 몇 발자국 남기지 않은 상황에서 무선 헤드셋으로 긴급한 정보가 흘러나오자 걸음을 멈췄다.

— 한국 대사관에도 폭탄은 없다. 모든 게 속임수다. 이곳에 설치된 폭탄도 가짜다. 한국 대사관을 점령한 적들은 모두 사살되었다. 한국 대사관의 대사와 청와대 인사들이 또 다른 적들에게 납치된 상태다. 적들은…… 미군 기지로 향했다고 한다. 미군 기지가 그들의 최종 목표지이다. 빠르게 기지로 이동해야 한다.

지혁의 음성이었다. 그의 음성은 바싹 마른 오래된 화석보다 더 심각하게 건조했으며 갈라져 떨리고 있었다. 귀를 타고 흐르는 지혁의 말들이 이해가 되지 않았다. 제스는 험악하게 인상을 쓰며 바리케이드 너머 군 관계자와 CIA가 대기하고 있는 곳으로 곧장 뛰어 들어갔다.

「빌어먹을! 대체 이게 무슨 소립니까?」

바리케이드 뒤에 서 있는 사람들의 얼굴에 깊은 긴장감이 서려 있었다. 그리고 그들과 함께 서 있는 블랙 중령의 안색 또한 이례적으로 구겨져 있었다.

「사실이네. 방금 미군 기지에서 정체 모를 적으로부터 습격받았다는 긴급 무전이 왔어. 대사관과 도시를 공격한 건 적들의 눈속임이었어. 미군 기지 안의 전투 병력을 최대한 많이 빼내려고 도시를 총공격한 거야. 적들의 진짜 목표는 미군 기지였어.」

「…….」

조용한 침묵이 흘렀다. 블랙 중령의 말에 그곳에 서 있는 모두가 긴장감으로 서로의 눈치를 살피고만 있었다. G-스탄 내에 있는 미군 기지가 적들에게 습격받았고 진짜 폭탄도 그곳에 가 있다. 그런데 미군 기지 내엔 최소한의 병력만이 남아 있을 뿐이고, 더 최악인 건 그곳엔 진이 있었다. 적들이 습격한 미군 기지 안에.

그는 눈앞이 아찔해졌다.

「적들은 이미 미군 군의관들과 한국 군의관들 모두 인질로 잡아 두고 진료실을 장악했어. 한국 대사관에서 납치해 간 대사와 청와대 인사들도 모두 그곳에 붙잡혀 있고. 지금 진료실 건물엔 방화 셔터가 내려진 상태고, 본스터사에서 훔쳐 낸 탱크를 세워 미군의 움직임을 감시하며 쉽게 접근할 수 없게 만들어 놨어. 우선 당장 미군 기지로 돌아가야 하네.」

다급하게 상황을 설명하는 블랙 중령의 말에 그는 정신을 차렸다. 중령의 말대로 신속하게 미군 기지로 돌아가야 했다.

그는 헬기로 빠르게 뛰어갔다.

빌어먹을…….

진이 그들과 있었다. 테러범들과 함께, 그리고 폭탄과 함께. 파괴자들에게 인질로 잡혀 있었다.

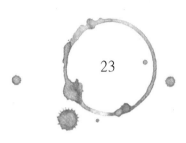

23

예정대로면 근무가 없어야 했지만 비상사태였다. 제스가 작전에 나가고 혼자 방에 남은 그녀도 씻고 나오자마자 급한 무전을 받았다. 아까 대사관이 있는 도시에 테러가 일어났다는 말을 들었을 때 어느 정도 예상한 일이었다. 테러 공격이 일어나면 수많은 부상자가 속출하기 마련이었다.

무전을 받자마자 진은 깨끗한 군복을 꺼내 입고 서둘러 진료실로 향했다. 한국 대사관에서 테러로 인한 총격 부상 상태인 국방부 장관이 헬기로 이송 중이었고, 곧 있으면 도착할 시간이었다.

미군 기지 내부는 출동하는 전투 병력으로 소란스러웠다.

"수술 준비 완료됐지?"

진료실 안으로 들어서자마자 태영에게 소리쳐 물었다. 진료실엔 그녀처럼 무전을 받고 대기 중인 새로 파병 온 의료진들이 모여 있었다. 미군 의료진도 바쁜 상황은 비슷했다. 미군 기지 전체가 소란스럽고 정신이 없었다.

"모두 정신 바짝 차려야 할 거 같아요."

"이게 무슨 난리랍니까? 갑자기 테러라니……."

태영이 불안한 얼굴로 읊조렸다.

"한미군 공동 채널 무전을 들었는데 대사관들이 있는 도시가 완전 전쟁터랍니다."

"우리도 그곳으로 나가야 하는 걸까요?"

새로 파병 온 신참 군의관이 불안함을 감추지 못하고 물어 왔다.

"우선 대기하고 있어 봐야죠."

삐익.

지지직.

말이 끝나기가 무섭게 무전기가 울렸다.

― 3분 뒤 한국 대사관에서 출발한 이송 헬기 도착이다. 의료진 헬기장에서 대기하도록.

"알겠다. 오버."

신속하게 무전기에 응답한 뒤 태영과 다른 한 명에게 손짓했다.

"두 사람 따라오고 나머진 대기해요."

그녀는 태영과 신참 군의관을 데리고 이송 베드를 밀며 비행장으로 뛰어갔다. 진료실은 비행장 바로 옆이어서 도착하는 데 1분도 안 걸렸다. 그녀가 비행장 안으로 막 들어서려는데 하늘 위로 헬기가 보였다. 헬기는 막 착륙하려 하고 있었다.

비행장에는 군 관계자들도 나와 있었다. 이송 헬기는 두 대로 총격을 당한 장관 외에도 청와대 인사들도 몇 명이 더 있고, 그들도 부상 상태라고 전해 들었다.

그 소식에 지혁이 걱정되었다. 지혁도 테러가 발생한 한국 대사관으로 출동한 상황이었다. 제스가 떠나고 무전을 받기 전 류 대장과 지혁을 찾았지만 연락이 되지 않았다. 그들은 이미 떠나고 없었다. 심지어 지수까지도 어제 오후 한국 대사관으로 이동했다는 소식을 전달받았다. 진은 기지로 들어오는 저 헬기에 다친 류 대장과 지수와 지혁이 실려 있지 않길 간절히 바랐다.

쾅.

"앗."

어디선가 굉음이 울렸다. 무언가가 터지는 거친 폭발음이었다. 커다란 화약 소리에 얼마 전 피습 당시 상황이 저절로 떠올려졌다. 그녀는 고개를 이리저리 돌려 가며 소리의 진원지를 찾았다. 하지만 눈으로 보이는 가까운 곳이 아닌 듯했다.

대체 뭐지?

피습 사건을 연상시키는 요란한 소음에 마음이 불안해졌다.

위이이이잉.

위이이잉.

그 순간 미군 기지 내에 적색경보가 커다랗게 울리기 시작했다. 착륙장에 있던 미군들과 군 관계자들 또한 방금 들려온 폭발음에 대한 정보를 알아내려 바쁘게 움직이고 있었다. 안 그래도 소란스러웠던 기지 안이 더욱 소란스러워졌다. 적색경보가 울림과 동시에 하늘에 떠 있던 이송 헬기 두 대가 비행장 안으로 무사히 착륙했다. 진은 일단 그곳으로 뛰어갔다. 응급 환자가 우선이었다.

폭발음 소리가 마음을 불안하게 했지만, 그녀가 할 수 있는 건 없었다. 그 문제를 해결할 군인들은 따로 있을 테니 그녀는 자신에게 맡겨진 소임에 집중해야 했다.

헬기 가까이 다가갈 때쯤 들것에 실린 부상자가 헬기에서 땅으로 옮겨지고 있었다. 같은 헬기에 타고 있던 청와대 인사들로 보이는 사람들도 전부 헬기에서 내리고 있었다. 그들에게 서둘러 달려갔다.

뭐지…….

가까이 다가갈수록 뾰족하게 날이 서 있는 듯한 기류가 그녀의 신경을 곤두서게 했다. 이상했다. 헬기에서 내린 사람들의 얼굴에는 어딘지 묘한 어색함이 섞인 긴장감이 잔뜩 서려 있었다. 그들이 보이는 행동들은 부자연스러웠다. 땅에 내려서고도 움직이지 않고 가만히 제자리에 서서 쭈뼛쭈뼛 눈치만 보고 있었다.

"환자 상태는요?"

이상했지만 부상자가 우선이었기에 청진기를 꺼내면서 들것으로 시선을 돌렸다. 부상자를 실은 들것은 천으로 덮여 있었다.

천은 왜 덮어 놓은 거지?

의아함에 손을 뻗어 부상자의 몸을 덮고 있는 흰색 천을 들춰 냈다. 그리고 동시에 충격으로 굳었다. 헬기로 긴급 후송 된 국방 부 장관은 이미 죽어 있었다. 이송 들것에 누워 있는 장관의 가슴 부근에는 총상이 나 있었다. 총상의 위치와 심각성으로 봤을 때 아마도 장관은 총상을 당한 그 자리에서 즉사했을 것으로 빠르게 추측되었다.

그런데 왜 긴급 호송이 되어 온 거지?

머리를 강타하는 의문에 그녀는 주변을 다시 살피게 되었다. 그 제야 또 다른 무리가 눈에 들어왔다. 이미 죽은 상관이 타고 있었 던 헬기 안에 남아 있는 무리와 뒤쪽의 헬기에서 나오는 정체 모를 무리가. 그들은 모두 G-스탄 현지 군인이 입는 군복을 입고 있었 지만 자세히 보니 전혀 군인으로 보이지 않았다. 적어도 G-스탄의 정식 군인들은 아닌 듯했다.

그렇다면 예상 가는 범위야 뻔했다. 현 정부에 대항하는 반군 세력들. 미군과 한국군의 적이자 새벽에 대사관들이 있는 대도시 에 테러를 일으킨 장본인들.

그제야 그녀는 헬기에서 내려 어색한 표정을 한 채 딱딱하게 굳어 있는 사람들의 행동이 이해가 되었다.

"엎드려!"

헬기를 타고 온 군인들의 정체를 알아챈 그 순간, 시야에 들어

온 또 다른 물체에 진은 크게 소리 질렀다. 그녀의 고함과 함께 무기를 꺼낸 적들은 본색을 드러냈다. 헬기에서 내린 청와대 인사들은 허공에 내질러진 고함을 따라 땅에 납작 엎드렸다.

쾅.

투타타타타탕.

탕. 탕. 탕. 탕. 탕

G-스탄의 현지 군복을 입은 반군 무리가 자동 기관총을 들고 군 관계자들과 미군들을 향해 무차별적인 총격을 가해 왔다.

쾅. 쾅.

콰아앙.

또다시 폭발음이 들려왔다. 이번엔 더 가까운 곳이었다. 엎드린 채로 고개를 돌리니 미군 기지로 들어서는 초입 방향에서 검은 연기가 피어오르고 있었다. 새까만 연기가 자욱했다. 아까의 폭발음과 방금 울린 폭발음 모두 그 부근에서 들려오는 소리 같았다.

탕. 탕. 탕. 탕. 탕. 탕.

쾅. 콰앙.

탕. 탕. 탕. 탕.

"꺄악!"

"으아악!"

"헉."

비행장도 순식간에 아수라장이 되었다. 뒤에 있던 헬기가 폭발하며 굉음을 만들어 내고 있었다. 그리고 쉴 새 없이 퍼부어지는 적들의 기습적인 총격에 비행장을 지키고 있던 군 병력이 우수수 무너지고 있었다. 적들은 핀을 뽑은 수류탄들을 쉴 새 없이 미군들에게 던지며 총까지 갈겨 대고 있었다. 정면에선 총알이 무수히 날아오고, 하늘에선 수류탄이 비처럼 쏟아져 내렸다.

반군들의 무차별공격에 진은 패닉상태가 되었다. 등골이 서늘하며 숨이 막혔다. 죽음의 그림자가 짙게 내려앉은 비행장의 끔찍한 광경에 피습당했던 때의 충격이 되살아나며 두려움에 온몸이 달달 떨려 왔다. 공포에 질려 손가락 하나조차 꼼짝도 할 수 없었다.

"대위님!"

그녀의 뒤에서 태영이 소리를 지르고 있었다. 태영과 신참 군의관 둘 다 이송 베드 아래로 납작 몸을 숙이고 있었다.

"진, 진료실…로 도, 돌아가."

꽉 막힌 숨통에 제대로 목소리가 나오지 않았다. 헐떡이는 거친 숨소리만이 겁에 질린 입술에서 피시시 새어나왔다. 그러나 진은 이를 악다물며 필사적으로 소리를 쥐어짜냈다.

"도망쳐!"

있는 힘을 다해 두려움을 떨쳐 낸 그녀는 태영이 들을 수 있도록 여러 번 크게 소리쳤다. 당장 이곳에서 벗어나야 했다. 오직 살아야한다는 본능의 외침에만 정신을 집중시켰다.

"일어나요! 도망쳐야 해요!"

이번에는 몸을 둥글게 말아 바닥에 웅크리고 있는 청와대 인사들에게 소리쳤다. 그녀의 거친 고함에 몇 명이 고개를 들었지만 잔뜩 겁에 질린 얼굴로 세차게 고개를 휘저을뿐 붙박이장처럼 납작 엎드린 몸을 일으키지 않았다.

비행장 입구 가까이 서 있던 태영과 신참 군의관은 그녀의 지시에 벌떡 일어나 달리고 있었다. 진은 다시 한번 여전히 미동 없이 엎드려 있는 청와대 인사들을 향해 고함을 치고는 억지로 그들의 어깨를 붙잡아 일으켜 세우려 했다.

"당장 일어나라고요. 다들 죽고 싶어요?"

강한 어조에 그제야 한두 명씩 일어나더니 움직이기 시작했다.

"달려요."

그녀는 식권들을 데리고 비행장 출입구 쪽으로 달렸다.

쿠탕탕탕탕탕탕.

탕. 탕. 탕. 탕. 탕. 탕.

탕. 탕. 탕. 쾅. 쾅. 쾅.

"꺄아악!"

"아악!"

둔탁한 폭발음과 총격 소리는 끊임없이 울렸다. 그 소리에 놀란 청와대 인사들이 비명을 지르며 혼비백산했다. 우왕좌왕 흩어지려는 사람들에게 그녀는 계속 고함지르며 출입구 쪽으로 달려가게 했다. 그리고 그녀도 미친 듯이 그곳으로 뛰어갔다.

총격은 멈추지 않고 계속되었지만, 기적에 가깝게도 군 병원 건물로 달려갈 때까지 총알은 그녀의 몸을 맞추지 못했다.

기적 같은 놀라운 행운에 용기를 얻어 그녀는 더 빠르게 앞으로 내달렸다. 그녀의 고함 섞인 안내를 따라 도망치는 사람들도 더 빠른 속도를 냈다. 진료실로 들어가는 출입구는 이제 바로 몇 미터 앞에 있었다. 목표 지점에 가까워지자 희망이 피어올랐다.

조금만 더.

이제 몇 발자국만 더 가면 되었다. 그리고 마침내 진료실로 들어서는 건물의 출입구 앞에 다다르자 몸을 던지다시피 하며 한껏 손을 뻗었다.

와장창창.

그러나 출입문을 밀려고 손을 뻗는 그 순간 유리문이 박살 났다.

"아악!"

자동으로 내질러지는 비명과 함께 고개를 숙였다. 군복으로 유리 파편이 날아들었다. 뒤를 돌아보니 무시무시한 기관총을 든 적들이 멀지 않은 거리에 서 있었다.

콰앙.

쾅.

"악!"

"까야아악."

또다시 아주 가까운 곳에서 굉음이 들렸다. 귀를 찢을 듯한 강한 폭발음에 사람들 모두 정신없이 비명을 질러 댔다. 소리의 근원지를 찾아 고개를 미친 듯이 휘저었다. 그리고 마침내 소리의 근원지를 찾아냈을 땐 망연자실할 수밖에 없었다. 시야에 들어온 믿기지 않는 광경에 입이 벌어졌다. 탄식이 흘렀다.

"아……."

전차였다. 제스의 안내로 미군 기지 무기고에서 구경했었던 바로 그 전차와 비슷했다. 크기만 조금 더 작을 뿐인 그 전차가 믿기지 않는 빠른 속도로 돌진해 오고 있었다.

저토록 빠르게 달리는 전차는 지금껏 보지 못했다. 공격을 퍼붓는 전차는 붉은 천에 잔뜩 흥분해 거센 콧김을 뿜어내며 달려드는 투우 경기장의 황소처럼 거침이 없었다. 흥분한 황소와도 같은 전차가 현재 노리고 있는 붉은 천은 진료실이 있는 군 병원이었다. 입구을 막고 있는 철조망을 손쉽게 밀어내며 정확하게 진료실이 있는 건물 방향으로 돌격해 오고 있었다. 정면에 달린 포를 추진력 삼아 마구잡이로 쏘아 대면서.

쾅.

터지는 강력한 포탄에 출입구를 지키던 미군 보초들은 힘 한번 써 보지 못하고 무기력하게 비명을 내지르며 죽어 나가고 있었다. 귀를 찢을 듯한 거대한 폭발음은 바로 저 전차에 달린 포에서 쉴 새 없이 발사되고 있는 포탄 소리였다.

믿을 수 없는 현실이지만 무장한 적들로부터 미군 기지가 공격받고 있었다. 미군 기지에 테러가 가해졌다. 전쟁이 벌어진 것이다.

충격적이고 암담한 현실에 진은 몸이 덜덜 떨렸다.

● ○ ●

모든 일은 미군 기지를 습격한 적들에 의해서 순식간에 정리됐다. 그들은 총과 폭탄으로 무장한 채 한국군 진료실 안에 인질로 잡은 사람들을 모아 두었다. 미군 의료진들도 이곳으로 잡혀 왔다. 진료실 안의 베드는 모두 출입문 쪽으로 밀쳐지고 사람들은 출입구를 마주 보는 벽에 등을 댄 채 일렬로 무릎 꿇려졌다. 손은 뒤로 결박됐다.

이미 시체로 헬기를 타고 날아온 국방부 장관을 제외한 인실이 된 나머지 사람들은 모두 열 명으로, 한국 대사관에서 적들과 같이 날아온 대사관 대사와 청와대 인사들, 그리고 미군 의료진들까지 포함한 숫자였다. 하지만 잘못하면 곧 한 명이 더 줄어들 수도 있었다. 총격전의 한가운데 있었던 인질 몇몇이 부상 상태였는데 그중에서도 대사의 상태가 가장 심각했다. 대사는 총에 맞은 상태였고 피를 흘리고 있었다.

도움을 주고 싶었지만 그녀도 결박된 탓에 어려웠고, 총을 들고 인질들을 향해 험상궂게 인상 쓰며 고함을 지르고 있는 적들의 날 선 위협에 감히 물어볼 수조차 없었다. 살아남으려면 가만히 무릎을 꿇고 조금도 움직이지 않은 채로 있어야 했다.

인질들을 감시하지 않고 있는 적들은 출입문에 어떤 작업을 하고 있었다. 뭔가를 설치하고 있었는데 마침내 설치 작업이 완전히 끝나자 그 무언가의 정체를 바로 알 수 있었다. 폭탄이었다. 작고 앙증맞게 생겼지만 적의 손짓 한 번에 이곳에 잡혀 있는 모든 사람을 죽일 만큼의 위력을 가진 폭탄이었다.

그녀가 실제 눈으로 폭탄을 보는 건 처음이었다. 액션 영화에서나 봤었지 군인 신분이었음에도 실제 현실에서는 단 한 번도 본 적이 없었다. 물론 군에서 훈련은 받았지만 그때 사용된 폭탄은 살상 위력은 없는 가짜였다.

하지만 적들이 진료실 문에 부착한 저 작은 물건은 실제로 살상 위력을 가진 폭탄이었고 한눈에 그걸 알아볼 수 있었다. 문에 부착된 폭탄도 영화에 나오는 폭탄들처럼 몸체 중앙에 붉은 글씨로 시간이 표기된 디지털시계가 부착되어 있었다. 그리고 복잡한 실타래가 엉켜 있는 형상인 가늘고 두꺼운 선선들이 출입문과 주변의 벽을 온통 감싸고 있었다.

폭탄을 설치하는 작업을 마친 적들은 또 다른 작업을 하기 시작했다. 미리 준비해 온 검은색 가방에서 장비들을 꺼낼 때 보니 비디오카메라와 그 카메라를 올려 둘 수 있는 삼각대였다. 비디오카메라는 인질로 잡힌 사람들을 잘 비추는 방향으로 가지런하게 세워졌다. 그리고 그 옆으로 작은 노트북이 진료실에서 사용하던 작은 탁자 위에 올려졌다.

적들은 노트북을 열고 능숙하게 자판을 두드렸다. 그리고 그들의 언어로 간간이 서로 대화를 주고받았다.

인터넷 중계. 실시간…… 사람들…….

무슨 소리지?

이해가 되지 않았다. 제대로 알아듣기에 그들의 억양은 너무 거칠었고 소리도 작았다. 그녀는 고개를 돌려 인질이 된 사람들을 바라봤다. 모두 무릎 꿇은 채 입을 다물고 있었다. 목숨을 위협당하는 급박한 상황에 부담을 느끼는 사람들의 안색은 황폐할 만큼 창백해져 있었다.

태영은 그녀의 옆에 있었다. 태영마저도 숨 막히게 하는 공포감을 느끼기에 충분한 현재 상황에 겁을 집어먹고 작게 훌쩍이고 있었다.

"울지 마. 조용히 있어. 저들의 관심을 끌지 마."

진은 작은 목소리로 태영에게 속삭였다. 그들뿐만이 아니라 적들도 현재 아주 예민한 상태였다. 당연했다. 저들도 목숨을 걸고 미군 기지를 습격한 걸 테니까. 엄청난 부담감으로 인한 극도의 스트레스 상태일 게 분명했다. 압박감을 느끼게 하는 과도한 스트레스는 아주 작은 자극만으로도 폭력적인 히스테리를 유발할 수 있었다.

"두, 두려워요, 대위님……. 저들이, 대, 대체 뭘 하는 거예요? 왜 이러는 거죠?"

태영이 낮게 속삭였다. 극심한 두려움 탓인지 평소의 활기찬 음성은 잔뜩 위축되어 무겁게 가라앉았다. 그만큼 겁에 질려 있었다. 그러나 그녀도 태영의 잔뜩 겁에 질린 질문에 답을 해 줄 수가 없었다. 적들의 생각은 그녀도 알 수 없었다.

그녀는 다시 집중력을 발휘해 귀를 기울여 적들의 말을 조금이라도 해석해 보려 애썼다.

죽음.

사람들…… 많은 사람? 아…… 전 세계 사람들. 그리고 본다? 아니…… 보여 준다?

조각조각 들리는 단어들을 조합해 나가다 결국 하나의 결론에 도달할 수 있었다. 적들이 서로 나누고 있는 말들은 인질들의 죽음을 전 세계인들이 볼 수 있게 실시간 인터넷에 올린다는 말이었다. 그제야 진은 왜 적들이 어울리지 않게 비디오카메라를 준비해 왔는지 이해가 되었다. 그들이 설치한 비디오카메라는 인질들을 살해하는 장면을 담기 위해 마련된 도구였다.

마침내 눈앞의 상황이 어느 정도 이해되자 다시 정신이 아득해졌다. 죽음이 다가오고 있음이 느껴졌다. 그 사실에 숨이 막혀 왔다. 피습을 당했던 그날보다 더한 공포감이 그녀를 엄습했다.

이번에는 홀로 낯선 산악 지대에 고립된 상황도 아니었다. 진료실엔 그녀 외에 열 명의 사람이 더 있었지만 진은 그때보다 더 극심한 공포를 느꼈다.

적어도 피습을 당했던 그때엔 도망이라도 칠 수 있었다. 적들은 바위 뒤에 숨어 도망치던 그녀를 발견하지 못했고 뒤쫓아오지도 않았다.

하지만 이곳은 몸을 숨길 만한 곳이 없었다. 그녀는 이미 무장

한 적들에게 사로잡힌 상태였다. 적의 감시 상태에 놓여 있었다. 적들은 바로 그녀의 눈앞에 험악한 인상을 쓰며 서 있었고 인질로 잡은 모든 이들을 살해할 생각을 하고 있었다. 그녀를 포함한 무릎 꿇고 있는 인질들 전부를.

결국, 원하던 한 가지는 이룬 셈이다. 이틀 후 G-스탄을 떠나지 않아도 된다. 이곳에 남게 되었다. 다만, 살아서는 아니었다. 죽음으로 영원히 G-스탄에 머물게 되었다.

● ○ ●

미군 기지는 쑥대밭이었다. 격렬한 전투가 있었던 흔적을 고스란히 보여 주고 있었다.

전투는 미군 기지 초입에서부터 시작되었다. 적들은 G-스탄 현지 군용 차량을 이용해 폭탄을 터트렸다. 두 번째 시선 끌기였다. 첫 번째 시선 끌기는 대사관들이 있던 도시였다. 적들이 왜 거리 곳곳에서 작은 폭탄들을 터트려 댔는지 제스는 뒤늦게 알아차릴 수 있었다. 그리고 왜 적은 숫자로 뿔뿔이 나뉘어 거리에서 총격을 가했는지도.

대사관들이 모여 있는 도시는 적들의 눈속임이었다. 그들이 진짜 공격을 가할 최종 목표지에서 미군들의 시선을 돌리기 위한 연막작전이었다. 기지에 주둔해 있는 전투 부대를 최대한 많이 바깥으로 빼내는 게 목적이었다. 그래서 적들은 미 대사관과 한국 대사관 모두에 폭탄을 설치했다고 협박을 해 온 것이다. 그 자체가 시간을 끌기 위한 교란이었다.

지금에 와 생각해 보면 이상한 점이 한두 가지가 아니었다. 거리에서 터지는 위협용 폭탄들과 적은 숫자로 나뉘어 각자 행동하는 적의 공격들은 정상적이지 않았다. 심지어 대사관을 장악했던 적들의 숫자도 많은 편이 아니었다. 물론 적은 숫자여도 화력은 어마어마했다. 적들이 가진 최신식의 무기들은 부족한 전투병의 공백을 메워 주기에 충분했으니까. 그래서 전투 부대들이 신속하게 적들을 제압하지 못했던 거고.

그러나 적들이 인질들을 억류하고 있는 장소가 현명하지 못했다. 고립되지 않은 장소에 창문까지 많이 난 시야가 탁 트인 곳이었다. 기본적으로 미국 정부를 협박해 그들의 요구 사항을 관철시키는 게 테러의 주목적이었다면 인질들을 확보했을 때 신속히 대피고 시간을 끌며 요구 사항을 발표했어야 했다. 하지만 적들의 행동은 그 모든 범주에 해당하지 않았다. 그때 알아차렸어야 했는데, 빠르게 임무를 마치고 기지로 돌아가고 싶은 조급함에 알아차리지 못했다.

그들이 실제 공격할 장소는 미군 기지였다. 인질들을 붙잡고 그들의 요구 사항을 발표할 장소는 아이러니하게도 아군들이 있는 한복판이었다. 보통 때였다면 어이없다며 웃어 댈 일이었지만 실제로 일어난 지금 그는 전혀 웃을 수 없었다. 적들은 바보가 아니었다. 아마추어가 아닌 고도로 훈련된 전사들도 섞여 있었다.

그들은 최적의 장소를 골랐다. 비행장 바로 옆에 자리 잡은 군 병원을 인질들을 억류할 장소로 선택했다. 군 병원은 비행장과 가까워 이동 거리가 짧아 신속하게 움직일 수 있으니 실패 확률이 현저하게 줄어드는 곳이었다. 일단 미군 기지 안으로 들어갈 수만 있다면 군 병원이 가장 최상의 선택지이다.

적들은 아주 영리했다. 눈속임으로 도시를 공격했고, 그 테러 공격으로 다친 고위 인사를 긴급 호송한다는 자연스러운 상황을 만들어 내 미군 기지 안으로 침투해 들어갔다. 게다가 한 단계 더 머리를 굴려 미군 기지로 들어오는 초입에서도 폭탄을 터트리고 공격 부대를 풀었다. 한 차례 분산시킨 시선을 더 세분화해 분산시켜 절묘한 타이밍에 맞춰 비행장으로 들이닥친 그들은 기지 내부에서도 기습 공격을 퍼부었다. 그리고 공격에는 몬스터사에서 훔쳐 낸 전차까지 사용되었다.

그날 육군 부대를 공격했던 것도 오늘을 위한 계획의 일부였던 것이다. 크게 3팀으로 나뉘어 행동한 적들의 이번 공격 작전은 아주 치밀했다. 미군 기지 침투에 성공한 적들은 유유히 군 병원 건물을 장악했고 1층의 가장 첫 번째에 위치한 한국군 진료실을 인질들을 억류할 최종 장소로 택했다.

진료실로 들어서는 건물 입구에는 이미 방화 셔터가 내려진 상태였고 진료실 창문 앞엔 전차를 세워 두었다. 전차는 안에 적이 들어가 있지 않았지만 마음대로 치울 순 없었다. 몬스터사가 개발 중인 전차는 최신식이었다. 원격으로 조종할 수 있었고, 해킹을 방지하기 위해 방어벽을 몇 겹이나 쌓았다. 화력도 만만찮았다. 아직 완벽한 완성품이라기엔 모자랐지만, 미완성의 상태에서도 이름에 걸맞게 괴물 같은 놈이었다. 적들은 미군이 철망 안으로 한 발만 내디뎌도 전차에 달린 카메라로 지켜보고 있다가 포로 날려 버릴 게 분명했다. 아니면 폭탄을 터트리거나.

그러니 모든 관계자는 철조망 바깥쪽에 전략 본부를 세워 대기하고 있을 수밖에 없었다. 만약 정말로 적들이 훔쳐 낸 신 폭탄을 터트리기라도 한다면 이곳은 끝장이었다. 모두 깡그리 뜨거운 불구덩이 속으로 빨려 들어가는 것이다. 그런 위험을 감수하고 거칠게 진압 작전을 실행하기엔 지금은 성공 확률이 현저히 낮았다.

울프 팀이 아무리 훌륭한 특수부대 팀으로 손꼽히고 있다지만, 대원들은 투명 인간이 아니었다. 적들이 설치해 놓은 폭탄을 해결할 방 안이 세워지지 않은 상태에서 섣불리 진입하기란 어려웠다. 일단은 해가 저물 때까지 기다려야 했다. 시간을 끌어야 한다. 그리고 적들이 어떤 식으로 폭탄을 설치해 놓았는지 구조를 파악해야 했다.

아군은 지금 발 빠르게 진료실 내부로 감시 장비를 설치하기 위해 고군분투 중이었다.

그나마 최악인 현재 상황에서 다행인 건 적들도 지금은 시간 끌기를 원하고 있다는 사실이었다. 훔쳐 낸 폭탄으로 인질들의 목숨을 담보로 잡고 미국 정부를 협박해 그들의 요구 사항을 관철할 시간을 필요로 할 것이다. 제스는 냉철해지려 노력했다. 물론 폭탄과 온갖 무기로 무장한 테러범들에게 진이 억류된 현 상황에서 그가 냉정함을 유지하기란 하늘에서 별을 따 오는 것보다 더 힘든 일이었지만 실수하지 않기 위해선 최대한 냉철한 이성을 유지하고 있어야만 했다. 흥분으로 자칫 조금의 실수라도 저지르게 되면 모든 게 끝장이었다.

맙소사.

진은 아직 피습 사건을 다 잊기도 전이었다. 또다시 이런 일에 휘말리는 건 너무나 가혹한 일이었다. 게다가 이번 일은 피습 때보다 더 좋지 못한 아주 최악의 상황이었다. 이번엔 정말로 목숨을 잃게 될 수도 있었다.

그는 떨리는 손바닥으로 땀에 젖은 얼굴을 문질렀다. 나쁜 생각들을 머릿속에서 몰아내려 애썼다.

「적들이 영상을 공개했어요.」

존이 철망 앞에 서서 진료실 방향을 바라보고 서 있는 그에게 다가와 말을 건넸다.

「영상?」

존의 말에 그는 인상을 찌푸렸다.

적들이 공개한 영상이라니…….

존이 제대로 설명하기도 전에 그는 서둘러 몸을 돌려 전략 본부 안으로 들어가 곧장 블랙 중령이 서 있는 곳으로 갔다. 전략 본부엔 지혁과 진의 양아버지인 한미연합사령부의 부총사령관과 의붓언니인 그 여군 장교도 함께 자리를 지키고 있었다. 그들은 모두 인터넷 창이 떠 있는 대형 화면을 주시하고 있었다. 대형 화면을 가득 메우고 있는 인터넷 창에선 영상이 재생되고 있었다. 인질들이었다. 영상 속의 인질들은 무릎을 꿇은 채 일렬로 벽을 등지고 있었다. 적들의 모습은 보이지 않았다.

그는 영상에서 진의 모습을 발견해 내곤 거친 숨을 몰아쉬었다. 진은 우측에서 가장 첫 번째 자리에 무릎을 꿇고 있었다. 그녀의 옆으로는 태영이 있었다. 그리고 그 옆으로는 또 다른 인질인 한국인들이 무릎이 꿇려진 채로 일렬로 나열되어 있었고, 그다음 미군 간호 장교들이 있었다. 한국인 중엔 부상자도 끼어 있었다. 다행히 진은 괜찮아 보였다. 낯빛은 창백했지만 눈에 띄는 부상은 없었다.

그 사실에 안도의 한숨을 내쉬며 제스는 아군이 감시 장비를 설치하기 전에 진료실 내부 상황을 일부라도 볼 수 있게 된 것에 감사하며 긍정적인 생각을 가지려 애를 썼다. 그러나 그녀의 긴장으로 굳어진 표정과 창백한 낯빛으로 인해 심장을 강타하는 불안감은 사라지지 않았다.

「인질들 몸엔 폭탄이 없군.」

CIA 팀장이 먼저 침묵을 깨고 말했다.

인질들 누구의 몸에서도 툭 불거진 물체가 보이지 않았다. 아무것도 설치된 게 없다는 걸 의미했다.

「진료실 문에 설치했을 겁니다. 건물 출입문을 봉쇄하고 진료실 창문 앞도 전차로 가렸어요. 우리의 움직임을 최대로 제한하려는 속셈입니다. 그러니 폭탄은 당연히 진료실 문에 설치했을 겁니다. 우리가 무력을 써서 억지로 밀고 들어갈 수 없게 하려는 수작이죠. 인질들이 앉은 바닥으로 선들이 늘어져 있는 게 보입니까? 폭탄과 연결된 선들일 겁니다. 건물 바깥으로 이어진 벽 쪽엔 인질들을 일렬로 무릎 꿇려 앉혀 놓았고 반대편 출입문은 폭탄으로 지키고 있어요. 진료실 창문은 단 한 곳인데 보다시피 전차가 지키고 있고요. 적들은 병원 건물을 그들만의 요새로 만들어 놓고 미군의 움직임을 감시하려는 겁니다.」

화면의 이곳저곳을 손으로 짚어 가며 그는 최대한 차분한 어조로 설명해 나갔다.

「옆 진료실 벽면을 뚫고 들어가는 건? 그쪽엔 인질들이 없을 테니 가능하지 않을까?」

블랙 중령이 끼어들어 물었다.

「우선 내부 구석구석을 확인해 봐야 합니다. 적 중 누가 폭탄 스위치를 가졌는지와 옆방과 연결된 벽면엔 폭탄 선들이 연결되어 있지 않은지를요. 그러려면 우선 내부를 정확하게 봐야 합니다. 저들 카메라는 오직 인질들이 있는 벽만 비추고 있으니까요. 하지만 예상컨대 인질들이 있는 바닥에서 폭탄과 연결된 선이 보이는 거 보면 아마 옆방과 연결된 벽면까지도 폭탄과 연결해 놓았을 가능성이 큽니다. 적들의 작전은 빈틈없이 잘 짜여 있어요. 오랜 기간 공들여 이 모든 계획을 준비해 왔던 게 분명합니다.」

그의 설명에 전략 본부에 모인 모두의 표정이 딱딱하게 굳어

갔다.

● ○ ●

적들이 움직이자 모든 인질이 깜짝 놀랐다. 그녀도 검은 수염
이 덥수룩하게 덮여 있는 적의 눈빛과 마주하자 공포감을 느꼈다.
검은 수염을 가진 적의 눈빛엔 따뜻함이라고는 전혀 없었다. 그는
모든 인질을 차례로 훑다가 별안간 인상을 찌푸렸다. 한바탕 전쟁
을 치른 인질들은 죽음에 대한 공포로 바짝 날 선 긴장감에 파묻
혀 있었다. 검은 수염의 차가운 시선은 피를 흘리고 있는 인질에
게 머물러 있었다. 인질의 상태는 좋지 않았다. 저렇게 팔이 뒤로
묶인 채로 무릎을 꿇은 채 피를 계속 흘린다면 곧 정신을 잃을 수
도 있었다. 그리고 그 상태로 더 많은 시간이 지나게 된다면 어쩌
면 목숨까지도 위태로워질 수 있었다.

검은 수염이 다른 적들을 향해 거칠게 말을 쏟아 냈다. 너무 빨
랐지만 한마디는 알아들었다.

치워.

그녀는 제발 검은 수염의 그 치우라는 말이 인질의 목숨을 빼
앗으라는 의미가 아니길 속으로 간절히 빌었다. 그리고 뒤이어 들
린 검은 수염의 또 다른 한마디 말과 행동에 작은 희망을 품었다.

카메라에서.

적은 인질이 피를 흘리는 상태로 카메라에 잡히는 걸 원치 않

고 있었다. 나중이야 어쨌든 지금은.

진은 눈치를 보다가 조심스레 입을 열었다.

「상처를 치료할 수 있게 해 주세요.」

작지만 또렷한 그녀의 음성에 검은 수염이 고개를 돌려 쳐다봤다. 차가운 눈빛에 그녀는 움찔했다. 적은 말이 없었다.

「제가 치료할 수 있게 해 주세요.」

진은 용기를 내 어렵게 재차 부탁했다.

「왜?」

다행히 검은 수염은 영어를 할 수 있었다.

「인질이…… 더 많을수록 좋지 않겠어요? 인질이 카메라 앞에서 피 흘리는 모습을 보이고 싶지 않은 거면…… 제가 상처를 치료할게요. 적어도 지혈만이라도 할 수 있게 해 주세요.」

「인질은 이미 많아.」

「그래도 저 사람은…… 저분은 한국의 고위직 인사예요. 한국엔 저분의 안위를 걱정할 사람들이 아주 많이 있어요. 당신들이 요구 조건을 말할 때 저분이 멀쩡히 살아 있다면 한국 정부에서도 더 귀를 기울일 거예요.」

긴장으로 목소리가 탁하게 갈라지고 있었지만, 최소한 적의 총구가 머리에 겨누어지지 않고 있는 것에 용기를 더 얻어 그녀는 재빠르게 말했다.

「빨리 끝내는 게 좋을 거야. 쓸데없이 시간을 끌며 계속 귀찮게 굴면 내 방식대로 저자의 고통을 덜어줄 테니까.」

검은 수염은 잠시 그녀와 피를 흘리고 있는 인질을 노려보더니 거칠게 말을 쏟아 냈다. 그리고 손을 들어 손짓했다.

그러자 곧 그녀의 앞으로 검은 수염의 명령을 받은 또 다른 적이 가까이 다가왔다. 눈앞에 다가온 적은 무척 앳되어 보였다. 청년으로도 보이지 않는, 10대 정도의 어린 소년병이었다. 하지만 한국의 평범한 10대 아이들과 다르게 눈앞 소년병의 눈엔 차가운 냉기가 흘러넘쳤다.

소년병은 그녀의 손을 묶고 있는 줄을 풀어냈다. 그리고 일으켜 세웠다. 등을 밀치는 거친 손길에 떠밀려 그녀는 부상자가 있는 곳으로 걸어갔다.

묶여 있던 팔목에 다시 피가 돌자 통증이 저릿저릿 전해져 왔지만, 그녀는 꾹 참고 부상자를 살폈다. 총상은 복부에 나 있었다. 총격의 충격으로 바닥을 뒹굴었는지 다리와 머리 부근에도 찢긴 열상이 있었다. 길게 패인 상처에서 흥건하게 피가 흐르고 있었지만, 깊은 상처는 아니었기에 당장은 지혈만 해도 괜찮을 것 같았다. 하지만 복부는 그다지 운이 좋지 않았다. 총알이 관통하지 않았기에 박혀 있는 총알을 빼내야 했고 대사의 하얗게 질린 안색과 피로 흥건히 젖은 옷자락으로 봐선 출혈이 꽤 많았기에 서둘러 지혈을 할 필요가 있었다.

「의료 기구를 가져와야 해요.」

눈치를 살피며 조심스럽게 묻자 검은 수염은 무섭게 노려보기는 했지만 고개를 끄덕였다.

허락이 떨어지자 그녀는 떨리는 다리를 움직여 필요한 의료 도구와 약품들을 챙겼다. 소년병이 등 뒤로 따라붙었지만 아까처럼 거칠게 등을 밀치지는 않았다. 그녀는 다시 피를 흘리고 있는 대사 곁으로 가 무릎을 꿇고 앉았다. 우선 대사를 벽에 편안한 자세로 등을 기대게 한 그녀는 꿇려 있는 무릎을 곧게 편 후 의료 장갑을 끼고 다시 상처를 자세히 살폈다.

복부의 상태는 좋지 않았다. 촉진으로는 총알의 깊이가 정확하게 가늠되지 않았다. 라인을 잡아 수액과 진통제를 주사한 뒤 다시 상처의 깊이와 위치를 가늠해봤다. 아무래도 수술이 필요해 보였다. 그러나 이곳에선 불가능했다. 수혈할 혈액도 필요했고 감염의 위험도 위험이지만 장기의 손상이 의심되나. 절개 후 총알만 꺼낸다고 해결될 문제가 아니었다.

총에 맞고도 꽤 버티고 있는 걸 보면 치명상은 피한 것 같았지만, 그렇다고 이대로 계속 내버려 둔다면 위험해질 수 있었다. 그러나 적들은 그녀가 이 방을 나가 수술방을 열 수 있게 허락할 것 같지 않았다. 적의 우두머리로 보이는 자는 계속 귀찮게 할 시 인질의 죽음을 앞당길 수 있다고 이미 경고까지 했다.

"이 부분을 손바닥으로 꽉 누르고 있으세요. 일단 출혈을 멈추게 해야 해요."

대사의 손바닥을 펼쳐 총상 입은 곳을 누르게 하자 그가 순순히 따랐다. 복부는 일단 지혈만 한 후 머리와 다리 상처를 살폈다. 깨끗하게 소독한 후 상처가 더 벌어지지 않게 봉합했다.

"아악."

대사가 긴장과 고통으로 작은 비명을 내질렀다. 조용한 방 안
으로 날카로운 소음이 울려 퍼지자 그녀는 움찔 놀랐다. 다시 적
들의 눈치를 살폈지만 냉랭하게 노려보며 빨리 끝내라며 윽박만
지를 뿐 다른 거친 행동을 하진 않았다. 적들은 그보다 다른 곳에
더 정신이 쏠려 있었다. 그녀는 작게 안도의 한숨을 내쉬고는 서
둘러 나머지 응급 처치를 해 나갔다. 언제 적들의 마음이 돌변해
지금 하는 치료를 중단하게 할지 몰랐다. 빠르게 봉합을 끝내고
붕대를 두른 후 항생제를 주사했다. 진통제를 주사했음에도 머리
와 복부에서 느껴지는 통증이 상당한지 대사는 비오듯 땀을 흘리
고 있었다.

"일단 응급 처치를 하고 진통제를 주사했으니 아까보다 괜찮을
거예요."

대사는 파리한 안색으로 고개를 끄덕였다. 그 작은 움직임도
힘이 드는지 가쁜 숨을 몰아쉬었다.

〈움직여!〉

최소한의 응급 처치를 마치자마자 소년병이 돌아와 그녀의 팔
을 거칠게 잡아끌더니 다시 원래의 자리로 돌아가게 했다. 대사의
곁에서 계속 상태를 살피고 싶었지만 적들이 허락하지 않았다. 그
래도 대사를 결박하지 않고 그녀가 잡아 놓은 자세 그대로 벽에
기대있게 했다. 그녀 역시 마찬가지로 아까처럼 무릎을 꿇게 했지
만 손은 다시 묶지 않았다. 어차피 적들도 그들이 도망칠 수 없다

는 걸 잘 알고 있기에 결박의 필요성을 느끼지 못하는 듯했다.

그녀는 바깥 상황이 궁금했다. 적들이 진료실을 점령한 지도 꽤 오랜 시간이 흘러갔으니 아마 기지 내의 군 관계자들이 밖에서 대책을 모의 중이지 않을까?

제발…….

그녀는 그녀를 비롯한 인질들 모두 무사히 구해 주기를 속으로 간절히 빌었다. 자꾸만 머릿속으로 파고드는 불길한 상상이 불안감을 생성해 내고 있었다.

제스도 바깥에 있을까?

대사관에서 발생한 테러 상황이 진압되지 않았다면 아직 그곳에 있을 수도 있었다.

다치진 않았겠지?

자신에게 나쁜 일이 생긴 것처럼 그에게도 나쁜 일이 생긴 건 아닌지 불안하고 걱정이 되었다. 아무런 정보를 알 수 없다는 게 가장 답답했다. 골똘히 생각에 잠겨 있던 진은 검은 수염의 날카로운 음성에 화들짝 놀랐다. 하지만 그녀를 향한 고함은 아니었다.

검은 수염은 벽에 걸린 시계를 보더니 다시 인질들을 손으로 가리키며 같은 편인 다른 적에게 무언가 지시를 내리고 있었다. 검은 수염의 명령에 적들이 인질들에게 다가왔고, 그들은 미군 군의관과 한국 청와대 인사 중 한 명을 골라내 카메라 가까이 끌고 가 무릎을 꿇렸다.

따르르릉.

정적을 가르고 진료실 안에 비치되어 있던 전화기에서 벨이 울렸다. 날카로운 벨 소리에 모든 인질이 긴장했다.

따르르릉.

쾅.

검은 수염이 시끄럽게 울리는 전화기로 다가가더니 바닥에 떨어뜨리고 군홧발로 짓뭉개 버렸다. 전화기가 부서지는 날카로운 파열음에 인질들은 다시 잔뜩 겁에 질렸다.

지지직.

— 진료실 응답하세요.

그녀의 군복 주머니에 든 무전기에서 익숙한 음성이 흘러나왔다. 지수의 목소리였다. 지수는 완벽한 발음을 구사하며 적들의 언어로 말을 걸고 있었다. 진은 적들을 바라봤다. 검은 수염이 다가와 고갯짓을 했다. 그녀는 떨리는 손으로 주머니에서 무전기를 꺼냈다. 그리고 검은 수염 앞으로 내밀었다. 하지만 그는 고개를 가로저었다.

— 진료실 들립니까? 응답하세요.

지수는 한 차례 더 말을 걸어왔다.

「받아.」

검은 수염이 명령했다.

"······김진 대위입니다."

「영어로!」

그녀가 한국말로 말하자 검은 수염이 크게 호통을 쳤다. 눈앞의 분노에 그녀는 몸을 움찔 떨다가 다시 목을 가다듬었다.

「진료실입니다. 전 한국군 군의관 진 킴 대위입니다.」

— 안녕하세요, 대위님. 전 CIA 소속 대테러 방지 부서를 책임지고 있는 팀장입니다. 손님들과 잠시 대화를 나눌 수 있을까요?

영어로 고쳐 다시 말하자 나이가 제법 들어 보이는 남성의 음성이 무전기를 타고 흘러나왔다. 진은 다시 검은 수염을 올려다봤다. 그는 다시 고개를 저었다.

「군 관계자하고만 대화한다.」

「받기 싫다고 합니다. 그리고 군 관계자하고만 대화하겠답니다.」

— …….

무전기 저편에선 잠시 침묵이 흘렀다.

— 안녕하십니까? 미 해병대 소속 블랙 중령입니다. 직접 대화하기가 싫다면 킴 대위를 통해 대화하도록 합시다. 요구 사항이 있습니까?

블랙 중령이라고 신분을 밝힌 남자가 차분하게 말을 전달해 왔다.

「우리의 요구 조건은 곧 방송을 통해 전달될 거야. 그러니 대화도 그 후에 한다.」

검은 수염의 말에 진은 고개를 끄덕였다.

「요구 조건은 방송을 통해 말하겠답니다. 그 전에 대화는 없답니다.」

— 요구 사항은 방송으로. 알겠습니다. 킴 대위, 한 가지 질문을 해도 되겠습니까?

진은 다시 검은 수염을 바라봤다. 그가 고개를 끄덕였다.

— 사람들의 상태는 어떤가요? 다친 사람은 없나요? 방송으로 보고 있지만 직접 듣고 싶군요.

「부상자가 한 사람 있습니다. 한국 대사관 대사십니다. 옆구리 부근에 총상을 입었고 총알은 제거했지만 수술이 필요한 상태입니다. 이곳에선 불가능합니다. 그리고 나머지 사람들은 괜찮습니다.」

아직은. 그리고 앞으로도 제발 지금처럼 인질들 모두가 다치지 않고 무사하긴 바랐다.

— 좋습니다. 당신들을 돕기 위해 바깥에서도 최선을 다하고 있으니 너무 걱정하지 말아요. 모든 일이 잘 풀리게 될 겁니다.

「그만 끝내!」

검은 수염의 호통에 진은 중령의 안심시키는 말에 아무런 대답도 하지 못하고 무전을 끝내야 했다. 검은 수염이 다시 같은 편인 다른 적들을 돌아보며 소리쳤다. 그의 손끝 방향은 카메라 앞으로 내세운 두 명의 인질들을 가리키고 있었다.

카메라 앞으로 끌려 나온 두 사람 모두 심하게 겁에 질려 있는 상태였다. 당연했다. 게다가 한국 측 청와대 인사는 군인이 아닌 완전한 일반인이었다. 이런 상황에 전혀 훈련되어 있지 않았다.

그리고 그건 똑같이 인질로 잡혀 있는 그녀를 포함한 한국군 장교들과 미군 장교들 모두 비슷했다. 그들은 군인이었지만 간호 장교였다. 군사 훈련은 받았지만 전문적인 전투병이 아니었다. 이 상황에서 일반인과 비슷한 두려움을 느꼈다. 아니, 고도로 훈련된 전투병들도 무기력한 상태로 목숨을 위협받는 상황에 놓이게 된다면 두려움을 느낄 것이다. 그러니 군인이 아닌 완전한 일반인인 청와대 인사는 더 겁에 질려 있는 게 지극히 당연했다.

「읽어.」

미군 장교에게 먼저 종이를 내밀며 검은 수염이 소리쳤다. 미군 장교는 떨리는 손으로 종이를 받아 들고 천천히 읽어 나가기 시작했다. 검은 수염이 강조한 것처럼 또박또박한 발음으로 읽어 나갔다. 종이엔 적들의 요구 사항이 적혀 있었다. 하지만 요구 사항을 말하기 전에 앞부분은 결의문으로 시작되고 있었다. 마치 과거의 한국 독립투사들이 목숨을 내걸고 선언하던 그런 결의문과 비슷한 맥락을 가진 내용이었다.

하지만 저들은 나라를 빼앗긴 독립투사가 아니다. 저들은 테러범일 뿐이고 악랄한 포식자들이었다. 그런 저들이 지금의 테러에 정당한 명분을 가지고 있는 것처럼 결의문을 선언할 이유 따윈 전혀 없었다. 하지만 우습게도 적들은 왜 그들이 미군 기지를 공격했는지에 대한 타당성을 미군 장교의 입을 빌려서 설명하고 있었다.

적들은 미국이 먼저 G-스탄을 침공한 거라 표현하고 있었다.

미국을 약탈자로 표현하고 있었다. 그리고 한국은 그 약탈을 돕고 있는 하이에나로 표현하면서, 두 나라 모두 이교도의 나라로 분류하고 있었다.

적들은 자신들을 선지자라 했다. 그들은 신의 부름으로 결집했고 신의 지시를 받아 미군 기지를 점령한 거라 주장하며 자신들이 신의 대리자로서 미군과 한국군들을 응징하는 것이라고 했다.

또 적들은 죽음도 불사하며 끝까지 맞서 싸울 거라고 맹세하고 있었다. 그것이 신의 뜻이라는 말도 안 되는 명분을 내세우며 말이다. 적들이 주장하고 있는 테러에 대한 명분이 담긴 결의문을 모두 읽어 내린 미군 장교는 마지막으로 적들의 요구 사항을 읽었다. 적들의 요구 사항은 세 가지였다.

첫째는 이곳 미군 기지에 있는 군인들을 제외한 G-스탄 내에 있는 모든 미군과 한국군이 철수하는 것. 두 번째는 인질들의 몸값을 지불하라는 것. 물론 적들은 인질들의 몸값을 몸값이라 지칭하지 않고 다르게 표현하고 있었다. 적들은 미국과 한국이 G-스탄에서 약탈해 간 자원에 대한 정당한 대가를 지불해야 한다고 주장했다. 적들이 요구하는 금액은 100억 달러였고, 적들이 알려주는 계좌로 돈을 송금하길 요구하고 있었다. 마지막 세 번째 요구 사항은 미군 기지 비행장으로 적들이 타고 떠날 수송기를 준비하라는 것. 그들은 놀랍게도 이곳에서 빠져나갈 이동 수단을 원하고 있었다.

그리고 적들은 이 모든 요구 조건을 반드시 실행해야 하며 제한 시간은 열 시간 이내라고 못 박았다. 지금부터 열 시간 이내에 세 가지 요구 조건이 반드시 실행되어야 한다고 거듭 강조하고 있었다. 열 시간 안에 그들의 요구 사항이 실행되지 않을 시 억류 중인 인질들을 모두 죽이고 폭탄을 터트리겠다고 협박했다.

진은 의아했다.

과연 저들은 이곳에서 무사히 빠져나갈 수 있을 거라고, 정말 진심으로 그런 희망적인 생각을 하는 걸까?

그리고 미국과 한국이 그들의 요구 사항을 모두 들어줄 거라 기대하고 있는 건가?

미국은 테러에 대해서는 강경한 태도를 고수하고 있었다. 미국이 고수하고 있는 테러에 대한 입장은 한결같았다. 실내 협상 불가. 미국이란 나라는 절대 테러와는 타협하지 않는다는 정책을 고수하고 있었다. 그러니 적들의 요구 사항은 모두 받아들여지지 않을 것이다. 절대 현실에선 이루어지지 않는다. 하지만 그렇게 되면 열 시간이 지난 후엔 그녀를 비롯한 모든 인질은 죽는다. 다시 눈앞이 아찔해졌다.

미군 장교가 떨리는 음성으로 낭독을 마치자 이번엔 한국 측 청와대 인사에게 종이가 넘어갔다. 적들은 이번엔 한국말로 읽어 나가길 명령하고 있었다. 적들의 요구에 청와대 인사는 새파랗게 질린 금방이라도 울 것 같은 얼굴로 요구 사항을 한국말로 바꾸어 읽어 나갔다. 천천히 말하고 있음에도 요구 사항을 전부 읽어 내려가는 시간은 너무나 빠르게 흘러가 버렸다. 마침내 종이에 적혀진 모든 글을 다 읽어 내자 적들은 거친 손길로 종이를 빼앗았다.

지지직.

그리고 기다렸다는 듯 무전기가 다시 울렸다.

— 진료실 응답하세요.

진은 검은 수염을 쳐다본 후 허락이 떨어지자 무전기를 들었다.

「말씀하세요.」

— 손님들의 요구 조건은 잘 들었습니다. 원하는 조건들을 모두 들어주기 위해 반드시 노력할 겁니다. 하지만 세 가지 요구 사항을 모두 처리하기에 열 시간이라는 시간은 너무 촉박하군요. 그러니 시간을 좀 더 주겠어요?

검은 수염은 당연히 고개를 저었다.

「열 시간. 시간 끌기는 통하지 않는다. 그리고 몸값은 한 시간마다 지급해야 할 거야. 시간당 10억 달러씩 우리가 불러 주는 계좌에 지급하는 거지. 시간마다 몸값이 지급되지 않으면 당연하게도 인질은 한 명씩 죽어 나간다. 그리고 열 시간이 지나서 모든 금액이 지급되지 않으면 폭탄은 터진다. 다른 요구 조건을 실행하지 않을 때도 폭탄은 터진다.」

그녀는 검은 수염의 말을 그대로 무전으로 전달했다. 너무나 잔인했다. 카메라 가까이 있는 두 사람의 안색은 더욱 창백해졌다. 자신들에게 내려진 급작스러운 사형 선고에 두려움으로 바짝

얼어붙었다. 두 사람 중 한 명에게 남겨진 삶의 시간은 겨우 한 시간이었다. 요구 조건이 실행되지 않으면 두 사람 중 한 명은 죽게 된다. 그리고 또 한 시간이 지나면 다른 한 명도 죽게 되고. 그렇게 여기 있는 모든 인질이 차례대로 죽어 나가는 것이다.

벽에 걸린 시계는 네 시를 가리키고 있었다. 그러니 다섯 시가 되면 두 사람 중 한 사람이 죽는다.

째깍. 째깍. 째깍. 째깍. 째깍. 째깍.

시곗바늘이 지나가는 소리가 유난히 더 크게 들리기 시작했다.

● ○ ●

시간이 없었다. 한 시간이 지나면 인질 중 한 명이 죽는다.

전략 본부에 있는 모든 관계자의 마음도 바빠졌다. 적들의 영상이 재생되고 있는 화면 옆으로 정부 관료들의 영상도 마련되었다. 그들은 화상으로 의견들을 주고받고 있었다. 모여 있는 정부 관료들 절반은 강경하게 대처해야 한다고 주장을 펼쳤다. 당장 진료실 안으로 박차고 들어가 무력으로 상황을 종료시켜야 한다고 주장했다.

헛웃음이 났다. 그럴 수만 있다면 그가 제일 먼저 문을 박차고 들어갔을 것이다. 하지만 지금은 때가 아니었다. 해도 저물지 않은 한낮에 신경이 잔뜩 곤두서 있는 적들을 거칠게 진압하기에는 폭탄이 걸림돌이었다. 100%의 확률로 울프 팀이 진료실 문을 박차기도 전에 적들은 폭탄 스위치를 누를 것이고, 그렇게 되면 이 곳 미군 기지뿐만이 아니라 이 지역이 통째로 가루가 되어 사라지는 것이다.

미군 기지가 날아가면 결국엔 적들 자신들도 목숨을 잃는 걸 테지만, 미군 기지 안에 있는 모든 군인과 CIA 요원들까지 모조리 지옥의 불구덩이 속으로 끌고 들어가는 거니까 적들은 충분히 만족해할 게 분명했다. 그러니 신중해야 했다.

정부 인사들이 미군 기지를 급습한 테러 사태에 민감하게 반응하고 있다는 건 알고 있었다. 이번 테러 공격은 군사력 강대국으로 평가받고 있는 본국의 자존심에 커다란 타격을 입힌 것과 다를 바 없는 사건이었다. 정부는 테러를 신속하게 진압하여 불명예를 씻고 막강한 군사력의 건재함을 온 세계에 보여 주고 싶어 했다. 그러나 그의 견해는 반대였다. 지금 그에게 중요한 건 명예를 되찾는 일보다 인질로 사로잡힌 사람들의 목숨이었다.

그리고 진의 목숨⋯⋯.

그 무엇도 사람의 생명보다 더 중요하고 우선시 되는 건 없었다. 하지만 시간이 없었다. 인질 중 한 명이 살해되기까지 한 시간이 남았다. 아니, 이제 50여 분 남짓이 남았다.

적들이 실시간으로 인질극 상황을 중계하는 바람에 언론에선 앞다투어 지금의 테러 사건을 특종으로 보도하는 중이었다. 시간이 지체될수록 언론의 열기는 더욱 뜨거워질 것이고 결국 어떤 식으로든 정부 쪽에선 반가워하지 않을 잡음이 사방에서 들려올 것이다.

진압 작전을 성공시키기 위해선 진료실 내부 상황을 정확하게 파악해야 했다. 그러기 위해선 먼저 감시 장비가 제대로 설치되어야 했다. 적들의 시야가 닿지 않는 건물 뒤쪽으로 투입해 들어가 천장 환풍구를 통해 감시 장비들을 설치하기로 계획을 짰고, 이미 한참 전에 마이크와 존이 안으로 침투해 설치 중이었다.

— 감시 장비 설치 완료.

15분여가 더 지나자 임무 성공을 알리는 무전이 왔다. 또 다른 모니터 화면에 마이크와 존이 설치한 감시 장비의 화면이 나타났다. 인질들의 상태는 적들이 내보내고 있는 영상과 똑같았다. 하지만 적들이 비추고 있지 않은 폭탄의 존재가 감시 장비에는 드러났다. 그의 예상대로 진료실 출입문뿐만 아니라 옆방과 연결된 벽면의 일부까지 폭탄과 연결되어 있었다. 무력으로 저 벽을 잘못 날려 버리면 폭탄도 같이 터질 수 있었다.

「방금 감시 장비를 설치한 것처럼 환풍구를 통해 대원들이 들어가는 건 어떤가?」

「적들의 주의가 적어도 1~2분간이라도 다른 곳에 팔려 있다면 어느 정도 가능하겠지만 지금처럼 집중하고 있을 땐 어렵습니다. 운수가 트여서 대원 한 명이 환풍구를 통해 들어가 어찌어찌 폭탄 스위치를 가지고 있는 놈을 먼저 빠르게 제압한다고 해도 나머지 인질들이 위험할 수 있습니다. 또 다른 적들이 손 놓고 구경만 하고 있진 않을 테니까요. 바로 총을 갈겨 댈 겁니다. 나머지

대원들이 좁은 환풍구를 통해 진료실 내부로 내려가기도 전에 말입니다.」

환풍구 통로가 넓다면 시도해 볼 수 있지만 대부분의 환풍구 통로가 그렇듯 그곳도 성인 한 사람이 들어가기에도 빠듯할 정도로 비좁았다.

「미치겠군.」

그의 설명에 블랙 중령과 CIA 팀장의 표정이 동시에 구겨졌다.

「폭탄 스위치는 이자가 가지고 있을 겁니다. 이자가 무리의 대장입니다.」

제스는 검은 수염이 덥수룩하게 난 자를 가리켰다. 적들 중 가장 연장자였다. 나머지 테러범들은 20대 초중반의 나이로 보였고, 그보다 더 어리게 보이는 테러범도 끼어 있었다. 소년 병기였다.

그는 소년 병기와 마주할 때가 가장 힘들었다. 소년 병기의 나이가 어리면 어릴수록 더 힘들고 고통스러웠다. 적들은 생각의 정립이 확립되기도 전인 어린 소년들을 잡아다가 잘못된 사상을 주입해 선악을 구별하지 못하게 만들고 살인을 가르친다. 그리고 저들의 탐욕을 위해 기꺼이 죽도록 종용한다.

그렇게 세뇌에 가까운 군사 교육을 받은 소년들은 살인 병기로 탈바꿈되어 쉽게 총을 쏘고 폭탄을 던졌다. 그들을 막지 못하면 다른 선량한 이들이 죽게 되고 자신뿐만 아닌 주변 동료들이 죽기 때문에 전장에서 소년 병기와 맞닥트렸을 땐 최대한 인간적인 감정은 죽여야 했다. 그러나 그에겐 그 인간적인 감정을 죽이는 일이 가장 어렵고 힘든 일이었다.

「다른 좋은 방법은?」

블랙 중령은 탁자 위에 펼쳐 있는 건물의 설계도를 쳐다보며 낮게 한숨을 내쉬었다. CIA 팀장의 표정도 어두웠다. 그들 못지 않게 그도 죽을 맛이었다. 인질로 잡혀 있는 진을 생각할 때마다 그의 피는 바짝바짝 마르고 있었다. 그렇지만 때가 아니었고 적들이 조금이라도 지쳐 주의력이 분산되기를 기다려야 했다. 그럼으로써 적들의 결집에 미세한 균열이 생길 때 그 틈을 타 돌입해야 했다. 그러나 제한된 시간은 턱없이 짧았고, 짙은 어둠에 파묻힐 밤이 되기까진 아직 한참이나 기다려야 했다.

「……우선은, 시간을 끌어야 합니다.」

인질 중 한 명에게 남아 있는 시간은 한 시간이었고, 속절없이 흘러가 버린 시간으로 인해 이젠 그 한 시간도 겨우 40여 분 정도가 남아 있었다.

● ○ ●

마음이 초조했다. 적들이 정한 한 시간은 어느새 바닥을 드러내고 있었고, 5분만 지나면 끔찍한 살인이 벌어질 수도 있었다. 카메라 앞에 제물로 바쳐진 두 사람은 거의 공황 상태로 빠져들어 가고 있었다. 두 사람에게 지금 상황은 지옥일 것이다.

울리지 않는 무전기를 바라봤다. 불안감으로 그녀의 가슴도 타들어 갔다.

— 진료실 응답 바랍니다.

정해진 한 시간에서 딱 1분을 남겨 두고 드디어 무전이 울렸다. 드디어…… 제발.

진은 기도했다.

「말씀하세요.」

— 요구 조건들을 실행하려 노력하고 있습니다. 일단 각 도시에 주둔해 있는 군 병력을 일부 철수시키기로 했어요.

「일부? 우린 모든 군의 철수를 원한다. 그리고 돈도 아직 입금되지 않았어.」

검은 수염의 눈빛은 냉정했다.

「모든 군의 철수를 원한답니다. 그리고 인질의…… 몸값은요?」

— 시간이 더 필요해요. 시간을 좀 더 주겠습니까? 정부 관료들을 모두 설득시키기에 한 시간은 부족합니다. 모든 군을 철수시키고 그 정도 자금을 승인받기 위해선 복잡한 절차를 거쳐야 합니다.

바깥에선 시간 끌기를 하려는 것이다. 예상했던 일이지만 적들이 어떻게 나올지 몰라 긴장이 엄습했다. 그녀는 조심스럽게 검은 수염을 바라봤다. 간절한 눈빛으로.

「우리가 바보로 보이나? 수작을 부리려는 거군.」

검은 수염의 말을 바깥에 전달해야 할지 갈피를 잡지 못했다.

하지만 그가 살기 가득한 눈빛으로 노려보자 서둘러 검은 수염의 말을 그대로 전달했다.

— 전혀 아닙니다. 정말 시간이 부족해요. 우린 손님의 요구를 들어주기 위해 열심히 조율하고 있어요. 우린 당신이 허락한 접근 허용 범위 내에서만 대기하고 있으며 신뢰를 얻기 위해 노력하고 있습니다. 우릴 믿어 줘요. 아니, 날 믿어요. 난 정말 이 상황을 대화로 풀어 나가고 싶습니다. 무력은 원치 않아요. 사람들이 무사하길 바랍니다. 필요한 건 시간입니다. 여유 시간을 주면 난 요구 사항을 정부에 관철시키기 위해 애를 쓸 거고, 당신들은 요구 사항을 모두 이뤄서 이곳을 떠나면 되는 겁니다. 서로가 평화롭게 일을 끝마칠 수 있어요. 단 한 사람도 다치지 않는 상황으로 일을 끌고 가는 게 서로에게 현명한 일인 겁니다. 그러기 위해선 우선 시간이 더 필요해요. 이제 겨우 한 시간이 지난 거잖아요? 누군가 가 죽기에는 너무 이른 시간입니다.

블랙 중령의 말에는 진심이 담겨 있었다. 아니, 그렇게 들렸다. 호소력이 짙은 음성은 적들이 정말로 원하는 바를 미국 정부로부 터 모두 받아 내고 이곳에서 무사히 탈출할 수 있을 거라는 희망을 꿈꾸게 했다.

「……좋아. 속는 셈 치고 한 시간을 더 기다려 주지. 한 시간 뒤에도 돈이 지불되지 않으면 저 둘 모두 처형시킨다. 대신 자비는 이번 한 번뿐이야.」

하느님, 감사합니다.

「한 시간을 준답니다. 한 시간 이내에 두 사람분의 몸값을 지불하라고 합니다. 자비는 단 한 번뿐이랍니다.」

그녀의 마음은 간절하게 신을 찾고 있었고 처형 집행이 한 시간 뒤로 유예되자 자동으로 감사 기도가 우러나왔다. 다시 한 시간을 더 벌게 되었다. 끔찍한 한 시간이 될 테지만 그래도 당장 한 사람의 죽음은 면했다.

— 현명한 결정입니다. 감사합니다. 저희도 손님들의 요구 조건을 들어주기 위해 계속 노력할 겁니다. 약속대로 도시에 주둔한 군 병력을 일부 철수시키는 중이에요. 그들은 지금 수송기에 타고 있습니다. 그러니 이번엔 그쪽에서 신뢰를 보여 주면 어떨까요? 한 사람을 풀어 주는 겁니다. 부상자요. 그러면 정부에선 당신들의 요구에 대해 더욱 긍정적으로 생각할 겁니다.

검은 수염을 올려봤다. 기회였다. 적들은 이미 자비를 베풀었으니 어쩌면 이번에도 호의적으로 나올지도 몰랐다.

「부상자를 보내 준다면 상황은 더 좋게 변할 거예요.」

진은 다시 애원하며 적들을 설득했다.

「…….」

「저분은 수술이 필요해요. 겨우 응급 처치만 한 상태예요. 저 상태로 오래 방치해 두면 위험할 수 있어요. 겨우 한 사람이잖아요. 인질들은…… 아직 많아요. 당신도 인질들의 죽음을 바라지 않잖아요? 아까도 저분을 치료하게 해 줬잖아요.」

대사는 다시 피를 흘리고 있었다. 항생제를 투여했음에도 열이 오르는지 얼굴이 상기되어 있고 식은땀이 줄줄 흐르고 있었다. 상태가 더 나빠지기 전에 가능하다면 대사를 밖으로 내보내야 했다. 그녀는 희망을 품고 검은 수염을 올려다본 채 조심스럽게 말을 꺼냈지만 가슴은 불안감으로 거세게 두방망이질 치고 있었다.

「……좋아. 저 사람은 내보내 주지. 신뢰의 표시로.」

마침내 허락이 떨어졌다. 검은 수염의 긍정적인 답변에 진은 조금이나마 긴장감을 풀고 안도의 한숨을 내쉬었다. 그리고 검은 수염의 마음이 돌변하기 전에 서둘러 무전을 쳤다.

「허락했어요. 신뢰의 표시로 부상자를 내보내겠답니다.」

— 매우 좋은 소식이군요. 대신 감사 인사를 전해 주겠어요? 이젠 정부에서도 손님들의 요구에 대해 아주 긍정적으로 생각하게 될 겁니다. 그러면 지금 당장 진료실 문을 개방해 주겠습니까? 그리고 음식과 식수도 같이 들여보내겠습니다. 거기 있는 사람들과 손님들의 식사요.

「진료실 문은 개방 안 한다. 창문을 통해 내보내. 무장하지 않은 단 한 사람만 와서 부상자만 데려가는 거야. 음식은 필요 없어. 허튼수작 부리면 저 두 명은 바로 처형시킨다.」

「진료실 개방은 없으며 창문을 통해 인질을 내보내겠답니다. 무장은 절대 안 되고 단 한 사람만 오라고 합니다. 음식도 필요 없고요.」

— 좋습니다. 바로 준비하겠습니다. 준비 시간을…….

「시간 끌지 마! 지금 당장이야! 10분 내로 저 부상자를 데려가지 않으면 끝이야. 시간은 지금도 흘러가고 있어. 꾸물거릴 시간이 없을 거야.」

검은 수염은 블랙 중령의 말을 중간에서 냉정하게 자르며 시간 제한을 두었다. 진은 그의 말을 토씨 하나 빠트리지 않고 그대로 전달했다.

— 좋습니다. 요구대로 지금 바로 움직이죠.

블랙 중령의 음성은 변함없이 쾌활했고 덤덤했다. 감정을 드러내는 동요는 없었다.

「부상자는 네가 부축해. 천천히 움직여. 허튼수작하면 바로 뒤통수에 총구멍이 날 줄 알아.」

검은 수염의 명령에 진은 다시 자리에서 일어났다. 오래 무릎을 꿇고 있었던 다리라 일어서자마자 저릿한 느낌이 다리를 타고 흘렀다. 쥐가 난 통증에 아팠지만 입술을 깨물며 참았다. 이까짓 통증에 불평할 상황이 아니었다, 지금은.

「여길 꽉 누르세요. 지혈이 되어야 해요.」

거즈를 더 가져와 대사의 총상 부위에 대고 꽉 눌렀다. 핏물이 스며들었다. 대사는 떨리는 손에 힘을 주더니 그녀가 시킨 대로 상처 부위를 꽉 눌러 잡았다. 다시 두 손이 자유로워지자 그녀는 대사의 팔을 어깨에 두르고 힘겹게 일으켜 세웠다. 성인 남자의 몸무게를 지탱하려니 온몸이 와들와들 떨리기 시작했다. 무게 중심을 잃고 하마터면 앞으로 고꾸라질 뻔했지만, 가까스로 균형을 잡았다.

그녀는 대사를 부축한 채 천천히 진료실 창문을 향해 한 걸음씩 걸어갔다. 창문은 성인 한 사람이 겨우 나갈 수 있는 크기였다. 창턱이 낮았기에 대사가 창턱에 엉덩이를 걸치고 다리를 조금만 들어 올리면 되었다.

「덧문을 열게요.」

진은 약간의 움직임만으로도 완전히 지친 대사를 다시 벽에 기대게 한 뒤 검은 수염을 돌아보고 말했다. 검은 수염이 고개를 끄덕거렸다. 적들은 모두 총을 쥐고 창문을 겨냥하고 있는 상태였다. 저들의 심기를 거스르는 일이 발생할 시 그녀는 바로 총알받이 신세가 되는 것이다.

제발……

바깥에서 섣부른 행동은 하지 않기를 바라며 그녀는 떨리는 손으로 먼저 안쪽의 유리문을 연 다음 바깥의 철로 된 덧문을 열었다. 문이 열리자 바깥의 상황이 한눈에 들어왔다. 창문을 가리고 있던 전차는 어느새 옆으로 비켜져 있었다.

다행히 그녀가 우려하던 상황은 없었다. 무장한 기동대가 테러범들에게 총을 겨누며 기다리고 있지 않았다. 군 병원 철망 뒤쪽으로는 바리케이드가 쳐져 있었고 그 뒤로 테러를 진압하기 위해 선별된 관계자들이 모여 있는 것 같았다. 그러나 테러범들의 처음 요구대로 철망을 넘어온 관계자들은 없었다. 진료실이 있는 건물의 철망 안쪽으로는 개미 새끼 한 마리도 없는 듯 아주 고요하기만 했다.

몇십 초 정도 기다리고 있자 철망을 지나 한 사람이 진료실 쪽으로 천천히 다가오고 있었다. 제스였다.

하느님, 감사합니다.

그녀는 다시 신을 찾았다. 그리고 감사의 기도를 중얼거렸다. 그는 무사했다. 테러가 일어난 도시에서 무사히 돌아와 있었다. 그의 얼굴을 마주하자 그녀는 하마터면 울음을 터트릴 뻔했다. 하지만 가까스로 새어 나오려 하는 울음을 꾹 참았다. 인질로 잡혀 있는 사람들 모두 불안에 떨고 있었다. 그녀가 무너지면 다른 사람들도 무너질 수 있었다. 그러면 적들은 몹시 화를 낼 게 분명했다.

제스가 창문 가까이 다가오자 그녀는 대사를 벽에서 일으켜 세워 부축했다. 그리고 창턱에 엉덩이를 대고 앉게 했다. 제스는 두 손을 머리 위로 치켜들고 있었다. 무장하지 않았음을 적들에게 보여 주는 행동이었다. 그러나 시선으로는 그녀를 빤히 바라보고 있었다. 그는 눈빛으로 걱정하지 말라고 말하고 있었다. 그의 따스한 눈길이 자신에게 머무르자 그녀는 안심이 되었다. 여전히 두렵긴 했지만, 혼자가 아님을 느꼈다.

「빨리 넘겨!」

거칠게 윽박지르는 검은 수염의 재촉에 진은 몸을 움찔했다. 다시 호통이 들려오기 전에 재빠르게 대사의 두 다리를 들어 올려 창턱을 넘을 수 있게 도왔다.

「진, 아무 걱정 하지 말아요. 꼭 구해 줄 겁니다. 당신은 무사할 거예요. 약속해요. 그리고…… 살아 있어 줘서 고마워요. 사랑합니다.」

그는 대사를 넘겨받아 부축하는 척하면서 재빨리 그녀의 귀에 대고 작게 속삭였다. 그의 목소리는 흔들림이 없었다. 그 묵직한 기운에 용기가 샘솟았다. 진은 눈물이 글썽이는 눈빛으로 그의 눈을 쳐다봤다. 작게 고개를 끄덕였다.

「당신도요. 무사해서 다행이에요. 살아 있어 줘서 고마워요.」

「빨리 창문 닫아! 10초 내로 꺼지지 않으면 둘 다 총구멍이 날 줄 알아!」

검은 수염이 다시 거칠게 호통을 쳤다.

「당신을 만나고, 사랑하게 되어서 너무 행복했어요. 사랑해요, 제스.」

검은 수염의 무시무시한 협박에 진은 서둘러 그에게 전할 말을 빠르게 속삭이고 다시 창문을 닫았다.

쾅.

"아악."

덧문의 자물쇠를 잠그기도 전에 갑자기 굉음이 들리며 거센 진동이 느껴졌다. 진동의 강한 충격에 그녀의 몸이 헝겊 인형처럼 힘없이 픽 옆으로 밀려 쓰러졌다.

콰앙.

재차 귀를 찢어 놓을 듯한 굉음이 들리며 연기가 마구 피어올랐다. 진은 필사적으로 몸을 최대한 웅크리며 벽의 구석으로 기었

다. 입에서는 날카로운 비명이 연신 터져 나오고 있었지만 그녀는
전혀 자각하지 못하고 있었다. 그저 본능이 소리치고 있는 대로
팔다리를 움직여 폭발의 근원지에서 최대한 멀리 떨어지려 했다.

옆의 진료실과 연결된 벽의 한 부분에 커다란 구멍이 뚫리고
있었다. 그리고 그 구멍으로 검은 전투복 차림의 특수 요원처럼
보이는 대원들이 들어오려 하고 있었다. 연막탄을 터트렸는지 진
료실 내부에 자욱한 연기가 가득 들어찼다. 매캐한 연기에 목과
눈이 따가워 그녀는 기침을 하며 얼굴을 가렸다.

탕. 탕. 탕. 탕. 탕. 탕. 탕.

쿠탕타타타타탕.

쾅. 쾅.

거친 파열음들이 계속해서 울려 퍼지고 있었다. 두려움에 최대
한 몸을 웅크리고 납작 엎드렸다. 인질들 모두 공황 상태가 되어
비명을 내지르고 있었다. 진료실 내부는 한순간에 아수라장이 되
었다. 인질들의 날카로운 비명은 연막탄이 터지는 소음과 함께 뒤
섞였고 아군에게선지, 적군에게선지 모를 총격 소리가 혼란을 가
중시키고 있었다. 거친 욕설도 한데 뒤엉키며 더욱 난장판을 만들
어 내고 있었다.

계속해서 무언가 터지는 강한 폭발음 소리도 연달아 들려왔다.
눈앞으로 번쩍하는 섬광이 비치자 그녀는 본능적으로 다시 고개
를 숙였다.

삐삐삐삐삐. 삑. 삑. 삑. 삑. 삑. 삑. 삑. 삑.

으아아악!

아악!

비명에 뒤섞이고 있는 전투 소리와 불안함을 자극하는 타이머가 돌아가는 소리에 정신이 번쩍 들었다. 바깥에서도 쉴 새 없이 고함이 울려오고 있는 것 같았다.

콰탕탕탕탕. 탕. 탕. 탕. 탕. 탕.

쾅. 쾅.

마지막 폭발음이 들린 후에 갑자기 정적 상태가 되었다. 더는 총소리도, 또 연발적으로 터지던 폭발음 소리도 중단되었다. 전투는 종료되었고 중단된 총격 소리 대신 거칠고 성난 음성이 고요한 침묵을 다시금 깨트리며 울렸다. 적들의 음성은 분노로 가득 차 있었고 입에선 의미를 이해할 수 없는 욕설 같은 거친 단어들이 쉴 새 없이 쏟아져 나오고 있었다.

그녀는 바닥으로 깊게 처박았던 고개를 들고 상황을 살폈다. 눈으로 보이는 처참한 광경에 나직한 신음을 흘렸다. 검은 전투복의 요원들은 모두 죽어 있었다. 그리고 일부의 적도. 죽은 적의 몸은 갈가리 찢겨 말 그대로 조각이 나 있었다. 끔찍한 파편들을 바라보다가 진은 아까의 거친 폭발음이 폭탄이 터지는 소리였음을 짐작했다. 적은 폭탄을 두른 자신의 몸을 터트려 기동대의 침투를 막았다.

삑. 삑. 삑. 삑. 삑. 삑. 삑. 삑. 삑. 삑.

타이머 소리가 계속 울리고 있었다. 진은 반사적으로 폭탄이 설치된 출입문을 봤다. 문에 설치된 폭탄의 시계가 빠르게 돌아가고 있었다. 요란한 전자음 소리는 바로 폭탄에 설치된 타이머가 작동되면서 나는 소리였다. 숫자는 빠르게 줄어들고 있었다. 적들의 분노 서린 거친 욕설과 폭탄이 작동되고 있는 상황에 그녀는 정신이 혼미해졌다.

「폭탄이요! 터지겠어요.」

줄어드는 숫자에 진은 저도 모르게 반사적으로 소리쳤다. 흥분한 적들이 일제히 그녀를 쏘아보자 매서운 눈초리에 몸을 움츠렸다. 이 모든 상황이 두려웠다. 제스의 얼굴이 떠올랐다. 조금 전 다정하게 속삭이던 부드럽고 낮은 음성을 떠올렸다. 다시 눈물이 고이려 했다.

적들은 여전히 거친 고함을 쏟아 내고 있었다. 해석할 수 없었지만 욕설을 내뱉고 있다는 건 과격한 표정과 험악한 분위기를 봐서 알아차릴 수 있었다. 어쩌면 적들은 무력 진압을 시도한 미군과 미 정부에 본때를 보여 주기 위해 지금 폭탄을 터트려 버릴지도 모른다. 목숨이 경각에 달린 현 상황에 진은 솟구치는 눈물을 참을 수가 없었다. 살고 싶었다. 다시, 그를 보고 싶었다. 살아서…….

최악의 상황을 상상하던 그녀의 생각과 다르게, 분노에 차 발을 구르며 고함을 쳐 대던 검은 수염은 빠르게 줄어들고 있는 폭탄에 설치된 타이머 시간을 보고는 주머니에서 작은 뭔가를 꺼내 눌렀다. 그러자 마법처럼 줄어들고 있던 시간이 멈추고 다시 처음으로 돌아갔다.

폭탄을 정비한 뒤 검은 수염은 방금 벌어진 격렬한 전투의 영향으로 바닥으로 쓰러져 있는 카메라를 다시 일으켜 세웠다. 그러는 와중에도 검은 수염은 자기들의 언어로 계속 말을 쏟아 내고 있었다. 엄청난 분노가 실린 그 음성엔 분명 위협이 실려 있었다.

그녀는 불안한 시선으로 검은 수염의 시선을 쫓았다. 적의 시선은 두 명의 인질들에게로 가 머무르고 있었다.

죽음.

진은 두 사람의 죽음을 감지했다. 그들도 본인들의 죽음을 자각했는지 앉은 자세로 뒷걸음질을 치고 있었다. 하지만 적들에게서 도망칠 수 있는 곳은 없었다. 그들은 곧 적들에 의해 붙들려 카메라 앞까지 끌려 나갔다. 미군은 적들의 자비를 공격으로 받아 쳤다. 부상자였던 한국 대사관의 대사는 결국 무사히 바깥으로 나가게 되었지만, 적들의 카메라 앞에 선 저 두 사람의 목숨은 이제 위태로워졌다. 그리고 나머지 인질들의 목숨도.

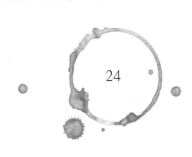

24

「제대로 미친 겁니까? 대체 왜 공격을 승인한 겁니까?」

제스는 완전 열받았다. 부상자를 둘러메고 바리케이드 뒤로 돌아오자마자 거친 분노를 쏟아 냈다. 그의 거친 고함에 천막 안이 고요해졌다. 하지만 굳이 묻지 않아도 누가 진입 명령을 내렸는지 알 수 있었다. 정부 관료들과 군 장성급의 지휘관들을 비추고 있는 스크린 속에서 소장이 굳은 표정으로 땀을 흘리고 있었다. 그리고 강력하게 공격 진압을 주장했던 정부 사람들도 침묵을 지켰다.

그들도 실패로 돌아간 작전에 당황한 기색이 역력했다. 당연했다. 그들의 주장대로 진압을 시도했다가 일을 제대로 망쳤으니 입이 백 개라도 할 말이 없어야 했다. 그들은 작전 회의 내내 대사관을 점거한 테러리스트들을 진압했을 때처럼 거칠게 나가야 한다고 줄기차게 주장했었다.

머저리들 같으니.

뭣도 모르고 지껄이는 무식한 탁상공론 작전과 다른 바 없었다.

군 진료실 상황은 도시와 대사관을 공격했던 테러범들을 진압할 때와는 또 다른 상황이었다. 미 대사관을 점령했던 상황과 비슷하게 인질을 잡고 폭탄으로 위협하고 있었지만 지금 군 진료실을 점령하고 있는 적들은 미 대사관에서처럼 탁 트인 장소가 아니라 바깥과 단절된 폐쇄적인 공간에서 일을 벌이고 있었다.

게다가 대사관에서의 인질극은 미군 기지를 습격하기 위한 교란 목적인 수임수에 불과했다. 진짜 목적인 미군 기지를 차지하기 위해 적들은 자살 공격을 퍼부었던 것이나 다름없었다. 당연히 허점이 많을 수밖에 없는 상황이었던 거다.

무차별 공격만 퍼부어 대는 적들에겐 신속한 공격만이 최선의 진압 방법이지만 인질들의 목숨 줄을 움켜쥔 채 폭탄 뒤에 숨어 있는 적들에겐 무력 진압은 독이 될 수도 있었다. 실패 시엔 인질들의 목숨이 위태로워질 수 있기 때문이다.

그리고 진료실의 인질만이 인질의 전부가 아니었다. 미군 기지에 있는 모두가 인질이 된 것과 다를바 없었다. 아군은 이미 도시와 대사관을 점령했던 적들을 진압하면서 입은 피해가 만만치 않았다. 그런데 정부 사람들은 빠른 해결을 원한다고 더 큰 희생을

야기시키고 있었다.

멀끔한 양복을 빼입고 말만 번지르르하게 내뱉는 정부 측 사람들은 전략 본부가 아닌 화면 속에서만 존재하고 있었다. 그러니까 성급하게 내린 작전이 실패로 돌아가도 목숨을 잃는 건 저들이 아닌 것이다. 그 사실에 그는 더 분통이 터졌다.

「절호의 기회였네. 병력을 더 투입했으면 진압에 성공했을 거야. 좋은 작전이었어.」

소장은 말 같지도 않은 소리를 지껄여 대고 있었다. 그 어처구니없는 태도에 제스는 더 열이 뻗쳤다. 당장 달려들어 죄책감도 없이 자기변명을 주절대고 있는 소장의 멱살을 움켜잡아 정신이 번쩍 들 때까지 마구 뒤흔들어 주고 싶었다. 무력 진압을 주장하고 승인한 무능한 상급자로 인해 애꿎은 요원들만 몰살당했다.

「망할…… 대체 뭐가 좋은 작전이었단 겁니까? 폭탄이 연결된 진료실 벽에 개구멍을 뚫어 진입하려고 시도했던 게 좋은 작전이었단 말입니까? 그 결과가 이겁니까? 모두 몰살되었습니다. 개죽음당했다고요. 멍청한 명령에 따른 대가가 죽음이었단 말입니다. 폭탄도 터질 뻔했습니다. 저 폭탄도 대사관 폭탄처럼 가짜라고 생각하십니까? 이제 가짜가 아니란 걸 아셨으니 속이 시원하십니까?」

「이…… 감히 무례한 언동은 용납 못 해. 난 자네보다 상급자야. 명령은 내가 내려!」

그의 거친 분노의 말들에 소장이 발끈하며 고함쳤다. 하지만 진입 명령을 내릴 때의 기세등등한 표정은 이미 사라지고 없었다. 왜 그렇지 않겠는가? 잘못 판단해 내린 테러 진압 명령은 실패로 돌아갔으니까.

「진정해. 이미 벌어진 일이고 수습이 먼저야.」

블랙 중령도 열이 뻗치는 표정이었지만 말투는 잠잠했다. 그는 무전기를 들고 테러범들과의 대화를 시도했다. 중령의 말대로 일단은 진료실 상황을 살펴야 했다. 적들은 반드시 아까의 공격에 보복을 해 올 게 분명했다.

「바디백이나 넉넉히 준비해야 할 겁니다. 한 개 부대를 이미 몰살시켰고, 카메라가 비추고 있는 저 인질들도 이제 곧 적들에게 살해당할 테니 말입니다.」

제스는 분노로 떨리는 주먹을 꽉 움켜쥐며 아다문 잇새로 읊조렸다. 조금 전의 무력 진압을 공개적으로 비난하며 진료실을 비추고 있는 화면으로 돌아섰다. 소장이 분노 섞인 말들을 지껄였지만 철저히 무시했다. 전략 본부 내 그 누구도 소장의 툴툴거리는 말에 귀를 기울이는 사람들은 없었다. 모두 인질을 비추고 있는 화면에 집중했다.

예상대로 적들은 보복을 진행하려 준비 중이었다. 그들은 거친 욕설들을 내뱉으며 길길이 날뛰고 있었다. 다행히 폭탄은 작동을 멈춘 상태였다. 제스는 화면 속에서 진을 찾았다. 아까 전 공격으로 다치진 않았는지 미칠 듯이 걱정되었다.

'설마…… 총에 맞거나 하진 않았겠지…….'

창문과 가까운 구석 한 귀퉁이에서 움직임이 포착되었다. 진이었다. 그녀는 무사했다. 아직까진. 혹시 다치진 않았는지 꼼꼼하게 살폈지만 총격의 충격으로 패닉 상태로 보이긴 했지만 눈에 띄는 심한 부상은 없었다. 여전히 상황은 해결되지 않았지만 적어도 아까의 전투로 그녀가 다치거나 목숨을 잃지 않았다는 사실에는 가슴을 쓸어내리며 안도했다.

한국 측에서도 난리였다. 부총사령관의 열받은 고함이 계속해서 막사 안을 쩌렁쩌렁 울리고 있었다. 부총사령관은 한국 정부와 격렬한 논쟁을 벌이고 있었고, 지혁은 화면 앞에서 진의 생사를 확인하고 있었다. 그녀가 무사함을 확인한 지혁의 입에서도 짧은 안도의 한숨이 흘러나왔다.

「진료실 응답하세요. 오버.」

블랙 중령이 진에게 무전을 쳤다. 하지만 응답이 없었다. 화면 속에서 그녀는 무전기를 들고 있었지만 다가온 적들의 공격적인 행동에 몸을 작게 웅크리고 있었다. 적들은 그녀에게 미친 사람들처럼 격렬하게 화를 내고 있었고, 다른 모든 인질에게도 거센 분노를 쏟아 내고 있었다. 인질들은 모두 겁먹어 조금의 움직임도 내보이지 않았다.

「진료실 응답해요. 오버.」

블랙 중령이 다시 무전을 쳤다. 응답해 오지 않자 계속 반복해서 무전을 시도했다. 그 모습을 가만히 지켜보자니 제스의 가슴은 속절없이 타들어 갔다. 분위기가 심상치 않았다. 모든 걸 쓸어 갈 허리케인을 동반한 태풍이 오기 전 고요함 같았다.

— 저들이…… 무척 화가 났어요. 인질들을…… 죽이겠답니다.
아악!

무전에서 진의 목소리가 잠깐 울리더니 곧 짧은 비명과 함께
다시 무전이 끊겼다. 날카로운 비명에 그는 화면을 확인했다. 화
면 속에선 적들이 진의 멱살을 거칠게 붙잡아 흔들더니 바닥으로
내던지고 있었다. 적들의 거칠고 공격적인 행동에 그는 두 주먹을
불끈 쥐었다. 하지만 당장에 그가 그녀를 위해 해 줄 수 있는 일
은 아무것도 없었다. 그저 분노하는 것밖엔.

「너희 미국과 한국은 나와 형제들의 신뢰를 배신했다. 우리 너
희들이 요구대로 식량도 주고, 부상자도 내보내 주었는데 너희들은
우릴 죽이려 했어. 너흰 신의를 저버린 배신자에 더러운 약탈자들
이다. 시체가 쌓인 건 모두 너희 탓이야! 야비한 계략이나 일삼는
네놈들 때문에 아까운 목숨이 죽은 거다. 그리고 아까울 목숨은
또 있지. 네놈들은 죄 없는 형제들을 무참히 죽였다. 그러니 나도
너희의 형제들을 죽이겠다.」

적들의 음성은 무자비했다. 한 치의 온정도 서려 있지 않았다.

「진료실 응답하세요. 제발 진정해요. 맹세코 내가 지시한 일이
아닙니다. 아까 상황은 오해로 비롯된 참극인 겁니다. 날 믿어 줘
요. 우선 대화를 먼저 합시다. 응답해요.」

블랙 중령의 설득이 담겨 있는 간절한 음성에도 무전기는 침묵만 전달하고 있을 뿐이었다.

「진료실 응답하세요. 인질들은 아무 잘못이 없습니다. 곧 몸값을 입금할 겁니다. 그리고 당신들의 나머지 요구들도 모두 들어주기 위해 지금 필사적으로 노력하고 있습니다. 각 도시에 주둔해 있는 모든 군 병력을 철수시키기로 했어요. 그러니 제발 인질들은 죽이지 말아요. 아직 시간이 남았잖습니까? 응답해요.」

중령이 쉴 새 없이 무전을 쳤지만 적들에게서 돌아오는 답변은 없었다. 대신 적들이 내보내는 방송과 감시 장비에서 급박한 상황을 알리는 소음들이 울려 퍼지고 있었다. 인질들의 비명과 적들의 성난 고함이 끊이지 않았다. 거친 욕설이 난무하는 음성들 사이로 제발 살려 달라고 비는 인질들의 애원 소리가 들려오더니…….

탕. 탕.

귀를 찢을 듯한 날카로운 폭약이 터지는 소리가 났다. 총성이 울린 것이다.

적들이 겨눈 총의 총알은 카메라 앞에 무릎 꿇려진 인질들의 머리를 정확하게 꿰뚫었다. 이마에서 뒤통수까지 연결된 커다란 구멍이 두 인질의 머리에 새겨졌다. 구멍이 생김과 동시에 생명이 빠져나간 인질들의 몸은 힘과 균형을 잃고 곧장 바닥으로 쓰러졌다. 그들의 머리에서 쏟아지는 붉은 피가 바닥을 흥건히 적시고 있었다.

아아아아악.

아직 살아남은 인질들의 새된 비명이 총성이 사라진 적막한 진료실 내부를 가득 메우고 있었다. 소리만으로도 공포감을 주기엔 확실했다.

전략 본부에 모인 관계자들 대부분이 화면을 채우고 있는 잔인하고 끔찍한 살해 현장을 보지 않기 위해 고개를 숙이거나 옆으로 돌렸다. 인질들의 공포와 두려움이 생생하게 전해져 오고 있었다. 소란스러운 진료실 상황과 다르게 전략 본부 내부엔 무거운 적막감만이 감돌았다.

● ○ ●

비명은 쉴 없이 튼아시고 있었다. 비록 입에서는 소리로 울려 밖으로 퍼지지 않았지만 진의 가슴속에선 끊임없는 비명이 반복 재생되며 울리고 있었다.

두 사람이 죽었다. 아니, 두 사람이 더 죽었다. 진료실 내부로 진입을 시도했던 검은 전투복의 요원들과 인질 두 명의 목숨이 너무나 허무하게 날아갔다. 그리고 테러범 두 명의 목숨도. 진료실 내부는 아직 살아남은 인질들의 비명과 테러범들의 욕설로 온통 소란스러웠다.

눈물이 흘렀다. 그녀가 지켜보는 눈앞에서 또다시 사람들이 죽었다. 피습 당시처럼 그녀는 아무것도 할 수 없었고, 또 아무것도 하지 않았다. 그저 스스로가 살아남기 위해 필사적으로 발버둥 친

것 외엔. 살아남았다는 깊은 안도감과 함께 자책감이 들었다. 그리고 죽어 버린 사람들을 보며 그들을 위해 울었다. 그들의 삶은, 끝나 버렸다. 죽은 이들에겐 내일이 없다.

그들에게도 사랑하는 사람들이 있을 것이다. 그녀가 제스를 사랑하는 것처럼 죽은 이들에게도 사랑하는 사람들이 존재할 테고, 그들은 그들의 나라에서, 집에서 가슴을 부여잡고 사랑하는 이의 죽음을 지켜봤을 것이다. 그들도 오열하고 있겠지. 그러나 그들이 한 동이의 눈물을 흘린다고 한들 죽은 이들은 이제 그들의 품으로 돌아가지 못한다. 영원히.

진은 사랑하는 이들을 잃고 혼자 남겨진 그들과 사랑하는 이들을 홀로 남겨 두고 죽어야 했던 사람들을 위해 짧게나마 기도했다.

적들의 윽박지름에 소란스러운 비명들은 점차 잦아들고 있었다. 적들은 카메라 앞에서 시체들을 치웠다. 마치 쓰레기를 내다 버리듯 죽은 사람들을 모아 구석으로 내던졌다. 적들은 그렇게 철저하게 죽은 이들을 짓밟고 그들의 존엄성을 앗아 갔다. 적들은 악마였다.

"대위님…… 두려워요."

태영이 작게 울먹거렸다. 그녀는 힘이 빠진 고개를 스르르 돌려 태영을 바라봤다. 그의 얼굴에도 선명한 공포가 살아 움직이고 있었다. 슬픔도, 분노도, 자책도 있었다. 모든 감정이 뒤섞인 얼굴로 울고 있었다.

'나도…… 나도 두려워…….'

진은 마음을 강하게 다잡으려 했지만 실패했다. 눈물을 멈출 수가 없었다. 엄습하는 두려움으로 몸이 떨렸다. 눈물로 흐려진 시야 앞으로 제스의 여러 모습이 영사기의 필름처럼 스쳐 지나갔다. 그의 따스함이 감도는 눈빛과 웃음들, 사랑이 넘치던 얼굴, 열정이 담긴 사랑 고백. 그가 보고 싶었다. 그의 품에 안기고 싶었다. 그의 키스를 받으며 달콤한 사랑을 나누고 싶었다.

어머니의 얼굴과 다른 가족들의 얼굴도 스쳐 갔다. 인자한 웃음을 짓고 있는 류 대장과 손을 내밀고 있는 지혁, 그리고 아직 어리기만 한 여동생 선이와 찡그린 표정을 짓고 있는 지수의 얼굴까지도. 이제 겨우 관계의 진전을 보이려는 시점에서 그녀는 다시 그들에게서 벌어지려 하고 있었다.

다시 그리운 제스의 얼굴이 아른거렸다. 눈앞으로 떠오른 그의 얼굴이 사라질까 봐 그녀는 차오른 눈물을 떨구지도 못하고 신기루 같은 그의 얼굴을 마주 봤다. 그의 심정도 그녀와 같을까? 해결 방안이 보이지 않는 지금의 상황에 무기력함을 느끼며 자책하고 있을까?

무력 진입을 시도했던 전투 병력에 그가 끼지 않았다는 사실을 인지한 순간 느꼈던 첫 감정은 깊은 안도감이었다. 죽음이 그를 비껴갔다는 사실에 기뻤다. 그의 죽음은 상상조차 할 수 없는 커다란 고통이었다. 아마도 심장이 산산이 조각 나는 느낌일 것이다. 그러자 다음 순간 그녀는 다시 슬퍼질 수밖에 없었다. 그녀가 느끼지 않아도 됐던 그 끔찍하리만치 고통스러울 감정을 앞으로는 그가 느껴야 할 수도 있기에. 그는 다행히 죽지 않았지만 그랬기에 지켜봐야만 할 것이다. 그녀의 죽음을.

「이제 자비는 없다. 이 모든 죽음은 모두 너희들이 초래한 일이야. 우린 협상을 원했는데 너희 미국은 선제공격을 했고, 사람들이 죽었다. 나와 형제들은 너희들의 요구대로 신뢰의 표시로 시간도 주고 부상자도 내보내 주었어. 하지만 그 신뢰는 배신당했고 이제 더 이상의 타협은 없다.」

검은 수염의 표정은 잔인했다.

「이제 시간을 절반으로 줄이겠다. 앞으로 네 시간 후 모든 요구 조건을 실행하지 않는다면 남은 인질들 모두 몰살시키겠다. 당연히 폭탄도 터지겠지. 이게 장난이 아니라는 걸 보여 주기 위해, 네 시간의 절반인 두 시간이 지나도록 몸값 지불과과 비행기 제공, 군 병력을 철수시키지 않는다면 또다시 인질을 죽이겠다. 마지막 순간까지 이제 기회는 단 두 번뿐이야.」

검은 수염이 카메라 앞에 서서 모두에게 사형 선고를 내렸다. 제일 먼저 그녀에게, 그다음 또 다른 미군 장교에게도. 검은 수염의 손길이 차례로 두 사람을 지목하자 소년병이 다가와 거칠게 어깨를 그러쥐고 그녀를 일으켜 세웠다. 미군 장교도 다른 테러범의 손에 끌려 나갔다.

"대위님!"

그녀가 카메라 앞으로 끌려 나가자 태영이 겁에 질린 음성으로 크게 소리 질렀다.

〈닥쳐!〉

소년병이 거칠게 태영의 머리를 총 개머리판으로 후려쳤다. 거친 공격에 태영이 비명을 내지르며 머리를 감쌌다.

"한태영, 조용히 해. 나, 난…… 괜찮아."

총신에 밀려 쓰러진 태영이 버둥거리며 일어나 다시 입을 열려고 하자 진이 먼저 소리쳤다. 그녀는 절박하게 고개를 휘저었다.

제발 나서지 마.

진의 간절한 눈빛에 태영이 울음 섞인 시선으로 마주 봤다.

진정해.

태영에게 입 모양만으로 뻥긋거리며 의사를 전달한 그녀는 고개를 돌려 정면을 응시했다. 그녀처럼 처형의 대상으로 선택되어 카메라 앞까지 끌려온 미군 장교의 얼굴에도 두려움이 가득 새겨져 있었다. 이제 그녀와 미군 장교에게 남겨진 시간은 두 시간이 채 못 되었다.

째깍. 째깍. 째깍. 째깍. 째깍. 째깍. 째깍. 째깍.

시간은 야속하게 쉬지 않고 흘러갈 뿐이었다.

● ○ ●

다음 희생자로 진이 지목되었다. 또 다른 미군 장교와 함께. 하지만 그의 눈엔 오로지 그녀 외엔 들어오지 않았다. 그녀는 핏기 없는 얼굴로 멍하니 카메라를 응시하고 있었다. 카메라에 잡힌 눈물이 어른거리는 진의 얼굴을 바라보는 그의 가슴도 절망이 깃든 눈물을 흘리고 있었다. 시간은 벌써 20분이 흘러가 있었다. 이제 그녀에게 남은 시간은 두 시간도 되지 않았다. 하지만 전략 본부의 상황은 전혀 달라지지 않았다. 상반된 주장을 내세우며 무의미한 토론만을 하고 있을 뿐이었다.

한국 관계자들은 비상 체제였다. 한 명의 한국인이 살해당했고 다음 희생자로 지목된 인질은 부총사령관의 의붓딸이니 발등에 불이 떨어진 상황이었다. 그다지 사이가 좋지 않았던 진의 의붓언니마저도 사색이 된 얼굴로 부총사령관의 옆에 서서 한국 정부와 격렬한 논쟁을 벌이고 있었다.

비록 혈연관계로 이어진 친딸과 친동생은 아니었지만 그들은 17년이란 세월 동안 가족으로 묶여 있었다. 그러니 아무렇지 않을 리는 없을 것이다. 가족의 죽음은 삶에 지대한 영향을 끼치는 일이다. 타인의 죽음을 지켜보는 것보다 더 힘들 수 있다.

「포기하는 겁니까?」

지혁이었다. 벽에 등을 기대고 주저앉아 고개를 파묻고 울고 있는 제스의 앞으로 다가온 그가 건조하게 말을 걸었다.

「……빌어먹을, 꺼져요.」

모든 게 귀찮았다. 진을 잃을지도 모르는 이 개떡 같은 상황이 두렵고 고통스러웠다. 감시 장비를 통해 그녀의 비명이 울릴 때마다 그의 심장은 짓뭉개지고 있었다.

「진은 당신이 무척 강인한 남자라고 말했습니다. 그런데 이제 보니 그게 다 허세였나 보군요. 진은 지금 테러범들 사이에서 홀로 견디고 있어요. 당신이 구해 줄 거라고 철석같이 믿고 있을 겁니다. 그런데 당신은 지금처럼 무력하게 주저앉아서 눈물이나 질질 짜고 있어요. 진이 죽을 거라고 생각하는 겁니까?」

「닥쳐!」

말끝에 실려 있는 비아냥거림에 제스는 참지 못하고 벌떡 일어나 지혁의 멱살을 움켜잡았다. 그리고 주먹을 말아 쥐고 높이 치켜들었다. 하지만, 때릴 수가 없었다. 주먹을 날릴 수 없었다. 지혁의 말이 맞았다. 어느새 그녀를 살려 내려던 노력을 포기하고 있었다. 아직 살아 있는데도 이미 죽은 목숨이라고 여기고 있었다. 지레 겁은 비서리였다. 진에게는 과거의 폭력에서 벗어나 고통에 대항해 용감하게 맞서 싸워야 한다고 소리쳐 주장해 놓고선 정작 자신은 두려움에 굴복해 도망쳐 숨으려 했다.

「반드시 내가 살려 내고야 말 겁니다. 꼭 구할 겁니다. 기필코!」

이를 악다물며 한 단어 한 단어에 힘을 실어 말을 내뱉었다. 그는 무적의 해병대원이었다. 해병대 사전에 포기란 단어는 없다.

「조금 나아졌군요. 그럼 계획을 짜 봅시다. 이제 시간은 절반 정도밖에 안 남았어요.」

지혁은 빙긋 웃었다.

「좋습니다.」

그는 지혁의 멱살을 잡고 있던 손을 풀었다. 미군 관계자들과 CIA 관계자들, 그리고 한국 관계자들도 모두 놀란 시선으로 그들을 주시하고 있었다. 하지만 그는 상관하지 않았다. 그들의 호기심 어린 시선들을 무시한 채 화면에 비친 폭탄의 설치 구조를 다시 파악했다. 그리고 건물 설계도도 다시 자세히 살폈다. 내부로 다시 침투해 폭탄과 총으로 무장한 적들을 제압하고 진을 구해내야 했다.

하지만 어떻게?

여전히 출입문을 박차고 들어갈 순 없는 상황이었다. 빌어먹을 폭탄이 문제였다. 바깥에서 문을 억지로 열거나 부수면 바로 작동되도록 설치되어 있었다. 인질들이 무릎 꿇고 앉아 있는 벽을 부수고 들어가기에도 위험 부담이 있었다. 인질들의 목숨을 보장하기 어려웠다. 그에게 텔레파시를 보내는 초능력이 있어 벽을 부수기 전 인질들에게 반대편 구석으로 피하라고 알릴 수 있다면 도전해 볼 수도 있겠지만, 여전히 위험 부담은 존재했다.

그렇다면 남은 장소는 역시 창문과 환풍구 통로였다. 아니면 2층 바닥을 뚫고 아래로 침투하는 방법을 쓰거나. 창문과 환풍구로는 바로 침투할 수 있었다. 아까 전 부상자를 옮기는 통로로 사용되어진 창문은 바깥에서 시야를 가로막던 전차가 지금은 옆으로 살짝 비껴져 있었다. 그리고 아까 전 무리한 진압 작전 때 뚫어 놓은 옆 진료실과 연결된 벽의 구멍까지. 총 세 명의 대원이 한꺼번에 진료실 내부로 들어갈 수 있었다. 즉, 타이밍을 잘 맞출 수만 있다면 세

명의 테러범을 한꺼번에 제압할 수 있었다.

다만 이 작전 역시 안으로 들어갈 수 있는 입구 모두 한 사람씩만 침투해야 하는 게 문제였다. 테러범들이 가만히 손을 놓고 구경하진 않을 테니까. 적들은 인원이 줄어든 만큼 더욱 날카로운 집중력을 발휘하고 있었다. 경계 태세를 조금도 풀지 않았다.

작전을 실행하기에 앞서 먼저 적들의 주의를 끌어야 했다. 대원들이 진료실 내부로 침투하는 그 짧은 몇 초 동안 적들의 주의를 확실하게 끌 만한 게 있어야 했다. 그렇지 않으면 아까 실패한 작전처럼 아군은 적들에게 표적 노릇만 해 줄 뿐이다.

적들은 아군의 공격에 철저히 대비하고 있었다. 벽에 구멍을 뚫고 침투하려는 요원들 대부분을 자살 폭탄으로 한 번에 날려 버린 뒤 남은 요원들은 아래에서 구멍을 올려다보며 마치 표적 맞히는 놀이라도 하는 것처럼 차례차례 죽여 나갔다.

그러니 이미 증명되었듯 연막탄을 터트리는 정도로는 적들의 주의를 분산시키지 못한다. 적들은 철저히 훈련된 자들이다. 아마추어가 아니었다. 최소 몇몇은 전투에 유능하고 사람들을 능숙하게 죽여 본 적이 있는 프로들이었다.

● ○ ●

적들이 선포한 시간은 빠르게 줄어들고 있었다. 처형이 집행되기까지 이젠 한 시간도 남지 않았다. 그녀에게 남은 시간은 겨우

40여 분 정도였다.

손에 든 무전기에선 여전히 줄기차게 무전이 울리고 있었지만 검은 수염은 교신을 허락하지 않았다. 그는 마치 자신이 신이라도 된 것처럼 마음대로 명령을 내리며 이 상황을 통제하고 있었다.

신이라니, 우스웠다. 적들은 자신들이 신의 대리자로서 신을 대신해 이 싸움을 치른다 주장하고 있었다. 신이 적군을 섬멸하라는 계시를 내렸다고 했다. 그들의 신이 말한 적군은 미국과 한국이었다. 이 두 나라를 이교도의 나라라고 적들은 표현했다.

몇 시간 전 인질들의 머리에 총알을 박아 넣으면서도 적들은 끊임없이 신을 외쳐 대고 있었다. 신의 뜻을 넘어, 신의 이름으로, 신의 분노를 대신해, 등등······.

그러나 적들의 주장은 모두 다 헛소리이다. 그들은 신을 대신해 죄인들을 처형시킨 게 아니다. 그들은 그저 살인했을 뿐이다. 그들이 믿고 있는 신 또한 신이 아닐 것이다. 악마다. 오직 악마만이 파괴와 살육과 고통을 즐길 뿐이다. 인간들을 끝없이 타락시켜 죄를 짓게 만든다.

진은 죽음을 예감했다. 오늘이 그녀의 인생 마지막이 될 수 있다. 죽음은 생각만으로도 두려움을 몰고 오는 단어였다. 그러나 단지 죽음 그 자체만으로 두려운 건 아니었다. 죽음에 이르는 과정이 무서울 순 있지만, 그녀가 정말 두려워하는 건 죽음으로 인해 원치 않게 겪어야 할 이별이었다. 사랑하는 사람과의 이별. 그리고 남겨진 사람들이 겪어야 하는 상실감.

제스를 만나고 자신이 먼저 죽을 수도 있겠다는 생각은 해 본 적이 별로 없었다. 그도 군인이었고 그녀도 군인이었지만, 위험 상황에 노출되는 빈도는 제스 쪽이 월등히 더 많을 테니까. 그녀는 의사지만 그는 특수부대 대원이었다. 전투 군인에겐 언제나 위험한 임무가 기다렸고 지도에서 찾기도 힘든 나라로 떠나는 일이 부지기수였다. 그래서 기다림은 언제나 자신의 몫일 것으로만 생각했다.

　오늘 아침도 그랬다. 그녀는 안전한 기지에 남아 있었고 제스는 위험한 테러가 일어나고 있는 미 대사관으로 출동해야 했다. 그를 떠나보내면서 그녀는 불안했고, 두려웠고, 또 슬펐다. 혹시 지금 보는 그의 모습이 마지막이 될까 봐. 할 수만 있다면 그가 위험한 곳으로 떠나지 않게 말리고 싶은 마음이었다. 그러나 그건 이기적인 욕심이었다. 그녀가 생명을 구하는 일에 보람을 느끼고 의사라는 자신의 직업을 사랑하듯이, 그도 위험으로부터 나라와 국민을 지켜 내는 군인으로서의 사명감을 자랑스럽게 여겼다.

　그렇기에 그를 사랑한다는, 또 그의 연인이라는 명분을 내세워 그에게 군인의 신분을 버리라고 요구할 수는 없었다. 제스 히버트를 사랑한다면 전투 군인으로서 위험한 임무를 해야만 하는 제스 히버트 중위도 온전하게 받아들여야만 한다.

　그를 사랑하고 있음을 깨닫는 순간 그녀는 그 두려움마저 사랑하고 받아들이기로 결정했다. 사랑이란 올가미를 씌워 구속하기보단 그가 무사히 임무를 마치고 돌아올 때까지 담담하게 기다려 주기로 결심했다. 그 기다림이 영원이 될지라도 그녀는 기다릴 수 있었다. 제스가 아닌 다른 남자를 사랑하게 되는 일은 없을 테니까. 그는 그녀의 마지막 사랑이었고 그 사랑은 영원히 변하지 않을 것이기에 기다림이 영원이 될지라도 견딜 수 있었다. 결코, 되돌아올 수 없는 기다림이 된다 할지라도.

그런데 이젠 그 영원이 될지도 모를 기다림은 그녀가 아닌 그의 몫이 되었다. 가혹한 운명을 그에게 떠넘기게 된 것이다. 그 사실이 그녀는 눈앞의 죽음보다 더 두렵고 슬펐다. 그를 혼자 두고 싶지 않았다. 그에게 결코 끝이 나지 않을 무한한 기다림의 고통을 지워 주고 싶지 않았다.

하지만 아무리 그녀가 죽음을 원치 않는다고 할지라도 적들이 정해 놓은 두 시간이 모두 지나 버리면 처형이 집행될 것이다. 자신은 적들에 의해 원치 않는 죽임을 당해야만 했다. 억울했고, 화가 났다. 적들은 그럴 권리가 없으니까.

아니, 그 누구에게도 타인의 생명을 마음대로 빼앗아 갈 권리는 주어지지 않는다. 그건 죄악이었다. 그러니까 본인들이 신의 대리인이라는 적들의 말은 새빨간 거짓말이다. 그들은 선지자가 아니었고, 그러므로 그들이 믿고 있는 신도 신이 아니다.

악마지…….

그녀는 조그맣게 중얼거렸다. 죽음을 생각하면 슬펐지만 이젠 눈물은 흐르지 않았다. 사전적 의미로서 죽음을 생각하자면 죽음은 아무것도 아니다. 그저 신체의 기능이 작동을 멈추는 것일 뿐이다.

진입을 시도했던 요원들의 죽음을 보며 한바탕 쏟아 낸 눈물이 마르자 오히려 냉정한 판단이 가능해졌다. 아무리 간절한 마음을 담아도 소원은 이루어지지 않을 수도 있다. 꿈은 현실이 되지 않을 수 있다.

그렇다면 마지막 순간에 눈물을 보이고 싶지도 않았다. 자신에게 닥친 죽음이 두렵고 슬펐지만, 마지막 순간이 왔을 때 눈물이나 짜내며 그 순간을 맞이하고 싶지 않았다. 의연해지고 싶었다. 죽음의 순간을 피할 수 없게 되었다면 적어도 불쌍한 희생자는 되고 싶지 않았다. 삶의 마지막에서만큼은 폭력에 굴복당하고 싶지 않았다.

지금 그녀가 적을 이기는 방법은 한 가지뿐이다. 저들은 자신들이 신에게 선택받은 선지자라고 온 세상에 공표했다. 전 세계 수많은 사람에게 사기를 치고 있는 것이다. 결단코 그들은 선지자가 아니다. 죄 없는 사람들을 살육하고 있는 끔찍한 살인자들일 뿐이다. 그 진실을 온 세상 사람들은 알아야 한다. 적들에게 미혹당하지 않게끔 모두에게 진실을 알려야 했다.

진실을 알리는 게 그녀가 죽음을 앞두고 해야 할 일일지도 모른다. 곧 다가올 죽음 앞에서 겁에 질려 벌벌 떨며 울부짖기보단 조금 더 생산적인 일이었다. 적어도 미군 기지를 공격한 테러범들에게 살해당한 불쌍한 희생자로만 기억되진 않을 테니까. 그러니 차분한 마음으로 의연한 태도를 유지하고 있어야만 한다. 죽음의 공포에 휩싸여 눈물이나 흘리는 멍청이가 되지 않으려면.

평생을 바보로 살아왔다. 멍청이 같은 인생을 살았다. 어릴 적 친부에게 당한 폭력에 사로잡혀 겁쟁이의 삶을 자처했다. 폭력의 늪에서 빠져나올 생각은 하지 않은 채 인생을 허비했다. 폭력에 순응하는 게 아니었다. 폭력에 맞서 싸웠어야 했다. 조금 더 일찍 용기를 냈다면, 조금 더 일찍 고통에서 빠져나올 수 있었다. 조금 더 일찍 행복해질 수도 있었다. 고통스러운 삶을 살아야 했던 건 폭력을 퍼부었던 친부여야 했다.

부끄러움과 수치심도 마찬가지다. 그런 감정은 피해자가 아닌 가해자의 몫이다. 그런데 폭력을 퍼부었던, 악마 같은 가해자였던 친부는 지금도 멀쩡히 살아가고 있다. 여전히 악마인 채로, 고통과 악을 퍼트리면서 약한 자의 인생을 망치려 든다. 그건 잘못된 일이다. 최후의 승리자는 악마 같은 가해자가 아니라 폭력을 이겨 낸 피해자여야 한다. 악이 승리하게 둘 순 없다. 그러려면 악마에게 대항해야 한다. 당당한 자세로 용감하게 맞서 싸워야 한다.

인생의 대부분을 폭력의 희생자로 살아왔다. 인생의 마지막 순간만큼은 희생자가 되지 않을 것이다. 그건 제스도 원치 않는 일이리라. 그는 화를 내야 할 상황에선 당당하게 화를 내야 하는 법이라고 가르쳤다. 그의 말은 옳다. 화가 나는 상황에선 당당하고 용감하게 그 화를 터트려야만 한다. 그리고 지금 이 순간 그녀는 화가 났다. 미군 기지를 공격한 테러범들에게, 잔인하게 인질들을 살해한 악인들에게, 적들이 내뱉고 있는 거짓말들에 분노가 일었다. 잘못된 신념으로 자행하고 있는 폭력에 화가 났다.

그래서 더는 두렵지 않았다. 이제는 폭력 앞에 굴복하지 않고 당당하게 폭력에 맞서 싸울 준비가 되어 있었다.

어차피 자신은 오늘 죽을 테니까.

째깍. 째깍. 째깍. 째깍. 째깍. 째깍. 째깍. 째깍.

시간은 여전히 빠르게 흐르고 있었다. 벽에 걸린 시계의 초침 소리가 아까보다 더 크게 울리고 있었다. 마치 점점 가까이 다가오고 있는 죽음을 준비하라고 미리 알려 주듯이.

째깍. 째깍. 째깍. 째깍. 째깍. 째깍. 째깍. 째깍.

덜컹.

속절없이 흐르던 시간의 고요한 흐름을 깨고 검은 수염이 의자에서 일어나 천천히 앞으로 걸어왔다. 시계의 바늘은 아직 그가 선포했던 처형의 시간에서 15분쯤을 더 남겨 두고 있었지만, 진은 죽음의 순간이 다가왔음을 알아차렸다.

「아무래도 너희들을 포기할 셈인 거 같군. 기다리기만 하는 건 참 무료해.」

그녀의 생각을 증명하듯 검은 수염은 이죽거렸다. 마치 쥐를 가지고 노는 고양이처럼, 혹은 먹이 사슬의 최상위에 있는 포식자처럼.

「……」

줄기차게 울려 대던 무전도 이젠 침묵을 지키고 있었다.

「죽음이 두렵나?」

검은 수염이 미군 장교를 바라보며 물었다.

「……네…… 네…….」

아직 젊은 미군 장교의 얼굴에는 온갖 두려움이 교차하며 지나갔다. 그의 음성은 두려움 때문인지 심하게 갈라져 있었고 와들와들 떨리고 있었다. 직면한 죽음 앞에 동요하며 흔들리고 있었다. 검은 수염은 미군 장교가 보이는 공포와 두려움을 즐기고 있었다. 그녀는 그런 검은 수염이 역겨웠다.

「넌? 너도 죽음이 두렵겠지?」

검은 수염이 그녀를 바라보며 짤막하게 물어 왔다.

「…….」

「대답해! 너도 죽음이 두렵겠지?」

대꾸하지 않자 검은 수염이 벌컥 성질을 냈다. 그녀는 흘긋 진료실의 입구를 바라봤다. 바깥에선 아직 아무런 움직임을 보이지 않고 있었다.

아직 때가 아닌 거겠지…….

씁쓸한 마음이 들었지만 비난할 순 없다. 바깥의 저들이 지금 아무런 움직임을 보이지 않는다고 해서 마지막까지 아무런 노력을 하지 않으려는 건 아닐 테니까.

다만…….

바깥의 아군은 때를 기다리는 거다. 몇 시간 전과 같은 참혹한 실패를 겪지 않기 위해서. 그러니까, 완벽한 타이밍을 계산하고 있는 거겠지…….

하지만…….

이제 시간은 많지가 않았고, 무언가를 시도해 볼 기회의 숫자도 적었다.

째깍. 째깍. 째깍. 째깍. 째깍. 째깍. 째깍. 째깍.

시계의 초침소리는 여전히 크게 울리고 있었다. 마치 계속해서 무언가를 알려 주고 싶은 것처럼.

제스…….

그의 얼굴이 어른거렸다. 지금 이 순간 너무나 그립고 그리운 그의 이름을 몇 번이나 되뇌어 보다가 그녀는 천천히 시선을 들어 검은 수염의 눈을 바라보았다. 그의 살기에 주눅 들지 않으며 더 높게 고개를 치기도했다.

「……네. 죽음이 두려워요.」

그녀의 대답에 검은 수염은 만족스러운 웃음을 보였다. 하지만 그의 웃음은 오래가지 않았다.

「하지만 당신들이 두려운 건 아니에요.」

이어진 그녀의 대답에 검은 수염의 표정은 일그러졌다. 매서운 눈빛으로 노려봤다. 분노로 일렁이는 그 눈길을 피하지 않았다. 그의 눈 속엔 영혼이 없었다. 어릴 적 익히 보아 온 그 악마의 눈처럼. 검은 수염의 눈도 그것과 똑같았다. 영혼이 빠져나간 눈. 악마에게 먹혀 버린 영혼. 그는 걸어 다니는 시체일 뿐이고 그녀는 시체 따윈 두렵지 않았다.

「웃기는군. 허세를 부리고 있어. 아니면 설마 아직도 네 나라가 널 구해 줄 거라 믿고 있는 건가? 그들이 네 목숨을 살려 줄 거라고 믿나?」

「…….」

그녀는 검은 수염의 말을 듣고만 있었다. 그도 그녀의 대답을 딱히 바라지 않는 것 같았다.

「천만에! 네 나라는 널 버렸어. 최후의 마지막 순간까지 헛된 시간만 끌려 하겠지. 네 목숨 따윈 조금도 걱정하지 않아. 안중에도 없지. 내가 널 죽일 때에도 네 나라는 구경만 하고 있을 거야!」

「…….」

「네가 처해 있는 현실을 직시하게 해 주니 이젠 조금 두려워졌나?」

그녀의 침묵을 오해한 검은 수염은 승리자의 의기양양한 표정을 짓고 있었다. 그녀는 그의 착각이 우스웠다.

「……아니요. 난 여전히 당신들이 두렵지 않아요. 그저 죽음으로서 파생되는 이별이 슬플 뿐이에요. 그리고 화가 날 뿐이에요. 난 지금 분노하고 있고, 그건 두려움과 전혀 다른 감정이에요.」

그녀는 검은 수염의 눈을 마주 보며 말했다. 그녀의 당당한 눈빛에 그의 눈이 뱀의 눈처럼 가늘게 변했다.

「여전히 허세를 부리고 있군. 사람들은 누구나 죽음 앞에선 공포에 젖어 들고 두려움에 울부짖지. 그리고 그때 가서야 신을 찾아. 죽음 앞에서조차 인간들은 욕심을 채우려 계산적으로 신을 찾아 대곤 해. 천국에 가려고 말이야. 하지만 그런 인간들은 절대신 앞으로는 갈 수 없어. 그들을 기다리고 있는 건 지옥의 타오르는 불길뿐이야. 그들은 선택받지 않았거든.」

「당신들은 선택받은 건가요?」

그녀는 검은 수염이 원하고 있을 질문을 던졌다. 그녀의 물음에 그는 야비한 웃음을 감추지 못했다.

「물론. 나와 내 형제들은 모두 선지자야. 신을 대신해 그분의 뜻을 전하는 신의 대리자이지. 우리를 통해 고르스탄의 모든 형제는 구원받을 수 있다. 우리의 단체를 믿고 따르는 형제들만이 신의 축복을 받을 수 있지.」

검은 수염은 매우 자랑스러워□□ □ 지껄여 댔다.

「…… □ □□ □□이 당신들이 믿고 있는 신이 시킨 일이라는 건가요? 사람들을 죽이는 게?」

그녀는 다시 확인하며 물었다.

「그래.」

검은 수염의 답은 다르지 않았다. 그리고 부끄러워하지도 않았다. 그는 여전히 그의 신을 자랑스러워했다.

「당신들의 신은…… 무섭군요.」

「진정한 신을 믿지 않고 우상을 숭배하는 이교도들에겐 무자비하시지. 너도 신이라고 믿고 있는 절대적인 존재가 있나 보지?」

「난 이곳에 오기 전까진…… 신을 믿지 않았어요. 이 세상에 신은 없다고 믿었어요. 신이 있다면 불행한 사람들이 있을 리가 없다고 생각했었죠.」

「맞아. 세상은 불행으로 가득 차 있지. 왜인지 알아? 다들 허깨비들을 믿고 있기 때문이야.」

검은 수염이 말을 가로채며 날카롭게 소리쳤다. 그러나 분노하고 있진 않았다. 자신의 생각을 말할 기회가 생겼다는 것에 기뻐하고 있는 것 같았다.

「하지만 G-스탄에 와서 신의 존재에 대해 다시 생각하게 되었어요. 내게 신은 존재한다고 가르쳐 준 사람이 있어요. 그는, 신은 모두의 마음속에 살고 있다고 내게 알려 줬어요. 우리가 마음을 열고 신을 찾기만 하면 언제든지 신을 만날 수 있다고 가르쳐 줬어요. 그가 믿는 신은 당신들이 믿고 있는 신과 아주 달라요.」

우상을 만들어 낸 건 적들이었다. 그들은 자신들의 욕심을 덧칠해 신앙을 이용하고 있었다. 정당성을 부여하려 편할 대로 성경을 재해석했다.

「그가 믿고 있고 내게 알려 준 신은 인자하고 사랑이 넘치는 신이에요. 폭력적이지도 않아요. 악인들에게도 자비와 인정을 베풀어 진심으로 회개하면 구원의 기회를 주는 사랑으로 가득 찬 신이죠. 모두에게 자유를 주고 매 순간을 스스로 선택하게끔 만들어요. 그게 옳고 좋은 선택이든, 그릇된 나쁜 선택이든.」

끝맺지 못한 말을 차분하게 나열하며 검은 수염을 쳐다봤다. 그는 비웃고 있었다.

「잘못된 우상을 믿고 있군. 네가 알고 있는 신은 사람들이 그럴싸하게 포장해 놓은 거짓의 신이야. 허깨비지. 너 역시 지금 여기서 죽는다면 지옥 불에 떨어질 거야. 그때 가서야 잘못된 거짓의 신을 믿었다고 후회하겠지.」

「거짓의 신을 믿고 있는 건 당신들이에요. 이 모든 살인을 신이 시켰다고 말했죠? 세상 그 어느 신도 살인을 권하진 않아요.」

「이건 살인이 아니야. 정당한 대가지. 침략과 약탈에 대한 심판을 받는 거야.」

「그럼 오늘 당신들이 도시에 벌인 테러로 죽어 간 사람들은요? 그들은 당신이 말한 당신의 형제이고 G-스탄의 국민이에요. 그들의 죽음은요?」

「올바른 정의를 세우기 위한 작은 희생인 거지. 큰일을 이루기 위해선 어쩔 수 없이 작은 희생이 필요한 법이야.」

「그 희생을 왜 힘없는 약자가 져야 하는 거죠? 그들은 희생되길 원치 않았을 수도 있어요. 당신들이 희생하라고 강요하며 마음대로 정할 순 없는 거예요. 살인이 아니었다고요? 천만에요. 당신들이 지금까지 저지른 짓들은 명백한 살인 행위예요. 그 어떤 말로도 포장할 수 없어요. 그러니 당신들은 신이 보낸 대리자도 아니고 선지자도 아니에요. 그저 살인자일 뿐이죠.」

「살인자는 바로 너희들이야. 미국인들과 너 같은 한국인들. 너희 한국인들은 모두 하이에나들이지. 미국에 빌붙어서 이익을 취해 가는 기생충들. 번지르르한 멋들어진 말들로 진실을 가리려 하지만 미국은 막대한 자본을 강탈해 가기 위해 고르스탄을 침공했어. 돈을 목적으로 죄 없는 형제들을 죽여 나간 거지.!」

검은 수염의 음성이 조금씩 격해지고 있었다. 얼굴에도 야비한 웃음은 어느새 사라졌다.

「난 정치는 잘 몰라요. 하지만 당신이 말하는 그 죄 없는 형제들이란 대체 누구인 건가요? 자신들의 이익을 위해 권력을 잡으려 싸워 댔던 전쟁광들을 말하는 건가요? 당신이 말한 그 형제들은 G-스탄의 국민을 위해 아무것도 한 일이 없어요. 당신들도 마찬가지죠. G-스탄의 국민을 위해 한 일이라곤 아무것도 없어요. 오직 폭력과 살인. 그리고 끔찍한 전쟁만을 겪게 했어요. 당신과 당신의 형제들이 한 일이라곤 마구잡이로 전쟁을 일으킨 일밖엔 없어요.」

그녀는 적들의 이중적인 잣대를 이해할 수 없었다. 그들의 신념과 행동은 모순되었다. 무분별한 테러를 일으킨 건 그들이었다.

「이곳에 모인 한국군들은 적이 아니에요. 그들은 당신과 당신의 형제들이 일으킨 전쟁으로 고통받는 G-스탄 국민을 보호하기 위해 온 거예요. 미군도 마찬가지예요. 그들 모두 목숨을 걸고 당신들이 무자비하게 일으키고 있는 폭력과 싸우고 있어요. 우린 적어도 무고한 일반인을 죽이지 않았어요. 멋대로 희생을 강요하지도 않았어요. 오히려 G-스탄의 국민을 폭력과 살인에서 자유롭게 벗어나게끔 안전하게 지켜 주려고 노력하고 있어요.」

그녀의 마음도 검은 수염의 마음만큼이나 격해지고 있었지만 입에서 쏟아져 나오는 말들은 그 어느 때보다 더 차분했다.

「미국은 전쟁광들이 무차별적으로 일으켰던 전쟁을 멈추게 했어요. 당신 국민에게 평화를 가져다준 거예요. 이것도 진실이에요.」

동전에도 앞과 뒤가 존재한다. 모든 일엔 양면성이 존재할 수 있다. 어쩌면 이 세상엔 진정한 선만이 존재할 수 없을지도 모른다. 그러나 두 가지 악 중에서 하나를 골라야 한다면 적어도 앞과 뒤가 모두 악인 동전보다 악과 선이 공존하는 동전을 고르는 게 조금 더 맞는 게 아닐까?

「닥쳐!」

검은 수염이 바닥을 발로 쾅 내려찍으며 벌컥 성질을 냈다. 그의 발이 굴려짐으로써 바닥으로 진해지는 신동은 커다란 고함 소리로 인해 진동 번개보다 더 요란하게 와 닿았지만 그녀는 그 위협에 주눅 들지 않았다. 두려움도 내보이지 않았다.

지지직.

— 좋은 소식이에요. 당신들이 원하던 몸값이 준비되고 있어요. 그러니 인질들을 다치게 하지 말아요.

다시 무전기가 울렸다. 이번엔 지수의 음성이 무전기에서 흘러나왔다. 지수는 적들의 언어로 적들에게 직접 말하고 있었다. 그들의 분노를 잠재우려 시도하고 있었다.

하지만 적들은 이미 미군 기지를 습격할 당시부터 엄청난 분노에 휩싸여 있었다. 계속해서 무고한 이들에게 화를 터트리고 있었다.

— 아직 당신들이 말한 두 시간은 다 지나지 않았어요. 오버.

무전은 계속 울리고 있었다. 적들이 반응을 보이지 않는데도 지수는 침착하게 말을 이어 나가고 있었다. 하지만 그녀는 알았다. 지금 이 순간 지수가 얼마나 동요하고 있는지를. 지수는 떨고 있었다. 그 어떤 순간에도 당당함을 잃지 않았던 지수의 음성은 지금 자신감을 잃고 흔들리고 있었다. 지수에게도 두려움은 있었다.

— 쓸데없는 말로 적들을 자극하지 마. 이 멍청아.

무전기를 타고 흐르는 지수의 날카로운 한국말에 진은 참지 못하고 결국 작게 웃음을 터트렸다. 역시 지수다웠다. 이런 상황에서도 지수는 다정한 말을 건네는 대신 평소처럼 호통을 치고 있었다. 화를 내고 있었다. 다만 평소와 다른 점이 있다면 지금 지수의 음성에는 그녀를 향한 미움은 담겨 있진 않았다. 오히려 그녀를 걱정하고 있는 게 분명한 염려가 가득 들어 있었다.

지수의 그러한 미세한 태도 변화에 대해선 그녀도 조금은 눈치채고 있었다. 제스와의 관계를 고민하고 있던 자신에게 거친 충고를 던져 왔을 때부터.

아니…… 어쩌면 눈치채지 못한 그 이전부터일지도.

계기가 뭔지는 모르지만 그녀를 향한 절대적 미움이 조금 흐려져 있었다. 무전기를 타고 흐르는 지수의 음성은 촉촉한 물기를 머금고 있었다. 어쩌면, 아마도 어쩌면, 지수도 그녀를 가족으로 받아들이는 중인지도 모르겠다고 진은 생각했다.

「10분 남았군. 너희들의 거짓말엔 질렸어. 남은 10분 동안 잘 판단해 보라고. 계속 거짓으로 일관하고 있을 건지, 아니면 포기하고 순순히 우리의 요구 조건을 받아들일지. 입만 살아 있는 저 이교도가 10분을 견딜 수 있고, 바깥에 대기하고 있는 너희들이 요구 조건을 실행에 옮긴다면 10분 뒤엔 저 여잘 살려 주도록 하지. 나머지 요구 조건이 실행될 두 시간 동안.」

그녀가 손에 쥐고 있던 무전기를 빼앗아 든 검은 수염이 잔인한 어조로 제 뜻을 직접 전달했다. 그런 다음 무전기를 바닥으로 떨어트렸다.

「아직도 내가 두렵지 않나?」

「네. 두렵지 않아요.」

「아직도 네가 믿는 신이 진정한 신이라고 믿나?」

「네. 그래요.」

「제안을 하나 할까? 만약 지금 여기서 네가 믿고 있는 신이 거짓 신이라고 인정을 하면 목숨을 살려 주지. 널 바깥으로 내보내 줄 거야. 그러면 넌 살 수 있어.」

검은 수염이 파격적인 제안을 해 왔다. 그의 제안에 다른 인질들의 입에서 놀라움과 약간은 부러워하는 듯한 탄성이 흘러나왔다. 일부는 다급하게 생명의 기회를 갈구하고 있었다. 살아남을 기회를 달라 애걸하고 있었다.

그러나 그녀는 진실을 알았다. 검은 수염은 그녀를 시험하고 있었다. 적들이 내보내고 있는 영상 속에서 신을 부정하기를 유혹하고 있었다. 이 영상을 지켜보고 있을 전 세계 수많은 사람 앞에서 믿음을 기만하기를 바라고 있었다. 믿음과 목숨을 맞바꾸어 모순된 이중성을 보이길 원하고 있었다.

살려 준다는 적들의 제안은 군침 도는 미끼에 불과했다. 만약 검은 수염의 제안대로 입으로 신을 부정한다고 해도 그는 그녀를 죽일 것이다. 그의 눈빛이 그걸 알려 주고 있었다. 그는 조금 전 그녀가 했던 모든 말들을 헛되게 만들려 역겨운 게임을 벌이고 있을 뿐이다.

「당신의 말이 정말로 진실하다면 그 기회를 다른 사람에게 주세요. 원하는 사람들에게 살 기회를 줘요.」

그녀는 독실한 기독교인이 아니다. G-스탄에 오기 전까진 신을 믿지도 않았다. 그러니 신앙이란 게 생긴 지 오래되지도 않았고, 또 그 신앙의 깊이가 깊지도 않았다. 이곳에서 제스를 만나고, 그가 들려준 이야기를 듣고, 사랑으로 점철된 그의 가족들을 알게 되면서 고정되어 있던 생각이 서서히 변화하고 있을 뿐이다. 폭력과 살인을 종용하는 신은 없다.

그러니 진실을 외면하진 않을 것이다. 잘못된 답을 말하고 싶지 않았다. 스스로를 기만하는 행동은 하지 않을 것이다. 어차피 죽는 거라면 폭력에 굽히지 않겠다는 게 그녀의 뜻이었다.

「……넌 기회를 바라지 않는다? 결국, 죽어서도 우상 숭배를 버리지 않겠단 말이군. 잘못된 신을 믿으며 죽어 가겠다는 건가?」

그녀의 차분한 대답이 검은 수염의 분노를 유발하고 있었다. 그의 두 눈에 거친 분노의 불길이 치솟고 있었다. 뜻대로 되지 않을 때 악마가 보이는 행동이기도 했다. 폭력을 갈구하는 것. 이미 신물이 날 정도로 겪은 일이었다. 그녀의 악마에게.

「어차피 당신은 날 죽일 거예요. 내가 어떤 대답을 하더라도. 당신이 내릴 죽음을 결코 피할 수 없다면 난 내가 사랑하는 남자가 알려 준 신을 믿으며 죽겠어요. 그가 믿고 있는 신은 사랑의 신이죠. 모든 사람을 사랑해요. 그는 신은 우리의 마음속에 살아 있는 거라고 가르쳐 줬어요. 그러니 스스로 원하기만 한다면 신을 만날 수 있다고 했어요. 당신들도 늦지 않았어요. 기회는 여전히 당신들의 눈앞에, 그리고 마음속에 있어요. 내가 알고 있는 신은 끔찍한 잘못을 저지르고 있는 당신들마저 사랑하니까.」

그녀는 에스에게 들었던 이야기들을 적들을 향해 덤덤하게 해 나갔다.

「당신들이 지금 믿고 있는 신은 신이 아니라 악마예요. 악마만이 폭력을 갈구하죠. 당신은 결코 내가 믿는 신을 부정한다 해도 나를 살려 주지 않을 거예요. 당신이 원하는 건 나의 부정이죠. 지금 이 영상을 보고 있을 전 세계 수많은 사람에게 보여 주고 싶은 거죠. 입으로는 신을 믿는다고 말하면서 결국 달콤한 유혹에 굴복하는 이중적인 신념을, 악마에게 굴복한 나약한 모습을. 그런 다음에 당신은 날 죽일 거예요 내 나약함을 비웃으며. 하지만 난 당신에게 굴복하고픈 마음이 없어요. 당신이 믿는 악마에게 무릎 꿇지 않겠어요. 어차피 나는 당신들에게 죽임을 당할 테니까.」

마지막까지 그녀는 떨지 않고 하고픈 말을 했다. 해야 할 이야기들을.

「이 이교도가!」

퍽. 퍼억.

검은 수염이 주먹으로 그녀의 머리를 거칠게 강타했다. 무자비한 폭력에 그녀의 몸이 휘청거렸다.

퍼억.

그녀가 쓰러지지 않자 검은 수염은 다시 강한 발길질로 그녀의 배를 걷어찼다. 복부에 느껴진 강한 통증에 진은 숨이 턱 막혔다. 고개를 숙이고 숨을 내쉬려 애썼다.

「자! 다시 말해. 제대로 된 답을 말하라고. 인정해. 나와 형제들이 따르는 신만이 진정한 유일신이라는 걸 인정해. 네가 믿고 있는 신은 거짓이라고 고백해!」

우악스러운 손길에 머리카락이 잡혀 들어가며 고개가 억지로 들려졌다.

「당신들의 신이야말로 악마예요. 당신들은 악마의 하수인이죠. 당신은 불쌍하고 힘없는 사람들을 괴롭히고 있어요. 당신의 형제들을 현혹해 전쟁을 일으키게 하고 범죄를 저지르게 하고 있어요. 잘못된 믿음을 갖게 했어요. 저 소년은 지금 몇 살이죠? 열여덟 살? 열여섯 살? 열다섯 살? 아니면 그보다 더 어린가요? 제발 더 어리지 않았으면 하고 바랄 뿐이에요.」

그녀는 소년병을 손으로 가리키며 소리쳤다.

「우리나라에선 저 소년의 나이 때엔 모두 학교에 다니며 공부를 해요. 제 팔보다 더 큰 총을 손에 움켜쥐고 끔찍한 살인을 하는 대신. 자신들의 꿈을 이루기 위해 노력하죠. 저 소년의 꿈은 뭐죠? 아마도 꿈이 없을 테죠. 당신이 저 소년의 꿈을 짓밟고 없애 버렸을 테니까. 그리고 꿈 대신 저 소년에게 총과 칼을 쥐어 주고 살인을 하게 시켰어요. 당신의 살인 병기로 자라나게 했어요.」

진은 더 크게 소리쳤다.

〈닥쳐! 닥쳐! 닥쳐!〉

검은 수염이 그들 나라의 언어로 거칠게 고함쳤다. 그리고 무자비하고 끔찍한 폭력을 휘둘렀다. 진은 몸에 내리꽂히는 검은 수염의 주먹과 발길질에 아픔과 고통을 느꼈지만 비명을 내지르지 않았다. 구차하게 살려 달라고 애원하지도 않았다. 소용없다는 걸 알기 때문에.

대신 제스를 떠올렸다. 그의 따뜻한 웃음과 부드럽고 낮은 목소리를, 흔들림 없이 단단하게 그녀를 안아 주던 그의 강인한 팔과 넓은 가슴을, 그리고 그녀를 향한 사랑으로 힘차게 뛰던 심장 고동 소리를, 그와 함께 보냈던 밤들을.

그녀는 그와 나누었던 모든 사랑의 행위들을 하나하나 떠올렸다.

— 멍청아. 살려 달라고 해. 그냥 저들이 믿고 있는 신이 옳다고 말해 버려. 네 목숨이나 챙기란 말이야. 이 멍청아…… 제발…… 진아…….

무전기를 타고 지수의 절박한 음성이 흐르고 있었다. 지수의 목소리는 아까보다 더 심하게 흔들리고 있었다. 진은 다시 웃었다. 지수에게도 자신은 가족이 되어 가고 있었던 거다.

아니, 그들은 원래부터 가족으로 묶여 있었다. 지수를 미워하고 질투했던 적도 많았지만, 지수를 가족으로 생각해 왔던 것처럼 지수도 마찬가지였다. 그녀를 미워했지만 가족으로 생각하고 있었다. 다만 표현하지 않았을 뿐.

지수의 과거 행동은 분명 잘못이 있었다. 그건 부정할 수 없는 사실이다.

하지만…….

지수도 몰랐던 건 아니었을까?

갑자기 생긴 가족을 어떻게 대해야 할지, 어떻게 사랑해야 할지. 그녀가 미숙했던 만큼 지수도 미숙했을 수 있다. 똑같이 어렸으니까.

"날 미워하는 널…… 미워하기도 했어. 지금도 그런 마음은…… 조금 남아 있지만……. 그래도 넌, 내 가족이야. 가족으로 널…… 사랑……해."

남은 시간은 많지 않았다. 하고픈 말들을 남겨야 했다. 모두에게 작별을 고할 시간이다.

"……사랑해."

지혁의 이름을 불렀다.

"내게 먼저 다가와 주고 손…… 내밀어 주고…… 날 밝은 빛으로…… 인도해 준 오빠를 영원히…… 사랑할…… 거야. 고마워…… 날 사랑……해 주고, 아껴 줘서…… 고마웠어."

퍽. 퍽. 퍼억.

두 손으로 머리를 감싸고 몸을 웅크려 쏟아지는 검은 수염의 발길질을 막아 내며 진은 폭력에 아랑곳하지 않고 계속해서 소리쳤다.

"……그동안…… 감사했습니다. 어머니를…… 고통에서…… 구해 내 주고 사랑해 주어서……. 어머닐…… 부탁드려요."

이번에는 류 대장을 향한 인사였다. 구타로 인한 고통이 섞여 든 신음이 새어 나오는 탓에 불분명한 발음이 많았지만 전달하려는 의미는 분명했다.

"선아…… 널…… 아주 많이, 사랑해. 표현하지…… 못했지만…… 널 정말…… 사랑해."

어린 동생은 빛이었다. 사랑을 받고 자란 아이답게 언제나 빛에 서 있었다. 자신의 우울한 어둠으로 물들게 하고 싶지 않았다. 그래서 언제나 거리를 두고 대했다. 그 아이의 사랑을 온전하게 받아들이지 않으려 했다.

지금 이 순간 가장 많이 후회되는 행동이었다.

"……미워했어요……어머닐 미워…하고, 원망…했어요…….."

처음으로 솔직한 마음을 털어놓았다. 마음속 깊숙한 곳에 숨겨 두었던 미움의 감정에 대해서도.

"……그래도……사랑했어요. 미워…했지만, 사랑…도 했어요.

460

원망…했지…만, 어, 언제나 그리워했…어요. 그리고, 기도…했어요. 어머니…가 행복하길……."

어머니를 떠올리면 고통도 함께 따랐다. 외면하고 지워버리고 싶은 과거를 외면할 수도 완벽하게 지워낼 수도 없게 고통뿐인 현실에 머무르게 하는 어머니의 존재가 거북스러웠다.

"……행복……하세요. 언제나…… 그러면…… 저도, 행복…… 하…니까……."

그러나 거북스러웠던 건 용기 없는 나약한 자신을 마주하는 것에 대한 두려움이었다. 악마를 증오하는 용기마저 없던 진실을 외면하고 싶어 희생양을 찾은 것이다.

"……미안……해요. 그리고, 사랑해요."

단 한 번도 들려주지 않았던, 표현하지 않았던 사랑을 쏟아 냈다.

"한태영, 고마……워. 다정한…… 친구가 되어 줘서, 내 곁에 있……어 줘서 늘…… 고마웠어."

검은 수염의 발길질은 점점 거세지고 있었지만 그녀는 작별 인사를 멈추지 않았다. 더 절박하게 소리쳤다.

"대위님……."

옆에서 모두 듣고 있던 태영이 흐느껴 울었다.

「닥쳐! 넌 더러운 이교도야. 더러운 말로 사람들을 홀리는 이교도일 뿐이야. 너도 약탈자일 뿐이야!」

검은 수염은 다시 영어로 소리치며 화를 냈다. 잠시 멈췄던 폭력은 다시금 시작되었다. 그는 다른 적들을 돌아보며 폭력에 가담하길 명령했다.

「너에겐 총알도 아까워. 때려 죽여 주지. 본래 죄지은 자는 돌로 쳐 죽이는 게 관습이야. 당장 저 이교도를 때려죽여. 처형을 집행해.」

검은 수염의 거친 명령에 소년병이 머뭇거리다가 천천히 다가왔다. 다른 적들도.

〈당신들이…… 믿는…… 따르는…… 저자는, 악마야.〉

그녀가 알고 있는 단어를 총동원해서 적들의 언어로 크게 소리쳤다. 그녀의 외침에 폭력에 가담하려 다가서던 적들 몇몇이 잠시 주춤거렸다.

〈죽은 자들…… 사랑하는…… 가족…… 있어…… 당신들처럼. 빼앗았어. 그들…… 가족들…… 사랑을.〉

지금 그들이 자행하고 있는 일들이 얼마나 끔찍한 짓인지 더 자세하게 알리고 싶었지만, 그녀는 지수처럼 언어 전문가가 아니었다.

그러나 비록 심하게 더듬거리는 수준이었지만 이방인에 불과한 그녀가 그들의 언어로 말을 했단 사실에 놀란 걸까? 아니면 광기 어린 그녀의 절박함에 놀란 걸까? 바로 앞까지 다가온 적들이 또다시 주춤거렸다. 이번엔 검은 수염까지도.

그녀는 그 순간을 놓치지 않았다.

「당신들이 죽인 저들에게도 사랑하는 가족과 사랑하는 연인이 있어요. 당신들은 그들의 가족과 연인의 인생도 엉망으로 만들었어요. 슬픔으로 물들게 했어요. 그들이 사랑하고 있는 저 사람들은 당신들로 인해 죽었어요. 아무 권리도 없는 당신들이 저들의 삶을 빼앗고 짓밟아 모든 걸 끝장내 버렸어요. 타인의 목숨을 빼앗은 일은 어떤 명분으로도 정당화될 수 없어요. 당신들이 한 짓은 분명 잘못되었고 명백한 범죄 행위예요. 살인이에요. 그러니, 당신들은 절대, 신의 대리자가 아니에요.」

무자비한 폭력이 다시 시작되기 전에 그녀는 최대한 진심이 담긴 설득의 말을 쏟아 냈다. 더듬거리는 수준밖에 되지 않는 적들의 언어 대신 뜻을 분명히 전하기 위해 더 익숙한 영어로 크게 소리쳤다. 그녀는 적들이 알아차리길 바랐다. 지금 그들이 얼마나 잘못된 행동을 일삼고 있는지를. 그녀를 비롯한 나머지 인질들 모두 그들과 다른 바 없는 인간임을 알아주길 간절하게 원했다.

퍽.

「닥쳐!」

그녀의 간절한 염원이 닿지 않았는지 검은 수염의 폭력은 다시 시작되었다. 한층 강도를 더 올려 폭력을 행사했다.

「당장 이 이교도를 때려 죽여. 악마 같은 계집. 죽어, 죽어!」

검은 수염의 눈은 비정상적으로 변해 갔다. 광기에 사로잡힌 그의 모습은 악인 그 자체였다.

퍽. 퍽. 퍽.

퍼억.

몸으로 쏟아지는 검은 수염의 거친 발길질에도 그녀는 비명을 지르지 않으려 노력했다. 그녀의 비명은 악마를 만족하게 하는 유희에 지나지 않는다.

검은 수염의 거친 명령에 머뭇거리던 소년병이 폭행에 가담했다. 그러자 다른 적들도 그녀를 둘러쌌다.

그녀는 온몸 곳곳으로 쏟아지는 거친 발길질들을 버텨 내려 이를 악물었다. 몸을 동그랗게 굽히고 손으로 머리를 감쌌다.

「내 이름은…… 김진이에요. 나는 한국인이고…… 내 나라는 대한민국이에요. 나는 의사이자…… 나라와 국민을…… 지키는 군인이고…… 당신들, 국민을 지키고…… 보호하기 위해…… 봉사하기 위해 G-스탄에…… 왔어요. 나에게도…… 당신들……처럼 사랑하는 가족들…… 있어요. 나를 걱정하고 있는 가족들이…… 있어요. 그리고, 나를 사랑해 주는…… 한 남자가 있어요. 나 역시 그 남자를…… 사랑하고 있어요. 우린 G-스탄에서 만났고…… 사랑에 빠졌어요. 우린 사랑을…… 나눴고…… 서로에게 사랑을…… 고백했어요.」

쏟아지는 무자비한 발길질에도 그녀는 말하는 걸 멈추지 않았다. 천천히, 느리지만, 정확한 발음으로 말을 이어 나갔다.

「당신들에게도…… 당신들을… 무조건적으로 사랑해 주는…… 가족들이나 연인이…… 있을 테죠. 나도…… 마찬가지예요. 나에게도 그런…… 사람들이 있어요. 소중한 사람, 사랑하는 사람……. 나를 죽이면 그들은…… 슬퍼할 거예요. 당신들이 죽으

면…… 슬퍼할…… 당신들의 가족들…처럼. 사랑하는…… 연인
들처럼. 나를 사랑하는…… 그 남자도, 내가 죽으면…… 많이 슬
퍼할… 테죠. 당신들은…… 그들 모두를…… 슬프게 하……는
거예요.」

그녀는 검은 수염의 폭력에 굴하지 않았다. 더 당당히, 더 용감
하게 맞서 싸웠다. 그리고 계속해서 소리쳤다. 그녀도 그들과 똑
같은 인간이고, 그들처럼 사랑하는 가족이 있다는 걸. 그녀를 사
랑하고 그녀가 사랑하는 한 남자가 있다는 것까지.

「닥쳐! 닥쳐! 넌 악마야. 악마에게 현혹되지 말지어다!」

검은 수염은 미치광이처럼 폭력을 퍼부어 대며 성성 구절을 읊
기 시작했다.

'천만인이 나를 에워싸 진 친다 할지라도 나는 두려워하지 않
는다.'

빗발치는 고통 속에서 가장 그리운 목소리가 울렸다.

'내가 좋아하는 구절은 시편 3편 6절입니다. 군인이 된 후로
더욱 좋아하게 된 구절이죠. 작전 중 불가피하게 위험 상황과
맞닥뜨리게 되면 난 항상 그 구절을 중얼거리곤 했어요. 위험천
만한 상황 속에서도 두려움에 떨지 않으려고.'

용기를 주는 음성에 눈물이 흘렀다.

두려워하지 않아…….

「천만인이 나를…… 에워싸 진 친다…… 할지라도…… 나는, 두려워…하지…… 않아.」

제스가 알려 준, 그가 가장 좋아한다던 성경의 구절을 그녀는 중얼거렸다. 고통을 잊기 위해, 두려움을 몰아내고 싶어 주문을 외우는 것처럼 반복해서 구절을 읊조렸다. 그러자 어느 순간 가슴이 일렁였다. 커다란 해일이 그녀의 가슴으로 몰려들었다. 그 해일은 그녀 안에 남아 있을지 모를 작은 두려움마저 깨끗이 쓸어갔다.

「두렵지 않다, 내 당신마위!」

용기를 잃지 않기 위해, 두려움에 떨지 않기 위해, 다가온 죽음을 의연하게 맞이할 수 있도록 쏟아지는 발길질과 주먹질을 견디며 소리쳤다.

제스…….

조그맣게 그의 이름을 불렀다. 입술에 담았다. 그와 함께했던 기억들이 그녀를 지탱해 주고 있었다. 비록 지금 이 순간 곁에 없을지라도 그는 그녀를 지켜 주고 있었다. 담대하게 죽음을 받아들일 수 있도록 용기를 주고 있었다.

「죽여! 당장 이 이교도를 죽여!」

결코 굴복하지 않으려는 결연한 의지를 가진 그녀의 몸부림에 검은 수염이 성난 발길질을 멈추고 끝내 사살 명령을 내렸다. 그의 광기 들린 명령에 소년병은 그녀에게 총구를 겨눴다. 그러나 방아쇠는 당겨지지 않고 있었다. 그녀의 흐린 시야로 들어오는 흔들리고 있는 총신은 방향을 정하지 못하고 갈팡질팡하고 있었다. 검은 아가리를 벌려 그녀를 집어삼킬 수도 있는 총을 꽉 움켜쥐고 있는 소년병의 눈빛처럼. 잠시간 선명해진 그녀의 시야에 들어온 소년병의 얼굴은 잔뜩 일그러져 있었다.

「난…… 적이…… 아니에요. 다른, 인질들도…… 당신들과…… 똑같은…… 사람이에요. 나에겐…… 사랑하는…… 사람이 있어요. 그는, 슬퍼……할 거예요. 내가 죽으면……. 제발…… 제발 부탁해요. 그를…… 슬프게…… 하지…… 말아요.」

여기저기 찢기고 엉망으로 구겨진 상태에서도 그녀는 소년병의 눈을 똑바로 응시한 채 멈추지 않고 소리쳤다.

무자비한 폭력 앞에서도 두려워하지 않고 굴복하지 않으려는 그녀의 굳센 의지에 적들은 당황하며 동요하고 있었고, 그녀의 죽음을 슬퍼할 사랑하는 연인이 있노라는 잔잔한 고백 앞에서 방아쇠를 당기지 않은 채 부동의 자세로 서 있었다.

「그만 닥쳐! 뭐 해! 당장 쏘라니까!」

검은 수염의 고함에도 소년병을 비롯한 다른 이들은 꿈쩍도 하지 않았다.

「좋아, 내가 직접 죽여 주지.」

결국, 검은 수염이 직접 총을 들었다. 바닥에 널브러져 있는 그녀의 머리칼을 휘어잡고 이마에 대고 직접 총구를 겨누었다. 금속

성의 싸늘하고 차가운 감촉이 이마에 서늘하게 느껴졌다. 죽음의
냉기였다.

그래도 그녀는 굴복하지 않았다. 시선을 피하지도 않았다. 영
혼이 빠져나간 검은 수염의 광기 어린 두 눈을 마주 보며 웃었다.
그를 비웃었다. 악마를…….

「제스, 사랑해요. 목숨보다 더…….」

그리고 사랑하는 남자를 위한 마지막 고백을 속삭였다.

탕.

타앙.

총성이 울렸다. 하지만 아픔은 느낄 수 없었다.

괴이

탕.

탕.

탕.

탕.

폭발음과 네 발의 총성이 더 울렸다. 그럼에도 그녀는 아픔을
느낄 수 없었다. 고통은 없었다.

그녀의 머리칼을 움켜쥐고 있던 검은 수염의 손에 힘이 빠져나
갔다. 찢어진 헝겊 인형처럼 스르륵 바닥으로 쓰러졌다. 그의 이
마엔 선명한 총구멍이 깊게 새겨져 있었다. 흔들리는 손으로 그녀
에게 총구를 겨누고 있던 소년병도 쓰러졌다. 그리고 다른 적들도
모두 하나둘 바닥으로 쓰러졌다. 그들 모두의 이마에는 선명한 총

구멍의 상흔이 새겨져 있었다.

그녀는 총에 맞지 않았다. 총에 맞은 건 적들이었다.

그녀는 잘 들리지 않는 팔을 안간힘을 써 들어 올렸다. 떨리는 손가락으로 방금 전까지 검은 수염이 겨누고 있었던 이마를 더듬었다. 축축한 물기가 닿긴 했지만 매끈했다. 파인 자국은 없었다. 정말로 총에 맞지 않은 것이다.

그녀는 여전히 숨 쉬고 있었고, 살아 있었다.

실제 눈앞에서 벌어진 이 믿을 수 없는 기적에 그녀는 놀라워했다. 불과 몇 초 전까지 그녀는 죽음을 예감했다. 적이 겨눈 총구 앞에서 죽음을 받아들일 수밖에 없었다. 그런데 놀랍게도 죽은 건 적들이었고 그녀는 살아남았다.

진은 입과 코로 내뿜어지고 있는 뜨거운 숨결이 손등을 타고 흐르자 감격의 눈물을 쏟았다. 당연하다고 생각했던 일상적인 신체 활동이 지금 이 순간 더없이 특별하고도 소중하게 여겨졌다.

감사합니다. 감사합니다.

모든 게 감사했다.

「진!」

제스의 음성이 들렸다. 새로웠다. 마치 영겁의 세월을 돌고 돌아 듣는 그리운 목소리처럼 가슴을 뭉클하게 만들고 있었다.

「진!」

그의 낮은 허스키한 음성이 더 가까이 들림과 동시에 강한 손길이 어깨로 와락 달려들었다. 바닥에 엎어져 널브러져 있던 그녀의 몸이 부드럽게 허공으로 붕 떠올랐다. 흐린 시야 너머에 제스가 있었다. 전투복을 입고 전투 헬멧을 쓴 전사의 모습으로.

그가 다시 그녀를 구한 것이다.

아니, 어쩌면 신이 그를 보내어 그녀의 목숨을 살리게 한 것인지도.

어느새 신앙을 가진 사람들이 하는 생각들을 하는 자신에게 그녀는 웃음이 나왔다. 눈물이 흘렀지만 그건 슬픔의 눈물이 아닌 기쁨의 눈물이었다. 행복의 눈물. 그녀는 또다시 자신을 구해 준 제스에게 감사했다. 그리고 그를 보내어 그녀를 구하게 만든 신에게도 감사했다. 그녀를 살아 있게 한 모든 것들에 다 감사했다.

「이 빌어먹게 미친 여자야!」

그때 행복한 여운을 깨트리는 쩌렁쩌렁한 고함이 거하게 울려 퍼졌다.

「제정신입니까? 테러범들에게 덤비다니! 그들에게 화를 내면 어떡합니까? 죽으려고 작정한 겁니까? 대체 그 무슨 멍청한 짓입니까?!」

제스는 화가 나 있었다. 분노해 있었다. 사람들이 우스갯소리로 흔히들 표현하는 말 그대로 완전히 열이 받아 뚜껑이 열린 상태였다.

25

분위기가 험악해지려 하고 있었다. 적들은 아직 시간이 남았는데도 진을 죽이려 하고 있었다. 적은 두려움을 보이지 않는 그녀에게 자신들의 분노를 발산시키며 자신의 더러운 지배욕을 충족시켜 주지 않는 그녀에게 죽음이란 형벌을 내리려 하고 있었다.

그는 처음 테러범이 입을 열었을 때부터 조급한 불안감을 느꼈다. 죽음이 두려우냐는 질문을 인질들에게 던진 어조에 피를 갈망하는 음산함이 어려 있었기에. 그리고 그런 불안감은 두렵지 않다고 당당한 어조로 대답하던 진의 음성을 듣고 난 후엔 더욱더 거대한 덩어리로 크기를 빠르게 증폭해 갔다.

그녀의 담담한 태도에 테러범은 자극을 받았다. 그리고 더 나아가 적들을 향한 두려움을 느끼지 않은 그녀에게 몸소 두려움을 체감시켜 주려 하고 있었다. 적들에게 타인의 두려움과 공포는 자극제였고 존경의 의미였다. 그들의 세계에서 서열을 정리하는 좋은 윤활제이기도 했고.

그러나 진은 굴하지 않았다. 당당한 태도로 용감하게 두려움과 맞서고 있었고, 영상을 보고 있을 모든 이들에게 메시지를 보내고 있었다. 적들이 내세운 그 명분이 얼마나 말도 안 되는 거지 같은 것들인지. 지금의 모든 상황이 얼마나 잘못된 범죄인지에 대해.

그리고 시간을 벌어 주고 있었다. 적들을 뒤흔들어 그들의 집중력을 깨트려 주고 있었다. 진은 계속해서 적들과 카메라를 번갈아 가며 응시하고 있었다.

침입해새 돋아지는 분위기를 눈치챈 그녀의 의붓언니가 다시 무전을 시도했다. 언어 전문가이자 군사 전략가다운 태도로 긴급 상황에 허둥대지 않고 침착하게 냉정함을 유지한 채 적들의 언어로 그들을 회유하려 했다. 하지만 통하지 않았다.

— 저 이교도가 10분을 견딜 수 있고, 바깥에 대기하고 있는 너희들이 요구 조건을 실행에 옮긴다면 10분 뒤엔 저 여잘 살려 주도록 하지. 나머지 요구 조건이 실행될 두 시간 동안.

마지막 무전 후 적들에게선 어떠한 답변도 되돌아오지 않았다. 한국 측에서 계속 회유 무전을 시도했지만 먹히지 않았다.

「당장 진입 명령을 내려 주십시오. 당장 저기로 들어가야 합니다.」

최후통첩을 알리는 적의 마지막 무전을 듣자마자 그는 블랙 중령을 돌아보며 요청했다. 시간이 없었다. 그러나 좋은 타이밍이기도 했다. 적들은 흥분해 있었고, 그로 인해 집중력 또한 산만해지고 있었다.

「말도 안 되는 소리. 그러다 폭탄이 당장 터지면?」

몇 시간 전까지만 해도 무력 진압을 주장하던 소장이 이번에는 무력 진압을 반대하고 나섰다. 책임을 피하기 어려울 만큼 상황이 급박해지자, 그는 자신의 주장을 철회했다. 정말 미치고 환장할 노릇이었다. 바보 천치 같은 말만 해 대는 저 한심한 작자는 늘 반대로만 주장했다.

「지금이 절호의 기회입니다. 적들은 지금 혼란스러워하고 있습니다. 당황하고 있다고요. 이성을 잃고, 집중력이 흐트러진 상태란 말입니다. 이때 들어가야 합니다. 지금이 아니면 두 시간 후에도 기회는 없습니다.」

다른 인질들은 얌전했다. 순순히 적들에게 순응하고 있었다. 진이 죽고 나면 지금 같은 혼란 상황은 결코 발생하지 않을 것이다. 그러면 다시 원점의 상태로 돌아가는 거고, 적들은 다시 잘 벼린 칼날 같은 집중력으로 미군의 무력 진압에 필사적으로 저항할 것이다. 그렇게 되면 두 시간 후엔 정말로 폭탄이 터질 수도 있었다.

적들은 바보가 아니다. 애초에 탈출할 의지 따윈 없었다. 적들이 바라는 결말은 돈은 돈대로 챙기고 자살로 이 지역의 수많은 군인의 목숨을 끝장내는 데 있었다. 그들은 자살로 상황을 마무리

지을 것이다. 그들에게 자살은 단순한 죽음이 아닌 숭고한 희생이니까. 그들이 바라는 순교자의 삶으로 생을 마감하는 것이다.

그러나 소장은 도통 말을 들어 먹질 않았다. 아예 그의 주장과는 반대로만 행동하기로 작정한 사람처럼 진입을 강력하게 반대했다. 소장의 반대에 뜻을 같이하는 정부 인사들 몇몇도 덩달아 진입을 강력하게 반대하고 나섰다. 미치고 팔짝 뛸 일이었다. 할 수만 있다면 당장 화면 속에서 저 잘난 면상들을 끄집어내 주먹맛을 보여 주고 싶었다. 전혀 도움이 안 되는 말들만 나불거리는 주둥아리들을 닥치게 만들 수 있다면.

「진입은 절대 안 돼! 시간을 조금 더 끌어야 해. 더 어두워지길 기다려야 한다고. 대통령이 명으로 멘티포스가 기의 노작하기 선이야. 그들과 함께 작전에 임한다. 명령에 따라!」

빌어먹을…….

저 작자는 정말 답이 없었다. 특수부대원들이 이미 이곳에 있는데도 소장은 또 다른 특수부대를 기다리라 명하고 있었다. 울프 팀이 무능하다고 판단해서는 아니었다. 다만 또다시 진입을 시도했다가 실패할 경우 자신의 책임이 눈덩이처럼 불어 커지는 상황을 피하려 함이었다. 지극히 출세만 생각하는 탁상공론자의 머릿속에서 나올 만한 생각들이었다. 저자는 정말 비겁하고 무능한 개자식이었다. 군인 자격이 없었다. 책임자의 자리엔 더더욱 어울리지 않았다.

「이제 와 시간을 끌면 다 죽습니다. 개죽음당한다고요. 폭탄이 터지면 이 미군 기지도 끝장입니다. 이 지역 전체가 가루가 되는 겁니다. 빌어먹을!」

「말조심하게! 무례한 언동은 용납 못 해. 이건 명령일세. 지금 진입하는 건 절대 불가야.」

「이…….」

소장은 그야말로 정말 개새끼였다.

"김 대위님! 흐흐흑."

감시 장비를 통해 태영의 울부짖음이 들려왔다. 화면으로 서신을 놀리자 예상했던 일들이 벌어지고 있었다. 결국 무자비한 폭행이 시작된 것이다. 적들이 벌이고 있는 더러운 술수에 그녀가 걸려들지 않자 결국, 분노를 터트리며 주먹을 휘두르고 있었다. 진은 테러범들을 비난하고 있었고 한편으로는 회유하고 있었다. 적들의 신은 신이 아닌 악마인 걸 그들에게 알리려 애쓰고 있었다.

맙소사…….

그녀는 진정한 하나님에 대해 말하고 있었다. 신은 결코 살인하라 명하지 않으며 그들이 행하고 있는 건 순교가 아닌 범죄 행위라는 걸 알리고 있었다. 그녀는 유혹에 굴복하지 않았고, 당당하게 자신의 신념대로 행동하고 있었다. 모두가 바른 말들이었지만 테러범들에겐 통하지 않을 가르침이었다. 테러범이 그녀의 목숨을 노리고 있는 이 상황에서는 더더욱 도움이 되지 않을 우직한 신념이었다.

그러나 진은 솔직했고 또 용감했다. 그도 하지 못했던 일들을 해 나가고 있었다. 적들에게 폭력이 아닌 대화로, 무기를 드는 대신 말로써 맞섰다. 그리고 이야기했다. 무자비한 폭력 앞에서도 굴하지 않고 사랑에 대해, 사랑하는 사람들에 관해 이야기하기 시작했다. 적들을 흔들고 있었다.

「진입 명령을 내려 주십시오. 저들을 막을 수 있습니다. 지금 막아야 합니다. 테러범들 모두 진에게만 집중하고 있습니다. 이성을 잃었단 말입니다! 바깥 움직임에 신경 쓰지 않고 있습니다!」

그도 이성을 잃어 가고 있었다.

「좋다. 진입을 허락한다. 가서 저놈들을 끝장내 버리라고.」

블랙 중령이 그의 어깨에 손을 올리고 힘차게 두드렸다. 중령의 눈엔 그를 향한 신뢰가 가득 들어 있었다.

「뭐?」

소장의 히스테릭한 비명에 가까운 고성을 크게 내질렀다.

「누구 맘대로 명령이야, 이러고도 자네가 무사할 것 같아? 자네의 잘난 백인 아버지가 이번에도 손을 써 줄 것 같나? 돌입 명령을 내리면 자네도 끝이야! 모든 걸 망치면 더 위로 진급할 수 없을 걸세. 출셋길 막히는 거라고!」

소장은 블랙 중령을 향해 흥분을 터트렸다.

「걱정은 감사합니다만 제 진급은 제가 알아서 하겠습니다. 지금은 적들에게서 인질을 무사히 구출하는 게 먼저입니다.」

블랙 중령은 조금의 흐트러짐 없는 완벽한 무표정으로 예의를
갖춰 말했다.

「울프 팀 진입한다. 모든 책임은 내가 지겠다.」

「옛썰!」

제스와 울프 팀의 모든 대원은 블랙 중령을 향해 일제히 경례
를 올리며 명령에 따랐다.

「절대 안 돼! 기다리란 말이야! 당장 저들을 붙잡아. 붙잡으라
고!」

소장은 끝까지 그의 앞을 가로막으려 하고 있었다. 인질들의
목숨 대신 자신의 안위만 보장하려는 뻔뻔한 작태에 참을 수 없
는 분노가 솟구쳤다. 제정신이 번쩍 들도록 어깨를 움켜쥐고 마구
뒤흔들어 주고 싶었다. 하지만 아무리 거세게 흔들어 대더라도 정
치적 잇속만 챙기려 드는 저 한심한 작자는 가망이 없었다. 뼛속
깊이 무능한 머저리였다.

소장의 신경질적인 명령에 미군 몇 명이 주춤주춤 앞을 가로막
았다. 그러나 그들은 시선조차 제대로 맞추지 못했다. 제스는 쭈
뼛거리며 서로 눈치만 살피고 있는 그들을 외면하고 다시 소장에
게로 돌아섰다. 그러자 한심한 소장의 얼굴에 만족스러운 웃음이
걸렸지만, 그 웃음은 오래가지 못했다.

「……뭐, 뭐야? 지금 무슨 짓을 하려는 거야?」

그가 스크린을 연결하고 있는 전선에 손을 뻗자 소장의 눈이
휘둥그레지며 벌게진 얼굴로 고함쳤다.

「빌어먹게 현명하지 못한 명령에는 따를 수 없습니다. 지금은 국가적 긴급 사태입니다. 그러니 지금의 긴급 사태가 해결될 때까지 현장은 제가 이끌어 나가겠습니다. 이 난장판을 수습하고 이곳 군 기지를 날려 버릴 폭탄을 제거한 뒤 억류된 모든 인질을 구출해 내겠습니다.」

그는 차분하게 하고픈 말을 모두 끝낸 후 망설임 없이 전선의 코드를 뽑아냈다.

「당장 그만둬!」

소장의 히스테릭한 얼굴은 더 이상 스크린에 비치지 않았다.

「너…… 너, 너 이 자식, 이 개자식 내가 가만있을 줄 알아!」

소장의 연방은 음성만이 스피커를 타고 흘렀다.

「넌 끝장이야! 이번에는 기필코 네놈의 군복을 벗겨 버릴 테니까! 각오하고 있는 게…….」

스피커를 연결하고 있는 전선의 코드마저 뽑아내자 소장의 히스테릭한 성난 고함도 사라졌다. 제스는 까만 화면에서 돌아섰다.

그의 돌발적인 행동에 천막 안에 모여 있던 모든 관계자의 눈이 휘둥그레졌다. 그를 알고 있는 사람들은 그가 얼마나 이성적인 사람인지, 또 얼마나 자제력이 강한 사람인지를 잘 알고 있었다. 그러나 울프 팀만은 달랐다. 그와 같이 동고동락하며 위험을 함께한 대원들은 그가 진과 관련된 문제 앞에선 얼마나 비이성적이되며 자제력을 쉽게 잃어버리는지 아주 잘 알고 있었다. 그들의 얼굴에 유쾌한 웃음이 어렸다.

「캡틴. 구제 불능 멍청이는 내버려 두고 당장 진입하자고요. 우린 준비 완료입니다.」

마이크가 활달하게 소리쳤다. 아까 소장의 명령으로 입구를 막고 있던 미군들은 울프 팀 대원들에 의해 말끔하게 치워져 있었다.

「지원해 주겠습니까?」

제스는 지혁을 향해 물었다.

「한국은 이미 아까부터 준비 완료입니다.」

지혁은 얼굴 가득 환한 웃음을 머금으며 소리쳤다. 제스는 지혁과 함께 밖으로 달려 나갔다. 두 지휘관의 뒤를 그들의 대원들이 충실히 따랐다.

소장의 말 같지도 않은 협박 따원 중요치 않았다. 내일 당장 군복을 벗어야 한다고 해도 오늘 지금 이 순간에는 진을 구해야 한다. 그녀가 더 소중했다. 이 세상엔 사람의 목숨보다 더 중요한 건 없었다. 그리고 사랑도.

작전은 이미 짜여 있었고 건물의 2층 바닥을 폭파할 폭탄도 설치되어 있었다. 타이밍만 잘 맞추면 되었다. 다섯 명의 테러범 모두 그들이 추종하는 신이 있는 곳으로 날려 버릴 것이다. 바로 지옥으로.

각자의 위치로 잠입해 들어갔다. 무선 헤드셋에선 진료실 상황이 실시간으로 전달되고 있었다. 상황은 아까보다 한층 더 심각해져 있었다. 거친 파열음들이 귓가를 아프게 때리고 있었다. 빌어먹을 개자식들이 집단 린치를 가하는 소리였다. 진의 음성도 계속 울리고 있었다. 거센 폭력에 휩싸여 있음에도 그녀는 여전히 용감했다. 굽히지 않는 당당함으로 적들과 맞서 싸우고 있었다. 군인으로서는 훌륭한 자질이었지만 그녀를 사랑하고 있는 연인의 속을 까맣게 태우는 고지식한 용감함이었다.

그녀는 입을 닥치고 있어야 했다. 그 예쁜 입으로 적들에게 맞서선 안 되었다. 자신의 목숨을 담보로 테러 진압 부대가 침투할 기회를 만들어 주기보단 본인의 목숨을 챙기고 있어야 했다. 하지만 늘 그랬듯이 그녀는 결코 쉬운 여자가 아니었다. 언제나 그의 예상에서 한참이나 벗어나기 일쑤였고 그를 미치게 했다. 지금처럼.

그렇지만 진은 대단했다. 그녀의 휘어지지 않는 우직함과 바른 마음은 존경스러웠다. 적의 무자비한 폭력 앞에서도 비명 한번 내지르지 않고 꿋꿋하게 견뎌 내고 있었다. 아니, 견디는 것에 그치지 않고 적들을 설득하고 있었다. 그들조차 잊고 있는 인간적인 면모를 자극하고, 자신을 죽여야 할 표적이 아닌 그들과 다른 바 없는 살아 숨 쉬는 한 인간으로 받아들이게 하려 노력하고 있었다.

그리고 그를 향한 사랑을 고백하고 있었다. 어쩌면 마지막 유언이 될지도 모를 사랑 고백을.

— 나를 사랑해 주는…… 한 남자가 있어요. 나 역시 그 남자를…… 사랑하고 있어요. 우린 G-스탄에서 만났고…… 사랑에

빠졌어요. 우린 사랑을…… 나눴고…… 서로에게 사랑을…… 고백했어요.

그녀의 잔잔한 음성이 가슴을 먹먹하게 만들고 있었다.

— 난…… 적이…… 아니에요. 다른, 인질들도…… 당신들과…… 똑같은…… 사람이에요. 나에겐…… 사랑하는…… 사람이 있어요. 그는, 슬퍼……할 거예요. 내가 죽으면……. 제발…… 제발 부탁해요. 그를…… 슬프게…… 하지…… 말아요.

목숨이 경각에 달린 이 급박한 상황 속에서도 그녀는 그를 걱정하고 있었다. 제스는 눈가가 아릿했다.

— 제스, 사랑해요. 목숨보다 더…….

마지막이라고 생각한 사랑 고백이었다. 그를 향한 그녀의 희미한 음성은 꿈결처럼 아득하게 들리고 있었다.

「지금이야, 진입한다!」

그는 짧게 소리쳤다.

쾅.

콰앙.

2층 바닥이 함몰됨과 동시에 그도 창문을 부수고 진료실 내부로 들어섰다. 그는 바닥에 안착하자마자 들고 있는 총의 방아쇠를 당겼다. 진의 이마에 총구를 들이민 채 분노에 차오른 고성을 내지르던 적의 이마를 겨냥한 것이었다.

그를 발견한 적들이 총구의 방향을 틀며 곧바로 맞대응해 왔다.

그건 진에게 총구를 들이댔던 검은 수염도 마찬가지였다.

탕.

타앙.

검은 수염의 총알은 제스의 어깨를 맞췄다. 총알의 강력한 위력에 그는 잠시 주춤거렸지만 다시 자세를 바로잡았다. 언제든 방아쇠를 당길 자세로 확인해 보니 그의 총알은 정확히 적의 이마를 꿰뚫었다.

콰앙.

탕.

탕.

탕.

탕.

제스가 총을 쏘는 것과 동시에 환풍구와 천장을 뚫고 진료실 내부로 진입한 울프 팀의 대원들과 한국 UDTSEAL 대원들도 빠르게 적을 확인, 조준했다. 그들의 총구가 모두 제스를 향한 덕분에 대응하는 건 생각보다 수월했다. 허비 없이 그들이 쏜 총알은 모두 정확히 적들의 이마를 꿰뚫었다.

그럼에도 그들은 확실히 하기 위해 쓰러진 적의 심장을 향해 다시 한번 확인 사살을 하였다.

탕.

탕.

테러범들은 제거되었고 인질들은 모두 무사했다.

진압이 완료되자마자 진에게 달려간 제스는 피를 흘리며 바닥에 쓰러져 있는 그녀를 조심스럽게 안아 올려 벽을 등지고 기대게 했다. 그리고 그녀의 심장에 귀를 갖다 댔다. 심장은 아직 힘차게 뛰고 있었다. 그녀는 살아 있었고 무사했다. 그제야 조금 안심이 되었다.

「제스…….」

그녀가 나직하게 그의 이름을 속삭였다.

감사합니다.

진이 무사히 살아 있음에 먼저 감사했다. 그녀를 지켜 준 신에게 감사했고 꿋꿋하게 견뎌 준 그녀에게 고마웠다. 그녀가 무사히 살아 있음이 확인되자 그의 마음은 서서히 분노로 바뀌었다. 그녀 덕분에 적들의 주의가 분산된 건 감사한 일이었지만 목숨을 잃을 수도 있었다. 그 무모한 용감함에 그는 분노했다.

「이 빌어먹게 미친 여자야!」

커다란 고함이 진료실 내부로 쩌렁쩌렁 울렸다.

「제정신입니까? 테러범들에게 덤비다니! 그들에게 화를 내면 어떡합니까? 죽으려고 작정한 겁니까? 대체 그 무슨 멍청한 짓입니까?!」

벽에 등을 기대고 있는 그녀의 앞에 한쪽 무릎을 꿇고 앉은 채로 그는 감정을 터트렸다. 몇 시간 동안 가슴 졸이며 불안감에 시달린 심장은 잔뜩 쪼그라든 상태였다가 이제 조금씩 팽창하며 부풀어 오르고 있었다. 생기가 돌고 있었다. 그리고 눈물도. 그의 눈물샘은 고장 난 브레이크처럼 비정상적일 정도로 과도한 눈물을 생성해 내고 있었다.

「……파이터 정신을…… 가르쳐 준 건…… 당신이었어요. 화낼 상황에선…… 당당하게…… 화를 내야 하는…… 거라고 했었잖아요.」

그녀는 웃고 있었다. 언제나처럼. 그리고 더듬더듬 입술을 움직여 말하고 있었다. 테러범들에게 무자비한 폭행을 겪고 난 후였음에도 평소의 씩씩함과 밝음을 잃지 않았다. 엉망인 몰골을 한 상태에서도 유머 감각을 발휘해 그의 긴장을 풀어 주려 하고 있었다.

「그건 적들이 당신 이마에 총구를 들이밀지 않았을 때만 해당되는 겁니다. 당신을 죽이겠다고 윽박지르는 테러범과 마주한 상황에선 전혀 해당되지 않는단 말입니다. 그럴 땐 그 예쁜 입을 닥치고 있는 게 현명한 겁니다. 당신 목숨 먼저 챙기는 겁니다.」

진의 어깨를 두 손으로 맞잡은 상태로 그는 격렬하게 소리쳤다. 불안정한 목소리만큼이나 두 손도 떨리고 있었다.

「당신이…… 구해 줄…… 때까지요?」

진은 빙긋 웃으며 제스에게 물었다. 만화 속의 우스운 캐릭터처럼 그의 귀에서 뜨거운 연기가 피어오르고 있는 것만 같았다. 혼자만의 상상에 그녀는 자꾸만 웃음이 나왔다. 그는 이성을 잃을 정도로 격렬하게 화를 내고 있는데 그녀는 그 분노조차 자신의 눈으로 직접 보고 있는 이 상황이 기쁘고, 반갑고, 행복하기만 했

다. 그의 목소릴 다시 들을 수 있고 물기 어린 눈동자와 마주할
수 있게 된 지금의 기적에 감사할 뿐이었다.

「그래요. 내가 구해 줄 때까지.」

「나는 방금…… 죽음과 직면한…… 상황에서, 기적적으로……
살아났어요. 그런데, 당신은…… 계속 윽박만 질러 대며……
나……를 혼내고만…… 있을 건가요?」

진은 여전히 이마를 찡그린 채 인상을 쓰고 있는 그를 보며 똑
같이 이마를 찡그리며 말을 했다. 그는 이 기적 같은 상황에서 낭
만 대신 현실을 깨우치고만 있었다. 무드라고는 찾아볼 수 없는
딱딱한 군인의 자세에 답답해 한숨이 나올 지경이었다. 그러나 답
답한 마음과 다르게 그녀의 얼굴에선 웃음이 떠나지 않았다. 웃을
때마다 얼굴이 아팠지만 웃음을 멈출 수 없었다. 그녀는 죽지 않
고 살았다. 이까짓 아픔은 죽음만큼 대단치 않았다.

「젠장……, 그러면 내가 대체 어떻게 해야 합니까? 당신의 무
모한 용감함에 화를 내는 대신?」

진의 여유로움이 묻어나는 웃음기 섞인 질문에 그는 험악한 표
정으로 되물었다. 여전히 한쪽 무릎을 바닥에 꿇은 채 그녀의 눈
높이에 맞춰 고개를 깊게 숙인 채였다. 그의 질문에 진은 또다시
크게 웃었다.

「그걸 모른단…… 말이에요? 당연히…… 사랑의…… 키스죠.」

그녀는 웃으며 작게 소리쳤다. 그리고 동시에 통증으로 딱딱하
게 굳어 있는 팔을 힘겹게 들어 올려 제스의 전투복 깃을 붙잡고

자신에게로 끌어당겨 그대로 키스했다. 방금 그에게 말한 바로 그 사랑의 키스를.

카메라의 불이 아직 꺼지지 않은 것 같았지만 그런 사소한 문제에 신경을 쓸 여유는 없었다. 죽지 않고 살아남았고 사랑하는 남자가 바로 눈앞에 있었다. 키스 외엔 아무것도 중요하지 않았다. 그녀는 오로지 사랑의 키스에만 집중했다.

돌발적인 키스에 그는 매우 놀란 눈치였지만 곧 용감한 해병대의 특수부대 대원답게 그녀의 도전적인 키스에 전면적으로 응했다. 조심스럽지만 강한 손길로 그녀의 어깨를 단단하게 붙잡아 자신에게로 더 가까이 끌어당기며 깊게 키스했다.

그의 부드러운 입술과 따스한 숨결이 전신을 감싸 오자 그녀는 살아 있음을 다시 한번 더 자각할 수 있었다.

「진, 나와 결혼해 주겠어요? 아직 반지도 준비하지 못했고 낭만적인 프러포즈를 하지 못해 미안하지만, 지금 꼭 물어야겠습니다. 미루다가 영원히 이 질문을 던지지 못할 뻔했어요. 그러니 더는 기다릴 수 없습니다.」

짧지만 강렬한 입맞춤을 끝내고 그는 진에게 불쑥 물었다. 원래의 계획대로라면 대사관의 테러 상황이 마무리되자마자 번쩍거리는 반지를 산 뒤 그녀가 기다리고 있는 기지로 돌아와 함께 저녁 식사를 하며 청혼할 생각이었지만 모든 계획은 이미 어긋나 있었다. 그러니 더 미룰 것도 없었다.

「하지만 당신이 결혼 대신 연애를 원하고 있다면 그것도 괜찮아요. 당신과 함께할 수만 있다면. 그러나 그 연애는 영원히 끝나지 않을 겁니다. 당신은 죽을 때까지 나와 함께하는 겁니다.」

상황과 너무 어울리지 않는 성급한 청혼이었지만 그녀에게는 충분했다. 인생은 한 치 앞을 모르는 거니까. 사랑이 가득 담긴 떨리는 눈동자로 바라보며 영원을 함께하자는 제스의 말은 충분히 낭만적이었다.

「이런…… 당신 바보……예요? 이보다 더…… 낭만적인…… 프러포즈가…… 또 있을까……요? 당신은 날…… 구해 줬어요. 내 목숨을…… 구하고, 내 상처……를…… 치유……해 줬어요. 당신은, 내 영웅이에요.」

「그래서 당신 대답은 예스인 겁니까?」

「내…… 대답은…… 당연히…… 예스죠! 그러니 나와 결혼해…… 줘요.」

그녀는 활짝 웃는 얼굴로 그의 청혼을 기쁘게 수락했다. 웃을 때마다 느껴지는 얼굴의 자잘한 통증들마저 달콤하게 느껴졌다.

「당신에게 언제나 충성할 겁니다.」

Semper Fi(셈퍼 파이).

언제나 충성.

미 해병대의 우렁찬 구호와 함께 그는 짧게 경례했다. 그리고 자신의 군번줄을 그녀의 목에 걸었다. 그리고 다시 키스했다. 여전히 카메라의 불빛은 꺼지지 않고 깜박대고 있었지만, 그들은 키스에만 집중했다. 오로지 사랑의 키스에만.

「캡틴, 사랑의 키스를 나누는 것도 좋지만 우선 미군 기지부터 살리고 보죠. 폭탄이 다시 카운트다운을 시작했어요.」

등 뒤에서 마이크의 투덜거리는 음성이 들려오자 그들은 키스를 멈추고 서로 마주 본 채 킥킥대며 웃었다. 키스는 잠시 보류되었다. 마이크의 말대로 폭탄을 먼저 제거해야 했다. 그는 마이크와 조금 떨어진 거리에서 인질들을 확인하고 있던 지혁에게 진을 부탁하고는 돌아서서 폭탄이 설치된 문 앞으로 갔다. 폭탄의 정중앙에 부착된 디지털시계의 시간은 빠르게 줄어들고 있었다. 폭탄의 몸체를 두르고 있는 복잡한 선들과 최첨단 장치들은 복잡하게 짜여 있었고 거미줄처럼 얽혀 있었다.

하지만 이제껏 그가 해체하지 못한 폭탄들은 없었다. 제아무리 까다롭고 난폭한 폭탄들도 일단 그의 손아래 놓이게 되면 얌전히 성질을 죽이고 무장을 해제했다. 게다가 그는 이미 세상에서 가장 까다롭고 어려운 폭탄을 해체했다. 바로 진이라는 이름이 붙여진 사랑의 폭탄을.

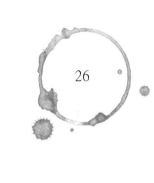

26

아이는 여전히 구석에 있었다. 그리고 아이의 앞에는 여전히 악마가 서 있었다. 악마는 아이의 앞으로 흉측하고 날카로운 손을 뻗치며 고함을 지르고 있었다. 금방이라도 그 흉측하고 날카로운 손으로 아이의 몸을 갈기갈기 찢어 놓기라도 할 듯 공격적이었다. 아이의 주변은 늘 그래 왔듯 악마 외엔 아무도 없었다.

아니…… 이번엔 한 사람이 더 있었다. 어머니였다. 어머니 또한 악마의 발치에 쓰러져 있었다. 넝마가 된 몸뚱이를 악마가 짓밟고 있었다.

악마의 눈엔 여전히 온기라고는 조금도 없이 광기 어린 분노만 넘칠 뿐이었다. 아이와 악마, 그리고 쓰러져 있는 어머니의 주변엔 끝없는 까만 흑색의 어둠만이 존재했다. 그 어둠이 주는 한기 어린 서늘함은 끝없는 공포만을 부르고 있었다.

"죽어."

악마가 냉기가 흐르는 음성으로 고함질렀다.

"차라리 죽어."

또다시 악에 받친 음성으로 소리쳤다. 그리고 흉측하고 날카로운 손톱을 곤두세우고 새우처럼 몸을 웅크리고 있는 아이에게 다가갔다. 악마는 아이의 작은 등이 벽에 가로막혀 어디로도 도망칠 수 없어질 때까지 아이를 구석의 끝으로 몰고 갔다.

악마에게 밀려 주춤주춤 물러나던 아이의 작은 등이 마침내 차가운 벽에 닿았다. 이제 더는 물러날 곳이 없었다. 아이의 등 뒤에는 움직이지 않는 단단한 벽이 존재하고 있었고 정면에는 분노에 찬 악마가 세찬 눈빛으로 아이를 노려보고 있었다.

'천만인이 나를 에워싸 진친다 할지라도 나는 두려워하지 않으리.'

아무것도 보이지 않는 까만 흑색의 어둠을 가르며 낮은 음성이 고요히 울려 퍼졌다. 따뜻한 온기가 서려 있는 정체불명의 음성은 흔들림이 없었다. 아이의 등을 가로막고 있는 단단한 벽만큼이나 강인함이 느껴지는 단단한 음성이었다.

'진.'

그 강인한 음성은 아이를 부르고 있었다. 아니, 부르는 건 그녀
였다. 아이는 그녀 자신이었다. 그걸 인지한 순간 놀라운 일이 벌
어졌다. 아이는 어른이 되어 있었다. 그녀는 고개를 숙여 아래를
내려다봤다. 고사리처럼 작았던 손은 어느새 커다래져 있었다. 깡
마르고 짧았던 두 다리도 길쭉해져 있었다. 키가 커진 만큼 눈높
이도 높아져 있었다. 더는 악마를 올려다보지 않아도 될 만큼.

그녀는 어느새 악마와 마주 볼 수 있을 만큼 성장해 있었다. 웃
음이 나왔다. 동일한 눈높이에서 똑바로 바라본 악마는 예전의 악
마가 아니었다. 두렵지 않았다. 자신은 이제 힘없는 어린아이가
아니었다. 몸도 성장한 만큼 마음도 어른이 되었다. 이제 악마는
자신을 상처 입힐 수 없었다. 당당하게 고개를 치켜들었다. 그리
고 악마를 노려봤다.

"꺼져 버려."

주눅 들지 않은 음성은 당당했고 확신에 차 있었다. 두려움은
어디에도 없었다. 악마는 이제 공포의 대상이 아니었다.

"사라져! 난 더 이상 네가 무섭지 않아!."

당당하게 고함쳤다. 눈앞의 흉측한 악마에게, 여전히 분노해
있는 악마에게. 그러자 악마는 사라졌다. 까만 잿더미로 변해 흩
날리는 바람에 먼지가 되어 연기처럼 흔적도 없이 아스라이 사라
졌다. 그녀의 인생을 끝없는 고통으로 물들여 놓았던 악마는 그렇

게 허무하리만치 쉽게 눈앞에서 사라졌다.

악마가 사라진 그 자리엔 구부정한 늙은 남자만이 남았다. 시체처럼 창백한 안색은 추하게 늙은 얼굴을 더욱 초라해 보이게 했다. 늙은 남자의 얼굴을 가득 메우고 있는 깊게 팬 억센 주름들은 추악하게 살아온 그의 인생을 그대로 반영하듯 부드러움이라곤 전혀 없이 날이 서 있었다.

시체보다 더 지독한 시체 같은 그 늙은 남자를 그녀는 그대로 지나쳤다. 그는 그녀를 해치지도, 앞을 가로막지도 못했다. 그저 무기력하게 길을 내어 줄 뿐이었다. 그리고 방금 전 사라져 버린 그 악마처럼 늙은 남자도 낡은 먼지가 되어 연기처럼 사라졌다.

그녀는 엉망진창인 모습으로 바닥에 널브러져 있는 어머니에게 손을 내밀었다. 27년 전 한 번도 내밀지 못했던 도움의 손길을 뒤늦게나마 내밀 수 있게 되었다. 그만큼 그녀는 성장했고 과거에서 한 발자국 더 벗어났다.

그녀가 내민 손을 어머니가 잡는 순간, 고통에 울부짖던 어머니의 모습도 사라졌다.

과거가 사라진 그 자리를 현재가 채웠다. 어머니는 웃고 있었다. 창백했던 낯빛은 건강한 혈색을 되찾았고, 텅 비어 있던 두 눈 가득 빛을 머금고 있었다. 환한 미소로 그녀를 바라보던 어머니는 손을 들어 그녀의 머리를 다정하게 쓰다듬었다. 방황하던 영혼은 제자리를 찾았고 고통은 사라졌다. 그녀의 발을 옥죄던 족쇄도 풀렸다. 폭력의 늪에 빠져 고통에 허우적거리던 과거는 더 이상 존재하지 않았다.

　　'진.'

　다시 그 음성이 들려왔다. 따뜻함이 서려 있는 낮고 깊은 음성
이었다. 소용돌이치던 마음을 차분하게 만드는 은은한 달빛을 머
금은 한밤의 고요한 호수 같은 음성이었다. 그것은 사랑하는 남자
의 목소리였다.

　감겨 있던 눈을 뜨자 가장 먼저 새하얀 천장이 뿌연 시야를 비
집고 들어왔다. 그리고 어디에서나 흔히 볼 수 있는 눈부신 형광
등의 불빛까지. 눈이 먼 건가 싶은 착각을 불러일으키는 형광등의
새하얀 불빛을 멍하니 바라보다가 그녀는 옆으로 시선을 돌렸다.
그러자 그가 보였다. 제스였다. 그가 그녀를 바라보고 있었다.

　사랑이 그윽하게 담긴 따뜻한 눈빛이었다. 사랑의 빛으로 반짝
거리는 그의 맑은 눈이 좋았다.

　「진.」

　깊은 저음의 음성은 마음을 차분하게 만들어 주는 동시에 과호
흡을 불러일으킬 만큼 가슴을 설레게 했다.

　「……다쳤었……네요. 몰랐어요.」

　탄탄한 어깨에 둘려 있는 하얀 붕대를 바라보며 그녀는 입을
열었다. 목소리가 끔찍했다. 가뭄에 메마른 대지의 모습처럼 푸석
했고, 녹슨 경첩이 달그락거릴 때 나는 소리처럼 끽끽거렸다. 힘

겹게 침을 삼켰지만 목은 여전히 꽉 잠겨 있는 느낌만 들 뿐이었다.

「별거 아니에요. 가볍게 스치기만 한 겁니다.」

「다, 행이……네요.」

팔뚝을 들어 이리저리 움직여 보이는 그의 행동에 살포시 웃음이 났다. 그런데 돌연 그가 눈앞으로 손을 뻗어 왔다. 그의 손엔 손수건이 들려 있었다. 아무 무늬도 들어가 있지 않은 새하얀 손수건이었다. 그 새하얀 손수건을 쥐고 있는 그의 손이 눈가를 닦아 줄 때야 그녀는 비로소 자신이 울고 있었음을 알아차렸다. 그는 부드러운 손길로 그녀의 눈에서 흘러내린 눈물을 모두 닦아 내 주었다. 얼굴은 다시 말끔해졌지만, 또다시 그의 손수건은 그녀의 눈물 얼룩으로 엉망이 되어 있었다.

「세탁해서…… 돌려, 줄게요.」

위로 들리지 않으려 하는 팔을 힘겹게 뻗어 그녀는 그의 손에 쥐어져 있는 손수건을 잡아당겼다.

「이상해요.」

손안으로 들어온 손수건을 만지작거리며 그녀는 고개를 살며시 흔들었다.

「뭐가 말입니까?」

「당신 같은…… 남자가, 손수건을…… 가지고 다니는……거요. 그리고…… 보니, 미국으로…… 가는 수송기……에서도 이것과…… 똑같은, 손수건을…… 내게, 줬었죠. 그때도, 당신처

럼…… 터프한 군인과…… 손수건은 어울리지 않는…… 조합이
라고 생각……했어요.」

진은 작게 웃으며 말했다. 아까보단 목소리가 한결 나아지고
있었다. 적어도 철판에 못이 갈릴 때 나는 끽끽거리는 소리 같지
는 않았다.

「당신을 만난 후로 계속 가지고 다녔어요. 당신의 눈물을 닦아
주고 싶었거든요.」

제스가 나직하게 속삭였다. 진심이 가득 담긴 그의 마음이 고
스란히 전해졌다. 그녀는 미소 지을 수밖에 없었다. 웃을 때마다
여전히 얼굴이 아팠지만, 웃음을 멈출 수 없었다.

「또 악몽을 꿨습니까?」

제스가 걱정스러운 표정으로 물었다.

「아뇨……, 이번엔 악몽……이 아니었어요. 꿈에선, 여전
히…… 친부가 나왔지만, 나도…… 어린아이가, 아니었어요. 당
당하게…… 맞섰어요. 꺼지라고…… 소리쳤죠. 그랬더니, 정말
로…… 사라졌어요. 그동안, 힘들어했던 게…… 허무하고 무
색……할 만큼. 마침내, 어둠이 걷혔어요. 내 삶을…… 암울하
게…… 지배하던 폭력은…… 이제 더는 날…… 위협하지 못해요.
모두 당신…… 덕분이에요. 당신의, 사랑으로 난…… 강해질 수
있었어요.」

입을 열고 말을 할 때마다 강한 통증이 얼굴과 목을 타고 흘렀
지만 그녀는 힘겹게 마음속 하고 싶었던 말들을 모두 끝마칠 수

있었다. 자신이 얼마만큼 성장했는지 그에게 가장 먼저 알려 주고
싶었다.

「진, 당신은 처음부터 강한 여성이었어요.」

제스가 나직하게 웃으며 고개를 숙여 왔다. 그의 따뜻하고 부
드러운 입술이 이마와 두 눈가를 지나 입술로 감미롭게 감겨들었
다. 그의 입술에선 향긋한 박하 향이 맴돌고 있었다. 그 기분 좋
은 향기에 진은 소리 내어 웃으며 팔을 더 높이 들어 그의 목을
껴안으려 했다. 하지만 곧 둔탁하고 날카로운 아픔에 동작을 멈춰
야 했다.

「움직이지 말아요. 당신은 많이 다쳤어요.」

「그 당시엔…… 아무것도 못 느꼈는데…… 아픔도 못 느꼈어
요.」

「급박한 상황이었으니까요. 몸속의 아드레날린이 비정상적으로
솟구치면 고통도 잘 못 느끼고 초인적인 힘이 나타나는 법이죠.」

「맞아요. 거울 좀…… 주겠어요?」

새삼 자신의 몰골이 걱정되었다. 제스는 머뭇거렸지만, 그녀가
재차 강하게 부탁하자 마지못해 거울을 건네주었다. 그녀는 거울
로 비치는 모습에 깜짝 놀랐다. 얼굴은 쉰 목소리보다 더 끔찍했
다. 이목구비도 제대로 분간되지 않을 정도로 퉁퉁 부어 있는 상
태였고 오색찬란한 멍들이 잔뜩 새겨져 있었다. 검붉은 멍들로 인
해 얼굴 전체에 그늘이 드리워질 정도였다.

그 처참한 몰골에 놀라 무의식적으로 몸을 일으키려 하자 제스

가 만류하며 대신 침대를 세워 주었다. 그리고 등에 푹신한 쿠션을 대 주었다. 자세가 한결 편안해지자 그녀는 고개를 숙여 다른 곳을 살폈다. 두 팔과 다리에도 끔찍한 멍들이 색색이 물들어 있었다.

「끔찍한…… 몰골이네요. 엄청…… 못생겨 보여요. 괴물……
같아요.」

「이런…… 진, 당신은 남자들도 견디기 힘든 험한 일을 겪었어요. 죽을 뻔한 위기를 넘겼죠. 그런데 지금 겨우 멍든 얼굴이 못생겨 보인다는 걱정을 하고 있는 겁니까?」

제스가 못 말린다는 듯 눈을 또르르 굴렸다.

「여자잖아요. 여잔…… 그래요. 사랑하는 남자 앞에선…… 언제나 예쁜 모습만, 보이고 싶어 하죠.」

진은 목의 통증을 느끼면서도 할 말을 이어 나갔다.

「당신은 지금도 아주 아름다워요. 내 눈에는 당신보다 더 아름다운 건 이 세상에 없습니다.」

매우 닭살 돋는 말이었지만 그의 눈빛과 음성은 진실이라는 듯한없이 진지했다. 아무래도 그의 눈에 엄청 두꺼운 콩깍지가 낀 게 틀림없었다. 그러나 그녀는 그 콩깍지가 평생 벗겨지지 않기를 소망했다.

「내가 고맙다고 말했던가요?」

「뭘요?」

제스의 물음에 진은 고개를 갸웃거렸다.

「진, 끝까지 견뎌 주어서 고마워요. 이렇게 살아 있어 줘서, 내 곁에 있어 줘서 고마워요. 당신이 없는 삶은 생각조차 할 수 없습니다.」

「나도, 고맙다고…… 말했던가요?」

「뭐가 말입니까?」

「고마워요. 또다시 날…… 구해 주어서. 당신은…… 내 영웅이에요. 사랑해요.」

제스의 반짝이는 두 눈을 바라보며 그녀도 밝게 웃었다.

「나도 사랑합니다. 언제나 당신보다 더 많이 당신을 사랑할 겁니다. 평생토록.」

그의 고백은 눈물이 날 정도로 가슴을 떨리게 했다.

「그들은 오랫동안 행복했습니다, 에서 오랫동안은 100% 약속할 수 없지만, 행복은 약속할 수 있습니다. 당신을 행복하게 해 줄 겁니다. 그리고 노력할 겁니다. 당신의 행복이 오랫동안 유지될 수 있도록 난 필사적으로 살아남을 겁니다.」

그의 간절한 진심이 느껴졌다.

「난 특수부대에 속해 있는 전투 군인입니다. 내겐 위험한 임무가 주어지고, 임무가 주어지면 난 떠나야 합니다. 당신에게 작별 인사조차 전하지 못하고 떠나야 할 때도 많을 겁니다. 하지만 임무가 종결되면 난 당신에게 돌아올 겁니다. 아무리 위험한 작전에 투입되더라도 난 끝까지 살아남아 무사히 당신 품으로 돌아올 겁니다. 약속해요. 감히 부탁하건대, 이런 날 견뎌 주겠습니까?」

「견디는 게…… 아니에요. 사랑하는 거예요. 난, 사랑으로……
당신을, 기다릴 거예요.」

그녀는 아픔을 참고 팔을 들어 두 손으로 그의 얼굴을 어루만
졌다. 그러자 그가 그녀의 두 손을 자신의 손으로 포개어 덮었다.
그의 체온이 참 따뜻하고, 새삼 살아 있다는 게 다시 실감이 났
다.

「사랑해요, 진.」

「이제 말은…… 그만하고…… 다시, 키스해…… 주겠어요? 보
다시피, 난…… 움직이기 힘든…… 상태잖아요. 지금은, 아드레
날린이…… 비정상적일 정도로…… 솟구치지 않아서, 초인적인
힘이 나질…… 않거든요.」

그녀의 요청에 제스는 껄껄 웃었다. 그리고 더 가까이 다가와
키스했다. 입술에 그의 따뜻한 숨결이 전해져 오자 진은 웃었다.
행복했다. 가슴 떨리도록.

에필로그

떨렸다. 진은 진정이 되지 않는 심장에 손바닥을 가져다 대고 크게 심호흡했다. 하지만 요란한 울림을 울리고 있는 두근거림은 멈추지 않았다. 그것은 기분 좋은 울림이기도 했다. 긴장으로 등은 뻣뻣해지고 손바닥엔 땀이 스미고 있었지만 기대감 또한 거대한 풍선처럼 부풀어 오르고 있었다. 꿈 같은 날이었다.

진은 거울에 비치는 자신의 모습을 자세히 살폈다. 테러로 인한 흔적들은 전혀 남아 있지 않았다. 거울 속엔 긴장감으로 두 뺨이 발그레해진 신부의 행복한 얼굴만이 보일 뿐이었다. 어둠이 사라진 표정은 언제 보아도 밝았다. 그늘이 없었다.

오늘은 그녀와 제스의 결혼식 날이었다. 결혼식은 그의 집에서 올릴 예정이었다. 작은 정원에서 이루어지는 소박한 결혼식이었다. 화려한 결혼식은 필요 없었다. 자신에겐 제스만 있으면 행복했고 그의 집은 결혼식을 올리기에 매우 아름다웠다.

처음 그의 집에 도착했을 때 아기자기한 집의 외형에 몹시 놀랐던 게 떠올랐다. 그의 집은 터프한 해병대의 지휘관이 살기엔 너무나 소녀 취향으로 꾸며져 있었다. 심지어 집 외벽은 분홍색 페인트로 칠해져 있었다. 물론 아주, 아주 연한, 흰색이 많이 섞여 들어간 분홍색이었지만 어쨌든 분홍은 분홍이었다. 집 안도 바깥만큼이나 연한 분홍빛이 많이 사용되어 있었다. 창문엔 하늘거리는 레이스 커튼이 드리워져 있었고 고풍스러운 가구들로 채워져 있었다.

마치 동화 속에서 막 튀어나온 듯한 그런 아기자기한 집이었다. 분홍으로 물들어 있는 거실 한쪽 벽면은 그의 부모님 집에서 봤던 것처럼 사진이 끼워진 액자들이 빼곡하게 걸려 있었다. 그리고 그 옆으로 아직 사진이 들어가 있지 않은 빈 액자들도 가득했다.

「이 액자들은 사진이 없는데 왜 걸어 놓은 거죠?」
「앞으로 당신과 내가 채워 나갈 액자들입니다.」

그녀의 물음에 어느새 등 뒤로 다가온 그가 다정한 음성으로 속삭였다. 그의 말대로 그들은 현재 빈 액자들을 빼곡하게 채워 나가는 중이었다. 오늘 결혼식이 끝나면 나머지 빈 액자들에도 사진이 끼워질 것이다. 행복한 결혼사진들로.

결혼식은 집 뒷마당의 작은 정원에서 이루어질 예정이었다. 그의 집 정원에도 장미꽃밭이 있었다. 집으로 들어오는 입구에서부터 장미가 있었다. 장미로 둘러싸인 연분홍색의 집은 동화 속에 나오는 집보다 더 완벽하게 아름다웠다.

그의 집을 처음 본 순간 그녀는 사랑스러운 이 작은 집을 사랑하게 되었다. 제스와 평생을 함께할 집이었다. 결혼은 새로운 인생으로 나아가는 모험이었고 그 모험의 첫 출발점을 사랑하는 남자와 함께 평생을 살아갈 집으로 정하고 싶었다.

"이제 면사포 써야지. 시간 다 돼 가."

문이 열리며 선이가 지수와 함께 들어왔다. 두 사람 모두 오늘 결혼식의 신부 들러리였다. 선이의 손에는 붉은 장미꽃으로 만든 꽃 화관과 새하얀 면사포가 들려 있었다.

"너무 예뻐."

직접 장미 화관과 면사포를 머리 위에 씌워 주며 선이가 함박웃음과 함께 손뼉을 쳤다. 아직 어린 동생은 결혼식의 낭만에 한껏 들떠 있었다.

"안 이상해?"

진은 의자에서 일어나 두 사람을 향해 두 팔을 펼쳐 보이며 물었다. 화려한 웨딩드레스 대신 심플한 원피스 느낌이 나는 파티 드레스 차림이었다. 쇄골이 드러나도록 넓게 파인 네크라인과 상반되게 허리를 잘록하게 조이는 리본 덕분에 우아하면서도 날씬한 그녀의 몸매가 돋보였다. 옆으로 넓게 퍼지지 않고 일자로 발목까지 쭉 내려오는 치마는 고풍스러웠지만 허리 뒤에 묶여 늘어뜨려진 리본과 어우러져 청순한 느낌을 강조했다.

여기까지였다면 평소와 같이 단아하기만 했겠으나, 치마에 알알이 박힌 작고 투명한 보석들이 빛을 받을 때마다 반짝거림을 내뿜어 저절로 그녀에게 시선이 쏠리게 하였다.

"수수해."

"짱 예뻐."

지수와 선이가 동시에 말했다.

"큰언니!"

지수의 퉁명스러운 말에 선이가 대번에 눈을 흘기며 째려봤다. 그러자 지수가 움찔하며 눈치를 봤다. 싸움닭 지수도 어린 동생 앞에서만큼은 유순해졌다.

"넌 수수한 게 더 어울려. 우아해 보이거든."

지수가 덧붙여 말했다. 익숙지 않은 칭찬을 하는 게 힘든지 그녀의 얼굴은 새빨갛게 물들어 가고 있었다.

"고마워, 선아."

어린 동생의 칭찬에 진은 진심으로 고마움을 표현했다.

"미안해. 더 많이 사랑을 표현해 주지 못해서."

선이의 손을 꼭 붙잡은 채 진이 말했다.

"행복해야 해. 난 그거면 충분해. 언니들이 행복해지는 거."

어린 동생은 진과 지수를 동시에 바라보며 해맑게 소리쳤다.

"응. 난 지금 너무 행복해."

진정 행복했다. 진은 활짝 웃으며 말했다.

"준비되었다고 밖에다가 알릴게."

선이 쾌활하게 재잘거리며 방문을 열고 밖으로 나갔다. 잠시 열린 문틈으로 사람들의 즐거운 웃음소리가 들려왔다. 진은 눈물이 나올 것만 같았다. 하지만 행복의 눈물이었다.

"질질 짜지 마. 화장이 뭉개진다고."

지수가 퉁명스럽게 말했다. 하지만 냉기는 흐르지 않는 목소리였다. 말투는 여전히 사포처럼 거칠었지만 이상하게도 느낌이 달랐다. 그녀가 변한 건지 지수가 변한 건지 헷갈렸지만, 과거와 다르게 느껴지고 있는 마음의 변화가 좋았다.

그날 지수의 눈물을 본 후 진은 과거의 지수를 그만 잊기로 했다. 마음속 작은 원망과 미움마저도 털어 버렸다. 아이처럼 목 놓아 울던 지수의 모습이 아직도 눈에 선했다. 비록 다음 날이 되자 지수는 다시 원래의 모습으로 돌아갔지만 기억 속에 영원히 남을 모습이었다.

지수의 가시 돋친 말들이 이젠 개의치 않았다. 숨겨진 진심을 알게 되었으니까. 그것이 작은 먼지 무게만큼의 소소한 애정일지라도, 애정하는 마음이 존재한다는 게 중요했다.

"후회 안 해?"

"뭘?"

"다 버리고 온 거잖아. 한국에서의 네 생활과 사회적 위치를 비롯한 모든 것들을. 제대하지 않았으면 넌 바로 특별 진급 했을 거야."

"전혀 후회하지 않아. 특별 진급보다 더 특별한 걸 얻었으니 까."

"……사랑 말이야?"

"그래. 사랑. 그게 가장 중요해. 잃은 건 아무것도 없어. 더 많은 걸 얻었지."

"없긴 뭐가 없어? 다시 가장 밑바닥에서부터 시작하는 거야. 아무튼, 넌…… 멍청이야."

지수가 콧방귀를 뀌며 퉁명스럽게 말했다.

"좀 약아져. 너 자신을 우선시해. 그리고…… 행복하게 살아. 네가 원한 동화 같은 삶을 살아가. 물론 현실은 결코 동화가 될 수 없겠지만! 영원히 변치 않는 사랑이라니, 생각만으로도 닭살이야."

"너도 곧 찾게 될 거야. 너만의 동화를 말이야. 네가 원한다 면."

"……."

지수의 표정은 여전히 냉담했지만 한 줄기 미세한 감정의 변화가 빠르게 나타났다가 사라졌다.

"……어설픈 점쟁이 노릇은 그만두고 마음의 준비나 해. 결혼 은 인생의 무덤이라고들 하니까."

"미운 말들만 뺀다면 우리의 관계 회복이 더 빠를 거야. 하지 만 그것도 네 성격이겠지. 삐딱한 말만 골라 하는 거. 청개구리 어린애처럼 말이야."

"하! 이제 아주 맞먹는구나. 그래도…… 내가 언니야."

지수의 얼굴이 또다시 새빨갛게 변하고 있었다. 새롭게 변한 그들의 관계를 지칭하는 단어를 내뱉는 걸 쑥스러워하고 있었다.

"동생은 필요 없다고 했잖아. 언니가 되는 것도 싫고. 그럼 친구인 거지."

진은 지수를 보며 씩 웃으며 넉살 좋게 받아쳤다. 친구란 여러모로 정감 가는 단어였다. 관계의 시작을 알리는 마법 같은 주문이었다.

"……미안했어. 이제 와 지껄여 대는 말 한마디에 과거의 내 행동이 전부 사라지진 않겠지만…… 사과할게. 널 상처 주고 괴롭혀서……."

지수는 얼굴이 약간 굳은 상태였고 질끈 눈을 감고 있었다.

"처음엔 정말 네가 싫었어. 내 자리를 빼앗기는 거 같아서. 새어머니와의 관계에서도 네가 장애물이라고 생각했어. 아버지와 오빠도 모두 너만 사랑할까 봐…… 두려웠거든. 결국, 나 혼자 외톨이로 남을까 봐. 그게 미움과 질투의 시작이었고…… 걷잡을 수 없이 커졌어. 나중엔 어떻게 멈춰야 할지 방법을 알지 못했고. 지금도 난 널 질투해. 그래도…… 무턱대고 증오하진 않기로 했어. 네 말대로 우린…… 가족이니까. 좋든 싫든."

"고마워. 솔직하게 말해 줘서. 나도 네가 행복해졌으면 좋겠어."

"내 행복은 내가 알아서 챙길 수 있으니까 넌 네 행복이나 챙겨. 멍청아."

지수는 다시 퉁명스러운 말투로 돌아가 있었다. 그리고 황급히 등을 돌렸다. 가늘게 떨리는 음성과 미세하게 위아래로 흔들리는 등을 보며 지수가 또다시 눈물을 흘리고 있다는 걸 알아차렸지만, 지수의 자존심을 지켜 주기 위해 그녀의 눈물을 모른 척했다.

다시 혼자 남게 되자 긴장이 몰려왔다. 크게 심호흡을 했다. 창문 너머 정원에서는 왁자지껄한 말소리와 경쾌한 웃음소리가 끊임없이 들려오고 있었다.

똑. 똑. 똑.

노크 소리가 울리고 문이 열렸다. 그곳엔 아버지의 모습으로 류 대장이 서 있었다. 중요한 임무를 목전에 두고 긴장한 탓인지 그 어느 때보다 어깨와 허리를 꼿꼿하게 세운 상태였다.

"준비, 되었니?"

"네."

떨리고 있는 음성에 진은 살포시 웃음 지으며 류 대장이 내민 부케를 받아 들고 손을 맞잡았다. 그리고 함께 1층으로 내려가는 계단 앞에 섰다.

한 걸음, 두 걸음, 세 걸음…….

아버지의 손을 잡고 천천히 계단을 내려갔다.

새로운 시작을 향해, 새로운 인생을 향해서.

바깥으로 향하는 문이 열렸고 동시에 경쾌한 결혼 행진곡이 연주되기 시작했다. 뒷마당과 연결된 문에서부터 주례 단상이 있는 정원에까지 길게 깔린 붉은 카펫의 좌우로 결혼식에 초대되어 온 사람들이 눈부시게 새하얀 의자에 앉아 있었다.

신랑 측엔 제스의 부모님과 울프 팀의 대원들, 그리고 G-스탄의 미군 기지에서 봤던 블랙 중령을 포함한 해병대 장교들이 앉아 있었다. 블랙 중령은 그의 까만 피부색과 잘 어울리는 세련된 검은색 정장 차림이었고 나머지 해병대원들은 단정한 정복 차림이었다. 신부 측엔 어머니와 지혁과 지수, 여동생 선이가 앉아 있었고 그 옆으로 태영이 자리를 지키고 있었다.

태영은 위험했던 테러 상황이 모두 종결된 후 제스와 그녀의 관계를 알아차리고 소스라치게 놀랐다. 단 한 번도 그들이 연인 관계일 거라고 생각조차 해 보지 않았다며 두 눈이 휘둥그레져 소리치는 태영의 표정은 매우 가관이었다. 그리고 그는 그녀가 자신을 속인 것에 대해 매우 억울해했다. 그런 태영을 보며 지혁과 지수, 울프 팀 전원이 커다란 한숨을 내쉬며 정작 중요한 문제에서는 눈치가 없는 태영의 허당기에 고개를 절레절레 흔들었다. 하지만 진은 그런 태영의 허술한 매력을 좋아했다. 계산적이지 못한 솔직한 모습들은 순수했다.

태영은 그녀와의 이별을 슬퍼했다. 그녀가 군에서 제대하던 날 품에 안겨 한참을 울었다. 결혼식이 진행되고 있는 지금도 태영의 두 눈은 토끼 눈처럼 새빨갰다. 연신 손등으로 눈물을 훔치는 태영을 바라보며 그녀는 살포시 미소 지었다. 그러자 태영도 마주 웃었다. 시선을 다시 정면으로 돌리자 붉은 카펫의 끝자락에 그가 서 있었다.

제스 히버트.

이제 곧 남편이 될 그녀의 남자.

그는 눈부시게 빛나는 해병대 정복을 입고 서 있었다. 가슴엔 그가 그동안 국가에 헌신하고 받은 훈장들이 매달려 광채를 더해 주고 있었다. 멋진 모습이었다. 그는 정복이 잘 어울리는 남자였다. 해병대 정복이 그의 남성미를 더욱 부각시켰고 영웅처럼 보이게 했다.

아니, 그는 진정한 영웅이었다.

그녀의 영웅.

정복을 입고 있는 군인의 모습이 그와 가장 잘 어울렸기에 그녀는 결혼식에도 턱시도가 아닌 해병대 정복을 입어 주길 원했다. 예상대로 그는 세상의 어떤 신랑보다도 더 아름답고 멋졌다. 특히 지금처럼 그녀를 향해 밝은 웃음을 보이는 순간에는 더더욱 눈이 부셨다.

붉은 카펫 위를 걸어 제스에게로 다가갔다. 한 걸음, 두 걸음 다가설 때마다 심장에서부터 시작된 둥둥거리는 북소리가 점차 강도를 더해 갔다. 마침내 붉은 카펫의 끝자락에 다다르자 그녀의 손은 류 대장의 손에서 제스의 손으로 옮겨졌고, 그녀는 그와 함께 단상 앞으로 걸어갔다. 경쾌한 결혼 행진곡이 서서히 멈췄다. 그리고 엄숙한 결혼식 주례가 시작되었다.

제스를 흘긋 쳐다봤다. 그도 그녀를 바라보고 있었다. 그의 눈엔 사랑이 가득 넘쳤다. 오직 자신만을 향하고 있는 그의 사랑은 반짝반짝 빛이 나고 있었다. 그녀는 숨길 수 없는 웃음이 자꾸만 입술 밖으로 튀어나왔다. 그를 보고 있으면 행복한 웃음을 멈출 수가 없었다. 이 모든 게 꿈만 같았다. 정말 꿈이라면, 평생 깨고 싶지 않았다. 영원히 잠들어 있어도 괜찮았고 영원히 환상 속에만 머물러도 좋았다.

하지만 제스와의 결혼은 상상의 꿈이 아닌 현실의 행복이었다. 그들의 사랑은 놀라운 동화처럼 느껴지고 있지만, 현실 속의 사랑이었다. 위대한 사랑은 동화 속에만 존재하고 있는 게 아니다. 그녀의 현실에서도 마침내 사랑은 이루어졌다. 그녀는 앞으로도 영원히 그를 사랑할 것이며 '오래오래 행복했습니다.'로 인생의 마침표를 찍을 수 있도록 최선을 다해 노력할 것이다.

「사랑해요.」

수없이 말해도 질리지 않는 말이었다. 진은 제스를 다정하게 바라보며 꿈결처럼 속삭였다.

「내가 더 사랑합니다.」

그도 마주 보며 속삭였다. 그리고 심장을 파도치게 하는 환한 웃음을 보냈다.

「괜찮을까요?」

웃던 그가 나직하게 물었다.

「뭐가요?」

「키스 말입니다. 참을 수가 없거든요.」

제스의 눈빛은 아주 진지했다. 진은 웃음을 터트렸다. 엄숙하게 이어지는 주례는 아직도 한참이나 남아 있었다.

「당신이 자제력이 매우 강한 사람이라는 마이크의 말은 정말이지 믿을 수가 없어요.」

「당신 앞에서만입니다. 오직 당신 앞에서만 내 이성은 무너집니다.」

제스가 한쪽 눈을 찡긋하며 씩 웃었다.

「그 말 좋아요. 오직 내 앞에서만이라는 말.」

「그러면 키스해도 됩니까?」

「하지만 주례는 아직 끝나지 않았는걸요.」

「뭐 어때요? 키스하면서도 들을 순 있어요.」

진은 다시 웃음을 터트렸다. 그녀의 웃음소리는 아까보다 조금 더 크게 단상 주변을 맴돌았다.

「으흠!」

주례의 표정이 살짝 바뀌었다. 뒤에 앉아 있는 하객들도 전부 이상하게 생각하고 있을 게 분명했다. 결혼식 도중에 웃음을 터트리는 신부라니……. 하지만 그런 사소한 문제에 신경 쓸 겨를이 없었다. 어느새 제스의 입술이 가까이 다가왔으니까.

그의 숨결이 그녀의 머리 위에서 나풀거리는 면사포 주변으로 뜨겁게 쏟아졌다. 곧이어 부드러운 손가락이 볼에 닿았고 입술에 제스의 따뜻한 숨결이 느껴졌다.

쉬익.

촤아아악.

촤아아아아악.

「어머!」

「앗!」

그의 입술이 그녀의 입술에 막 닿으려 할 때 갑자기 차가운 물방울들이 하늘에서부터 부슬부슬 떨어지기 시작했다. 허공을 날아다니는 물방울들로 인해 뒤에 앉아 있던 하객들의 입에서도 소란스러운 웅성거림이 터져 나왔다. 진은 살포시 감으려던 눈을 번쩍 뜨고 주위를 둘러보았다.

「이런…….」

제스의 입에서도 나직한 탄성 소리가 흘러나왔다. 묵직한 한숨을 내뱉는 그의 참담한 심정을 그녀 또한 공감할 수 있었다. 마당에 설치된 스프링클러에서 물줄기가 터져 나오고 있었다. 식이 시작되기 전 자동 설정을 해제하지 않은 탓이었다. 스프링클러에서 나오는 물줄기들은 안개처럼 하늘로 분사되더니 부슬부슬 비가 되어 땅으로 떨어지고 있었다. 잘 차려입고 있는 그녀와 그의 몸 위로도 스프링클러가 만들어 내는 빗줄기가 어김없이 우수수 떨어졌다.

결혼식은 순식간에 아수라장이 되었다. 쏟아지는 물줄기를 피하려는 하객들이 빚어내고 있는 소란스러움이 소음을 퍼트리고 있었다.

그녀의 모습은 차가운 물줄기에 순식간에 비에 젖은 생쥐 꼴이 되었다. 허리까지 길게 내려오는 하늘하늘했던 면사포는 물에 젖어 축 늘어졌다. 제스도 마찬가지였다. 단정하고 깔끔하게 빗어 넘긴 짧은 머리카락은 물기에 흐트러진 채 이마에 흘러내렸다. 진은 손을 들어 헝클어진 그의 머리카락을 쓸어 넘겨 주었다.

「아무래도 난 낭만과는 거리가 먼 것 같군요. 운이 없어요. 당신 기억에 오래 남을 낭만적이고 아름다운 결혼식을 만들어 주고 싶었는데 난장판을 만들었어요.」

「충분해요. 오랫동안 기억에 남을 거예요. 빗속의 결혼식이라니, 아주 낭만적인걸. 환상의 나라에 와 있는 거 같아요. 장미와 물안개로 뒤덮여 있는 정원은 동화 속의 한 장면 같아요. 그리고 그 속에 당신이 있잖아요. 당신이면 충분해요. 그러면 모든 게 낭만적으로 변해요.」

「진, 당신은 정말이지 최고로 사랑스러운 여자입니다.」

그녀의 속삭이는 말에 제스가 크게 웃음을 터트렸다. 그리고 단단한 두 팔로 그녀의 허리를 감싸 안으며 달콤하게 키스했다.

그 너머로 안개처럼 가늘게 분사되고 있는 스프링클러의 물줄기 사이로 모습을 드러낸 오색 빛깔의 무지개가 내리쬐는 태양빛에 오팔 보석보다 더 찬란하게 빛나고 있었다. 부드러운 안개로 변한 물방울들을 가득 머금은 색색의 장미꽃들은 힘찬 기지개와 함께 한껏 웅크렸던 제 봉우리를 화사하게 펼쳐 보이며 마치 그들의 결혼을 축하하듯 생생한 생명력을 아낌없이 발산하였다.

「에…… 평생토록 서로를 사랑하고…… 휴…… 그냥 맹세의 키스를 먼저 하기로 합시다.」

단상 앞에 서 있는 주례사의 나직한 투덜거림이 들려왔지만, 그들은 신경 쓰지 않았다. 사실 진작에 주례 내용 같은 건 아무도 신경 쓰지 않고 있었다. 결혼식에 참석한 하객들은 스프링클러에서 쏟아지고 있는 차가운 물줄기를 피하려 두 팔을 머리 위로 올려 손바닥을 넓게 펼친 채 한 폭의 그림처럼 아름다운 작은 정원을 우왕좌왕 뛰어다니기에 바빴다.

「사랑해요.」

하객들이 만들어 내는 시끄러운 소동에도 그들은 아랑곳하지 않고 오직 한 가지 일에만 집중했다. 사랑을 고백하고, 사랑의 키스를 나눴다.

그들의 달콤한 키스는 아주 오래, 오랫동안 계속되었다.

● ○ ●

흥겨운 파티가 시작되었다. 소란스러운 소동이 빚어진 결혼식이 일찌감치 끝나고 이른 저녁부터 시작된 피로연은 한창 흥이 오르고 있었다. 피로연에선 모두가 즐겁게 음악에 맞추어 춤을 추며 와인을 마셨다. 이제 그녀의 집이기도 한 제스의 집은 거실을 비롯하여 결혼식이 열렸던 작은 정원까지 흥겨운 파티 분위기에 즐거워하는 사람들로 가득했다.

그녀도 제스의 품에 안겨 춤을 추었다. 느릿한 재즈풍의 소울 느낌이 충만한 곡이 연주되자 모두 파트너를 찾아 감미로운 선율에 몸을 맡겼다. 진은 그의 넓고 탄탄한 가슴에 얼굴을 묻고 남성적인 매력이 가득 느껴지는 시원한 체취를 맡았다.

「당신과 결혼했다는 게 믿기지 않아요. 당신과 처음 만났을 때만 해도 우리가 사랑에 빠질 거라곤 전혀 생각하지도 못했거든요.」

「왜죠? 내가 그렇게 별로였습니까?」

제스가 이마를 찡그리며 물었다.

「음…… 별로라기보단 우린 서로에게 낯선 외국인이었으니까요. 그리고 그날 난 너무 피곤한 상태였어요. 시차 적응에 어려움을 겪고 있었고 또 온종일 바쁜 날이기도 했고요. 당신을 빨리 치료해 주고 진료실에서 내보내야겠다는 생각뿐이었어요. 게다가 날 보는 당신 눈빛도 이상했고요. 날 노려봤잖아요.」

「당신은 날 서너 살 먹은 아이 취급을 했습니다.」

툴툴대는 그의 음성에 진은 그날의 기억이 떠올라 웃음이 나왔다.

「부상 입은 군인들은 떼쓰는 아이와 다를 바 없어지거든요. 그런 군인들을 다루다 보니 습관 된 말투라고요.」

「반박하기 어려운 말이군요. 확실히 남자들은 아이 같은 면모가 있죠. 호감 있는 상대 앞에서는 반대로 행동하게 되거든요. 나도 마찬가지였어요. 당신을 노려본 게 아니라 당신에게 눈을 뗄 수 없었던 겁니다. 숙소에서 지나치듯 봤던 당신과 진료실에서의 당신 모습은 사뭇 달랐어요.」

「날 봤었어요? 난 왜 당신을 못 본 거죠?」

그의 말에 진은 깜짝 놀라 되물었다.

「주변에 관심이 없었으니까요. 뭐라도 홀린 사람처럼 땅만 보고 걷더군요. 그런데 진료실에서는 달랐어요. 활기 넘치고 터프했습니다. 거친 군인들 사이에서 군림하는 당신 모습은 마치 여왕 같았어요.」

그는 빙긋 웃으며 말을 이어 나갔다.

「당신의 다른 모습에 깜짝 놀랐습니다. 전에 말했다시피 당신은 너무 어려 보였고, 그래서 난 당신이 그다지 경험이 많지 않은 군의관일 거라고 생각했어요. 하지만 내 예상은 보기 좋게 빗나갔죠. 응급 상황에서 당황하지 않고 신속하게 처치해 나가는 당신을 보며 멋진 여자구나, 라고 생각을 달리하게 됐습니다. 정말 솔직하게 고백하자면, 그날 난 당신에게 성적으로 강하게 끌렸고 내 방 바로 아래 잠들어 있는 당신을 곱씹으며 야한 상상을 하기도 했어요.」

「뭐라고요?」

그의 말에 진은 기가 막혀 작게 너털웃음을 터트렸다.

「난 신체 건강한 보통의 남자예요. 멋진 여성을 보고 호감을 느끼는 건 지극하게 정상적인 반응입니다.」

「야한 상상을 했다면서요?」

「그게 왜요?」

그는 모른 척 당당한 표정을 지었다.

「대체 그 상황에서 야한 생각을 할 게 뭐가 있었다고요? 그날 난 엉망이었어요. 피로가 쌓인 얼굴은 푸석했고 다크서클이 내려앉은 두 눈은 퀭했던 데다 토사물을 뒤집어쓴 탓에 역겨운 냄새까지 났었을 텐데요.」

진은 그날 자신의 상태가 얼마나 말끔하지 못했는지 기억했다. 그러나 그녀의 강한 반박에 제스는 단호히 고개를 저었다.

「생명을 구하는 일에 집중하는 당신의 검은 눈동자는 열정으로 가득했어요. 반짝반짝 빛나고 있었죠. 당신이 보석처럼 찬란하게 빛나는 까만 눈으로 바라봤을 때 난 벼락을 맞은 나무가 된 것처럼 꼼짝도 할 수 없었습니다.」

그날의 기억을 떠올리듯 그는 두 눈을 지그시 감고는 나직한 음성으로 속삭였다. 그녀의 기억과 너무 다른 그의 기억 속에 존재하는 자신을 묘사하는 잔잔한 음성에 가슴이 떨렸다.

「그런데 당신이 이렇게 길고 가는 손가락으로 내 머리칼을 헤집었어요. 그리고 키스하기에 딱 알맞을 만큼 내게 얼굴을 밀착시켰죠. 좁혀진 거리만큼 난 당신 몸에서 풍기는 향기를 더 잘 맡을 수 있었고, 당신 살 내음은 그 어떤 페로몬 향수보다도 더 자극적이었습니다. 난 이미 당신의 모든 것에 자극받은 상태였는데 당신은 그런 내게 끊임없이 말을 걸었어요. 아주 매력적인 눈웃음을 보이며 상냥한 음성으로 속삭였죠. 내 귓가에 당신의 뜨거운 숨결이 닿을 때마다 난 신체의 다른 부위에 통증을 느껴야 했고 야한 상상을 하기에 충분했습니다.」

「난 진단을 내리기 위해 상처를 확인한 거였어요. 그리고 절대 당신 귓가에 대고 속삭이지도 않았고요. 내 목소리는 우렁찼어요.」

「우렁찬 목소리마저도 섹시하게 느낄 만큼 난 당신에게 끌렸던 겁니다.」

「그래서 그날 당신 표정과 눈빛이 미묘했던 거군요. 난 당신이 왜 그리 무섭게 날 노려보는 건가 의아해했어요.」

「당신에게 눈을 뗄 수 없었던 겁니다. 아마 내가 자제력이 깊은 사람이 아니고, 당신이 조금만 더 오랫동안 내 몸을 더듬었다면 난 정말 발정 난 수컷으로 변해 당신에게 달려들었을지도 모릅니다. 그리고 헌병대에 끌려갔겠죠.」

「세상에, 난 결코 당신 몸을 더듬지 않았어요. 순수하게 상처 치료만 했다고요. 설마 여의사를 만날 때마다 그런 상상을 하는 건가요? 분명 그동안 당신을 진찰했던 여의사가 나뿐만은 아니었을 텐데요.」

진은 의심스러운 눈초리로 그를 흘겨보았다.

「전혀요. 단 한 번도 당신 이외의 여의사들을 상대로 부적절한 상상을 해 본 적 없어요. 맹세할 수 있습니다.」

그는 한 손을 가슴 위로 올려 손바닥을 펼쳐 보이며 거듭 강조했다.

「난 당신에게 끌렸어요. 처음엔 호기심과 성적으로, 그다음엔 감정적으로도. 날 아이처럼 다루는 당신의 터프한 모습에 호감이 갔고, 내 이름을 부르며 날 올려다보던 당신의 눈빛에 반했습니다. 계속 당신 생각이 났습니다. 내 방 바로 아래층에 잠들어 있는 당신을 상상하며 잠도 못 이룰 만큼.」

「정말 놀라운 고백인데요.」

제스의 솔직한 고백에 그녀는 쑥스러운 웃음을 지었다.

「사실…… 나도 고백할 게 있어요.」

진은 머뭇거리다가 작게 속삭였다.

「궁금한데요? 말해 봐요.」

「음…… 나도 첫날 당신을 보고 감탄했어요. 아주 멋진 근육이라고 생각했죠. 하지만 내 생각은 그걸로 끝이었어요. 당신을 상대로 다른 부적절한 생각은 절대 하지 않았어요.」

진은 거듭 순수했던 마음을 강조했다.

「하하. 믿도록 하죠. 당신은 낯선 남자를 상대로 혼자 야한 상상을 하기엔 너무나 고지식한 도덕관념을 가진 여자니까요. 그래도 기분이 무척 좋군요. 당신도 내게 조금은 호감이 있었다는 거니까. 아, 내가 아닌 내 근육에 호감이 간 건가요?」

「날 놀리지 말아요.」

그녀는 그의 가슴에 약한 주먹을 날리며 쑥스러운 웃음을 지었다.

「대부분의 여성은 모두 당신에게 호감을 느낄 거예요. 당신은 눈에 확 띄는 남자거든요.」

여자들의 눈길을 사로잡는 아주 섹시한 남자죠.

혼자만의 은밀한 생각을 덧붙이며 그녀는 발그레한 홍조를 감추려 그의 가슴에 얼굴을 묻었다.

「그럼 날 언제부터 의식한 겁니까? 그러니까, 남자로서.」

「나도 계속 당신에게 끌렸던 거 같아요. 다만 자각하지 못한 거죠. 처음 당신을 남자로 인지한 건 아마도 미국으로 가는 수송기 안에서였던 거 같아요. 울고 있던 날 안아 주었을 때요. 그때 당신 품은 정말 따뜻했고, 포근했어요. 계속 안겨 있고 싶을 만큼요. 그렇게 사랑이 시작된 것 같아요. 당신의 사랑은 언제 시작된 거죠?」

「처음부터요. 처음 만난 순간부터 당신에게 끌렸고, 반짝이는 눈빛으로 날 올려다보며 내 이름을 불러 주었을 때 난 당신에게 푹 빠져 버렸어요. 그 순간 사랑에 빠졌고 당신에게 키스하고 싶었어요.」

제스의 음성은 감미로웠고 키스는 달콤했다. 그녀는 까치발을 디디며 그에게 키스를 되돌렸다. 음악은 계속 흐르고 있었지만 그들은 더 이상 춤을 추지 않았다. 사랑의 밀어를 속삭이며 키스를 나누는 데 정신없이 빠져들었다.

「이제 그만 사라져야 할 시간인 거 같군요. 파티가 한창 무르익은 상태라 우리가 사라져도 아무도 모를 겁니다.」

그가 유혹적으로 속삭였다. 진은 슬며시 주변을 둘러봤다. 그의 말대로 파티의 분위기는 한창 무르익어 있었고 그 누구도 그들에게 신경 쓰고 있지 않았다. 맛있는 음식과 달콤한 와인을 마시며 그들끼리 왁자지껄 파티를 즐기고 있었다.

「좋아요. 나도 당신을 원해요.」

흔쾌히 유혹을 받아들이며 그녀는 그의 귓가에 대고 나직하게 속삭였다. 그러자 그가 다급한 손길로 그녀의 등을 밀며 2층으로 이끌었다. 그들은 발소리를 죽이고 살그머니 계단을 올라 2층의 침실로 들어갔다. 침실 문이 열리고, 그들 뒤에서 스르륵 닫히기 전 행복함과 설레는 기대감으로 가득 찬 나직한 웃음소리가 문틈으로 일부 새어 나갔다. 허스키한 음성으로 야릇한 즐거움을 약속하고 있는 제스의 사랑이 가득 담긴 유혹의 말들도 웃음소리와 함께 2층 복도를 따라 아래로, 아래로 내려갔다.

「상상 속에서만 존재했던 당신을 향한 내 판타지를 실현시켜 주겠습니까?」

달콤한 유혹이 가득 담긴 제스의 은밀한 속삭임에 진의 입에서 즐거운 비명 섞인 웃음이 다시 쏟아졌다. 하지만 침실 문은 이미 빈틈없이 단단히 닫혔기에 아래층에 있는 그 누구도 그들의 달콤한 웃음소리를 더 이상 듣지 못했다.

— fin

www.b-books.co.kr

www.b-books.co.kr